Undinė Radzevičiūtė
Fische und Drachen

Undinė Radzevičiūtė

Fische und Drachen

Roman

Aus dem Litauischen von Cornelius Hell

Residenz Verlag

Mit freundlicher Unterstützung
der Kulturförderung des Landes Salzburg

Bibliografische Information der Deutschen Nationalbibliothek
Die Deutsche Nationalbibliothek verzeichnet diese Publikation in
der Deutschen Nationalbibliografie; detaillierte bibliografische Daten
sind im Internet über http://dnb.dnb.de abrufbar.

www.residenzverlag.at

Die Übersetzung des vorliegenden Werks
wurde vom Lithuanian Culture Institute unterstützt.

Umschlaggestaltung: Thomas Kussin unter Verwendung eines Motivs
von Zigmantas Butautis
Typografische Gestaltung, Satz: Lanz, Wien
Lektorat: Jessica Beer
Gesamtherstellung: CPI books GmbH, Leck

ISBN 978 3 7017 1676 0

1.

Die Kommission zweifelt schon wieder lange an seinen Pferden.

Einige Mitglieder der Kommission kneifen erst das eine, dann das andere Auge zu.

Einige strecken ihre Zunge spitz vor, als versuchten sie, diese Pferde abzulecken. Von Weitem.

Einige stülpen ihre Unterlippe auf, einige schielen mit zusammengekniffenen Augen, einige blasen ihre Backen auf.

Wie irgendwelche Eunuchen auf der Bühne des Kaiserlichen Theaters.

Den Mitgliedern der Kommission scheint: Die Köpfe der Pferde sind zu klein und ihre Fesseln zu schlank.

Die Erklärung, das seien iberische Pferde und diese müssten genau so sein, fruchtet nichts.

Die Kommission scheint nicht nur an den iberischen Pferden zu zweifeln, sondern auch an Iberien selbst.

Sie ist überzeugt: Auf der Welt existiert nur das mongolische Pferd.

Das mongolische Wildpferd.

Schlicht, stur und etwas heimtückisch.

So heimtückisch wie ein Wildpferd nur sein kann.

Kurzbeinig und braun-weiß gefleckt.

Wie eine Kuh.

Und der Schwanz der Pferde muss weiß sein. Unbedingt. Und er muss unbedingt bis zur Erde reichen, sagt die Kommission, und die Mähne muss unbedingt die Augen bedecken.

Wozu brauchen sie Pferde, die gar nichts sehen?

Die Kommission sagt noch: Seine Pferde seien keine richtigen Pferde, denn sie seien ruhig, und Pferde sind nicht ruhig.

Die wiederholte Bestätigung, dass die iberischen Pferde so, genau so, sind, vergrößert nur das Misstrauen der Kommission.

Sie glauben weder an Iberien noch an die iberischen Pferde.

Jetzt schon ganz offen.

Für die Mitglieder der Kommission ist das ein unverschämter und schrecklich infamer Betrug, der den Kaiser nachgerade beleidigen kann.

Natürlich wird der Fünfte Kaiser nicht selbst hingehen, um die Pferde zu besichtigen.

Die Kommission sagt: Der Kaiser hat auch keinen Grund, hinzugehen und sie zu besichtigen, denn diese Pferde haben keine Knochen.

Er versucht, die Kenner zu überzeugen, dass die Pferde nicht unbedingt Knochen brauchen, und hört den Frosch in seinem eigenen Hals.

Es wäre schon besser, wenn der Fünfte Kaiser selbst käme, um einen Blick auf sie zu werfen, denn Pater Castiglione ist dabei, selbst den Glauben an seine Pferde, an Iberien und an seine Mission in diesem Land zu verlieren.

Die Kommission bringt ihre Zweifel an den Knochen der Pferde laut zum Ausdruck, dann leise, und geht danach zu den Knochen der Landschaft über.

Was die Knochen der Landschaft betrifft, hegt die Kommission keinerlei Zweifel.

Sie sind nicht vorhanden.

Die Mitglieder der Kommission fordern, dass diese »Knochen« in der Landschaft so deutlich wie möglich zu sehen seien sollen.

Und sie halten mit Nachdruck fest: Am besten sollte die Landschaft um die Pferde herum ein Chinese malen.

Vielleicht Leng Mei oder irgendein anderer Chinese.

Es gibt diese Chinesen hier.

In solchen Augenblicken beginnt Pater Castiglione plötzlich, kein Chinesisch mehr zu verstehen, und es ist ihm nicht ganz klar, was jetzt geschehen wird.

Die Kommission hat noch keine Entscheidung getroffen, sie hat gewissermaßen nur gesagt: Sie wolle Pater Castiglione nicht nur die Bäume hinter den Pferden, sondern auch die im Vordergrund nicht anvertrauen.

Sie ersucht ihn nur, eine Skizze der Perspektive zu zeichnen, und Leng Mei oder irgendein anderer wird danach eine Landschaft mit allen Bäumen und ihren »Knochen« malen.

Als »Knochen« bezeichnen die Chinesen Konturen von Dingen, Tieren und Menschen.

Im Unterschied zu den Europäern sind den Chinesen die Konturen wichtiger als der Raum.

Noch wichtiger als die Konturen ist ihnen nur die Leere.

Die kaiserliche Kommission der Kunstkenner braucht keinerlei italienische Perspektive.

Ihnen genügen die chinesischen Nebel, die herabsinken.

Von den Bergen.

Oder diejenigen, die vom See aufsteigen und alle Fehler des Landschaftsraumes verdecken.

Die Perspektive ist nur für den Kaiser wichtig.

Es ist nur nicht klar, wie lange.

Dass er die Perspektive möchte, hat der Kaiser allerdings nur über die Kommission kundgetan.

Außerdem sagt die Kommission zu Pater Castiglione: In einem Landschaftsbild sollen Bäume und Berge den wirklichen, irgendwo gesehenen Bäumen und Bergen, nicht ähnlich sein;

der Kaiser braucht kein Abbild eines konkreten Baumes oder Berges;

ein gemalter Baum oder Berg muss alle irgendwann einmal gesehenen Bäume und Berge verallgemeinern;

das Malen eines konkreten Baumes ist eine handwerkliche Tätigkeit;

wenn ein Landschaftsbild unbedingt irgendetwas ähnlich sein soll, dann zuallererst den Werken der alten chinesischen Landschaftsmeister.

Diese ganze Liste von Anforderungen betet die Kommission in einem langweiligen Unisono herunter.

Castiglione begreift: Die Chinesen wollen, dass ein Baum keinem Baum ähnlich sein soll.

Er denkt: Nichtiger als das Malen von Pferden kann nur das Malen von Stillleben sein.

Darauf eine mit dem Messer zerteilte Melone und ein Hummer.

Und Zitronen.

Mit einer Spirale.

Mit abgelöster Schale.

Solche Stillleben soll man besser nicht malen, sondern essen.

Sollen doch die Niederländer sie malen.

Castiglione hört der Kommission mit leicht vorgeneigtem Kopf zu.

Castiglione ist bemüht, dass sich sein Kopf nicht zur Seite neigt.

Weder nach rechts noch nach links.

Er ist bemüht, mit gesenktem Blick dazustehen und die Kommission nicht direkt anzusehen.

Nur aus den Augenwinkeln.

Die Mitglieder der Kommission unterhalten sich.

Castiglione ist bemüht, nicht die Stirne zu runzeln.

Und nicht die Nase zu rümpfen.

Und den inneren Gleichmut zu bewahren.

Und nicht niedergeschlagen zu wirken.

Obwohl ihm freundlich zu wirken wohl auch nicht gelingt.

Castiglione möchte gähnen, doch er bemüht sich.

Nicht zu gähnen.

Und sich nicht auf die Lippen zu beißen.

Er geht zweimal durch seine Werkstatt.

Beherrscht.

Würdevoll und gesetzt.

Castiglione macht alles genau so, wie es Ignatius von Loyola geboten hat.

Es heißt, Ignatius von Loyola habe vor dem Formulieren dieser Verhaltensregeln sehr viel nachgedacht.

Und sogar geweint.

Und siebenmal habe er sein Gebet gerichtet an …

Als die Pferdeskizzen aufeinandergelegt sind, wird offensichtlich: Unter ihnen gibt es keinen Gastgeber, sagt die Kommission.

Hundert Pferde und sechs Hirten auf dem Bild – nur Gäste.

Castiglione schlägt der Kommission vor, sich ein Pferd auszusuchen.

Und er wird dieses Pferd größer malen als die übrigen.

Die Chinesen lachen.

Castiglione fragt, ob die Kommission will, dass er den Kaiser male.

Die Chinesen lachen nicht.

Castiglione hat noch nie erlebt, dass Lachen so schnell in Schweigen umschlägt.

Das Schweigen wird vom Vorsitzenden der Kommission Sima Zhao unterbrochen.

Er richtet den kleinen, an seinem Gürtel hängenden Sack aus blauer, mit scharfkantigen Dreiecken, goldenen Bergen und welligen Flüssen bestickter Seide zurecht.

Der Vorsitzende der Kommission Sima Zhao ist größer als die meisten Chinesen und prunkvoller gekleidet als die übrigen Mitglieder der Kommission.

Man kann ihn von Weitem an seiner Leopardenfellmütze erkennen.

Wenn man seine Geschichte nicht kennt und ihn nicht sprechen hört, könnte man denken: Er ist zu überheblich, zu stolz und er wird überschätzt.

Und vermutlich ohne Grund.

Sima Zhao ist ein Eunuch.

Er ist der einzige Eunuch in der Kommission.

Die übrigen Mitglieder der Kommission der Kunstkenner sind Mandarine höheren Ranges.

Von anderen Eunuchen unterscheidet sich der Vorsitzende der Kommission Sima Zhao nicht nur dadurch, dass er nicht nach Urin riecht, sondern auch durch einen außergewöhnlichen Intellekt.

Die meisten Eunuchen, die Castiglione in der Verbotenen Stadt getroffen hat, taugen nur dazu, Tore zu öffnen, den Gattinnen des Kaisers Seidenkleider anzulegen und in Theaterstücken die Backen aufzublasen.

Oder Frauen zu spielen.

Castigliones Schüler Leng Mei – vielleicht wird es ihm auf Wunsch der Kommission übertragen werden, die Landschaft hinter den Pferden zu malen – hat Pater Castiglione erzählt, und es ist erstaunlich, wie sehr die zufällig gehörte Geschichte eines Menschen die Meinung über diesen verändern und sogar Achtung und Liebe für ihn aufkommen lassen kann – das also hat der Schüler Leng Mei Castiglione erzählt: Der Vorsitzende der Kommission Sima Zhao sei weder auf eigenen Wunsch noch auf den seiner Familie zum Eunuchen geworden, sondern aufgrund der Entscheidung des alten Vierten Kaisers.

Und er stamme nicht, wie die übrigen Eunuchen, aus der untersten, sondern aus der obersten Gesellschaftsschicht.

Sein Vater war, der Meinung des alten Vierten Kaisers nach, ein ungehorsamer und gefährlicher General.

Der Kaiser ließ den einflussreichen General festnehmen und seinem zehnjährigen Sohn die Genitalien abschneiden.

Es ist keine große Tragödie passiert.

Danach stellte sich heraus: Der alte Kaiser hatte sich vielleicht getäuscht.

Bezüglich der Untreue des Generals.

Er war Intrigen aufgesessen.

Als sich die Wahrheit herausgestellt hatte, ließ der alte Kaiser den Jungen in die Verbotene Stadt bringen.

Hier wuchs er auf und machte Karriere.

Ihm als einzigen aus der großen Anzahl der Eunuchen ist es gestattet, sich in dunkelblaue Gewänder zu kleiden: bestickt mit Flüssen und dreieckigen Bergen.

Außerdem kann er sich direkt an den Kaiser wenden.

Die übrigen Mitglieder der Kommission der Kunstkenner, die Mandarine, können sich eine derartige Vertraulichkeit nicht erlauben.

Sima Zhao nimmt im Palast in der Tat eine herausgehobene Position ein.

Abgesehen davon, dass die Qing-Dynastie Eunuchen völlig anders betrachtet als jene, die vorher an der Macht war.

Als die Ming-Dynastie, sagt Leng Mei sehr leise.

Was bedeutet »ganz anders«?, fragt Castiglione.

Die Kaiser der Qing-Dynastie sehen die Eunuchen nicht mehr als wichtige Menschen an, sagt Leng Mei.

Der Vorsitzende der Kommission Sima Zhao unterbricht das Lachen der Mitglieder der Kommission und erklärt Castiglione: Als »Gastgeber« im Landschaftsbild bezeichnen die Chinesen nicht den Kaiser, sondern einen großen Berg.

Meist wird er in der linken Bildhälfte gemalt.

Alles Übrige im Landschaftsbild wird »Gäste« genannt.

***

In China ist es wie in Europa auch, denkt Castiglione.

Jeder Mensch hat seinen Platz.

Seinen Rang.

Doch in China wird jeder Mensch nicht einzeln bewertet, sondern nur in Beziehung zu einem anderen.

In jeder Situation ist ein Mensch entweder Lehrer oder Schüler oder Vater oder Sohn oder Gastgeber oder Gast.

In China haben sogar die Elemente eines Landschaftsbildes ihren Rang, denkt Castiglione.

***

»Vielleicht wollen Sie, dass ich die Frage beantworte, warum ich Ende 2001 auf Messenger über erotische Themen gechattet habe? Mit einem Schriftsteller aus Malta«, fragte Mama Nora auf dem Bildschirm.

»Ja. Warum?«, fragte die Journalistin auf dem Bildschirm.

Miki stellte den Fernseher lauter, denn das hatte Oma Amigorena in Zeichensprache gefordert, und sagte erregt:

»Warum, warum? Warum, warum? Warum haben Journalisten keine anderen Fragen? Nur dieses ›Warum‹. Was du vorhattest, das hast du auch getan in diesem Jahr 2001. Was denn, musst du dich jetzt vor dem ganzen Volk auf Knien und mit Tränen in den Augen dafür entschuldigen? Und danach vielleicht noch hingehen und die Fahne küssen? Du bist doch keine Präsidentin«, ärgerte und empörte sich Miki.

Miki hatte noch die Kraft sich zu empören, doch niemand hatte mehr die Kraft zuzuhören, alle waren an dem Gespräch auf dem Bildschirm interessiert.

»Hast du dich wirklich im Jahr 2001 auf Messenger mit einem Schriftsteller aus Malta über erotische Themen unterhalten?«, fragte Miki.

»Er hatte weder Sinn für Humor noch analytisches Denken«, antwortete Mama Nora. Daher gab es sonst nichts, worüber man sich hätte unterhalten können.

»Na und, zeichnet sich das Jahr 2001 durch irgendetwas Besonderes aus?«, fragte Oma Amigorena. »Nur dadurch, dass es schon lange vorbei ist«, sagte Mama Nora.

»Im Fernseher siehst du besser aus«, sagte Oma Amigorena und erklärte: »dicker«.

Oma Amigorena saß vor dem Fernseher, gekleidet mit einem violetten Pullover, den sie in ihrer Jugend mit Stiefmütterchen bestickt hatte.

Sie war herausgeputzt, als säße sie nicht diesseits, sondern jenseits des Bildschirms.

Aber das durfte man ihr nicht sagen.

Oma Amigorena war schon achtzig Jahre alt und konnte das Wort »jenseits« überhaupt nicht ausstehen.

Dafür mochte sie das Wort »hinauswerfen« sehr.

Jetzt saß sie vor dem Fernseher mit ihrer repräsentativen Kleidung. In weniger feierlichen Augenblicken mochte Oma Amigorena auch den Zigeunerstil.

»Chanel?«, fragte Oma Amigorena und zeigte auf Mama Noras schwarze Strickjacke auf dem Bildschirm.

»Beinahe«, antwortete Mama Nora.

»Beinahe Chanel?«, fragte Oma Amigorena.

Sehr gut, wenn es wenigstens einen so besonderen Namen im Haus gibt.

Da genügt es völlig, dass alle Übrigen in diesem Haus etwas einfachere Namen tragen.

Lange dachten hier alle, »Amigorena« bedeute *die Freundin aller*, doch später, nachdem man sich für ein Spanisch-Wörterbuch interessiert hatte, stellte sich heraus, dass *amigoreno* auf Spanisch *Freund – ein Rentier männlichen Geschlechts* bedeutet.

Das ist ein Geheimnis, das niemals so öffentlich bekannt werden wird, dass Oma Amigorena davon erfahren könnte.

»Also hat sie ihn hinausgeworfen?«, sagte Oma Amigorena, indem sie sich vom Fernseher weg und zur soeben bei der Tür hereinkommenden Schascha hindrehte.

»…«

»Hat sie ihn hinausgeworfen?«, fragte Oma Amigorena und zwinkerte verschwörerisch.

Doch sie wurde sofort zum Schweigen gebracht und mit dem Gesicht zum Fernseher gedreht.

Einmal sagte Schascha laut, dass »Amigorena« vermutlich ein iberischer Name sei.

»Gibt es so eine Sprache?«, fragte Miki.

»Es gab ein Territorium, in dem solche Namen vorkamen«, sagte Schascha.

»Warum willst du mich ständig verleumden? *Gatos*[1]«, sagte Oma Amigorena und begann zu weinen.

Oma Amigorena ist in Argentinien geboren. Ihre Eltern emigrierten im Ersten Weltkrieg dorthin, und kehrten danach wieder zurück.

Mit ihr in den Armen.

Das war ein großer Blödsinn.

Aus ihrer Zeit in Argentinien hat Oma Amigorena lediglich einige spanische Wörter in Erinnerung, sie benutzt sie aber nur als Schimpfwörter.

Über Argentinien spricht Oma Amigorena nur ungern.

Davon wird sie nur bedrückt.

Die Schuld der Eltern.

»Hör mal, warum ist denn zwischen euch alles abgebrochen?«, fragte Miki Mama Nora und beobachtete sie neugierig während einer Werbeeinschaltung.

»Zwischen wem? – Zwischen uns?«, fragte Mama Nora.

Man darf bezweifeln, dass Oma Amigorena je Ibsen gelesen hat.

Diese Nora hat sie von irgendwo abgekupfert oder abgelauscht.

---

1 Katzen (span.)

»Zwischen dir und dem Schriftsteller aus Malta?«, sagte Miki.
»Schriftsteller ausmalen?«, fragte Oma Amigorena.
»Aus Malta«, sagte Mama Nora.
»Man muss es mir nicht wiederholen, ich höre sehr gut und verstehe alles«, sagte Oma Amigorena. »Ich bin sehr klug.«
»Wir haben einander verfehlt«, sagte Mama Nora.
»Wo?«, fragte Miki.
»In Gedanken«, sagte Mama Nora.
»In welchen Gedanken?«, fragte Miki.
»Na, ich wollte auf die Insel fliehen.«
»Und er?«
»Und er wollte von der Insel fliehen«, antwortete Nora.
»Flie-hen?«, fragte Oma Amigorena sehr interessiert. Doch niemand reagierte auf ihre Frage.
»Als ihr dann alles geklärt habt – habt ihr euch getrennt?«, fragte Miki.
»Nicht sofort«, antwortete Mama Nora. »Ich habe ihm noch zwei Weihnachtskarten geschickt.«
»Eine sehr gute Tat«, sagte Oma Amigorena.

»Und warum haben Sie begonnen, auch über erotische Themen zu schreiben?«, fragte die Journalistin auf dem Bildschirm.
»Genau gegenüber von meinen Fenstern wurde ein Geschäft mit derartigen Waren eröffnet«, antwortete Mama Nora am Bildschirm.
»Und wie?«
»Was heißt wie?«
Die Journalistin wurde verlegen:
»Wie viel Einfluss hat Marquis de Sade auf Ihr Schaffen?«, fragte die Journalistin nach einer Pause, während das Rascheln von Papieren zu hören war.

Und gleich nach der Frage passierte ihr etwas unter der Strickjacke und sie begann, verdächtig daran herumzunesteln.
Der Kameramann versuchte, die Totalperspektive auf das

Studio durch eine Annäherung an Mama Noras Gesicht zu verändern.

»Halten Sie sich die Ohren zu«, sagte Miki zu Oma Amigorena. Obwohl es in diesem Fall am besten wäre, sich die Augen zuzuhalten.

»Wirklich, halte dir die Ohren zu«, sagte Mama Nora.

»Womit zuhalten?«, fragte Oma Amigorena. Sie ist die Einzige in der Familie, die gerne »womit« sagt.

»Gibt es denn schon überhaupt nichts mehr, mit dem man …?«, fragte Mama Nora.

»Und hatte Sacher-Masoch einen Einfluss?«, fragte die Journalistin Mama Nora am Bildschirm.

»Sacher-Masoch nicht so sehr«, antwortete Mama Nora.

»Er hat nur geschadet«, sagte Schascha.

Schascha wurde zu Hause Schascha gerufen, seit Miki geboren wurde.

Genauer gesagt: seit Miki sprechen lernte.

Miki schaffte es lange Zeit nicht, die Wörter mit dem Buchstaben s auszusprechen: solche wie »Sonne«, »Strukturalismus« oder »Subordination«.

Da übernahm die ganze Familie, um Miki zu unterstützen, diesen Fehler und begann Sascha Schascha zu nennen.

Und sogar später, als Miki gelernt hatte, die Worte »suspendierte Standardisierung« richtig auszusprechen, änderte sich daran nichts.

Mit dem repräsentativen Namen Alexandra wurde Schascha nirgends und von niemandem angesprochen.

Der Altersunterschied zwischen ihr und Miki betrug sechs Jahre.

Manchmal war er spürbar, manchmal nicht.

Alles hing davon ab, welche Position Miki in einem bestimmten Augenblick einnehmen wollte.

Die Hierarchie zwischen den beiden und Schaschas anachronistisches Erstgeburtsrecht werden in der Familie nur durch einen Unterschied markiert: Schascha sagt zu Oma Amigorena »du«, während Miki aus unbekannten Gründen »Sie« zu ihr sagen muss.

Doch Miki kommt nicht einmal auf den Gedanken, dass es auch anders sein könnte.

»Und warum wolltest du nach Malta fliehen?«, fragte Oma Amigorena während einer Werbeeinschaltung und nahm Mama Nora bei der Hand.

»Ich weiß es nicht mehr«, antwortete Mama Nora.

»Vor mir?«

»Nein, nicht vor dir.«

»Vor wem dann?«

»Vor dem Leben im allgemeinen Sinn dieses Wortes«, sagte Mama Nora.

»Aber ich bin doch dein Leben«, sagte Oma Amigorena.

»Zum Teil.«

»Nur zum Teil?«, geriet Oma Amigorena in Rage, ließ Mama Noras Hand los und fing an, missmutig mit dem Nagel den Lack vom Kaffee- und Zigarettentischchen abzukratzen.

»Zum Großteil«, sagte Mama Nora.

»Du wolltest dorthin fliehen und sterben?«, fragte Oma Amigorena und erschrak selbst vor ihren eigenen Worten.

»Nein«, sagte Mama Nora. »Sterben wollte ich in Malta am allerwenigsten.«

»Und was wolltest du am allermeisten?«, fragte Oma Amigorena.

»Die Traditionen der mediterranen Liebe kennenlernen«, sagte Schascha. »Und dass du in diesem Augenblick nicht neben mir rauchst.«

Von Mama Nora will die Familie nur eines: Das, was von allen Mamas erwartet und erhofft wird.

Verantwortung.

Mama Nora weiß das, aber trotzdem schaut sie die ganze Zeit »Travel«.

Und spricht.

Dass sie auswandern möchte, wenn es sein muss auch nach … Mauretanien.

»Nicht doch lieber nach Mauritius?«, fragt Schascha, die Mama Noras Fehler spürt.

Vernünftige Kinder wollen doch nicht, dass ihre Mütter für den Rest ihres Lebens im Sand von Afrika versinken.

»Auch nach Mauritius«, pflichtet Mama Nora bei.

Oma Amigorena bleibt meist nichts anderes übrig, als unverzüglich von ihren Nöten und Plänen zu erzählen.

Und die Pläne von Oma Amigorena sind noch schlimmer als ihre Nöte.

Doch nur so ist es möglich, Mama Noras Träumereien wenigstens für kurze Zeit zu übertönen.

Miki sagt: Für Mama Nora ist es schon längst zu spät, irgendwohin auszuwandern. Sie ist nicht mehr in dem Alter.

Familienleben – das ist ein ständiges Zusammensein mit denselben Menschen. Ein Dasein, das man meist nicht ertragen kann, doch wenn man irgendetwas zu ändern versucht, kommt es zu einem Durcheinander, das in einen rücksichtslosen Kampf umschlägt.

»Glauben Sie an Gott?«, fragte die Journalistin am Bildschirm.

»Nein«, antwortete Mama Nora.

»Rauchen Sie?«, fragte die Journalistin.

»Nein«, antwortete Mama Nora.

Bei einer der beiden Antworten hat Mama Nora gelogen.

Auf die Frage *Rauchen Sie?* hätte sie antworten müssen: *Nicht mehr.*

Oma Amigorena missfielen beide Antworten von Mama Nora.

Denn Oma Amigorena rauchte selbst, und in ihrer Kindheit war sie Protestantin gewesen.

Es wäre interessant zu wissen, was sie darunter verstand.

»Und warum wolltest du nach Malta fliehen?«, fragte Miki.

»Damals hatte ich die Journalisten wegen einer unangenehmen Geschichte am Hals«, antwortete Mama Nora. »Und ich hatte den großen Wunsch, irgendwohin auszuwandern.«

»Liebesgeschichten?«, fragte Miki.

»Geh, von welcher Liebe sprichst du denn da?«, sagte Oma Amigorena.

»Keine Liebe?«, fragte Miki.

»Nein.«

»Was dann?«

»Eine Klärung«, sagte Oma Amigorena.

»Eine Klärung?«, fragte Miki.

»Ja«, antwortete Oma Amigorena. »Das ist eine sehr treffende Beschreibung.«

»Und wer wollte eine Klärung?«, fragte Miki.

»Zwei Schriftstellerinnen und zwei Schriftsteller«, antwortete Oma Amigorena.

»Und?«, fragte Miki.

»Sie haben so heftig geklärt«, sagte Oma Amigorena, »dass sogar die Zeitungen darüber geschrieben haben.«

»Wegen des Schreibens?«, fragte Miki.

»Was wegen des Schreibens?«, fragte Oma Amigorena.

»Haben sie geklärt.«

»Wegen welchen Schreibens denn???«, brauste Oma Amigorena auf. »Ich habe doch klar gesagt: Zwei Schriftstellerinnen und zwei Schriftsteller klärten ihre Beziehungen.«

»Und wer waren diese Schriftsteller?«, fragte Miki.

»Einer davon war Schaschas Vater«, sagte Mama Nora mit gesenktem Blick. »Der andere – deiner.«

»Und diese andere Schriftstellerin?«, fragte Miki.

»Ach … irgendeine Irre«, sagte Oma Amigorena.

»Sie war gar keine Schriftstellerin«, sagte Mama Nora.

»Was dann?«, fragte Oma Amigorena.

»Eine Dichterin«, sagte Mama Nora.

»Umso mehr«, sagte Oma Amigorena.

»Und waren Sie auch …«, versuchte Miki zu fragen.

»Was auch?«, fragte Oma Amigorena.

»Waren Sie in diese ganze Geschichte verwickelt?«, fragte Miki.

»Nein«, sagte Oma Amigorena. »Mir war diese Geschichte völlig egal.«

»Dir war es völlig egal, aber du …«, begann Mama Nora.

»Verleumde mich nicht!!!!!!!!!«, platzte Oma Amigorena los.

»… trotzdem hast du eine ganze Schuhschachtel voller Zeitungsausschnitte gesammelt«, sagte Mama Nora.

»…«

»Und bis jetzt, obwohl fünfzehn Jahre vergangen sind, erlaubst du nicht, dass sie weggeworfen werden«, sagte Mama Nora.

»Ich dachte, sie werden vielleicht noch benötigt«, sagte Oma Amigorena ruhig.

»…«

»In Zukunft«, sagte Oma Amigorena.

»Wozu?«, fragte Schascha. »Zur Erpressung?«

»Für die Geschichte«, sagte Oma Amigorena.

»Jede Familie hat schlimme Erinnerungen«, sagte Mama Nora.

Aber nicht allen gelingt es, sie mit einem so tröstlichen Zitat aus dem »Paten« zu verdecken.

Zu Hause ist Europa, und unten ist China.

Die Altstadt hat vor fünfzehn Jahren Chinatown akzeptiert.

So, als hätte sie ihr ganzes Leben lang darauf gewartet.

Obwohl die Altstadt seitdem nicht mehr dieselbe ist.

In ihrem Inneren ist sie nicht mehr alt.
Alle brauchen doch Sanitäranlagen.
Badezimmer.

Schaut man zum Wohnzimmerfenster hinaus, kann man sehen, wie ein Mitarbeiter der Chinesischen Botschaft und seine Frau spazieren gehen.

Und wie sie dabei die Ballerinas behutsam aufsetzt und leicht schaukelt.

Ihre schwarze, glitzernde, regenfeste Kunststoffjacke mit den plumpen Rosen ist jeden Tag dieselbe, aber sie macht darum nicht weniger Freude.

Sie ähnelt den schwarzen, geblümten, russischen Metalltabletts.

Doch nicht einmal ein Spezialist könnte sagen, wer diese ganze Ästhetik von wem geklaut hat.

Zu Hause ist Europa, doch unten formiert sich Chinatown.

Aber nicht zu schnell, und das macht auch Freude.

»Sonst ist Malta ja nicht gerade der beste Ort für eine Flucht«, sagte Schascha und blickte aus dem Fenster. »Zu viele Menschen pro Quadratkilometer, und die Zivilisation ist zu nahe.«

Ihre Straße ist jetzt eine chinesische Bühne.

Der Mitarbeiter der Chinesischen Botschaft und seine Frau verschwanden, und an ihrer statt trat eine chinesische Schönheit in Erscheinung.

Aus einer solchen Entfernung sieht man nicht, ob sie sehr schön ist, man sieht nur, dass sie aus China kommt.

Doch Schönheit kann man auch erahnen.

Aus dem Verhalten einer Frau.

Wenn eine Frau auf der Straße so geht, als würden sie alle ansehen, etwas manieriert und kokett, so ist sie völlig überzeugt davon, dass es an ihr etwas zu sehen gibt.

»Und warum bist du nicht auf irgendeine andere Insel geflohen?«, fragte Miki.
»Zu dieser Zeit gab es überhaupt keine anderen Inseln«, antwortete Mama Nora.
»Wo? Auf der Landkarte?«, fragte Miki. »Auf der Landkarte gab es keine anderen Inseln?«
»Nicht auf der Landkarte«, sagte Schascha. »Am Horizont.«

Wenn man an einem solchen Ort lebt, könnte man zu Hause das Spiel spielen: »Wer geht auf der Straße? Ein Chinese oder kein Chinese?«
Um Geld!
Unten betrachten drei Chinesen einen Kastanienbaum.
Einen Baum.
Haben ihre Freude daran.
Kein einziger Europäer kann sich an einem einzelnen Kastanienbaum derart erfreuen, doch die Chinesen machen das gruppenweise.

»Und hast du nie daran gedacht, irgendwohin zu fliehen?«, fragte Oma Amigorena.
»Vielleicht habe ich doch daran gedacht«, sagte Schascha.
»Warum bist du dann nicht geflohen?«
»Eigentlich … bin ich geflohen«, sagte Schascha. »Viele Male.«
»Warum sehe ich dich dann jeden Tag?«, fragte Oma Amigorena.

»Ich bin in Gedanken geflohen«, sagte Schascha.

»Und hast du nicht daran gedacht, irgendwohin zu fliehen?«, fragte Oma Amigorena.
»Ich habe daran gedacht«, sagte Miki.
»Warum bist du dann nicht geflohen?«
»Ich hatte keine Mittel dafür.«

»Hast du nicht daran gedacht, etwas zu stehlen?«, fragte Oma Amigorena und spürte selbst Unruhe in sich aufkommen ob ihrer Frage.

Danach schaute sie grimmig drein und klapperte mit den Zähnen, damit die Frage nicht wie ein Angebot klingen würde.

Vor dem Fenster sind die Chinesen stehen geblieben und erwecken kaum noch Interesse.

»Und wenn du die Mittel zur Flucht hast, wirst du dann fliehen?«, fragte Oma Amigorena.

Miki gab keine Antwort.

Das Bild auf der chinesischen Bühne ist wieder interessanter geworden.

Ein chinesischer Bandit ist in Erscheinung getreten.

Ein komischer Bandit.

Wie aus einem chinesischen Film. Die Hände in den Hosentaschen.

Hat einen schaukelnden Gang.

Sieht aus wie ein Straßenräuber.

Sieht sehr gut aus.

In Europa … In Europa bemühen sich die Straßenräuber, nicht wie Räuber auszusehen, und das hilft ihnen beim Rauben.

Und diejenigen, die aussehen wie Räuber, gehen nur nachts auf die Straße.

Doch dieser Bandit leuchtet geradezu vor Schlechtigkeit inmitten des allgemeinen Guten des Tages.

Schascha erklärt: Die Chinesen stehen vermutlich unter starkem Einfluss der Pekingoper.

Und ihrer Kopien.

Provinzieller Kopien.

Ist dort ein Protagonist böse, so sieht er auch böse aus, und ist er sehr böse, dann sieht er auch aus wie ein sehr Böser.

Was denkt er sich dabei? Auch so schauen ihn schon alle an.

»Und war er schön?«, fragte Miki.

»Wer?«, fragten Mama Nora, Schascha und Oma Amigorena wie aus einem Mund.

»Dieser Schriftsteller aus Malta.«

»Vermutlich«, sagte Mama Nora. »Als Kind stand er sogar Modell für eine religiöse Skulptur. Und diese Skulptur steht noch immer in der Kathedrale seiner Geburtsstadt.«

»Du hast ihn in seiner Kindheit gekannt?«, fragte Oma Amigorena.

»Nein, in seiner Kindheit habe ich ihn nicht gekannt«, sagte Mama Nora.

»Und wen stellte diese Skulptur dar?«, fragte Miki.

»Eine Frau, die das Tuch hält, in das Christus sein Gesicht abwischte, als er auf Golgatha hinaufstieg, und noch eine Frau und den Jungen, dessen Modell dieser Schriftsteller aus Malta als Kind war«, sagte Mama Nora.

»Und wen stellten diese andere Frau und dieser Junge dar?«, fragte Miki.

»Ich weiß es nicht, ich bin doch keine Spezialistin für religiöse Sujets«, antwortete Mama Nora.

»Bist du eine Spezialistin für nichtreligiöse Sujets?«, fragte Oma Amigorena.

»Genau«, sagte Schascha.

Die Werbeeinschaltung endete und Miki stellte den Fernseher lauter:

»Meinen Sie, dass es, wenn man fast sechzig Jahre alt ist, zu spät ist, leicht erotische Romane zu schreiben?«, fragte Mama Nora, indem sie die Rolle der professionellen Interviewerin übernahm.

»Früher haben Sie doch nur für junge Leser geschrieben«, sagte die Journalistin mit leichtem Zweifel.

»Die jungen Leser werden eines Tages erwachsen«, erklärte Mama Nora.

»Zu Hause sprichst du ganz anders«, sagte Miki.

Ihr richtiger Name ist Nika. Doch dieser Name steht nur in den Dokumenten.

Niemand bei ihr zu Hause hat ihn je benutzt.

»Ihr nennt mich absichtlich so«, sagt Miki oft.

»Warum absichtlich?«, wird sie von ihrer Familie gefragt.

»Ihr alle wollt betonen, dass ich hier überhaupt keinen Status habe«, sagt Miki. »Wie irgendeine Maus.«

»Und warum hast du begonnen, über erotische Themen zu schreiben?«, fragte Oma Amigorena, als das Interview mit Mama Nora zu Ende war.

»Darum«, sagte Schascha.

»Ich habe nicht verstanden«, sagte Oma Amigorena.

»Deswegen, weil sie die Erotik mehr interessiert als die Kinder«, sagte Schascha. »Und von den Kindern wollte sie so schnell als möglich …«

»Das sehe ich auch so«, pflichtete Oma Amigorena bei. »Sie liebt diese Kinder nicht.«

Der wahre Grund lag woanders.

Mama Nora lebte mit ihrer ganzen Familie lange Zeit in einem Staat, wo das ungeschriebene Verbot galt, Erotik auch nur anzudeuten.

Dieses ungeschriebene Verbot galt fünfzig Jahre lang.

Doch danach änderte sich plötzlich die politische Situation, und das Schreiben über erotische Themen war quasi gestattet.

Allen.

Und nur wenige konnten dem widerstehen.

Als der Durchbruch der erotischen Literatur begann, begriff ein Großteil der Schriftsteller: Die Kinder können warten, aber der Durchbruch nicht.

Sei's drum.

Mama Nora war nicht die Einzige und keine Ausnahme.

Das Herausragende an ihr konnte nur das sein: Sie gehörte zu der kleinen Gruppe von Schriftstellern, die sich erst mit Mitte fünfzig mit dieser Sache beschäftigten.

»Zeigt ihr mir diesen Masoch?«, sagte Oma Amigorena, als sich die Begeisterung für Erotik gelegt hatte.

»Welchen Masoch???«, fragte Mama Nora.

»Den, der schädlich ist«, erklärte Oma Amigorena.

Eines Tages beginnt schließlich im Leben jedes Menschen eine Phase, in der ihn alle und alles zu interessieren beginnt, was schädlich ist oder sein kann. Oma Amigorena zündete sich eine Zigarette an und gab diesen Gedanken in ihren eigenen Worten wieder.

»So kann es nicht mehr weitergehen«, sagte Mama Nora.

***

Die Kommission der Kunstkenner ist überzeugt: Auf der Welt gibt es nur ein einziges Pferd.

Das mongolische.

Doch die alten Chinesen hatten auch andere Pferde gesehen.

Schon vor sechshundert Jahren hatte ein Meister der Pferdemalerei – die Chinesen hatten davon mehrere – der Song-Dynastie namens Li Gonglin fünf Pferdebilder gezeichnet.

»Gezeichnet« wäre das passendere Wort als »gemalt«, denn das lässt eher an kalligraphische Skizzen denken als an Malerei.

Die Chinesen können nicht malen.

Auch wenn sie es lieben, kleine Bilder grell zu färben.

Auf den Bildern waren die Pferde nicht sich selbst überlassen.

Sie wurden von Pferdezüchtern gehalten.

So standen also auf jeder der fünf Zeichnungen von Li Gonglin je ein Pferd und ein Pferdezüchter.

Und obwohl ein aufmerksamer Betrachter bemerken konnte, dass die Pferde verschiedenen Rassen angehörten, wirkten sie wie ein einziges.

Ein und dasselbe Pferd: ruhig und gefühllos.

Dafür waren die Pferdezüchter verschieden.

Sie unterschieden sich nicht nur nach ihrer Volkszugehörigkeit, sondern auch nach ihrer Herkunft.

Sie unterschieden sich auch nach ihrem Äußeren, ihrer Kleidung und ihrer Haltung.

Doch ein aufmerksamer Betrachter konnte noch eine sehr wichtige – sie verbindende – Sache bemerken.

Den professionellen Zug.

Sie alle sahen wie Schurken aus.

Wie Schurken, Betrüger, Kuppler, Geldfälscher und Verführer – dachte Castiglione, als er die fünf alten Bildrollen vorsichtig auspackte, eine nach der anderen betrachtete und vorsichtig wieder zusammenrollte – eine nach der anderen.

Die Kommission der Kunstkenner gestattete das.

Mit Erlaubnis des Kaisers der Qing-Dynastie.

Können Menschen, die so aussehen, ein Pferd verkaufen?, dachte Castiglione.

Denen wird doch niemand vertrauen.

Aber vielleicht hat Li Gonglin gesehen, was die Käufer der Pferde nicht sahen?

Vielleicht hat das nur der Maler allein gesehen.

Die Verschlagenheit der Pferdezüchter?

Doch vielleicht ist es ohne List und Betrug gar nicht möglich, dachte Castiglione, ein Pferd zu verkaufen.

Im Titel der Bilder fand sich kein Wort über die Pferdezüchter.

Sie hießen »Fünf wunderbare Pferde«.

Falsch, dachte Castiglione.

Die Bilder sind falsch benannt.

Li Gonglin hat das Wesen eines Pferdezüchters gut verstanden, doch das Wesen eines Pferdes zu verstehen, ist weder ihm noch anderen vor sechshundert Jahren gelungen, dachte Castiglione.

Auch wenn die Proportionen der Pferde richtig sind.

***

Pater Castiglione ist mit der Mission der Jesuiten nach China gekommen: um Fresken in den katholischen Kirchen zu malen.

Und diese, wenn es keine passenden Kirchen gäbe, zusammen mit anderen Jesuiten zu erbauen.

Und erst dann.

Sie mit Malerei zu schmücken.

Er ist gekommen, um die Evangelisten und Erzengel zu malen.

Doch am meisten wollte Castiglione die Kämpfer für den Glauben malen.

Judith, die mit schlanken Fingerspitzen genüsslich mit dem Haar vom Kopf des Holofernes spielt. Mit dem langen.

Natürlich.

Vom abgeschlagenen Kopf.

Er würde dieses Haar malen.

Dieses Haar, das ihre Hände umschlingt, oder vielleicht ihre Beine.

Die nackten.

Nackt und mit Blut bespritzt.

Mit welchem Vergnügen er das malen würde.

Den Rand ihres roten Kleides.

Blutgetränkt.

Und die mit Blut besudelten Schuhe.

Oder.

David, der mit einem kleinen Stein dem Riesen den Kopf spaltet.

Dem Goliath.

Und danach.

Wie er auf seine Brust springt, um zu sehen, wie der Körper blau wird.

Und niemand wird ihn hier verurteilen.

Dass ein Italiener Bilder mit spanischer Leidenschaft und Qual malen will.

Hier ist doch China.

Castiglione war aus Europa und von der Malerei nur wegen des Ruhms geflohen.

Und wegen des Gelds.

Allerdings hing diese Flucht auch ein wenig damit zusammen, dass er vor den Österreichern fliehen musste.

Doch Castiglione hatte sich selbst schon lange überzeugt: Nur wegen der Österreicher wäre er nirgendwohin geflohen.

Er war nach Kanton gefahren, um den Chinesen mit dem Pinsel den Himmel zu öffnen.

An den Decken der Kirchen.

Dass die Chinesen wenigstens die reinen Füße des in den Himmel aufgefahrenen Christus sähen.

Er war gekommen, um den Chinesen zu erklären, warum.

Warum sie durchstochen waren.

Und wer daran schuld war.

Er ist in ein Land geflohen, in dem man alles von Neuem beginnen kann.

Um mit dem Pinsel in China eine neue Welt zu erschaffen.

Um die Rachsucht, die ihn in Italien gequält hatte ...

zu vergessen.

In Italien werden alle von Rachsucht gequält.

Das ist so ein Land.

Er ist nach China geflohen, um nach der Lehre des Ignatius von Loyola in seinem Inneren das Gute vom Bösen zu unterscheiden.

Ohne Hast.

Gut.

Er floh, weil ihm in Europa eine Strafe drohte.

Er hätte verurteilt werden können.

Doch auch Ignatius war beinahe verurteilt worden.

Seinetwegen sind sie sogar in Streit geraten.

Kirche und Staat.

Beide wollten es.

Vielleicht konnte sich Ignatius deswegen retten.

Doch Pater Ripa, Pater Ripa sagt, dass er, Pater Ripa selbst, nur deswegen aus Europa abgereist sei … nur, weil dort alle die Disziplin verloren hätten.

Na, und den Enthusiasmus.

Alle haben ihn verloren.

Alle Jesuiten.

***

In China sind die Decken der katholischen Kirchen flach.

Pater Giuseppe Castiglione ist gekommen, um ihre Decken zu bemalen.

Zur Ehre Gottes.

So, dass niemand sie von den echten unterscheiden kann.

Von solchen wie in Rom.

Aber wegen dieser Dominikaner … wegen dieser Dominikaner … wegen dieser Dominikaner … Zusammen mit Pater Ripa musste er sieben Jahre in den Porzellanwerkstätten zubringen.

Auf einer Bank.

Teller und Vasen mit Email bemalen.

Statt der Evangelisten rötliche Päonien.

Statt der Märtyrer des Glaubens gelbe Rosen.

Statt der Glaubenskriege Lotosblumen.
Mondfarbene.
Und statt allem Übrigen goldene Chrysanthemen.
So haben Träume und Hoffnungen sich in einen blumigen Albtraum verwandelt.

Allerdings.
Pater Ripa sagt, wenn sie Franzosen wären … wären sie glücklich.
Dass es sie hierher verschlagen hat.
Warum?, fragt Castiglione.
Die Franzosen, sagt Pater Ripa.
Schon seit einigen Jahrzehnten versuchen sie, den Chinesen das Geheimnis der Porzellanherstellung abzuluchsen.
Wozu?, fragt Castiglione.
Für ihren König.
Schon gelungen?, fragt Castiglione.
Anscheinend, sagt Pater Ripa, noch nicht.
Was für unchristliche Gespräche …

Französische Jesuiten unterscheiden sich von anderen Jesuiten.
Die Spanier, Portugiesen und Italiener dienen dem Papst.
Die Franzosen ihrem König.
So waren eben die Voraussetzungen.
Nur so, sagt Pater Ripa.

Allerdings geriet Pater Ripa nicht wegen der Dominikaner auf die Bank der Porzellanwerkstatt.
Er geriet wegen eines Missverständnisses hierher.
Obgleich man eine Entscheidung des Kaisers vielleicht nicht als Missverständnis bezeichnen kann.
Pater Ripa geriet auf die Bank der Porzellanwerkstatt, nachdem der alte Vierte Kaiser der Qing-Dynastie ihn tausendmal gefragt hatte, ob Pater Ripa die Perspektive einer Landschaft zeichnen könne.
Ob er das könne?

Pater Ripa hatte auf diese Frage des Kaisers tausendmal geantwortet, er sei Porträtmaler.

Und könne Porträts malen.

Sogar Pater Ripa fällt es schwer zu erklären, warum es so gekommen ist.

Sein Talent ist es, Menschen zu nötigen, genau das zu tun, was er will, und auch, ein kompliziertes Gespräch zu führen – das liegt auf der Hand.

Man sagt: Er ist beinahe so wie Ignatius.

Nein, nicht besser.

Nur beinahe so.

Er hat beinahe dasselbe Talent wie Ignatius, doch er sitzt auf der Bank der Porzellanmaler.

Pater Ripa erklärt, sie seien »Jesu Truppe«.

Aber Truppen kämpfen doch nicht die ganze Zeit.

Manchmal sitzen sie auch.

Und Don Pedrini, sagt Pater Ripa.

Wer?, fragt Castiglione.

Pater Ripa erklärt.

Dieser Lakai, Don Pedrini.

Don Pedrini ist mit demselben Schiff gekommen wie Pater Ripa.

Er diente nicht nur, er sang auch noch, sagt Pater Ripa.

Einmal bat der alte Vierte Kaiser der Qing-Dynastie Don Pedrini, die ihm von den Europäern geschenkten Zimbeln und Spinette zu stimmen.

Und Don Pedrini antwortete dem alten Vierten Kaiser der Qing-Dynastie, dass Zimbeln nicht mit der Zunge, sondern mit den Händen gestimmt werden.

Und wo ist er jetzt?, fragt Castiglione.

Der Kaiser befahl ihm, nach Hause zurückzukehren, sagt Pater Ripa leise.

Wie?, fragt Castiglione.

Zu Fuß, sagt Pater Ripa.

Pater Ripa sagt, er habe einen Schwerz gemacht.

Der Kaiser hat Don Pedrini nicht befohlen abzureisen.

Doch Loyola machte niemals Scherze und lachte nie, sagt Pater Ripa.

Er verlor niemals seine feierliche Ruhe.

Er pflegte zu sagen: Leere Worte sind überflüssig.

Solche, die weder dem, der sie ausspricht, noch irgendjemandem anderen etwas nutzen und keinen Sinn haben.

Etwas nutzen.

Und außerdem sagte Loyola: In Gesprächen muss man jede Art von Klatsch vermeiden.

Klatsch, Flüche und Verleumdungen.

Die Beziehungen zwischen dem alten Kaiser und Don Pedrini waren so gut ...

Sie spielten sogar zu zweit auf einem Cembalo, sagt Pater Ripa.

Vierhändig?, fragt Castiglione.

Zweihändig, sagt Pater Ripa.

Wie?, fragt Castiglione.

Der Kaiser mit der Rechten, Don Pedrini mit der Linken.

Und wie konnte der Kaiser ihn wegschicken?

Don Pedrini hat doch drei seiner Söhne in Musik unterrichtet und konnte Musikinstrumente konstruieren, sagt Pater Ripa.

Eigenhändig.

***

»So kann es nicht mehr weitergehen«, sagte Mama Nora.

Vor einigen Wochen hatte sie sich mit ihrer besten Freundin zerkracht.

Sie waren über zwanzig Jahre befreundet gewesen.

Sie hatten sich so sehr zerkracht, dass Mama Nora sogar ihren Namen aus dem Gedächtnis gelöscht hat.

Sie hatte sich zerkracht und beschloss: »Das war's.«

Sie beschloss »Das war's« erst, nachdem sie sich durch einige Wochen nicht versöhnt hatten.

Sie beschloss »Das war's«, ich muss mein Leben wieder von vorne anfangen.

Und bereits am zweiten Tag begriff sie: Das Leben wieder von vorne anzufangen wird nicht gelingen, es ist schon zu weit fortgeschritten.

Und da beschloss sie: Ich muss es neu ordnen.

Dieses Leben.

Und sie beschloss, mit dem Neu-Ordnen bei Oma Amigorena zu beginnen.

»So kann es nicht mehr weitergehen«, sagte Mama Nora.

»So kann es nicht mehr weitergehen«, sagte Mama Nora. »Das muss ein Ende haben. In diesem Rauch kann man nicht leben.«

»*Gatos*«, sagte Oma Amigorena, während sie die rauchende Zigarette an den Rand des gläsernen Aschenbechers legte. »*Perros*«, sagte Oma Amigorena und blickte drohend in Mama Noras Augen. »Totale *Trabeza*[2]«, sagte Oma Amigorena und schlurfte in ihr Zimmer.

***

Don Pedrini hätte nicht nach China fahren sollen, sagt Pater Ripa.

Sondern nach Paraguay.

Einen solchen Gedanken hat Castiglione noch nicht gehört.

Dort hätte es mehr Nutzen gebracht, sagt Pater Ripa.

Vielleicht ist dieser Gedanke auch richtig, nur wollte Don Pedrini selbst nicht nach Paraguay fahren, und niemand konnte ihn dorthin entsenden.

---

2 Katzen … Hunde … Totale Trauer (span.)

Er ist kein Jesuit.
Und er ist freiwillig hierhergekommen.
Castiglione will etwas sagen.
Über Don Pedrini.
Pater Ripa sagt, man müsse jede Art von Klatsch, Flüche und Verleumdungen vermeiden.

***

Wie ein Kadaver, den man auf alle Seiten drehen kann, denkt Castiglione.
Pater Ripa ist nur sechs Jahre älter als er.
Und sie sitzen beide auf derselben Bank.
Dennoch sind sie durch mehr als nur eine Stufe getrennt.
Zwischen Jesuiten gibt es keine Gleichheit.
Nur eine militärische Hierarchie.
Und der Untergebene muss den Älteren ansehen wie Gott.
Und ihm gehorsam sein »wie ein Kadaver, den man auf alle Seiten drehen kann«.

***

Pater Ripa ist wegen der Wahrheit oder wegen seiner Starrköpfigkeit auf der Bank der Porzellandekorateure gelandet.
Das kann jeder sehen, wie er will.
Giuseppe Castiglione hingegen sitzt auf der Werkstattbank der Porzellanmaler nur wegen der Dominikaner.
Der Vierte Kaiser der Qing-Dynastie hat ihn weder über Zimbeln noch über die Perspektive befragt.
Castiglione ist nur deswegen auf der Bank der Porzellandekorateure gelandet, weil er nicht zur richtigen Zeit angekommen war.
Man kann natürlich sagen, dass man aus Portugal nach Kanton, nach Macao, gar nicht zur rechten Zeit kommen kann.

Manchmal braucht das Schiff fast ein Jahr.

Die Hälfte der besten Seefahrer Christi stirbt, ohne Kanton zu erreichen.

Entweder bricht das Schiff entzwei, oder es wird von Piraten überfallen.

Die chinesischen Piraten glauben aus irgendeinem Grund, die Jesuiten seien sehr reich.

Die Piraten überfallen sie und fordern zuerst Lösegeld.

Meist bekommen sie es nicht.

Das wird als Opfer bezeichnet.

Der eine oder andere Jesuit stirbt, nachdem er das chinesische Ufer erreicht hat.

An Skorbut oder an verschleppten Krankheiten.

Das wird ebenfalls als Opfer bezeichnet.

Für die Mission in China kommen nur die Besten, Bestausgebildeten und Sprachbegabtesten infrage.

Die Auserwählten.

Keine andere Korporation ist so vorsichtig bei der Aufnahme neuer Mitglieder wie die Jesuiten.

Die Regeln hat noch Ignatius skizziert.

Es kommen nur Gesunde, Starke, solche mit einnehmendem Äußeren und scharfem Verstand in Betracht.

Solche mit ruhigem Charakter, die aber zugleich auch energisch sind.

Besitz und Herkunft sind keine unerlässlichen Bedingungen.

Doch immer soll es eine vorzügliche Empfehlung geben.

In die Missionen fahren nur die Besten.

Und es kommen nur diejenigen an, denen es am besten vonstatten geht.

Castiglione war glücklich und lebendig in Macao angekommen.

Aber nicht zur rechten Zeit.

Er war angekommen, gleich nachdem der alte Vierte Kaiser der Qing-Dynastie mit der päpstlichen Bulle bekannt gemacht worden war.

Wären nicht die Beschwerden der Dominikaner gewesen, hätte es auch die päpstliche Bulle nicht gegeben, und der alte Vierte Kaiser hätte keinen Grund gehabt, verstimmt zu sein.

Und Pater Castiglione hätte nicht da sitzen und Pfirsiche auf Teller und Schüsselchen malen müssen.

Doch bei Castigliones Ankunft war die Bulle bereits offiziell laut verlesen worden.

Der alte Vierte Kaiser der Qing-Dynastie widersetzte sich ihr und gab bekannt: »Der Katholizismus muss in China verboten werden und alle westlichen Missionare, ausgenommen diejenigen, die Wissenschaft oder Technik beherrschen oder zu alt für die Rückkehr nach Hause sind, müssen nach Westen aufbrechen.«

Eine Missionsarbeit, die zweihundert Jahre gedauert hatte, war vergeblich geworden. Die zehn Jahre dauernde Arbeit von Pater Ripa ebenfalls.

In dieser Zeit war der Bart von Pater Ripa ganz lang und grau geworden.

Pater Ripa beteuert, er sei glattrasiert nach China gekommen.

Ungeachtet der Veränderungen sind Pater Ripa und Pater Castiglione noch immer in China.

Das heißt, in diesem China ist nicht alles verloren.

Pater Ripa wiederholt, während er Pfirsiche zeichnet, ständig, dass sie Krieger seien.

Angekommen mit einem speziellen Auftrag und jetzt auf den passenden Augenblick wartend.

Auf den Beginn der Schlacht, sagt Pater Ripa und malt Blätter.

Jeden Augenblick müssten sie bereit sein, den Kampf aufzunehmen.

Für die Kirche.

Es ist wirklich nicht alles verloren.

Die Chinesen haben sie doch nicht in Stücke geschnitten.

Sie haben sie ja doch noch nicht mit einem einzigen Messer in 1600 Stücke geschnitten, sagt Pater Ripa.

Wie etliche andere. Jesuiten.

Langsam.

Zwei Jesuiten sind noch in der Lage.

Sie sind noch in der Lage zu überlegen: Wie viele Kräfte sie haben.

Und von welcher Art diese Kräfte sind.

So viele, wie ihnen in der Verbotenen Stadt zugestanden werden.

Wenn es ihnen beiden auch an Begeisterung fehlt ...

Und an eben diesen Kräften.

Dass sie in all diesen Veränderungen und Unglücksfällen ... die wahre Gnade sähen.

Pater Ripa wiederholt: Auf der Welt fehlt es nicht an Orten.

Aus denen die Jesuiten vertrieben wurden.

Sowohl aus Venedig als auch aus Frankreich wurden sie vertrieben.

Aber danach ließ man sie doch zurückkehren?

Auch denen, die »das Wissen« haben, kommen ständig Zweifel.

Wenn Castiglione seine letzten Kräfte verliert und ihn wieder Zweifel und Wankelmut überkommen, wiederholt Pater Ripa aufs Neue.

All diese Worte.

Dreimal pro Jahr.

***

Warum sie nach China gekommen sind, ist beiden klar: Der General hat sie gesandt.

Nur der Jesuitengeneral kann entsenden.

Und sie gehorchten einfach und überließen ihm die Entscheidung.

An welchem Ort der Welt sie für die Kirche kämpfen sollten.

Doch Pater Ripa sagt: Er habe sich auch selbst dafür entschieden, nach China zu gehen.

Warum?, fragt Castiglione.

Pater Ripa antwortet: Er hat eine Stimme gehört.

Von oben.

Und was hat diese Stimme gesagt?, fragt Castiglione.

Dass das mein Schicksal ist, antwortet Pater Ripa.

Von diesem Augenblick an scheint Castiglione, dass der Körper von Pater Ripa Licht ausstrahlt.

Castiglione hingegen hat sich noch vor seiner Abreise aus Portugal mit Zweifeln gequält, im Kampf mit ihnen meditiert, gebetet, gebetet und gefastet, er hat keinerlei Visionen gehabt.

Vielleicht ist sein Glaube nicht hinreichend gefestigt?

Pater Ripa sagt: Ein Jesuit muss sich vor den Gedanken hüten.

Vor den Gedanken, er könne ein Heiliger werden.

Wie Ignatius.

Kaum tauchen solche Gedanken im Kopf eines Jesuiten auf, muss er sogleich mit der Selbstschulung beginnen.

Mit Gebeten.

Pater Ripa sagt noch: Ihr Ziel ist es nicht, wegen der Heiligkeit zu geistlichen Heldentaten bereit zu sein.

Wie Ignatius dazu bereit war. Und wenn sich keine Visionen einstellen, soll man nicht niedergeschlagen sein.

Pater Ripa weiß mehr.

Und er erzählt Castiglione von den Visionen des Ignatius.

Während der Eucharistie sah Ignatius Christus, der vom Himmel herabgestiegen war.

Er sah aus wie wer?, fragte Castiglione.
Wie Lichtstrahlen, sagt Pater Ripa.
Er hat auch noch den Satan gesehen.
Ignatius.
Wem sieht er ähnlich?, fragt Castiglione.
Irgendjemandem, sagt Pater Ripa.
Schlangenartig, glänzend »wie tausend funkelnde, leuchtende Augen«.
Castiglione fragt, ob Pater Ripa den Satan gesehen hat.
Selbst.
Ob er ihn gesehen hat.
Pater Ripa fährt fort.
Ignatius hat Christus gesehen.
Nicht nur einmal.
Er hat Ihn in verschiedenen Gestalten gesehen.
In welchen?, fragt Castiglione.
Einmal sogar als irgendetwas Rundes.
Etwas Rundes?, fragt Castiglione.
Etwas Großes, Rundes und Glänzendes, sagt Pater Ripa. Wie Gold.

Ignatius hat auch die Heilige Dreifaltigkeit gesehen, sagt Pater Ripa.
Castiglione fragt nicht: In welcher Gestalt?
Als einen Feuerball, sagt Pater Ripa.

Ignatius hat auch Stimmen gehört, sagt Pater Ripa.
Aber seltener.
Obwohl Castiglione meditierte, betete und fastete, hatte er dennoch keinerlei Visionen.
Und hörte keinerlei Stimmen.

Zudem sagt Pater Ripa: Ignatius von Loyola konnte alle Bewegungen seines geistlichen Lebens so genau wahrnehmen, dass er »Gott dann gefunden hat, wenn es ihn selbst danach verlangte«.

Am wichtigsten ist die Willenskraft, sagt Pater Ripa.

Nicht alle Jesuiten sind in gleicher Weise mit der Konstitution vertraut.

Und nicht alle haben vom Leben des Ignatius von Loyola und von den Exerzitien gehört, die er geschaffen hat.

Jeder muss nur das wissen und lernen, was der Orden braucht.

Einmal, als ihn die Melancholie überkommt, sagt Castiglione zu Pater Ripa: Die Visionen des Ignatius sind einander recht ähnlich.

Man muss sich enthalten, sagt Pater Ripa.

Jeder Art von Klatsch, Flüchen und Verleumdungen.

***

»Warum machst du aus dem Brei ein Hügelgrab?«, fragte Schascha, zog den Wohnzimmervorhang, der die Sonnenstrahlen nicht durchließ, zur Seite und schaute auf den Teller von Oma Amigorena, der mit Rauten und Päonien dekoriert war. »Schmeckt es nicht?«

»Es ist nicht lustig«, sagte Oma Amigorena.

»Ich bin ganz deiner Meinung. Fasten ist die beste Art, gegen die Ungerechtigkeit der Welt zu kämpfen«, sagte Schascha.

Die Familie beschloss: vorläufig.

Vorläufig darf Oma Amigorena noch rauchen.

Fünf Zigaretten am Tag.

Und nur auf der Loggia.

Früher hat Oma Amigorena eine ganze Packung geraucht.

Täglich, und wo ihr danach war.

Also, vorläufig: fünf Zigaretten am Tag. Auf der Loggia.

Und nach einem Monat muss sie diese Anzahl auf vier reduzieren, nach einem weiteren Monat auf drei und so weiter.

»Ich habe es nicht verstanden«, sagte Oma Amigorena.

»Was?«, fragte sie ihre Familie.

»Was bedeutet ›und so weiter‹?«, sagte Oma Amigorena.

Und es bedeutet: nichts Gutes.

»Und an den Feiertagen?«, fragte Oma Amigorena.

Auch an den Feiertagen.

Oma Amigorena baute weiterhin aus dem Brei ein *Hügelgrab* und aß nichts.

»Die Pythagoreer«, sagte Schascha.

»Weeer?«, schrie Oma Amigorena auf, die auf das Wort »Pythagoreer« reagierte wie auf ein rotes Tuch.

»Weeer?«

»Die Pythagoreer«, sagte Schascha. »Die Pythagoreer dachten, die Nahrung sei eine Weise, die Welt aufzunehmen oder zurückzuweisen.«

»Was?«, fragte Oma Amigorena.

»Die Welt«, antwortete Schascha.

»Und wie soll ich jetzt leben?«, fragte Oma Amigorena. »Wenn ich nur Idioten um mich habe?«

Die Idioten antworteten nicht.

»Es gibt eine gute Art, damit aufzuhören«, sagte Schascha. »Man muss nur wollen.«

»...«

»Man muss versuchen, bis Mittag nicht zu rauchen«, sagte Schascha, »und am Nachmittag in Gedanken die erste Tageshälfte durchgehen ... und wie viele Male man in dieser ersten Tageshälfte wollte.«

»Was?«, fragte Oma Amigorena.

»Rauchen«, sagte Schascha. »Und danach diese Male zusammenzählen. Und auf einem Papier so viele Pünktchen zeichnen, wie es Male waren.«

»Ich kann nicht zeichnen«, sagte Oma Amigorena.

»Pünktchen zeichnen kann jeder«, sagte Schascha. »Am

Abend muss man alles von Neuem wiederholen: Wie oft am Nachmittag wollte man und wie oft hat man geraucht … und unten eine weitere Reihe von Pünktchen zeichnen. Und danach diese Zeilen vergleichen.«

»Ich kann nicht vergleichen«, sagte Oma Amigorena, »und jetzt ist mir klar, warum man dich hinausgeworfen hat.«

»Ich bin gespannt, warum?«, fragte Schascha.

»Weil du so …«, rang Oma Amigorena nach Worten, »fad bist. Und völlig humorlos!«

Kaum hatte sie es gesagt, ging sie in ihr Zimmer.

»Es gibt Menschen, die würden jeden umbringen«, sagte Schascha, »nur um ihre Gewohnheiten nicht aufgeben zu müssen.«

* * *

Die vierzigtägige Fastenzeit steht vor der Türe.

Pater Ripa sagt: Man muss den Willen und die Fantasie trainieren.

Und erzählt über die Nägel des Vierten Kaisers.

Aus der Erzählung kann man ermessen, dass sie sehr lang sind.

Castiglione hat die Nägel des Vierten Kaiser der Qing-Dynastie selbst nie gesehen.

Doch es braucht keine Askese, sagt Pater Ripa.

Wenn man den Willen und die Fantasie trainiert, stellen sich die Visionen von selbst ein.

Man muss nur den Charakter bilden.

Pater Ripa sagt: Nur eine Minderheit kann das ohne Anleitung machen.

Er sagt noch, das seien echte Ignatius-Worte.

Außerdem sagt Pater Ripa: Man muss sich beherrschen können.

Ich, sagt Castiglione, doch Pater Ripa lässt ihn nicht ausreden.

Pater Ripa sagt: Das »Ich« muss man vervollkommnen.

Aber nicht zu seinem eigenen Vergnügen.

Castiglione fragt schon nicht mehr: Weswegen?

Wegen dem, was dieses »Ich« vollbringen kann, erklärt Pater Ripa ungefragt.

Das Wichtigste ist, sagt Pater Ripa, die Ungerechten mit dem Schwert des Wortes zu besiegen.

Die Ungerechten mit dem Schwert des Wortes zu besiegen, das sich stets aufs Neue einstellende Böse zu bekämpfen, den Versuchungen des Teufels zu widerstehen und sich zu bemühen.

Sich zu bemühen, dass die Nichtchristen die Größe und den Glanz der Kirche sehen.

Solche Gespräche beim Sitzen auf der Bank der Porzellanmaler in einer Werkstatt, die mit Chinesen vollgestopft ist, sollten beruhigen.

***

»Versuche nur ja nicht, in unser Zu Hause eine Reality Show hereinzulassen«, sagte Schascha, als sie das Wohnzimmer betrat.

Diese Drohung galt Mama Nora, die mit Oma Amigorena und Miki auf dem Sofa saß und sich die Samstagssendung ansah, die das Leben von Künstlern aus der Innenperspektive zeigte.

»*Komon*«, sagte Oma Amigorena und erklärte, »das ist Englisch.«

Seit Schascha aus dem Doktoratsstudium geflogen war und vor allem, seit Schascha die Initiative von Mama Nora, Oma Amigorena zu Hause das Rauchen zu verbieten, unterstützte, war sie für Oma Amigorena überhaupt keine Autorität mehr.

Man könnte geradezu sagen: Sie war in ihren Augen gesunken.

»Ihre Englischkenntnisse würden nicht einmal für ein Gespräch über Sex reichen«, sagte Miki.

»Sprich nicht so«, sagte Mama Nora.

Manche europäischen Familien unterscheiden sich von denen im alten China sehr stark, andere überhaupt nicht.

Im konfuzianischen China erhielt derjenige die Familie, sogar die Tanten, Onkel und Neffen, der am erfolgreichsten war.

Der, der die staatlichen Prüfungen am besten bestanden und den höchsten Posten bekommen hatte.

In Europa gab es das auch: Ein Mensch erhielt mehrere.

Der Unterschied ist nur der, dass im alten China derjenige, der die Familie erhält, auch alle Entscheidungen trifft, in Europa hingegen nicht unbedingt.

In den europäischen Staaten ist die Gesellschaftsornung doch annähernd demokratisch.

Mama Nora ist die Einzige in der Familie, die arbeitet.

Sie schreibt erotische Krimis.

Darüber wird kontrovers gesprochen.

Sie schreibt kontrovers beurteilte erotische Krimis und hat eine erfolglose PR-Agentur.

Die erotischen Krimis schaden ihrem Ruf als PR-Spezialistin, und die Beaufsichtigung der Agentur hindert sie am Schreiben.

Die ganze Familie lebt von Mama Noras Geld.

Nur Oma Amigorena bekommt eine Pension.

Doch die spart sie für einen schwarzen Tag.

Mama Noras Tätigkeit wird von den Mitgliedern der Familie unterschiedlich betrachtet.

Oma Amigorena ist es egal, womit sich ihre Tochter beschäftigt.

Es kann sein, dass sie sich gar nie klargemacht hat, womit sich ihre Tochter genau beschäftigt. Ihr ist wichtig und es gefällt ihr auch, dass man über Mama Nora in den »schlüpfrigen« Illustrierten schreibt.

So bezeichnet Oma Amigorena die Hochglanzzeitschriften: als »schlüpfrig«.

Es kann sein, dass das die passendste Bezeichnung ist.

Miki erzählt ihren neuen Freunden gerne von Mama Nora.

Als Mama Nora aufhörte, für Kinder zu schreiben und zur Schriftstellerin kontrovers diskutierter erotischer Krimis wurde, wollte Miki als Mama Noras Tochter bekannt werden.

Ihren neuen Freunden erzählt sie, wie ähnlich sie ihrer Mutter ist, und dass sie als Erwachsene wahrscheinlich genauso berühmt sein und in die Fußstapfen der Mutter treten werde.

Im Unterschied zu Miki erzählt Schascha niemandem, dass sie *so eine* Mutter hat.

»Bist du hier nachdenklich oder besorgt?«, fragte Miki, als sie auf die Klatschzeitschrift zu sprechen kam.

Auf das Miniaturfoto von Mama Nora, das sich im unteren Eck von Seite 61 verbirgt.

»Nein, hier kaue ich vielleicht irgendetwas«, sagte Mama Nora, als sie das Foto betrachtete.

»Sind die Fotografen jetzt also dabei, auch in den Mund einzudringen?«, fragte Miki.

»Und wo möchtest du denn, dass sie eindringen?«, fragte Schascha.

»Du siehst hier nicht wie eine Schriftstellerin aus«, sagte Miki.

»Sondern wie wer?«, fragte Mama Nora.

»Wie eine kauende Fischgroßhändlerin«, sagte Schascha und erklärte: Es kommt oft vor, dass sich weder das Talent noch die Art der Beschäftigung eines Menschen in seinem Äußeren zeigt.

»Fisch ... großhändlerin?«, fragte Oma Amigorena, wandte sich vom Fernseher ab und beugte sich über die Zeitschrift. Doch das, was sie in dieser Zeitschrift sah, gefiel ihr nicht.

»Sie haben es ganz ans Ende gesteckt«, sagte Oma Amigorena erbost.

»In solchen Zeitschriften sind am Ende die allerbesten Plätze«, sagte Schascha.

»Hier ist es wie in China«, sagte Oma Amigorena und fragte, während sie mit dem Finger auf das Jäckchen deutete, das Mama Nora auf dem Foto trug: »Chanel?«

»Burberry«, antwortete Miki.

»Beinahe?«, fragte Oma Amigorena.

»Was beinahe?«, fragte Miki.

»Burberry«, sagte Oma Amigorena.

***

Pater Ripa sagt: Es ist genau der richtige Zeitpunkt für Castiglione, mit den Exerzitien des Ignatius zu beginnen.

Doch davon verstärkt sich Castigliones Melancholie nur noch.

Als ob sie sich dagegen verteidigen würde.

Castiglione fragt nicht, was Exerzitien sind.

Pater Ripa erklärt es ihm selbst: Exerzitien, das sind Gewissensprüfungen.

Welche?, fragt Castiglione.

Alle möglichen, sagt Pater Ripa.

Und das ist alles?, fragt Castiglione.

Nein, sagt Pater Ripa.

Alle möglichen Gewissensprüfungen: Betrachtungen, Kontemplation, Gebet.

Mündlich und in Gedanken.

Und alle anderen geistlichen Tätigkeiten, sagt Pater Ripa.

Dazu muss man noch um das bitten, was man am meisten begehrt, sagt Pater Ripa.

Zum Beispiel um tiefe innere Traurigkeit und Tränen des Grams.

Wegen der Sünden.

Castiglione möchte lieber malen.

Pater Ripa sagt: Wir sind zuallererst Jesuiten.

Und erst lange danach Maler.

Castiglione ist das völlig klar.

Ein Ignatius von Loyola wird aus ihm niemals werden.

Pater Ripa erzählt: In Paraguay haben die Jesuiten bereits einen christlichen Staat geschaffen.

Doch dort interessieren sich die Einheimischen nicht für Malerei.

Schade.

Daher fahren dort nur Jesuiten hin, die Musikinstrumente spielen können.

Und was spielen sie dort?, fragt Castiglione.

Was können sie dort schon spielen?, fragt Pater Ripa.

Alle möglichen Nichtigkeiten.

Und sie singen Psalmen.

***

Ein junger Körper widersetzt sich.

Er will nicht, dass der achtundzwanzigjährige Castiglione ein richtiger Jesuit wird.

Er will jeden Morgen, dass Castiglione ein Mann ist.

Pater Ripa sagt, dass man auch das überwinden kann.

Genauso, wie es Ignatius gemacht hat.

Pater Ripa hat die gesamte Lehre von Ignatius noch in Portugal kennengelernt.

Castiglione hingegen nicht.

Daher erzählt ihm Pater Ripa aus der Erinnerung davon.

Aber nur in Teilen und nur dann, wenn es wirklich notwendig ist.

Am Nachmittag, sagt Pater Ripa, muss man alles überprüfen, was einem am Morgen geschehen ist.

Stunde für Stunde.

Oder Handlung für Handlung.

Angefangen damit, wie man aus dem Bett aufgestanden ist, und bis zur Stunde der Überprüfung.

Danach.

Danach muss man auf die obere Linie Pünktchen machen …

Was?, fragt Castiglione.

Pünktchen. So viele Pünktchen, wie viele Male man in Sünde oder Schwachheit verfallen ist.

Und sich nach Kräften bemühen, sich zu bessern.

Bis zur nächsten Gewissensprüfung, sagt Pater Ripa.

Nach dem Abendessen muss man mit der zweiten Prüfung beginnen, sagt Pater Ripa.

Alles genau gleich.

Man muss Stunde für Stunde oder Handlung für Handlung überprüfen.

Von Mittag bis Abend.

Danach muss man auf die zweite Linie so viele Pünktchen setzen, wie viele Male man in Sünde oder Schwachheit verfallen ist.

Vor dem Einschlafen muss man sich ansehen, ob man irgendwelche Siege zu verzeichnen hat, sagt Pater Ripa.

Und am folgenden Tag muss man die Prüfungen wiederholen.

Und vor dem Einschlafen den zweiten Tag mit dem ersten vergleichen, sagt Pater Ripa.

Das Wichtigste ist, die Angst in sich wachzuhalten, sagt Pater Ripa.

Vor der Strafe, sagt Pater Ripa. Die Angst vor der Strafe.

Die Angst vor der Strafe, auf dass sie einen vor der Sünde bewahre.

***

Langweilig.

Für Castiglione ist es langweilig, auf der Bank zu sitzen.

Pater Ripa sagt: Castiglione kann zurückkehren.

Wann immer er will.

Er muss nur einen Brief an den General schreiben …

Doch sieh an, er, Pater Ripa, wird niemals mehr zurückkehren.

Es wird ihm nicht erlaubt werden.

Er kann nicht einmal in einen anderen Orden übertreten.

Höchstens in den Karthäuserorden.

Doch in der gesamten Geschichte des Jesuitenordens ist noch kein einziger Jesuit zu den Karthäusern übergetreten.

Warum?, fragt Castiglione.

Dort ist es sehr streng, sagt Pater Ripa. Die Ordensregel.

Man muss ein Schweigegelübde ablegen.

Und sie essen kein Fleisch, sagt Pater Ripa.

Die zweite Hälfte der vierzigtägigen Fastenzeit hat begonnen, doch die Nachricht, dass es den Karthäusern nie erlaubt ist, Fleisch zu essen, ist kein Trost.

Castiglione kann wegfahren, wann immer er will, sagt Pater Ripa.

Denn er ist unecht.

Ein »unechter« Jesuit.

Castiglione ist ein »Verlockter«.

Ein weltlicher Jesuit.

Davon gibt es viele.

Nur in China sind es wenige.

Die »Verlockten«.

Dazu werden meist diejenigen, die ihr Talent für bedeutende Ziele nützen wollen.

Künstler, Schauspieler.

Manchmal auch Literaten.

Wurde er mit irgendwelchen betrügerischen Machenschaften verlockt?

Castiglione kann sich nicht mehr erinnern.

Er ist schon fast sieben Jahre in China.

***

Und nichts kann ihn trösten.

Castiglione versinkt immer mehr.

Pater Ripa sagt: Am wichtigsten ist der geistliche Trost.

Man muss nur den Glauben, die Hoffnung und die Liebe vermehren, nur vermehren.

In sich selbst, sagt Pater Ripa.

Jede Art von innerer Freude vermehren, die einen zu den himmlischen Dingen ruft und hinzieht.

Zu den himmlischen Dingen und zur Rettung der Seele.

Man muss sich bemühen, sie zu beruhigen, sagt Pater Ripa.

Castiglione helfen keine Worte, keine Übungen und keine Gebete.

Und nur Pater Ripa kann sagen, was mit ihm los ist.

Du bist geistlich verlassen, sagt Pater Ripa.

***

Geistlich verlassen zu sein ist das genaue Gegenteil von geistlich getröstet zu sein.

Es beginnt die Verfinsterung der Seele, sagt Pater Ripa.

Sie erregt sich, es zieht sie hin zu irdischen und nichtigen Dingen.

Sie beginnt sich wegen aller möglichen Versuchungen und Ungemache zu erregen.

Und das stößt einen schon in den Unglauben.

Und dann bleibt man ohne Hoffnung und ohne Liebe, sagt Pater Ripa.

Und die Seele wird müßig und gleichgültig.

Und du selbst bist vergrämt und wie abgetrennt.

Wovon?, fragt Castiglione.

Von deinem Schöpfer und Herrn, sagt Pater Ripa.

Man muss denken, sagt Pater Ripa.

Man muss denken, dass alles nur zur Prüfung geschieht.

Dass Er dich nur verlässt, um dich zu prüfen …

Doch du wirst getröstet sein.

Wenn du nur mit all deinen Kräften gegen das Gefühl kämpfst, dass du verlassen bist, sagt Pater Ripa.

Du wirst beten, nachdenken, dein Gewissen prüfen und dich von ganzem Herzen der Buße hingeben.

***

Es gibt drei Gründe, sagt Pater Ripa.

Es gibt drei Gründe, warum wir uns verlassen fühlen, sagt Pater Ripa.

Der erste ist unsere Strafe.

Denn wir führen unsere geistlichen Übungen träge, nachlässig und ohne Leidenschaft aus.

Und dann entfernt sich der geistliche Trost einzig wegen unserer eigenen Schuld von uns.

Der zweite Grund, sagt Pater Ripa, ist die Prüfung.

Denn Er – Pater Ripa weist mit dem Finger zum Himmel –, denn Er will, dass wir unsere Kräfte erproben.

Wie viel wir wert sind und wie weit wir gehen können im Dienst an ihm und in seiner Verehrung, wenn wir weder Hilfe haben noch Trost noch Segen.

Und der dritte Grund, sagt Pater Ripa, ist die Unterweisung.
Durch sie erhalten wir genaue und richtige Erkenntnis.
Sowohl Erkenntnis als auch ein inneres Gefühl dafür, was nicht für unsere Kräfte bestimmt ist, sagt Pater Ripa.

In China gibt es kein Buch über die Lehre des Ignatius von Loyola, darum versucht Pater Ripa, sie mündlich weiterzugeben.
Pater Ripas Worte sollten Castigliones Zweifel zerstreuen.
Sollten.
Doch Castiglione zweifelt noch immer an seiner geistlichen Berufung.
Vielleicht möchte Castiglione nach seiner Rückkehr in Europa zu den Karthäusern übertreten?, fragt Pater Ripa.

***

Obgleich dem alten Vierten Kaiser der Qing-Dynastie die westlichen Theorien sinnlos erscheinen und ihn schon längst langweilen, interessieren ihn die Erfolge des Westens auf dem Gebiet der Anatomie noch immer.
Doch besonders interessieren ihn die westlichen Gifte und Arzneien.
Und er will sie unbedingt in der Praxis erproben.
Doch dem Kaiser Arzneien zu schenken, haben die Mandarine streng verboten.

Das Interesse des alten Vierten Kaisers an Medizin wäre ein neuer Schritt in der Verfestigung der Beziehungen geworden.
Wenn da nicht diese Dominikaner wären.

Müsste man für alle Misserfolge der Jesuiten in China einen Einzelnen verurteilen, so wäre es vermutlich dieser Spanier.

Der Dominikaner Domingo Fernandez Navarette.

Er weigerte sich, mit den Jesuiten über die »chinesischen Riten« zu diskutieren, gab seine Mission auf, kehrte nach Europa zurück und verfasste einen Traktat über China und seine Gebräuche.

Pater Castiglione hat dieses Buch nie gelesen, er hat nur davon gehört, aber er kann sich sehr gut vorstellen, was dort beschrieben sein könnte und wie.

Pater Ripa wiederholt immer wieder: Der alte Vierte Kaiser war schon fast Katholik. Einmal haben sie sogar über die Beichte gesprochen.

Doch der größte Traum von Pater Ripa, und nicht nur von ihm allein, sondern von allen: von den französischen Jesuiten, von den nicht-französischen Jesuiten, von denen, die überhaupt keine Jesuiten sind.

Ihrer aller Traum: dass der Kaiser sie seinen Sohn erziehen lässt.

Den künftigen Kaiser.

Und wären da nicht diese Dominikaner, wäre nicht dieser Domingo Fernandez Navarette …

Die Dominikaner sind überzeugt: Der Glaube kann den Chinesen nur auf dem richtigen, dem dominikanischen Weg weitergegeben werden.

Und die Weitergabe des Glaubens in China muss genau dieselbe sein wie in Europa.

Keine Interpretationen.

Und keine Abweichungen.

Außerdem sind die Dominikaner überzeugt: Die Jesuiten geben in ihrer Mission den Glauben – sowohl in China als auch anderswo – falsch weiter.

Unerlaubt falsch.

Die Jesuiten machen den Chinesen unerlaubte Zugeständnisse, indem sie irgendeine gemeinsame sinochristliche Religion schaffen.

Pater Ripa sagt: Mit den Dominikanern hat es zu allen Zeiten Probleme gegeben.

Und man muss sie so betrachten, wie sie in Spanien betrachtet werden.

Und wie werden sie in Spanien betrachtet?, fragt Castiglione.

Als Feinde, sagt Pater Ripa. Nicht als Konkurrenten, sondern als Feinde.

Die Dominikaner haben beim Papst sowohl den alten Kaiser als auch die Mission der Jesuiten angezeigt.

Sie haben angezeigt, dass die Jesuiten den Chinesen erlauben, ihre Ahnen zu verehren.

Neben den katholischen Riten.

Die Ahnengräber zu besuchen …

Neben den katholischen Festen die konfuzianischen Feste zu feiern.

Diese Dominikaner mischen sich überall ein mit ihrer Zensur.

Sie bemühen sich überhaupt nicht, sich für die chinesischen Gebräuche zu interessieren.

Sie verstehen nicht, dass der Christusglaube die Chinesen nur durch Gebete erreichen kann, die mit Petarden schießen, sagt Pater Ripa.

***

Ein Jesuit ist wie ein Apostel, sagt Pater Ripa.

Er muss allen alles sein, um sich die Herzen aller zu erkämpfen, sagt Pater Ripa.

Ignatius?, fragt Castiglione.

Erster Korintherbrief, sagt Pater Ripa.

Erster Korintherbrief?, fragt Castiglione.
In meinen eigenen Worten, sagt Pater Ripa.

***

Doch Don Pedrini ..., sagt Pater Ripa.
Nicht alles, was Pater Ripa über Don Pedrini sagt, entspricht ganz der Wahrheit.
Pater Ripa gefällt Pater Teodorico Pedrini nicht besonders.
Und nicht nur ihm allein.
Auch den anderen.
Auch den anderen Jesuiten.

Zuallererst deswegen, weil Pater Teodorico Pedrini kein Jesuit ist.
Er ist ein Lazarist.
Und obwohl die Lazaristen den Jesuiten in allem folgen, gefällt das den Jesuiten vielleicht gerade deswegen nicht.

Der zweite Grund: Pater Teodorico Pedrini ist von Anfang an mit dem alten Kaiser der Qing-Dynastie befreundet.
Während alle anderen ihm geradezu dienen oder für ihn arbeiten.
Und sich die Freundschaft des Kaisers nur ausmalen können.

Pater Teodorico Pedrini unterrichtet sogar den Sohn des Kaisers.
Allerdings nur im Clavichord-Spiel.
Doch das ist nicht das Wichtigste.
Das Wichtigste ist, dass Teodorico Pedrini selbst Briefe nach Rom schreibt.
Er schreibt und bekommt auch Antworten.
Er wusste als Erster von der Entscheidung des Papstes, in China die chinesischen Riten zu verbieten, er sprach als Erster mit dem alten Kaiser und schickte als Erster einen Brief nach Rom.

Er wusste, dass der Vierte Kaiser der Qing-Dynastie in dieser Frage wohlwollend gesonnen und beinahe bereit war, die Gesandten des Papstes zu empfangen.

Pater Ripa erzählt: Den alten Kaiser hat nicht der Brief des Papstes selbst aufgebracht.

Nicht sein Inhalt.

Den alten Kaiser haben die Gesandten des Papstes aufgebracht.

Sie waren mit der chinesischen Sprache und Kultur überhaupt nicht vertraut.

Auf beleidigende Art nicht vertraut.

Die Jesuiten hätten sich so etwas niemals erlaubt.

Doch wenn alles gut ausgegangen wäre, sagt Pater Ripa. Wenn alles gut ausgegangen wäre …

Don Pedrini hätte alle Verdienste für sich beansprucht …

***

Jetzt klagen alle die Jesuiten an, jeder, dem es nur einfällt.

Sogar schon die spanischen Franziskaner.

Nach den Klagen der Franziskaner hat der Papst den Jesuiten verboten, den Kaiser von China Seine Hoheit zu nennen.

Jetzt sind sie gezwungen, für den Kaiser alle möglichen anderen Namen zu wählen.

***

Castiglione ersucht, Pater Ripa möge einen Brief schreiben.

An wen?

An Michelangelo Tamburini. Den Ordensgeneral.

Dass Michelangelo Tamburini ihn, Castiglione, irgendwo anders hin entsende.

In eine andere Mission. Er kann nicht mehr weiter dasitzen und auf Porzellan malen.

Und nicht einmal die Exerzitien von Ignatius helfen.

Sie helfen nicht.

Sie sollen ihn, Castiglione, senden, wohin der Ordensgeneral und der Papst es für nötig befinden.

Vielleicht nach Indien.

Pater Ripa beruhigt Castiglione.

Indem er ihn an der Hand hält.

Zurückkehren kann Castiglione doch jederzeit.

Aber jetzt ist es am besten abzuwarten.

Man muss den Kaiser nicht in noch größere Zweifel stürzen.

Wenn man abwartet, ändert sich doch alles.

Sogar die Chinesen denken so.

***

Sieh da – etwas Gutes.

Der Kaiser lässt alle Augustiner und Franziskaner aus China ausweisen.

Denn sie sind nicht hinreichend gebildet.

Na was – die pure Wahrheit.

Das wird man über die Jesuiten niemals sagen.

Pater Ripa sagt: Das war die einzige Möglichkeit, diese Hetzer loszuwerden.

2.

Die Kommission der Kunstkenner hat dem Fünften Kaiser der Qing-Dynastie die Pferdeskizzen überbracht.

Castiglione hat keine Angst.

Dass sie sie unterwegs unabsichtlich zerreißen.

Die Skizzen hat er auf koreanisches Papier gezeichnet.

Das Papier ist so stark, dass nichts ihm unabsichtlich etwas anhaben kann.

Die Kommission ist weggegangen, doch Castiglione ist geblieben, um die Antwort des Kaisers abzuwarten.

Kann man die Seidenrolle bereits auswickeln und auf ein Holzgestell spannen?

Kann man bereits beginnen, darauf das Gemälde »Hundert Pferde« zu malen?

Man wird vielleicht lange warten müssen.

Eine chinesische Stunde dauert zwei europäische.

Nicht immer genau zwei.

Manchmal länger, manchmal kürzer.

Es hängt von der Jahreszeit ab.

Die Chinesen haben es meist nirgendwohin eilig.

Zuspätkommen ist in China üblich.

Nur die Arzneien nehmen sie zu den festgesetzten Zeiten ein.

Castiglione hat niemals gedacht, dass es in China so kalt sein kann.

Dass man an den Wintermorgen durch Schnee waten und sich die Hände in einer Mütze aus Fuchsschwänzen wärmen muss.

Die Kaiser der Qing-Dynastie sind keine echten Chinesen.

Sie sind Mandschus.

Stehen den Mongolen näher als den Chinesen.

Und sie vertrauen den Eunuchen nicht so, wie die vor ihnen herrschenden Chinesen ihnen vertraut haben.

Die Mandschu-Kaiser schätzen die Menschen der Wissenschaft am höchsten ein.

Die konfuzianischen Mandarine.

Und die Jesuiten.

Die Konfuzianer schätzen die Ehrfurcht so sehr wie niemand anderer in der Verbotenen Stadt, und wie niemand anderer in der Verbotenen Stadt hindern sie die Jesuiten daran, sich dem Kaiser zu nähern.

Sich ihm zu nähern und ihn zu bekehren.

Zum Glauben.

Pater Ripa sagt: Die Jesuiten werden am meisten von den Jesuiten selbst behindert.

Pater Ripa sagt: Die Jesuiten, die vor Castiglione nach China gekommen sind, wirkten sehr hochmütig und verhielten sich zu würdevoll.

Wie sehr, wie: zu viel?, fragt Castiglione.

Na, ihre Reden waren schon sehr pompös, sagt Pater Ripa. Und ihr Verhalten erst recht, sagt Pater Ripa.

Und die Schuld daran kann man nur der jesuitischen Erziehung geben.

In den Schulen der Jesuiten ist der äußere Glanz genauso unerlässlich wie die Schulung des Geistes.

Besonders wichtig ist, dass jeder ein Taschentuch hat.

Castiglione hat keinen geistlicheren Menschen als Pater Ripa getroffen.

Und keinen weiseren.

Die ersten Jesuiten in China schienen wie aus einem unsichtbaren Grund über die Erde erhoben, sagt Pater Ripa.

Wirklich, sagt Pater Ripa.

Sie waren immer erhoben.

Und nicht aus einem unsichtbaren Grund.

Sie wurden entweder von zwei Dienern in einer Sänfte getragen, sagt Pater Ripa.

Oder ohne Sänfte von einem Esel, sagt Pater Ripa.

Sie gingen nirgendwohin zu Fuß.

Und wenn sie sich entschlossen, sich irgendwohin zu begeben, krochen sie in einen von Dienern getragenen Palankin, sagt Pater Ripa.

Hinter ihnen ging eine Prozession von Begleitern.

Und was haben sie gemacht?, fragt Castiglione. Haben sie geistliche Lieder gesungen?

Pater Ripa übergeht die Frage und kommt auf die Mohammedaner zu sprechen.

Die Mohammedaner haben sich hier viel erfolgreicher eingerichtet als die Jesuiten.

In der Umgebung gibt es unzählige Moscheen, Minarette und mohammedanische Schulen.

Und sie sehen ganz wie Chinesen aus.

Sie tragen dieselbe Kleidung.

Und lassen sich dieselben Schnurrbärte wachsen.

Sie haben sich angepasst, sagt Pater Ripa.

Und unterscheiden kann man sie nur am Kopf.

Wie am Kopf?, fragt Castiglione.

Tragen sie keine Zöpfe?, fragt Castiglione.

Sie tragen weiße Käppchen, sagt Pater Ripa.

***

Der Kaiser ist verrückt geworden, sagt Pater Ripa.

Seine Exzellenz, wenn man ihn auch nicht so nennen darf, will die portugiesischen und die französischen Jesuiten in einem Haus unterbringen.

Das ist völlig unmöglich, sagt Castiglione.

Ja, das ist absolut unmöglich, sagt Pater Ripa.
Nur nicht mit diesen französischen Igingisten

***

Die Portugiesen nennen das Opportunismus.

Alle diese Versuche der Franzosen.

Das I-Ging zu studieren.

In den klassischen chinesischen Texten biblische Helden oder biblische Ereignisse zu suchen.

Und nicht nur zu suchen.

Sie auch zu finden.

Die Franzosen versuchen zu zeigen, dass die Chinesen von der Offenbarung wussten, sagt Pater Ripa.

***

In den Jesuitenschulen hatte jeder Schüler seinen speziellen persönlichen Konkurrenten.

Jede Klasse war in zwei Lager geteilt, die miteinander konkurrierten.

Damit sich kein Einziger der Sünde der Trägheit hingebe.

Konkurrenz ist für einen Jesuiten ein gewohnter Zustand.

Eine gute Nachricht vom Kaiser ist, dass er den Jesuiten der beiden Länder – den Franzosen und den Portugiesen – ihre Neujahrsgeschenke getrennt geschickt hat.

Viele Körbe Rehfleisch, Hasenfleisch, Fasanenfleisch und Fisch.

Auch Rehsehnen?, fragt Castiglione.

Ja, auch Rehsehnen, sagt Pater Ripa.

Und daran ist nichts verwunderlich, das ist doch die zweite Delikatesse im Palast.

Und was ist die erste?, fragt Castiglione.

Schwalbennestsuppe ist die dritte, sagt Pater Ripa.
Pilze, die an Affenköpfe erinnern?, fragt Castiglione.

Der alte Kaiser der Qing-Dynastie ist zu alt, sagt Pater Ripa.
Zu alt für eine Bekehrung.

***

Der Gesandte von Papst Clemens XI. ist angekommen, Ambrosius Mezzabarba.

In der Verbotenen Stadt und in der Mission der Jesuiten heißt es schon: Mezzabarba ist gekommen, um den wegen der »Chinesischen Riten« entstandenen Konflikt zu beschwichtigen, und er hat »acht Genehmigungen« mitgebracht.

Acht Genehmigungen für die chinesischen Riten.

Zu diesem Anlass wurde Teodorico Pedrini eingekerkert.

Er hatte sich geweigert, das letzte von Mezzabarba mitgebrachte Dokument zu unterzeichnen – das »Tagebuch der Mandarine«.

Und es ist nicht der Vierte Kaiser der Qing-Dynastie, der ihn eingekerkert hat.

Nein.

Sondern die, die das schon lange hätten machen sollen, sagt Pater Ripa.

Pater Teodorico Pedrini sitzt in der Residenz der französischen Jesuiten im Kerker.

Nicht einmal der alte Vierte Kaiser der Qing-Dynastie kann etwas dagegen unternehmen.

Oder vielleicht ist ihm diese Musik auch langweilig geworden.

Und vielleicht schmerzt ihn schon die rechte Hand. Von diesem Klavichord.

Es gibt auch Gutes.

Der Vierte Kaiser der Qing-Dynastie ließ Mezzabarba die Reliquien von de Tournon mitnehmen.

De Tournon war der erste.

Der erste Gesandte des Papstes, der versucht hatte, mit dem Vierten Kaiser der Qing-Dynastie wegen der »Chinesischen Riten« zu verhandeln.

Die Verhandlung scheiterte.

Es lag an de Tournon.

Er wusste sich auch nicht zu benehmen, sagt Pater Ripa.

Wie viele der päpstlichen Gesandten.

Deswegen setzte ihn der Vierte Kaiser der Qing-Dynastie ins Gefängnis, und dort ist de Tournon auch gestorben.

Pater Ripa spricht feierlich, doch sichtlich zufrieden.

Jetzt lohnt es sich nicht zurückzukehren, sagt Pater Ripa.

Der Kaiser ist schon alt.

Und bald wird man einen neuen Versuch unternehmen können.

3.

Seit der Fünfte Kaiser der Qing-Dynastie den Thron bestiegen hat, gibt es Hoffnung.

Alle Jesuiten sind sehr erregt.

Sogar die Franzosen.

Die Aufregung in der Mission legt sich erst nach einigen Monaten.

Ist der Fünfte Kaiser zu alt oder nicht zu alt?

Für eine Bekehrung.

Die Frage bleibt offen.

Wenn er zu alt ist, soll er wenigstens den jungen Prinzen unterrichten lassen.

Castiglione ist auch erregt.

Seine Erregung dauert länger, und die Unruhe legt sich erst nach vier Jahren.

Der Fünfte Kaiser der Qing-Dynastie versetzt ihn in die Malereiwerkstatt.

Da entscheidet sich Castiglione abzuwarten.

Abzuwarten und den Brief an den General nicht zu schreiben.

***

Giuseppe Castiglione hat die dem Gemälde »Hundert Pferde« gewidmete Rolle schon früher ausgewickelt und vermessen.

Fast acht Meter Seide.

Der Wunsch und die Bestellung des Fünften Kaisers der Qing-Dynastie wurden für Castiglione erst nach und nach verständlich.

Obgleich der Kaiser nach Kräften versucht, Chinese zu sein und sogar die Konfuzianer unterstützt, um vor sich selbst und vor anderen seine halb-mongolische Herkunft zu verbergen, bleibt er dennoch ein wenig Mongole.

Und das Pferd ist im Leben eines jeden Mongolen das Wichtigste.

Castiglione hat sogar Folgendes erzählen hören: Die Führer der mongolischen Armee pflegten ihren Soldaten die Füße abzuhacken.

Damit diese nie mehr aus dem Sattel steigen könnten.

Das wird man von den Chinesen nicht sagen können.

Das Prinzip »Hundert« ist in der chinesischen Malerei nicht neu.

Einer der alten chinesischen Landschaftsmaler hat Castiglione einmal von dem berühmten Bild »Die Kindheit« erzählt.

Darauf sind hundert Kinder gemalt.

Und hier kommt es nicht auf die Zahl an.

Einer der berühmtesten Pferdemaler der Song-Dynastie hat mehr als tausend Pferde gemalt.

Wobei er das Werk eines Pferdemalers der Tang-Dynastie kopierte.

Das war vor mehr als sechshundert Jahren.

Dieser Maler der Tang-Dynastie war zu seiner Zeit auch der berühmteste.

Ob der Maler der Song-Dynastie den der Tang-Dynastie genau kopiert hat oder besser gemalt hat, ist nicht klar.

Nach dem Kopieren verschwand das erste Bild und die Kopie wurde zum echten.

So ist es nun einmal.

Auf die Seidenrolle malte der Meister der Song-Dynastie in Kopie eintausendzweihundertsechsundachtzig Pferde und einhundertdreiundvierzig Menschen, die sie beaufsichtigen.

Auf diesem Bild schreiten alle Pferde einher wie ein einziges.

Und das wirkt wie ein Pferdemeer.

Wie das Heer des Kaisers von China.

Das Prinzip der »Hundert Pferde« ist ein völlig anderes als das der »Hundert Kinder«.

Giuseppe Castiglione durchschaute es selbst.

Er zeichnete mehr als zweihundert Pferdeskizzen und erst dann durchschaute er es.

Um wirklich zu begreifen, was ein Pferd ist und was ein Kind, genügt ein Pferd und ein Kind nicht.

Ein Pferd kann das Wesen des Pferdes vor dem Betrachter verbergen.

Der Betrachter sieht doch nur den Charakter und die Mängel eines einzigen Pferdes.

Das ist dasselbe, wie nach einer einzigen Frau ... was für ein unpassender Gedanke ...

Besser: Das ist dasselbe, wie aus einem einzigen chinesischen Denunzianten auf die Gewohnheiten aller chinesischen Maler zu urteilen.

***

Beim Vierten Kaiser der Qing-Dynastie denunzierten alle die Jesuiten: die Dominikaner wie die Franziskaner.

Beim Fünften Kaiser denunzierte man nur ihn allein.

Nur Castiglione.

Und man denunzierte ihn nicht als Pater Castiglione, sondern als Maler.

Der erste Denunziant ist ein Chinese namens Tou I-Kuei.

Doch Castiglione will nicht an ihn denken.

An ihn denken und Vermutungen darüber anstellen, was dieser Denunziant der Kommission der Kunstkenner noch sagen wird.

Das würde Castigliones Leben hier ganz und gar unerträglich machen.

Das Schlimmste wäre natürlich, Castiglione will nicht an dieses Schlimmste denken … – das Schlimmste wäre …, wenn der Kaiser ihn heimschicken würde.

Wie diese …

4.

Warum wollen die Menschen in der Altstadt wohnen?

Ganz und gar nicht, weil sie es von hier aus näher in die Kirche haben.

Niemanden zieht es in diesen Zeiten dorthin, auch wenn der Anblick der vergoldeten Kirchtürme in den ersten Monaten des Wohnens in der Altstadt ausnahmslos allen Freude bereitet.

Sogar denen, die an Staurophobie leiden.

Denjenigen, die keine Luft kriegen, wenn sie ein Kreuz sehen.

Viele wollen auch nicht in der Altstadt wohnen, weil man, geht man die Stiege zur Straße hinunter, Japaner zu sehen bekommt.

In der Altstadt wohnen die Menschen auch nicht wegen der Musik.

Sie können Cafés und Musik nicht ausstehen.

Wann immer sie nur können, beschweren sie sich darüber.

Menschen leben sogar in der Altstadt, ohne sich darum zu kümmern, dass in den letzten zweihundert Jahren in ihrer Wohnung mehr als fünfzehn Menschen gestorben sind.

Einige sind sogar eines gewaltsamen Todes gestorben.

Altstadtwohnungen lieben die Menschen wegen ihrer Kuriosität.

Besonders mögen es die Menschen, wenn sie nur über einen Balkon in die Wohnung gelangen können.

Oder über eine Betonbrücke, die aus dem Stiegenhaus in ihre Wohnung führt.

Oder über eine rostige Metallleiter, die auf der Rückseite des Hauses befestigt ist.

Eine solche Leiter vereist im Winter, und wenn die Altstadtbewohner eines Morgens ihre Wohnungstüre öffnen, finden sie diese Leiter nicht mehr vor, denn es gibt immer jemanden, der diese Leiter noch notwendiger braucht.

Die Altstadtbewohner mögen besonders das durch zweihundert Jahre vom Rauch des Ofens unabwaschbar geschwärzte Parkett.

Sie mögen Nischen, durch die gut zu hören ist, was die Nachbarn im Bad und im Schlafzimmer machen.

Wenn das Horchen für beide Seiten langweilig wird, verstellen beide Seiten diese Nischen mit einem Kasten oder einem Bücherregal.

Ein Großteil der in der Altstadt wohnenden Menschen liest gerne Bücher.

Die in der Altstadt wohnenden Menschen sind stolz auf fünfeckige Zimmer, trapezförmige Küchen ohne Fenster und nicht funktionierende Kachelöfen.

In der Wohnung, in der Miki, Schascha, Mama Nora und Oma Amigorena leben, kann man auf zwei Dinge stolz sein.

Das erste befindet sich im Wohnzimmer, die zweite Besonderheit, die Stolz hervorruft, hingegen neben der Küche.

Im Wohnzimmer, genau dort, wo jetzt eine riesige, rote *Ottomane* steht, erschoss sich vor zwanzig Jahren ein honoriger Bankbesitzer, und später erschlug ein Mann seine Frau mit einer Axt.

Nein, er war kein Holzfäller.

Zu Hause war einfach ein Herd.

Und, wie Schascha sagt, die Erschlagene hat ihn vermutlich nicht gewissenhaft geschürt, und es war kalt.

Deshalb ist diese Aufgabe im Haushalt jetzt Schascha anvertraut.

Die zweite gute Sache in ihrer Wohnung ist der Schacht, der von dem Lift geblieben ist, mit dem Geld transportiert wurde.

Früher, noch vor dem Vorfall mit der Axt, war in ihrem Haus eine Bank.

Hier, vor dem Schacht des Lifts für Geldtransporte, wollte sich der honorige Bankinhaber anfangs auch erschießen.

Doch dann überlegte er es sich anders und kehrte in sein Arbeitszimmer zurück.

Die Bank ging also bankrott, die Bankangestellten, die sich nicht erschossen hatten, ließen sich zu Bürgern umschulen, und mit diesem Lift wurde nie mehr Geld transportiert.

Das Leben in der ehemaligen Bank ist deswegen angenehm, weil einem nicht die Bank irgendetwas wegnimmt, sondern man selbst quasi der Bank.

Das ist wie eine gelungene Plünderung.

Im Schacht des Bankliftes befindet sich weder Geld noch der Lift selbst.

Diejenigen, dic das Haus umgebaut haben, haben ihn abmontiert und weggeschafft.

Und Nora, Oma Amigorena, Schascha und Miki beschlossen, den Schacht bis zur Hälfte abzureißen.

Sie haben darüber eine Loggia errichtet.

Eine marokkanische, wie Schascha sagt.

Die Loggia ist mit blau und weiß glasierten Fliesen ausgelegt.

Wenn man sich richtig bückt, kann man in diesen mit Glasglasur bedeckten, indigofarbenen Fliesen in seinem eigenen Spiegelbild eine ägyptische Sphinx erkennen.

Von vorne.

»Es gibt im Leben auch wichtigere Dinge zu erkennen«, sagt Oma Amigorena über die ägyptische Sphinx.

Mama Nora war keineswegs dagegen, den Schacht abzureißen und an seiner Stelle nur einen französischen Balkon zu errichten.

Das heißt: In die Nische nur Balkontüren einzusetzen und sie mit einem kleinen schmiedeeisernen Zaun zu umgeben.

Mit Tulpen.

Schließlich haben Miki und Schascha Mama Nora überzeugt: Wenn nur ein französischer Balkon errichtet wird, wird ihn niemand benutzen können. Oma Amigorena wird ihn die ganze Zeit okkupieren. Oma Amigorena selbst bestätigte, dass es genau so sein würde.

Also musste über dem Geldtransportschacht eine marokkanische Loggia errichtet werden, die ihn halb verdeckte.

Das Gitter der Loggia beschloss man, nicht mit Tulpen zu schmücken, sondern mit Rosen und Farnen.

Die Farne gefallen Oma Amigorena nicht besonders.

Sie gefallen ihr nicht, seit Miki gesagt hat, Farne seien prähistorische Gewächse und würden jetzt nur mehr auf Gräbern gepflanzt.

Als der halbe Schacht abgerissen war, erschien auf der gegenüberliegenden Mauer – gegenüber der Glastür der Loggia – nach und nach ein Gesicht.

Es war für alle Wohnungsinsassen zu sehen.

Dieses Gesicht hat sich vermutlich durch den vom Regen herunterrieselnden Putz gebildet.

Oma Amigorena hatte lange Angst, alleine rauchen zu gehen.

Wegen der Überzeugung.

Dass das wahrscheinlich der Teufel sei.

Doch nicht etwa Gott?

Schascha dachte einige Zeit nach und erklärte, dieses Gesicht auf der Mauer ähnele einem Kapuzineraffen.

So einem chinesischen Affen.

Schascha zeigte Oma Amigorena sogar einen Kapuzineraffen im Internet.

Es verging einige Zeit, bis Oma Amigorena laut erklärte, dass sie Affen sehr gerne habe.

Der Affe auf der Mauer hatte einen langen Bart, wie ein Chinese.

Und Schascha sagte, nachdem sie ihre Bücher durchgeblättert hatte: Das ist wahrscheinlich der König der chinesischen Affen.

Sūn Wùkōng.

»Woher hast du diesen Wun …?«, fragte Miki.

»Aus einem chinesischen Buch«, sagte Schascha.

»Liest du schon Chinesisch?«, fragte Oma Amigorena.

»Noch nicht«, sagte Schascha.

»Ich auch«, sagte Oma Amigorena. »Wie heißt dieses Buch?«

»›Die Reise nach Westen‹«, sagte Schascha.

Die Fenster des Wohnzimmers bilden einen Winkel.

Zwei gehen auf die Straße, zwei in den Hof.

Ein Aquarium.

Unten, im Hof, sind zwei Chinesen, die Köche des neuen chinesischen Restaurants, sie spielen Badminton.

Es ist noch nicht Mittagszeit.

»Und wer ist dort wohin gereist?«, fragte Oma Amigorena.

»Wer wohin?«, fragte Miki.

»Na, in dem Buch über das Äffchen«, sagte Oma Amigorena.

»Sūn Wùkōng reiste zusammen mit anderen Kampfgefährten, um das Sūtra zu holen«, antwortete Schascha.

»Was?????«, fragte Oma Amigorena.

»Das Sūtra«, sagte Schascha.

»Was????«, fragte Oma Amigorena.

»Das Sūtra«, sagte Miki.

»Klar«, sagte Oma Amigorena.

Chinesen sind wie Schmetterlinge. Man könnte auch nicht hinschauen, doch sie sind sehr interessant.

»Und wie heißt dieses Buch?«, fragte Oma Amigorena noch einmal.

»›Die Reise nach Westen‹«, wiederholte Schascha.

»Und was würdest du auf dieser Mauer sehen, wenn du dieses Buch nicht gelesen hättest?«, fragte Oma Amigorena und zeigte mit dem Finger durch das Fenster auf die abbröckelnde Mauer.

Die Chinesen spielen schweigend – ohne zu zählen.

Ihr Badminton ähnelt einer chinesischen Gymnastik.

Beide spielen nicht professionell.

Aber es ist doch schön anzusehen.

»Und was konnte dieses Äffchen noch?«, fragte Oma Amigorena.

»Mit dem Bösen kämpfen«, sagte Schascha. »Wunder wirken.«

»Auf dem Wasser gehen?«, fragte Miki.

»Auf Wolken«, sagte Schascha.

»Na, das – kommt auf dasselbe hinaus«, sagte Miki.

»Auf dem Wasser braucht man nicht zu gehen«, sagte Oma Amigorena.

»Und was soll man dort machen?«, fragten Schascha und Miki.

»Wäsche waschen«, antwortete Oma Amigorena und, als würde sie sich an etwas erinnern, begann sie sofort zu suchen, was man denn hier alles machen könnte …

Obwohl der gesamte Hausrat allen gemeinsam ist – genauer gesagt, der Großteil gehört Mama Nora –, hat jede Bewohnerin ihr eigenes Schlafzimmer.

Nur Miki hat kein Zimmer und schläft im Wohnzimmer auf der *Ottomane*.

So hat sie tagsüber gar nichts, doch nachts gehört ihr fast alles, und Miki ist überzeugt, dass alle sie beneiden.

Vor allem Schascha.

Und Oma Amigorena.

Im Wohnzimmer, wo Miki schläft, hat jede Bewohnerin ihre eigene Lampe.

Oma Amigorena eine rote, gaufrierte Stehlampe aus den fünfziger Jahren des vergangenen Jahrhunderts, Schascha eine Lampen-Ananas, Miki eine kleine elfenbeinfarbene »Tiffany« mit Rosen.

Den Ständer dieser Lampe hält ein kupfernes Äffchen.

Aber kein Kapuziner, sondern eher ein Makake.

Seit Oma Amigorena sich selbst erklärt hat, dass sie Affen sehr liebe, kommt sie immer her, um dieses Äffchen zu streicheln.

Miki machte Schascha gegenüber sogar eine Andeutung, wenn Schascha ihre Lampen-Ananas Miki gäbe, dann könnte Miki ihre Lampe mit dem Äffchen der Oma geben.

Soll sie ihn doch herumtragen.

»Tiffany« – das sind diese Lampen, die nur zugedeckt schön sind, und auch das nur in der Nacht.

Sie bestehen aus kleinen Stücken farbigen Glases, die mit Bändern aus geschmolzenem Blei verbunden sind.

Deswegen kann man den Lampenschirm nicht ablecken und soll ihn besser auch nicht streicheln.

Dazu ist das Äffchen da.

Mama Nora gehört die große grüne »Tiffany« mit Libellen.

Alle hier möchten diese ihre Lampe, doch in nächster Zeit wird es keinem gelingen, sie sich anzueignen.

Sie ist ein Geschenk für Mama Nora zum fünfzigsten Geburtstag.

Geschenkt haben es ihr Schascha und Miki.

Und Oma Amigorena hat auch einen kleinen Beitrag dazu geleistet.

Alle außer Miki haben zu Hause ihr eigenes Zimmer.

Geht man von einem Zimmer in ein anderes, ist es, als würde man in ein anderes Land reisen.

Oma Amigorena lebt zwischen Landkarten von Argentinien.

Eine davon sieht aus wie der blutbespritzte Schnabel eines Geiers.

Und die andere – wie ein nicht bespritzter.

Das ist kein Fimmel, das ist Nostalgie.

Argentinien ist für Oma Amigorena ihre wirkliche Heimat, aber vermutlich wird sie nie dorthin zurückkehren.

Sinnlos, dorthin zu fahren ohne die Eltern.

Bei Oma Amigorenas Bett sieht es richtig aus wie in Holland.

Nur Stillleben.

Oma Amigorena bringt ständig aus der Küche Obst oder Beeren mit.

Manchmal auch einen Fisch.

Schascha wohnt im finstersten Zimmer.

Obwohl das Zimmer zwei Fenster hat – eines nach Nordosten, das zweite nach Nordwesten (das Haus ist so gebaut) –, ist es im Zimmer wegen der türkis-jadegrünen Tapeten mit goldenen Fischlein und Rokoko-Muscheln dunkel wie in der Höhle einer Bisamratte.

Zudem hat Schascha diese Wände selbst so beklebt, und jetzt gestattet sie niemandem, ihr Zimmer zu kritisieren, noch es zu betreten.

Schascha sagt, für Miki wäre es zu schwierig zu begreifen, was eine *Chinoiserie* ist.

Mama Nora und Oma Amigorena interessiert das absolut nicht.

Oma Amigorena versucht, dem zu widersprechen, doch Schascha erklärt nur, eine Chinoiserie – das sei so ein Stil.

Der von Ludwig XIV. vermischt mit dem chinesischen.

Das Zimmer von Mama Nora erinnert an ein englisches Mahagoni-Arbeitszimmer mit einer Bibliothek.

Wenn Miki ihrem neuesten Freund von ihrer Mama erzählt, sagt sie, dass ihre Mama zwar Autorin erotischer Romane ist, aber mit Büchern schläft.

Von Oma Amigorena und Schascha erzählt Miki ihren neuesten Freunden nichts.

Als gäbe es sie gar nicht.

Da Miki kein eigenes Zimmer hat, sondern im Wohnzimmer schläft, kann sie auch niemanden in ihr Zuhause mitbringen. In schwachen Momenten beschuldigt sie alle, dass sie es absichtlich so eingerichtet hätten.

Dieser Zustand ärgert sie noch mehr als die Tatsache, dass sie zu Hause kein Eigentum hat, ausgenommen die Lampe mit dem Makaken.

Das ist allerdings nicht wahr: Nur tagsüber gehört Miki nichts, doch nachts, wie bereits mehrmals erwähnt, gehört ihr hier alles.

Nachts schläft sie allein in einem dreißig Quadratmeter großen, gut gelüfteten Zimmer mit einer vier Meter hohen Decke auf der altertümlichen *Ottomane* in der Farbe roter Ziegel, in die mit grünem Faden Falter gewebt sind.

Vielleicht mag sie deswegen Falter und Schmetterlinge so gerne.

»Stellt euch vor, heute habe ich einen echten Schwalbenschwanz gesehen. So einen ganz hellen, bleichen. Vermutlich aus der ersten Generation. Ich habe noch nie einen gesehen. Bis jetzt.«

»Und was hat der gemacht?«, fragte Oma Amigorena.

»Na, was kann Ihrer Meinung nach ein Schwalbenschwanz

wohl machen?«, fragte Miki.

»Essen stehlen«, sagte Schascha.

»Und was hat er nun gemacht?«, fragte Oma Amigorena noch einmal nach, weil sie alles vom Schwalbenschwanz wissen wollte. Wie von einem Feind.

»Er attackierte unsere Tagetes«, antwortete Miki.

»Was nennst du unsere Tagetes?«, fragte Oma Amigorena interessiert.

»Die Blumen auf der Loggia«, antwortete Miki.

»Gut«, sagte Oma Amigorena. »Von heute an werde ich sie auch mit diesem verächtlichen Wort bezeichnen.«

***

Die Wände der Küche sind blau.

Sie sollten in Berliner Blau sein.

So einem Blau in Richtung Grau.

Doch anfangs waren sie zu grau, und beim Übermalen wurden sie zu blau.

Und niemand im Haus hatte mehr die Kraft.

Wieder auf die Leiter zu steigen und die vier Meter hohen Wände ein drittes Mal zu übermalen.

Auch wenn die Küche nur zwölf Quadratmeter groß ist.

Doch der Fußboden, der Fußboden in der Küche ist fast perfekt.

Ein französischer, sagt Schascha.

Na ja, wenn ein mit dunkelblau und weiß glasierten Fliesenrhomben ausgelegter Fußboden marokkanisch und einer mit weißen und schwarzen Fliesen französisch ist.

Dann ist er französisch.

Auf diesem »französischen« Fußboden hat sich in den acht Jahren des Familienlebens bereits eineinhalbmal ein deutsches Tafelservice für zwölf Personen angehäuft.

Alle Frauen in der Familie haben von wer weiß wo einen Hang zu unvernünftigem Luxus geerbt.

Und das ist noch nicht alles: Oma Amigorena schwellen auf diesem Fußboden sofort die Fußgelenke an.

Allerdings.

Man müsste ja nicht barfuß auf dem ungeheizten, »französischen« Fußboden herumgehen.

Hier ist doch nicht die Provence.

Miki erzählt ihren neuesten Freunden gerne, wie eines Nachts eine Fledermaus in ihre Küche geflogen ist.

Das bekräftigt nur die Theorie von Oma Amigorena, dass wir in einem Loch leben.

Mama Nora ist über die Fledermaus anderer Meinung. Ihrer Meinung nach können Fledermäuse nur in altertümlichen Häusern leben, und dort leben sie auch.

In unverdorbener Authentizität.

Und dass man genau solche Häuser in die Liste der Kulturdenkmäler aufnehmen müsste.

Und wenn nach einem Umbau die Fledermäuse im Haus nicht verendet seien und nach dem Überwintern in Südfrankreich wieder geflogen kämen, dann hieße das, dass das Haus ökologisch ist, sagte Mama Nora.

Oma Amigorena wollte wissen, was genau »ökologisch« bedeutet.

Schascha sagte, Großmütter seien jene Gesellschaftsgruppe, für die Ökologie schon nicht mehr aktuell sei.

***

»Ich habe das Gefühl, dass an Freitagen unter meinem Bett Mafiaversammlungen stattfinden«, sagte Miki.

»Bist du überzeugt, dass die Mafiaversammlungen unter deinem Bett stattfinden und nicht unter deinem Gehirn?«, fragte Schascha.

»Ja, völlig. Es ist schon der dritte Freitag, dass ich von elf Uhr abends an höre, wie unter meinem Bett gesprochen wird«, sagte Miki. »Fünf, sechs Männer. Sie beginnen ungefähr um elf und unterhalten sich vier Stunden lang.«

»Warum unter dem Bett?«, fragte Oma Amigorena.

»Und wo möchtest du es? Im Bett?«, fragte Schascha.

»Und worüber unterhalten sie sich?«, fragte Oma Amigorena.

»Worüber, das ist nicht zu verstehen«, sagte Miki.

»Hast du versucht, sie von dort unten herauszuziehen?«, fragte Oma Amigorena.

»Wenn du dich nicht ausschlafen kannst, können wir hingehen und mit ihnen sprechen«, sagte Schascha.

Sagte sie und teilte mit: »Unausgeschlafene Menschen neigen viel mehr zu Halluzinationen und Aggressionen als andere.«

»Mit wem? Mit wem sprechen? Mit der Mafia?!«, fragte Miki.

»Ich kann das machen«, sagte Oma Amigorena.

Und zeigte all ihre Entschlossenheit, indem sie gleichzeitig mit beiden Beinen auf den Boden stampfte und sich erhob.

»Ihr Heldentum brauchen wir wirklich nicht«, sagte Miki.

»Und was braucht ihr?«, fragte Oma Amigorena.

Weder Miki noch Schascha fanden eine Antwort auf die Frage, was sie von Oma Amigorena bräuchten. Und Oma Amigorena war beleidigt.

* * *

»Was denkst du, könnten erotische Englischstunden ein *life long learning business* sein?«, fragte Miki.

Das konnte nur bedeuten: Die Mafia war für sie von anderen Prioritäten überlagert worden.

»Vielleicht«, antwortete Mama Nora.

In der Presse heißt es ständig: Fernsehen ruiniert das menschliche Gehirn.

Miki ist ein augenfälliges Beispiel.

Sie hat eine Fernsehsendung über zwei Zwanzigjährige gesehen, die einen Lebensmittelhandel für Kleinkinder aufgezogen haben, und ist aus dem Häuschen.

Jetzt ist Miki überzeugt, dass sie jeden Augenblick ihres Lebens umsonst zugebracht hat. Sie hat sich nie verwirklicht und wird sich nie verwirklichen.

»Wir könnten das *french chic porno web* mit Fotos im Stil von Helmut Newton bestellen oder eine Serie auf CD herausbringen. Ich würde mich auf dem Cover abbilden lassen«, sagte Miki. »Schascha könnte das gut vertonen.«

»Du bist zu jung, um dich auf dem Cover eines Erotikheftes abbilden zu lassen«, sagte Mama Nora.

»Du willst dich also selbst abbilden lassen?«, fragte Miki.

»Hör mal, könntest du zehn Englischstunden erotisch vertonen?«, fragte Miki, als die Diskussion Schascha aus ihrem Zimmer herausgelockt hatte.

Nachdem Schascha aus dem Doktoratsstudium geflogen war, beschloss Miki, dass sie einander jetzt ebenbürtig wären.

»Worüber?«, fragte Schascha.

»Über das Transportwesen. Beispielsweise. Über Flugzeuge, Züge, Ausflüge ...«

»Über welche Ausflüge?«

»In die Natur. Oder auch über die Massage und über Kurorte. Über Behandlungen.«

»Und wer braucht das?«, fragte Schascha.

»Ich.«

»Du brauchst erotische Englischstunden?«, sagte Schascha. »Ich kann dich in eine Besserungsanstalt mit strengem Reglement in Großbritannien bringen.«

»Geben wir sie weg«, sagte Oma Amigorena mit Hoffnung in den Augen.

»Wen, wohin?«, fragte Mama Nora.

»Miki«, sagte Oma Amigorena.

»Wohin??«, fragte Mama Nora.

»Na, wohin denn«, sagte Oma Amigorena.

»Na, wohin denn?«, fragte Mama Nora.

»In die Besserungsanstalt«, sagte Oma Amigorena. »Hast du überhaupt nicht zugehört?«

Dass Erwachsene einander nicht zuhören können, das ist schon lange klar und das ist schon lange traurig.

Und man muss sofort das Bildungssystem umkrempeln, damit sich wenigstens in zwanzig Jahren irgendetwas ändert.

Ein anderer sehr trauriger Moment in menschlichen Beziehungen: Die Menschen können sich überhaupt nicht laut freuen oder am Essen erfreuen, das andere zubereitet haben.

Nach Oma Amigorenas »Geben wir sie weg« sog Miki die Luft ein, machte eine lange Pause, und dann ging sie die Sache wieder mit frischen Kräften an.

Allen war längst klar: Der Fehler war schon vor fünf Jahren begangen worden.

Als Miki sich zwischen dem Jesuitengymnasium und einer Schule mit verstärktem Handelszweig entschieden hatte.

Und sie hat sich für Zweiteres entschieden.

»Hier ist so ein Familien-*life long learning business*«, erklärte Miki, ohne Oma Amigorena Beachtung zu schenken. »Einen Teil des Lernstoffs werden wir an Schüler und Studenten verkaufen, einen Teil an Geschäftsleute. Ich möchte sechzig Prozent.«

»Sechzig Prozent?!!!«, wunderte sich Oma Amigorena.

»Sie werden hier von niemandem geschröpft«, sagte Schascha.

»Dann ist es gut«, sagte Oma Amigorena nachdenklich und fragte sofort: »Was ist ein *laif long lerning biznes*?«

»Wenn man das ganze Leben lang lernt«, antwortete Schascha.
»Das ganze?«, vergewisserte sich Oma Amigorena.
»Das ganze«, sagte Schascha. »Solange, bis man stirbt.«

Mama Nora möchte, dass sich irgendwann … in ferner Zukunft … wenn die Welt sich ändert …

Sie möchte, dass Schascha in dieses Doktoratsstudium zurückkehrt.

Dass sie dieses Studium abschließt.

Und dass alles seine Ordnung hat.

»Was machen Sie?«, fragte Miki, und blickte lange auf Oma Amigorena, die sich unter der gaufrierten Stehlampe über den Spieltisch beugte.

»Ich schreibe einen Brief«, antwortete Oma Amigorena nach einer Pause.

Es war ihr anzusehen: Schaschas letzte Worte hatten sie erzürnt. Sehr.

»An wen?«

»An die Polizei.«

»Worüber?«

»Über das *laif long lerning biznes.*«

»Welches *life long learning business*?«

»Deines … diese Englischstunden«, sagte Oma Amigorena. »Die erotischen.«

»Was haben Sie gegen meine erotischen Englischstunden?????«

»Ich will nicht lernen«, sagte Oma Amigorena.

»Und was wollen Sie?«

»Ich will fernsehen«, sagte Oma Amigorena.

***

»Jetzt sind Freiwilligenvereine sehr populär. Bei jungen Leuten«, sagte Miki.

»Bist du verrückt?«, fragte Schascha.

»Freiwillige sind unsere Zukunft. Unser aller Zukunft. Nur sie können das Land vor Stillstand und Nichtstun retten«, sagte Miki.

Miki ist unruhig, weil sie schon über zwanzig ist und sich im Leben noch nicht verwirklicht hat, sondern für andere lebt.

Solche Menschen muss man isolieren, damit sie sich wieder beruhigen.

»Was schlägst du vor?«, fragte Mama Nora.

»Ich glaube, Blut zu spenden«, sagte Schascha.

»Zu meiner Zeit spendeten die Freiwilligen nicht Blut, sondern vergossen es«, sagte Oma Amigorena und wandte sich ab.

»Jetzt ist nicht Ihre Zeit, und die Freiwilligen gehen mit dem Blut sparsam um«, sagte Miki. »Ich schlage eine ganz neue, noch nie verwirklichte Idee vor.«

»Welche?«, fragte Schascha.

»Einen erotischen Freiwilligen-Verein zu gründen ... Eine Bank. Eine Vereinsbank.«

»???«

»Für diese Angelegenheit könnte man sogar um Geld von der Stadtverwaltung ansuchen. Ich bräuchte aus der ganzen Angelegenheit sechzig Prozent.«

»Du denkst, die Stadtverwaltung gäbe für eine solche Angelegenheit Geld?«, fragte Schascha.

»Natürlich«, sagte Miki.

»Sonst stünde sie am Pranger, weil sie die Initiativen junger Leute nicht unterstützt.«

»Auf eine solche Tätigkeit kann man setzen«, sagte Mama Nora.

»Wäre nicht schlecht«, sagte Oma Amigorena, während sie Miki einen Stoß gab, um sich dazwischendrängen, auf das Sofa setzen und ihre Zigarettenpackung erreichen zu können.

Die Packung war leer.

Oma Amigorena wurde wütend und zerknüllte die Packung.

»Ist es denn so schwer aufzuhören?«, fragte Miki.

»Nach siebzig Jahren?«, fragte Oma Amigorena, während sie die Beine auf das niedrige Tischchen hob.

»Sie haben sich früher besser benommen«, sagte Miki.

»Na und«, sagte Oma Amigorena.

5.

Kaum hatte der Fünfte Kaiser die Herrschaft übernommen, schickte er, im Unterschied zu seinem Vorgänger umgehend – bereits nach vier Jahren – die Kommission der Kunstkenner, um Castiglione eine Frage zu stellen: Kann er die Perspektive malen?

Auf die Frage des Fünften Kaisers der Qing-Dynastie antwortete Castiglione: Er kann nicht nur die Perspektive malen, er kann sogar eine optische Täuschung malen.

Der Fünfte Kaiser war an den optischen Täuschungen, die er noch nie gesehen hatte, interessiert und bestellte einige Skizzen für den Alten Sommerpalast.

Die Kommission der Kunstkenner übermittelte: Der Fünfte Kaiser der Qing-Dynastie möchte den Saal der Vier Jahreszeiten mit europäischer Exotik schmücken. Nach fünf Monaten überreichte Castiglione der Kommission die Skizzen.

Die Kommission überbrachte sie dem Fünften Kaiser.

Der Kaiser antwortete: Die Arbeit ist wunderbar, doch den Grimassen der Kunstkenner entnahm Castiglione: Der Kaiser war nicht zufrieden.

Schließlich überbrachte ein Mitglied der Kommission die genauen Worte des Kaisers: Die optische Täuschung bereitet Freude, doch das Gemälde hat zu wenig Tiefe.

Der Fünfte Kaiser wünschte, dass an der Wand des Sommerpalastes ein großes Trompe-l'œuil-Zimmer entstünde.

Außerdem möchte der Fünfte Kaiser der Qing-Dynastie, dass hinter den Fenstern dieses Trompe-l'œuil-Zimmers ein großer Trompe-l'œuil-Garten zu sehen wäre.

Und dass er aussehe wie ein wirklicher, sagte dieses Mitglied der Kommission.

Castiglione begann, die Skizzen umzuzeichnen.
Mit innerem Beben.
Doch der Fünfte Kaiser hieß seine neuen Zeichnungen umgehend gut, und als die Fresken fertig waren, sandte er Giuseppe Castiglione sogar Geschenke.
Und nicht nur Nahrungsmittel von seiner Tafel.
Nahrungsmittel sandte er allerdings in über zehn Farben.
Der Fünfte Kaiser sandte ihm auch zwei Seidenrollen sowie einen Jadestempel mit dem Bild des Gekreuzigten.
Den Stempel hatte er natürlich von irgendeinem europäischen Monarchen bekommen, und wie es schien, hatte er dafür gar keine Verwendung.
Aber vielleicht darf man über den Kaiser nicht so denken.
Der Stempel war sehr kunstvoll geschnitten.
Aus chinesischer Jade.

Auch später schickte der Kaiser oft Geschenke, doch er selbst kam nie.
Weder um Castiglione kennenzulernen, noch um sich seine Arbeiten anzusehen.
Nach der erfolgreichen Fertigstellung des Trompe-l'œuil-Zimmers begann der Kaiser, Castiglione immer kompliziertere Aufgaben zu erteilen.
Er war in der Gunst des Fünften Kaisers der Qing-Dynastie gestiegen.
Diesen Schluss hat Castiglione daraus gezogen.

Auch wenn der Kaiser nicht kommt, um Castiglione kennenzulernen, gewährt er ihm immer mehr Privilegien.
Und sogar einen gewissen Status.
Jetzt ist er ein Lehrer.
Auf Geheiß des Kaisers hat Castiglione die begabtesten chinesischen Maler in der Perspektive zu unterweisen.
Castiglione hat versucht, Leng Mei zu unterweisen.
Diesen jungen Chinesen, den die Kommission empfiehlt, damit er in Castigliones Bild »Hundert Pferde« die »Knochen«

der chinesischen Landschaft malt.

Doch Ling Mei wendet diese Techniken überhaupt nicht an, wenn er chinesische Landschaften malt.

Castiglione weiß: Leng Mei interessiert sich nicht besonders für die Perspektive.

Leng Mei möchte lernen, Porträts zu malen.

Vor allem Frauenporträts.

Der Kaiser hat ein Mädchen in seinen Harem aufgenommen, das Leng Mei von Kindheit an kennt.

Und vielleicht sogar liebt.

***

Durch die Wohnzimmerfenster ist auch ein Baum zu sehen.

Durch die Wohnzimmerfenster ist mehr als ein Baum zu sehen, doch dieser eine ist der größte. Was für ein Baum das ist, weiß niemand.

Schascha bezeichnet ihn als Ulme.

Denn er ist keine Eiche, kein Ahorn und keine Linde.

Das heißt, er ist eine Ulme.

Im Winter biegen sich die Äste dieser Ulme nach oben wie eine edle, nachlässige, manierierte Tulpe, doch im Frühling und Sommer verdecken die Zweige die Sonne derart, dass es geradezu widerlich ist.

»Nimm dieses Kuvert«, sagte Oma Amigorena, als Miki, die sich vor der Ulme zu ekeln begann, schon fast aus dem Wohnzimmer in den Korridor hinausgegangen war.

»Wo wollen Sie es hingeben?«, fragte Miki.

»Nirgends.«

»Wollen Sie es verschicken?«

»Nein.«

»Was soll ich dann damit machen?«, fragte Miki.

»Du kannst es haben.«

»Das ist doch Geld«, sagte Miki, als sie das Kuvert geöffnet hatte.

»Geld?«, fragte Oma Amigorena.

»Geld.«

»Zu Weihnachten werde ich dir noch mehr Geld geben«, sagte Oma Amigorena nach einigem Nachdenken.

»Danke.«

»Viel Geld«, sagte Oma Amigorena, »werde ich dir geben.«

»Aber warum?«, fragte Miki irritiert.

»Ich will, dass du dich mir gegenüber verpflichtet fühlst«, sagte Oma Amigorena.

In anderen vergleichbaren Fällen sagt Oma Amigorena, dass Miki viel gescheiter ist als Schascha.

Und schöner als Schascha, und sich mit ernsten Dingen beschäftigt.

Nicht so wie Schascha.

Und dass Schascha sie, Oma Amigorena, nicht liebt.

Kein bisschen.

Sinn für Humor tut Familienbeziehungen sehr gut, Ironie hingegen zerstört sie.

***

Schon in Portugal sah der zukünftige Pater Castiglione – während er Schifffahrt sowie chinesische Sprache und Gebräuche studierte und versuchte, die pastorale Mission der Jesuiten zu verstehen – zum ersten Mal die von dem berühmten Kartografen Martino Martini angefertigten Landkarten des Chinesischen Reiches.

Als er diese Landkarten betrachtete, schien Castiglione: Das Territorium Chinas ist nahezu unbewohnt.

Wie »ungenau« die Zeichnungen von Martino Martini waren, begriff er erst, als er in die mit chinesischer Porzellanmalerei vollgestopfte Werkstatt geraten war.

Im Unterschied zu seinem Vater meint der Fünfte Kaiser nicht, dass Castiglione seinen Platz als Sklave in den Porzellanwerkstätten hat.

Er schickt ständig neue Aufträge, und Castiglione sitzt alle Tage wie ein Sklave in der Malerwerkstatt.

Muss Pater Castiglione denn ein solches Opfer bringen?

Doch er wird auch das aushalten.

Wegen der Mission und wegen der engeren Beziehung zum Kaiser hat er – Giuseppe Castiglione – bereits auf fast alles verzichtet.

Sogar auf seinen Namen.

Jetzt nennen ihn die Chinesen hinter seinem Rücken Lang Shining und sprechen ihn auch direkt so an.

Dreizehn Jahre sind hier, in China, vergangen, doch wenn Castiglione angesprochen wird, versteht er nicht sofort, dass Lang Shining – er selbst ist.

Jedes Mal scheint ihm: Das ist der Name von irgendjemand anderem.

Anstelle der Heiligen, Evangelisten und Glaubenskrieger malt er Pferde.

Und er weiß: Der Denunziant Tsou I-Kuei – ein Maler derselben Werkstatt, der auf keine Weise die Gunst des Fünften Kaisers der Qing-Dynastie erlangen konnte – denunziert ihn, Lang Shining, immer wieder beim Vorsitzenden der Kommission der Kunstkenner Sima Zhao.

Die Chinesen stellen sich Denunzianten mit der Stimme eines Schakals und Wespenaugen vor, die Bewohner Europas hingegen mit schielenden Augen, faulen Zähnen, einer verdorrten Hand und einem verkürzten Bein.

Und manchmal noch bucklig.

Der Denunziant Tsou I-Kuei ist schön wie die liebste Konkubine des Kaisers.

Nur größer und aufrechter.

Daher musste auch die Denunziation aus seinem Mund schön sein wie aus dem Munde eines Kuckucks.

Der Schüler Leng Mei hat bereits den Inhalt dieser Denunziation übermittelt.

Tsou I-Kuei sagt: Vielleicht gibt es von Lang Shining etwas zu lernen.

Für die Anfänger unter den Malern.

Lang Shining kann Häuser so malen, dass man sie sogar betreten kann, doch seinen Blick aus der Weite in die Enge (hier spricht der Denunziant Tsou I-Kuei vermutlich von der Perspektive) kann man leicht mathematisch errechnen.

Lang Shining ist ein Handwerker, kein Maler, sagt der Denunziant Tsou I-Kuei.

Aus den Reden kann man schließen, dass der Denunziant Tsou I-Kuei nicht mehr lernen will.

Er will Lehrer sein.

Der Denunziant Tsou I-Kuei ist, wie auch Leng Mei, Castigliones Schüler.

Nur vertraut Leng Mei Castiglione, Tsou I-Kuei hingegen nicht.

Pater Castiglione versucht, den in ihm gegen den Denunzianten Tsou I-Kuei aufsteigenden Hass zu beherrschen.

Er versucht, weise zu sein.

Er denkt: Beide haben ein hehres Ziel: Castiglione will den Fünften Kaiser zum Glauben bekehren, Tsou I-Kuei hingegen den Kaiser vor Irrwegen bewahren.

Bis jetzt gelingt es beiden nicht.

Kann der Konflikt zwischen verschiedenen Malerschulen mit dem Tod eines der Maler enden?

In Europa wahrscheinlich nicht.

Wenn er Tsou I-Kuei betrachtet, überkommen Castiglione immer wieder Visionen: Er sieht einen schrecklichen Tod und ein chinesisches Bühnenbild.

Castiglione stellt sich sich selbst vor.

Er stellt sich vor, dass er auf die Seite gefallen ist, mit dem Gesicht auf den frisch gekehrten Fußboden.

Und in sein Ohr wird eine in chinesische Gifte getauchte Nadel gesteckt.

Und niemand bemerkt sie.

Er sieht seinen Körper, übersät mit blauem Farbpulver.

Trotzdem noch besser.

Wäre es doch gelbe oder rote Farbe, denkt Castiglione.

Sie wären auf der blauen Seide seiner Kleidung besser zu sehen.

Ein Geschenk des Kaisers.

Castiglione schneidet einen Granatapfel und bespritzt die weiße Wand.

Mit seinem dunklen Blut.

Er versucht, es mit einem feuchten Fetzen abzuwaschen, und das Blut des Granatapfels wird an der Wand blau.

Die Lieblingsfarbe der Kaiser der Qing-Dynastie.

»Ich fürchte nur Gott, alles andere ist für mich nicht schrecklich.«

Mit den Worten des hl. Franz Xaver versucht Castiglione, sich zu beruhigen.

Doch kann man sich mit den Worten eines anderen Menschen selbst beruhigen?

Castiglione denkt viel an den Tod.

Sogar wenn dieser tragisch sein sollte, möchte er schön sterben.

Und er schämt sich dafür.

***

Einmal fand Castiglione, als er am Morgen in die Werkstatt kam, seinen Jadestempel nicht.

Und den ganzen Tag über dachte er an Tsou I-Kuei.

Den Stempel hatte der Fünfte Kaiser der Qing-Dynastie Castiglione geschenkt, doch wegnehmen konnte ihn, Castigliones Meinung nach, nur ein einziger Mensch.

Am Ende des Tages fand sich der Stempel.
Er war zu Boden gefallen.

In China wird Castiglione aufs Neue von Anfällen einer alten Krankheit heimgesucht.

Nachts leidet er unter Atemnot, als wäre er ertränkt worden.

Er wacht auf und denkt: Ich werde sterben.

Und danach hustet er lange.

Oder er steht auf und trinkt Tee.

Von Tsou I-Kuei träumt Castiglione nicht, doch er erinnert sich an ihn.

Dass es ihn gibt.

Sogar nachts.

Der chinesische Arzt sagt: Lang Shining vergisst nachts zu atmen.

Einfach so.

Er sagt es und gibt ihm zwei runde Bambusdosen.

Eine mit irgendwelchen chinesischen Kräutern, die andere mit einem dunkelgrauen Pulver.

Und außerdem sagt dieser Denunziant Tsou I-Kuei: Der Pinsel des Lehrers Lang Shining hat keinen Strich.

Erzählt Leng Mei.

Doch bis jetzt besteht kein Grund zur Aufregung: Die Denunziationen von Tsou I-Kuei verschwinden in den Ohren des Vorsitzenden der Kommission Sima Zhao und gelangen nicht an das Ohr des Kaisers.

Manchmal denkt Castiglione: Wenn sie dorthin gelangten, wäre es vielleicht sogar besser.

Vielleicht würden ihn wenigstens eine Zeit lang die unheimlichen Visionen eines farbigen Todes nicht verfolgen.

Doch Gefühle und Vorstellungen sind das, was es in Wirklichkeit nicht gibt.

Diesen Gedanken hört Castiglione von Leng Mei.

Von seinem Schüler.

Leng Mei ist von seinem zwanzigsten bis zu seinem fünfundzwanzigsten Lebensjahr von einem Kloster des Zen-Buddhismus zum anderen gewandert.

Jetzt ist er dreißig.

Außerdem sagt Leng Mei: Früher gab es in China Heilige, die sich als Maler ausgaben.

***

Der Vorsitzende der Kommission Sima Zhao ist nicht auf der Seite der Schreihälse.

Diese schreien, der Kaiser von China solle keine ausländischen Gifte trinken.

Ständig.

Von »ausländischen Giften« sprechen die chinesischen Mandarine im übertragenen Sinn.

Doch so sehr sie sich auch bemühen, den Fünften Kaiser der Qing-Dynastie zu überreden, er kommt von diesen Giften nicht los.

Überhaupt nicht.

Ihm gefallen exotische Sachen aus Europa sehr.

Castiglione ist hierhergekommen, um den Chinesen den Himmel zu eröffnen, doch wie es scheint, hat er seine Kräfte überschätzt.

Er kann hier nur eines: den Kaiser mit den faszinierenden Charakteristika der europäischen Malerei betören.

Und der Kaiser ist bis jetzt mit diesen Betörungen sehr zufrieden.

Der Fünfte Kaiser ist damit so zufrieden, dass er im Gegenzug versucht, Castiglione zu einem Chinesen zu machen: Wenn Castiglione in die Verbotene Stadt kommt, muss er jedes Mal chinesische Seidenkleidung tragen.

Die ihm der Kaiser geschenkt hat.

Sie ist dunkelblau, mit schwarzen Brokatborten.
So wie sie nur der chinesische Adel trägt.
Castigliones Kleidung ist mit fünf kaiserlichen Phönixen verziert.
Wie die eines Mandarins der obersten Klasse.

Um Jesuit in China sein zu können, muss sich Castiglione »umziehen«.
Den schwarzen baskischen Umhang ablegen.
Und den Hut.
Und die Soutane.
Und das Armutsgelübde brechen.
Doch er hält sich noch immer an die beiden anderen vom Orden festgelegten Regeln:
Die Tracht muss passen;
die Tracht muss in diesem Land üblich sein.

Pater Ripa erzählte, dass sich die ersten Jesuitenmissionare in China wie Buddhisten kleideten.
Sie glaubten, so wäre es leichter.
So wäre es leichter, die Chinesen zum christlichen Glauben zu bekehren.
Doch es stellte sich heraus.
Nachdem einige Jahrzehnte vergangen waren, stellte sich heraus, dass Geistliche in China einen viel geringeren Einfluss haben als in Europa.
Dass die Geistlichen in China einen viel geringeren Einfluss haben als die Mandarine.
Deswegen waren alle Jesuitenmissionare gerne damit einverstanden, eine andere Kleidung zu tragen.
Die Kleidung der Wissenschaftler.
Auch Pater Ripa ging mit der blauen Seidenkleidung herum, die mit Phönixen verziert ist.
Und Teodorico Pedrini.
Bis zu dem Zeitpunkt, als er eingesperrt wurde.

Jetzt überragt Castiglione alle chinesischen Maler nicht nur an Körpergröße.

Mit der blauen Seidenkleidung wirkt er wie ein Pfau unter grauen Kranichen.

In dieser Kleidung geht er sogar anders.

In kleineren Schritten.

Vermutlich begegnen ihm die Eunuchen am Tor der Verbotenen Stadt wegen dieser Kleidung mit etwas Ehrerbietung.

Sie treffen ihn hier jeden Morgen.

Wenn sie Castiglione sehen, legen sie ihre Hand an die Seite, schmiegen die Beine aneinander und verbeugen sich.

Dann entfernen sie sich langsam, um jemand Unsichtbarem über seine Ankunft zu berichten.

Der Maler ist in der Werkstatt angekommen: »Darf er herein?«, fragen die Eunuchen.

Unter den Mandschus haben die Eunuchen jeglichen Einfluss verloren und begonnen, sich vor allen zu verbeugen, deren Kleidung mehrere Phönixe oder Drachen aufweist.

An den Phönixen oder Drachen kann man im Palast leicht erkennen, »wer wer ist«.

Sind es viele Drachen, so handelt es sich um einen General, sind es viele Phönixe, so handelt es sich um einen hochrangigen Mandarin, vielleicht sogar um einen Minister.

Es hat sich herausgestellt, dass es nicht nur galt, eine andere Kleidung zu tragen.

Castiglione musste vom Fünften Kaiser der Qing-Dynastie auch einen weltlichen Rang annehmen.

Es gibt nur mehr eine Sache, die wir den chinesischen Kaisern noch nicht geopfert haben, denkt Pater Castiglione.

Das wird er niemals laut sagen.

Zu niemandem.

Damit diese seine Worte niemals an das Ohr des Kaisers gelangen.

Und solche Worte würden das Ohr des Kaisers so schnell

erreichen wie Hundegebell in der Nacht.

Die Jesuiten haben noch eine Sache, die sie nicht geopfert haben.

Der Kaiser hat sie noch nicht vor die Wahl gestellt: entweder China zu verlassen oder Eunuchen zu werden.

Sollte es dazu kommen, an wen müsste man einen Brief senden?

An den Schwarzen oder den Weißen Papst?[3]

***

Die Familie ist ein Ort, wo man einander erzieht, auch wenn man nicht daran glaubt, dass sich irgendetwas ändern wird.

Viele Menschen glauben, dass die Erziehung anderer Menschen ihre Mission auf Erden ist.

Und nicht die Zubereitung irgendwelcher Speisen.

»An wen schreiben Sie?«, fragte Miki, als sie Oma Amigorena erblickte, die sich unter der gaufrierten Stehlampe über den Spicltisch beugte.

»Wieder dorthin«, antwortete Oma Amigorena.

»An die Polizei?«

Oma Amigorena machte sich nicht die Mühe einer Antwort und nickte nur unmerklich mit dem Kopf.

»In welcher Angelegenheit?«, fragte Miki.

»Niemand versteht mich und niemand mag mich«, sagte Oma Amigorena.

»Das sind doch alte Hüte.«

»Ja, sicher. Aber hat sich während der ganzen Zeit etwas geändert?«, fragte Oma Amigorena und wiederholte enttäuscht: »Hat sich etwas geändert?«

3 Als Schwarzer Papst wird der General der Jesuiten bezeichnet.

Die Zigaretten kann man Oma Amigorena nur durch Scherze abgewöhnen.

Auf keinen Fall gewaltsam.

Und alle scherzen die ganze Zeit.

Es reicht schon.

»Es gibt so etwas wie eine elektronische Zigarette«, begann Miki.

»Rede keinen Stuss«, sagte Oma Amigorena.

Schaschas Theorie zufolge sind die beiden Hälften des menschlichen Gehirns nicht symmetrisch und werden sich nie miteinander verständigen, sosehr sie sich auch bemühen.

Aber bemühen muss man sich doch.

»Junge Leute müsste man nicht nur nach ihrem Aussehen unterscheiden, sondern auch danach, worüber sie sprechen«, sagte Schascha plötzlich grundlos.

»Und worüber sprechen diese deine jungen Leute?«, fragte Oma Amigorena.

»Junge Leute sprechen meist über das, was sie machen werden«, sagte Schascha.

»Und die anderen?«, fragte Miki beiläufig, um die Großmutter nicht noch mehr zu reizen.

»Und die anderen sprechen darüber, wie irgendjemand sich ihnen gegenüber nicht richtig verhalten hat«, sagte Schascha.

»Beleidige mich nicht«, sagte Oma Amigorena und warf nachlässig irgendetwas aus dem Fenster.

Schascha warf einen Blick aus dem Fenster – unten waren keine Chinesen.

»Gut, dass China die Menschenrechte noch immer einschränkt«, sagte Schascha.

»Was sagst du da?«, fragte Mama Nora. »Sprich nicht so.«

»Warum ist das gut?«, fragte Miki.

»Wären sie nicht eingeschränkt, so wüssten eine Milliarde und dreihundert Millionen Chinesen, dass sie überall dort leben können, wo sie nur wollen, und würden sich schnurstracks auf die Flucht machen«, sagte Schascha. »Und wo, glaubt ihr, möchten sie am liebsten leben, und wohin würden sie fliehen?«

»Wohin?«, fragte Oma Amigorena beunruhigt. »Doch nicht hierher?«

»Warum nicht?«, fragte Schascha.

»Hier ist es nicht interessant«, sagte Oma Amigorena. »Oder?«

»Hier wäre nicht genug Platz für sie«, sagte Schascha. »Doch wenn die Menschenrechte in China nicht eingeschränkt wären, würden die Chinesen ganz Europa verschlingen wie ein Drache einen Schwarm Fische.«

»…«

»Und außerdem. Das ist noch nicht alles«, sagte Schascha. »Man müsste sie versorgen.«

»Wen?«, fragte Oma Amigorena.

»Die Chinesen«, sagte Miki.

»Unsinn«, sagte Oma Amigorena.

»Wie die Chinesen selbst sagen: außen rund, doch innen eckig«, sagte Schascha.

»Was ist eckig?«, geriet Oma Amigorena in Rage. »Ich habe es nicht verstanden. Was ist eckig???«

»Wie die Chinesen selbst sagen: außen rund, doch innen eckig«, wiederholte Schascha. »Und dass ihre Rechte eingeschränkt werden, ist für uns ein Glück. Wie inhuman und unmenschlich das auch scheinen mag. Und wir müssen beten, dass …«

»Hast du dir das selbst ausgedacht?«, fragte Mama Nora.

»Nein«, sagte Schascha. »Ich gebe hier ein Gespräch zwischen dem deutschen Umweltminister und dem Ministerpräsidenten der Volksrepublik China wieder.«

»Wirklich?«, fragte Miki.

»Ja«, antwortete Schascha.

Und in ihrem Gesicht war zu sehen, dass sie nicht spaßte.

Alle dachten nach.

Oma Amigorena fragte, ob sie aus diesem Anlass nicht eine sechste Zigarette rauchen könne.

Nein, das könne sie nicht.

Alle schwiegen, und sie schalteten nicht einmal den Fernseher ein.

»Ich verstehe es nicht«, beschwerte sich Oma Amigorena.

»Was?«, fragte Miki.

»Warum sie hierher fliehen sollten.«

»Wenn das Leben irgendwo seinen Sinn zu verlieren scheint, dann wollen die Menschen dorthin fliehen, wo es einen Sinn zu haben scheint«, erklärte Schascha.

Oma Amigorena weinte still vor sich hin.

»Mag vielleicht jemand Fisch?«, fragte Mama Nora. »Es ist noch etwas übrig.«

»Ich«, sagte Oma Amigorena, nachdem sie nachgedacht und versucht hatte, mit der Hand ihre Tränen abzuwischen, »nicht.«

Danach schloss sie die Augen.

Und begann irgendetwas vor sich hin zu brabbeln.

»Was machen Sie da?«, fragte Miki.

»Ich bete«, antwortete Oma Amigorena.

***

Zu Castigliones Malerei passt die chinesische Malweise mit Strichen und Konturen nicht.

Und Castiglione kann die Tusche nicht so auf Seide auftragen wie die Chinesen.

Aber die Ölmalerei gefällt dem Kaiser nicht.

Die Chinesen können nicht in Farbe malen.

Sie färben nur.

Doch Castiglione kann das.

Aber am besten kann Castiglione die Fläche in einen Raum verwandeln.

Und er vermag es auch, dem Schatten Licht zu entlocken.

Die Kommission der Kunstkenner sagt, dass die Schatten dem Fünften Kaiser sehr missfallen.

Dafür gefällt dem Fünften Kaiser der Qing-Dynastie die Tiefe der Bilder – und das, was er als »Bewegung durch das ganze Bild« bezeichnet.

Offenbar hängt das mit einer Legende zusammen, sagt ein Mitglied der Kommission.

Mit welcher Legende?, fragt Castiglione.

Mit einer alten Legende von einem Kaiser, der in ein Bild entflohen ist, sagt das Mitglied der Kommission, doch die Legende erzählt er nicht.

Gebildete Chinesen verstehen es, ihr Geheimnis zu wahren.

Aber vielleicht ist die Legende auch so alt, dass sich niemand mehr genau daran erinnert.

Weder Castiglione noch Pater Ripa ist in den Porzellanwerkstätten gestorben.

Eines Tages fragte der alte Vierte Kaiser der Qing-Dynastie, der die früheren Fragen nach der Perspektive vergessen hatte, ob Pater Ripa nicht gelegentlich einen Kupferstich anfertigen könnte.

Pater Ripa antwortete: Er kann keinen Kupferstich anfertigen.

Er antwortete, dass er Porträtmaler sei.

Doch der alte Kaiser hat das überhört.

So wurde Pater Ripa zum ersten Menschen in China, der eine Malerei auf Metallplatten übertrug.

Für die Mission kann man gravieren und auch Kupfer ätzen lernen.

Für die Mission kann man sogar lernen, Schlangen zu essen.

Auch wenn die Chinesen selbst sagen, sie essen keine Schlangen.

Das tun nur andere Völker.
Barbaren im hohen Norden.

***

Kaum war der Fünfte Kaiser der Qing-Dynastie an die Macht gekommen, wies er schon nach einigen Jahren die französischen Jesuiten an, seinen Musiklehrer freizulassen – Teodorico Pedrini.

Die französischen Jesuiten waren sehr aufgebracht.

Der alte Vierte Kaiser hatte sowohl Pater Pedrini als auch Pater Ripa gemocht.

Nur Pater Ripa schien, der Kaiser habe Don Pedrini lieber gehabt.

Die beiden waren völlig verschieden.

Teodorico Pedrini war stämmig und gutherzig.

Pater Ripa schlank und etwas misstrauisch.

Ständig.

Jetzt ist Pater Ripa schon nicht mehr da.

Nein, nein, er ist nicht gestorben.

Er hat seine Arbeit getan und ist nach Europa gereist.

Davor sagte er: Der Fünfte Kaiser der Qing-Dynastie ist zu reif und selbstständig, als dass man ihn bekehren könnte.

Pater Ripa reiste nicht allein ab.

Sondern zusammen mit vier jungen Chinesen.

Nach Neapel.

Nach Neapel.

Castiglione sagt sich diesen Namen mit einer solchen Liebe vor.

Obwohl ihn mit Neapel nie etwas verbunden hat.

Castiglione ist in Norditalien geboren.

In Mailand.

In Europa wird Pater Ripa versuchen, die jungen Chinesen auszubilden.

Mit Unterstützung von anderen Jesuiten.

Er wird versuchen, sie zu Missionaren zu erziehen.

Und sie dann zurückzuschicken.

Nach China.

Es ist nur nicht klar, ob die jungen Chinesen diese Ausbildung durchstehen werden.

An einem der letzten Abende kam Pater Ripa mit allen vier jungen Chinesen zu Castiglione.

Um sich zu verabschieden.

Die Chinesen waren jung. Und sehr unterwürfig.

Während Castiglione den Tee aufgoss, unterhielt sich Pater Ripa mit seinen Schülern.

Zu Beginn über schwere und lässliche Sünden.

Pater Ripa sprach darüber, dass man in China leicht auch Spuren der christlichen Religion finden kann.

Man muss nur danach suchen.

Und wo kann man suchen?

Natürlich in den alten chinesischen Texten.

Dort kann man leicht finden, wovon auch in der Bibel berichtet wird.

Zum Beispiel die Geschichte der gefallenen Engel.

Pater Ripa wollte, dass Castiglione ihnen nicht den Rücken zuwende, sondern ebenfalls an der Diskussion teilnehme: Die jungen Chinesen hatten es nicht eilig, Fragen zu stellen.

Während Castiglione den Tee aufgoss, drehte er sich um und bemerkte …

Pater Ripa bemüht sich mit aller Kraft, einen seiner Schüler nicht anzusehen.

Den allerschönsten.

Sein Name ist Lucio Wu.

Pater Ripa sprach: Am wichtigsten ist das Feuer des Geistes und der Augen.

Das macht auf die Menschen einen weit größeren Eindruck.

Als eine graziöse Sprache und sorgfältig gewählte Worte.

Doch die wichtigsten Ziele eines jeden Jesuitenmissionars sind: die Ungläubigen mit dem Schwert des Wortes zu treffen, das ständig auftretende Böse zu bekämpfen und die Schlingen des Teufels zu lösen.

Zudem sprach Pater Ripa noch über die Liebe der Jesuiten.

Die Nächstenliebe.

Der Jesuit muss sich durch Eifer auszeichnen.

In diesen Angelegenheiten.

Lucio Wu versuchte mit aller Kraft, Pater Ripas Blicke auf sich zu ziehen.

Mit seinen Augen.

Später mit Fragen über das Opfer und das Leid.

Pater Ripa war nicht zu bewegen.

Hatte er Angst?

Doch als der Tee zubereitet war, überreichte Lucio Wu Pater Ripa eine Schale aus weißem Nephrit.

Um dessen Finger mit seinen eigenen Fingerspitzen zu berühren.

Als Pater Ripa die Schale zurückgab, antwortete er gleichsam in derselben Weise.

Eine sanfte Berührung bedeutet doch nichts?

Castiglione schloss die Augen.

Um den Duft zu spüren, ist es am besten, die Augen zu schließen.

Auf dem warmen Porzellan hält sich der Duft des Tees lange.

Aber Don Pedrini, sagte Pater Ripa zum Abschied.

Er wollte noch einmal über Don Pedrini sprechen.

Dass Teodorico Pedrini nichts erreichen werde.

Vermutlich.

Dass es Don Pedrini lediglich gelingen würde, die Allerärmsten zu bekehren, die nicht einmal genug Geld für die Riten der Ahnenverehrung haben.

Aber Don Pedrini, sagte Pater Ripa.

Doch er beendete den Satz nicht und verabschiedete sich.

***

Aber Teodorico Pedrini …

Aber Teodorico Pedrini erwarb ein Grundstück.

Samt einem Gebäude.

Zwischen der Verbotenen Stadt und dem alten Kaiserlichen Sommerpalast.

Er ging daran, eine Kirche zu errichten.

Die erste nichtjesuitische Kirche in Peking.

Castiglione möchte sehr gerne mit Pater Teodorico Pedrini sprechen.

Vielleicht würde er die Kirche von Castiglione ausmalen lassen.

Vielleicht ist Pater Ripa deshalb so missmutig abgereist.

***

Pater Ripa reiste mit dem Schiff nach Kanton.

Castiglione fühlte sich frei.

Und freute sich sogar.

Es vergingen einige Monate, und Castiglione rechnete nach: Pater Ripa war schon auf dem Weg nach Europa.

Er rechnete nach und fühlte sich einsam.

Völlig im Stich gelassen.

Pater Ripa hatte immer gesagt: Er wird wahrscheinlich nie mehr in die Heimat zurückkehren.

Dass er hier, in China, seinen Verpflichtungen nachkommen und die Aufgabe, die ihm der General übertragen hat, bis zum letzten Tag erfüllen werde.

Doch er ist heimgekehrt.

Und als Erster heimgekehrt.

Castiglione kann auch heimkehren.

Jederzeit.

Er muss nur einen Brief an den General schreiben.

Wie schade, dass man den Brief nicht malen kann.

***

Die Luft ist so voller Flaum, dass man seinen Kopf nicht hinausstrecken will.

Oma Amigorena wendet den Kopf zum geschlossenen Fenster und gibt der Ulme die Schuld.

Doch vermutlich ist die Schuld nicht oben zu suchen, sondern unten.

Seit dem Morgen hat sie die Chinesen gezählt, aber sie ist nur auf drei gekommen.

Doch jetzt ist kein einziger zu sehen.

Die Chinesen wirken – wenn sie zu sehen sind – wie Nachkommen des alten Imperiums, die niemals mehr irgendeine Dynastie begründen werden.

Übriggebliebene.

Schascha bezeichnet sie als Flüchtlinge.

Oma Amigorena, seit sie einen Vortrag über Menschenrechte in China gehört hat, als Okkupanten.

Das Leben der Chinesen hier ist ein Parallelleben zu dem der übrigen Menschen.

Und diese Parallelleben würden sich nur dann überschneiden, wenn irgendein Verbrechen sie verbinden oder jemand von den Einheimischen sich in irgendeine Chinesin verlieben würde.

Einen Verbrecher gibt es in Chinatown bereits.

Diesen komischen Banditen, der die Hände in die Taschen gesteckt hat.

Er hat nur noch nichts angestellt.

Früher hielt Oma Amigorena ständig Ausschau, ob die Chinesen nicht rauchen.

Und sie rauchten nicht.

An einsehbaren Orten.

Jetzt hält sie Ausschau, ob die Chinesen nicht mehr geworden sind.

***

»Kannst du mir helfen?«, fragte Oma Amigorena und nahm einen Kugelschreiber und ein Blatt Papier aus der Lade ihrer Kommode. »Welche Anrede ist besser: ›Sehr geehrte Polizei‹ oder ›Sehr geehrte Polizisten‹?«

»Schon wieder?«, fragte Miki.

»Ja«, antwortete Oma Amigorena.

»Ratet einmal: Wie nennt man ein Haus, in dem die Mutter über Tod und Erotik schreibt, und die Oma darüber, wie es ihr im Leben so geht?«, fragte Schascha.

»Und wie nennt man es?«, fragte Miki.

»Rate«, sagte Schascha. »Dreimal darfst du raten.«

»*Geh mir nicht auf die Nerven*«, sagte Oma Amigorena. »Sag es!«

»Ein Haus, in dem die Mutter über Tod und Erotik schreibt, und die Oma darüber, wie es ihr im Leben so geht, nennt man

Schriftstellerhaus«, sagte Schascha.

Oma Amigorena hatte sich darauf vorbereitet, beleidigt zu sein, doch jetzt wusste sie nicht, was sie tun sollte.

»Schreiben Sie nur nicht, dass man versucht hat, Sie zu vergiften«, sagte Miki.

»Und wann hat man versucht, mich zu vergiften?«, erregte sich Oma Amigorena.

»Ich glaube täglich«, sagte Miki.

»Mit dieser gebratenen Leber?«, vergewisserte sich Oma Amigorena. »Und mit der Nierensuppe?«

»Was denkst du, warum sie die ganze Zeit an die Polizei schreibt?«, fragte Miki, als Oma Amigorena es nicht hörte. »Weil sie mit dem jetzigen Zustand unzufrieden ist oder weil sie nichts zu tun hat?«

»Sie ist verärgert wegen des Rauchens«, antwortete Schascha. »Deswegen, weil sie nicht rauchen darf.«

»Nur deswegen?«, fragte Miki.

»Na, vielleicht ist jetzt noch diese Milliarde Chinesen hinzugekommen«, sagte Schascha.

***

Die Kommission kehrt mit den Skizzen und mit der Nachricht zurück, dass dem Fünften Kaiser der Qing-Dynastie die Pferdeskizzen sehr gefallen.

Besonders gefällt ihm das weiße Pferd mit dem kleinen Kopf und den schmalen Fesseln.

Der Fünfte Kaiser der Qing-Dynastie möchte es im rechten unteren Eck einer Seidenrolle sehen.

Im Unterschied zu den Europäern beginnen die Chinesen Kunstwerke nicht vom linken oberen Eck zu betrachten, sondern vom rechten unteren.

Das heißt, es gilt, das weiße iberische Pferd dorthin zu übertragen, denkt Castiglione.

Aus dem Zentrum in das rechte untere Eck.

Die Kommission sagt: Der Kaiser fragt, ob Lang Shining auf dem Bild nicht auch das turkmenische Kriegspferd malen könnte.

Der Kaiser hat es nie zu Gesicht bekommen, er hat nur gehört: Das turkmenische Kriegspferd lässt sich sogar ohne Ausbildung während einer Schlacht auf die Knie nieder, damit sein Reiter, wenn er verletzt auf der Erde liegt, in den Sattel kriechen kann.

Dem Kaiser scheint: Dieses Pferd ist das höchstrangige Pferd.

Von allen Gäulen und Pferden.

Für Chinesen ist der Rang eines jeden Gegenstands, Menschen oder Tiers sehr wichtig.

Der Kaiser hat zwar nie ein turkmenisches Kriegspferd zu Gesicht bekommen, aber er hat gehört: Sie sind größer als die mongolischen.

Sie sind schwarz, golden, kastanienbraun oder sogar perlfarben.

Castiglione sagt: Er hat nie ein turkmenisches Kriegspferd zu Gesicht bekommen und wird keines malen können.

Vermutlich.

Castiglione ist nicht verwundert, dass der Fünfte Kaiser der Qing-Dynastie derartige Kenntnisse über die Pferde der nördlichen und westlichen Barbarenstämme besitzt.

Auch wenn China ein sehr verschlossenes Land zu sein scheint, so ist es zwar für die Christen verschlossen, die Buddhisten jedoch erreichen mit neuer Information auch das Ohr des Kaisers.

Der Kaiser der Qing-Dynastie interessiert sich für neue Informationen sehr.

In jeder Form.

* * *

In der Verbotenen Stadt heißt es: Der Fünfte Kaiser der Qing-Dynastie hat den Thron nicht rechtmäßig bestiegen.

Er war der Sohn des alten Vierten Kaisers.

Der alte Vierte Kaiser der Qing-Dynastie hatte fünfzehn erwachsene Söhne und vermochte es bis zu seinem Tod nicht, einen Nachfolger auszuwählen.

Als er bereits auf dem Totenbett lag, schrieb der alte Kaiser eine Hieroglyphe auf Papier.

Diese Hieroglyphe bedeutete eine Ziffer.

Vierzehn.

Der vierzehnte Sohn des alten Kaisers sollte der Fünfte Kaiser der Qing-Dynastie werden.

Sogleich nach dem Tod des Vaters.

Doch die Papierrolle mit der Schrift des alten Kaisers fiel für kurze Zeit in die Hände des vierten Sohnes …

Als er spürte, dass er sterben würde, begann der alte Kaiser zu rufen.

Doch niemand reagierte auf sein Rufen.

Und kein einziger Diener kam herbei.

Der Kaiser öffnete die Augen und sah nur einen einzigen Menschen.

Das war sein vierter Sohn.

Und die Todesangst des Vierten Kaisers der Qing-Dynastie wurde vom Zorn überwältigt.

Er begriff: Der, der im letzten Augenblick an seinem Bett stand, hatte ihn von der Welt abgeschirmt.

Und wird der Fünfte sein …

Der alte Kaiser ergriff die buddhistische Halskette und warf sie nach dem Sohn.

Doch ob er getroffen hat …

Das hat er nicht mehr gesehen.

***

Der Unterschied ist sozusagen nicht groß.

Der vierte wie der vierzehnte – beide sind Söhne der Dritten Kaiserin.

Auch trugen sie in der Kindheit denselben Namen: Yin Zhen.

Doch in der Verbotenen Stadt heißt es, der vierzehnte Sohn tauge mehr.

Ein großer General, der die Grenzregion befriedet.

So ist er mit einer Armee von dreihunderttausend Chinesen siegreich in Tibet einmarschiert und hat es gegen die Dschungaren verteidigt.

Tibet hatte darum gebeten.

Der vierte Sohn bestieg den Thron.

Und sogar diejenigen, die immer auf die Auswahl des Himmels vertraut hatten, waren verwundert.

Der vierte Sohn bestieg den Thron.

Der vierzehnte blieb.

Am Leben.

Nur nahm ihm der Fünfte Kaiser der Qing-Dynastie den Titel des Kronprinzen.

Und ließ ihn nirgendwohin reisen.

Und ließ seinen Namen ändern.

Auf Yun Ti.

***

»An wen schreiben Sie? Wieder dorthin?«, fragte Miki.

»Nein. Einer Freundin«, antwortete Oma Amigorena, noch tiefer unter die gaufrierte Stehlampe gebeugt.

»Sie haben keine Freundin«, sagte Miki.

»Ich hatte eine.«

»Und wo ist sie jetzt?«
»Sie ist gestorben.
»…«
»Aber ich habe ihr nicht alles erzählt«, sagte Oma Amigorena, leckte die Briefmarke mit der roten Kutsche ab und klebte sie mit einer bedeutungsvollen Geste in das rechte obere Eck des länglichen Kuverts.

***

Der Fünfte Kaiser der Qing-Dynastie hat nie ein turkmenisches Pferd zu Gesicht bekommen.

Doch einer der Kaiser der Ming-Dynastie, der vor über dreihundert Jahren in China herrschte, hatte sogar einen Kameleoparden.

Um die Wahrheit zu sagen, sogar zwei Kameleoparden.

Nacheinander.

Der erste kam aus Kenia, der zweite aus Somalia.

Es heißt, der erste war männlichen Geschlechts.

Und hat sehr gestunken.

Außerdem ist er bald verendet.

Den zweiten Kameleoparden bekam der Kaiser der Ming-Dynastie samt einem Wärter.

Einem Araber.

Und es heißt, dieser Araber war ihm etwa gleich viel wert wie der Kameleopard.

Zusammen mit dem Kameleoparden erhielt der Kaiser der Ming-Dynastie Strauße, Zebras, Kamele und Elfenbein.

Doch keines der Geschenke bereitete ihm solche Freude wie der lebendige Kameleopard.

Dieser zweite Kameleopard war weiblichen Geschlechts.

Und hat weniger gestunken.

Dass er tatsächlich weiblichen Geschlechts war, kann man aus einem Doppelporträt schließen.

Der Künstler hat beide gemalt – die Kameleopardin und den Wärter.

Der Kaiser wollte nicht noch einmal denselben Fehler begehen und verewigte die Kameleopardin, noch bevor sie verendete.

Als Kameleopard wurde dieses Tier in Europa bezeichnet, weil es einem Kamel ähnlich sah.

Aber nicht völlig.

Sein Fell war von braunen Flecken übersät.

Wie das eines Leoparden.

Das Doppelporträt der Kameleopardin und des Wärters wurde von einem Chinesen namens Shen Du gemalt.

Und daneben schrieb er ein Gedicht.

Für die Chinesen stellen Gedichte einen wenn schon nicht unverzichtbaren, so doch zumindest wichtigen Teil eines Bildes dar.

In dem Poem fand sich kein einziges Wort über den Wärter der Kameleopardin.

Alle Worte galten dem Lobpreis der Kameleopardin selbst. Der Poet nannte sie *Qilin*, und sie war laut dem Poeten fünfzehn Fuß hoch, hatte den Körper eines Rehs und den Schwanz eines Stieres.

Auf dem Kopf wuchs ihr ein fleischiges knochenloses Horn, und am Körper leuchteten dunkle Flecken.

Wie rote Wolken oder Purpurnebel.

Ihre Hufe traten nicht nach Menschen.

Jede Bewegung war rhythmisch, und ihre Stimme …

Klang harmonisch.

Wie ein Glöckchen oder ein musikalisches Röhrchen.

So wie der Poet, der die Kameleopardin beschrieben hat, war auch der Kaiser der Ming-Dynastie überzeugt: Das ist überhaupt keine Kameleopardin, sondern ein richtiges Einhorn.

Ein allen Konfuzianern wohlbekanntes Tier.

Doch um die Wahrheit zu sagen, diese Kameleopardin hatte sowohl in Wirklichkeit wie auch auf dem Porträt zwei Hörner.

Und um die Geschichte und die chinesischen Texte nicht zu verfälschen, müsste man sagen:

Das erste Einhorn, dasjenige aus Kenia, das mehr gestunken hatte und bereits verendet war, hatte größere Hörner.

Niemand im Palast machte sich die Mühe, nach einer Erklärung dafür zu suchen, warum das Einhorn zwei Hörner hatte.

Es war auch so klar: Ein Einhorn mit zwei Hörnern – das ist ein noch besseres Einhorn.

Mit der Beschreibung des chinesischen Einhorns stimmte der Kameleopard noch aus etlichen weiteren Gründen nicht überein.

Nach der Beschreibung der Chinesen muss ein Einhorn den Körper eines Hirschs und den Kopf eines Löwen haben.

Und über und über mit glitzernden, grünen Schuppen bedeckt sein.

Und am Kopf ein langes, nach vorne gebogenes Horn aufweisen.

Um noch einmal daran zu erinnern: Die vom Maler und Poeten Shen Du dargestellte Kameleopardin hatte den Kopf eines Kamels.

Und statt grüngeschuppt war sie gefleckt wie ein Leopard.

Und sie hatte zwei gerade Hörner.

Doch der Freude des Kaisers der Ming-Dynastie an einem richtigen Einhorn konnten weder diese Farben noch diese Hörner einen Abbruch tun.

Das erste Zweihorn-Einhorn hatte der Kaiser aus Indien erhalten.

Auch wenn es, wie erwähnt, aus Kenia stammte.

Er erhielt es als Geschenk.

Und als das Geschenk verendete, brachte ihm sein getreuer Eunuch Zhen He das zweite direkt aus Afrika.

Und der Kaiser hatte mit nichts anderem eine derartige Freude.

Er hatte mit nichts anderem eine derartige Freude seit der Zeit, als derselbe Zhen He vor der Küste von Sumatra im Chinesischen Meer den Piratenführer Chen Zuyi gefangen hatte.

Damals hat der Eunuch Zhen He mit seiner Armada die gesamte Piratenflotte aufgerieben, unter deren Fahne fünftausend Männer gekämpft hatten.

Castiglione hat gehört: Zu Dieben und Piraten werden in China nur Menschen, die keine Familie haben.

Weder Eltern noch Brüder noch Ehefrauen noch Kinder.

Sie haben sonst nichts, wohin sie gehen könnten.

Wie dem auch sei.

Der Kaiser der Ming-Dynastie hatte eine große Freude mit dem Kameleoparden und der Kameleopardin und bezeichnete sie als Einhörner.

Und er hatte seit der Zeit, als der Eunuch Zhen He die Piratenflotte von Chen Zuyi zerstört und Chen Zuyi selbst in die Hauptstadt zur öffentlichen Hinrichtung gebracht hatte, keine so große Freude mehr gehabt.

Dem Piratenführer wurde, zur Freude aller, der Kopf abgeschlagen.

China ist ein Land, in dem es sehr gefährlich ist, keine Familie zu haben, dachte Castiglione.

Doch mit dem Einhorn hatte der Kaiser der Ming-Dynastie eine besondere Freude.

Denn es war das Symbol des Guten und großer Weisheit.

Dass die Einhorn-Kameleopardin, die das Symbol der Weisheit war, selbst besonders weise gewesen wäre, konnte man allerdings nicht sagen.

Was das Futter betrifft, war sie sehr wählerisch.

Sie wollte nur Akazien rupfen. Und sie rupfte alle in der Umgebung ab, ausgenommen die drei, die gegenüber dem kaiserlichen Palast wuchsen.

Denn diese drei …

Diese drei waren dort gepflanzt worden, um eine über zweitausendjährige Tradition aufrechtzuerhalten.

Die noch in den Zeiten der Zhou-Dynastie begonnen hatte.

Das Einhorn zu halten war kompliziert: Es schlief nur zwei chinesische Stunden.

Sein Wärter, der Araber, starb früher als sein Schützling.

Er hielt nicht durch.

Der Kaiser hätte wirklich weniger getrauert, wenn es umgekehrt gewesen wäre.

Das Einhorn langweilte ihn noch nicht ganz, aber was sollte man weiter damit anfangen?

Welchen Nutzen könnte es dem Palast bringen?

Das war dem Kaiser nicht klar.

Übrigens bezeichnete der Araber, solange er am Leben war, die Kameleopardin nie als Einhorn.

Und er hielt sie auch nicht für ein solches.

Er benutzte eine arabische Bezeichnung.

In dieser Bezeichnung war keinerlei Horn enthalten.

Er bezeichnete die Kameleopardin als Giraffe.

Doch dieses Wort war in China nicht üblich.

Über das chinesische Kameleoparden-Einhorn gibt es viele Geschichten, doch besonders bedeutsam ist diese eine.

Man erzählt sich: Als der Kaiser dieses außergewöhnliche Geschenk erhielt, rief er die Minister zu sich und fragte sie, welches Geschenk ihrer Meinung nach dem Einhorn gleichkomme.

Falls sich der Kaiser für das Einhorn mit einem Gegengeschenk bedanken möchte.

Der Kaiser ließ seine Ratgeber eine Nacht lang nachdenken, doch den Mandarinen fiel nicht einmal über Nacht etwas Passendes ein.

Daraufhin ließ der Kaiser sie bis zu den Knien in die Erde eingraben.

Danach trat er an sie heran und sagte: Wenn sie sich in der kommenden Nacht kein Geschenk ausdächten, würde er sie bis zur Taille eingraben lassen.

Am anderen Morgen ging der Kaiser zu den eingegrabenen Ministern, doch sie hatten wiederum nichts zu sagen.

Die Diener des Kaisers gruben sie bis zur Taille ein. Aber keinem einzigen fiel etwas ein.

Der Kaiser wollte nicht mehr warten und ließ die Minister bis zur Stirne eingraben.

Als der Kaiser am anderen Morgen zu den Eingegrabenen hinging, rief der Jüngste:

»In China gibt es nur ein Geschenk, das dem Einhorn gleichkommt!«

»Welches?«, fragte der Kaiser. »Sag, welches?«

»Ihre Tochter«, antwortete der jüngste Mandarin und Minister, beruhigt, dass der Kaiser ihm Gehör schenkte.

Der Kaiser sollte fragen, welche, doch er fragte nicht.

Denn er geriet in Wut.

»Warum?«, fragte der Kaiser wütend.

»Sie ist Ihnen sehr teuer, doch Sie wissen nicht, was Sie mit ihr anfangen sollen«, gab der jüngste Minister zur Antwort.

Und in seinen Worten war nicht der Funke eines Zweifels.

Der Kaiser ließ den jüngsten Minister ausgraben.

Und beschenken.

Womit er beschenkt wurde, ist allerdings ein Geheimnis.

Es wäre freilich interessant zu wissen.

Und was geschah mit den übrigen Ministern?

Darüber schweigt die Geschichte.

Vermutlich ließ der Kaiser sie vollständig eingraben.

Wozu braucht ein Kaiser solche Minister?

Was mit dem Kameleopard-Einhorn geschah, ist ebenfalls unbekannt.

Vermutlich ist es verendet.

Doch von einem für die Kameleopardin errichteten Mausoleum ist Castiglione nichts zu Ohren gekommen.

***

Die Kommission fragte nach, wohin Lang Shining fünf Pferde des Fünften Kaisers der Qing-Dynastie gezeichnet hatte.

Oder vielleicht fehlten sogar sechs?

Der Kaiser fügte die Skizzen zum Bild der »Hundert Pferde« zu einer einzigen zusammen und versuchte, diese seine Pferde zu zählen.

Er zählte von rechts nach links und kam auf fünfundneunzig.

Er zählte von links nach rechts und kam auf vierundneunzig.

Der Kaiser war beunruhigt: Wohin waren seine Pferde verschwunden?

Castiglione erklärte der Kommission: Die Pferde gibt es auf dem Bild tatsächlich.

Hernach suchte er lange.

Schließlich, nachdem er die verschiedenen Skizzen zu einem einzigen Bild zusammengefügt hatte, wies er mit dem Finger auf den im Zentrum befindlichen Hügel.

Die Pferde des Fünften Kaisers der Qing-Dynastie sind hier.

Seht ihr, hier ist die Herde von Pferden hereingerannt und hier wieder hinausgerannt, sagt und zeigt Castiglione.

Und hinter dem Hügel laufen sie.

Diese fünf oder sechs Pferde.

Während die Kommission zählt, wie viele Pferde hinter dem Berg Platz finden könnten, nimmt Castiglione von Weitem ein Säckchen aus blauer Seide in den Blick.

Das Säckchen hängt am Gürtel des Vorsitzenden der Kommission Sima Zhao.

Wie die Kleidung ist auch das Säckchen mit Flüssen und dreieckigen Bergen verziert.

Doch darin befindet sich kein Geld.

Sondern viel mehr.

Dort sollten sich die in seiner Kindheit abgeschnittenen Genitalien des Vorsitzenden der Kommission befinden.

Alle Eunuchen tragen solche Säckchen, aber nur das Säckchen des Vorsitzenden ist so schön.

Während die Mitglieder der Kommission der Kunstkenner die sichtbaren und versteckten Pferde zählen, sich dabei irren und noch einmal zählen, versucht Castiglione innerlich, sich den Inhalt des Säckchens des Vorsitzenden vorzustellen.

So ein wohlbekannter Gegenstand in einem so ungewohnten Zustand.

In Castigliones Vorstellung sieht dieser Gegenstand aus wie ein getrockneter Fisch.

Castiglione schüttelt sich geradezu, doch die Chinesen bemerken davon nichts.

Sie sind mit dem Zählen beschäftigt.

Doch vielleicht erscheint ihnen dieses Schütteln auch als ein normaler Aspekt des kulturlosen Verhaltens der Europäer.

Auch der Vorsitzende der Kommission Sima Zhao bemerkt das Schütteln nicht.

Er hat die Pferde hinter dem Hügel bereits gezählt, und während er abwartet, bis die anderen gezählt haben, blickt er durch das Fenster in den Hof.

Durch den Hof laufen zwei Eunuchen.

Eunuchen laufen ständig.

Die Entfernungen in der Verbotenen Stadt sind groß, und eine Nachricht muss man schnell weitergeben.

Hier zeigt sich auch der Rangunterschied am deutlichsten: Der Vorsitzende der Kommission Sima Zhao läuft niemals und nirgendwo hin.

Er geht langsam und stolz.

Und nur ein Gegenstand verbindet ihn mit den anderen Eunuchen.

Das Säckchen.

Wie auch die übrigen Eunuchen muss Sima Zhao sehr darauf achten und ständig danach sehen, dass er es nicht verliert.

Denn sonst kann er nach seinem Tod kein richtiger Mann mehr werden.

Die Chinesen glauben, dass sie nach dem Tod von alleine anwachsen.

Die Mitglieder der Kommission der Kunstkenner zählen schließlich nach, wie viele Pferde zu sehen sind und wie viele hinter dem Hügel Platz finden könnten.

Und sie sind zufriedengestellt.

Hinter dem Hügel könnten acht Pferde Platz finden, vielleicht sogar neun.

Sie bringen die Skizzen wieder zum Fünften Kaiser der Qing-Dynastie, denn ohne die Skizzen wäre es unmöglich zu erklären, hinter welchem Hügel sich diese unsichtbaren Pferde befinden.

Castiglione tritt ans Fenster und versucht zu sehen, was Sima Zhao sieht.

Eine Landschaft aus Mauern steht da.

Es laufen keine Eunuchen vorbei.

Ein ruhiger Moment in einer unruhigen Zeit.

In den Augen eines Chinesen kann das Bild auch ein anderes sein.

***

Dem Fünften Kaiser der Qing-Dynastie gefällt auch eine optische Täuschung dieser Art sehr gut, sagt die Kommission der Kunstkenner bei ihrer Rückkehr.

Der Fünfte Kaiser der Qing-Dynastie ist einverstanden: Fünf oder sechs Pferde können hinter dem Hügel laufen.

Und wenn es acht oder neun sind, so ist es noch besser, sagt die Kommission.

Und bezüglich des turkmenischen Kriegspferdes hat der Kaiser dieses Mal nichts gesagt, sagt die Kommission der Kunstkenner.

Um sich im Voraus für das Bild der »Hundert Pferde« zu bedanken, schickt der Fünfte Kaiser der Qing-Dynastie Lang Shining – wenn Castiglione diesen Namen hört, ist ihm jedes Mal, als wäre nicht er gemeint –, schickt er Lang Shining einen Hut.

Der Fünfte Kaiser der Qing-Dynastie schickt einen Hut zum Zeichen seiner Anerkennung und lässt das Bild der »Hundert Pferde« auf Seide übertragen.

Doch die Landschaft wird vermutlich Leng Mei malen, sagt die Kommission der Kunstkenner.

Die Kommission geht weg.

Castiglione nimmt den Strohhut in Augenschein.

Ein Jesuit ist bereit, für die Mission alles zu tun, denkt Castiglione.

Diese eine Angelegenheit vielleicht ausgenommen.

Eine klare Meinung bezüglich dieser einen konkreten Angelegenheit hat Castiglione allerdings nicht.

Doch sonst ist er bereit, alles zu tun: sowohl seinen Namen gegen einen chinesischen zu tauschen als auch mongolische Pferde zu malen …

Aber wenn er aus diesen Pferden Schafe machte … Wenigstens in Gedanken …

Rechts würden sie, wie die Pferde, schlafen und wären ruhig, im Mittelpunkt wären sie, auch wie die Pferde, nicht zu beherrschen, doch links, ganz am chinesischen Ende der Seidenrolle, wären sie, ebenfalls wie die Pferde, zahm und gehorsam …

Nur dürften es nicht sechs Hirten sein …

Sondern einer!

Und dann … dann wäre es ein richtiges christliches Gemälde!

Vielleicht ist es auch jetzt ein christliches, denkt Castiglione.

Wenn die Chinesen zu den Gottesdiensten mit Petarden in die Kirche gerufen werden, dann können vielleicht auch Pferde ... den Kaiser näher zu Gott bringen als Schafe.

Der Mensch ist auf Erden, um Gott anzubeten, ihn zu verehren und ihm zu dienen.

Und damit seine Seele zu retten.

So hat es Ignatius gesagt.

Die Petarden wird man nicht mehr in die Gottesdienste zurückbringen.

Denkt Castiglione und rollt mit Hilfe seiner Schüler eine Seidenrolle aus.

Zum Dank für den Hut wird Castiglione dem Fünften Kaiser auf Seide – nicht auf dieser, sondern auf einer besonderen Seide, die ihm der Kaiser eigens geschenkt hat – zwei Pfauen malen.

Die Chinesen mögen Pfauen, und die Katholiken sehen im Schwanz des Pfaus das Symbol der Kirche, die alles sieht.

Nein, nicht im Schwanz selbst, sondern in den hundert schwarz geränderten »Augen« darauf.

Zum ersten Mal spürt Castiglione in der Verbotenen Stadt: Seine Kräfte werden ausreichen.

Und er wird dem Kaiser nicht nur Pferde und Pfauen malen, sondern auch zwei chinesische Karpfen.

In der Verbotenen Stadt sind Goldkarpfen beliebte Fische.

Hier werden sie von vielen in Tontöpfen gehalten.

Nicht nur vom Kaiser.

Diese Karpfentöpfe sind groß und voller Geheimnisse.

Sie sind innen bemalt.

Bemalt mit Goldkarpfen in Lebensgröße und mit Wassergräsern.

Bemalt und mit einer Glasur bedeckt.

Den Chinesen gefällt es, wenn am Bild eines Karpfens ein echter vorbeischwimmt.

Wenn die Chinesen etwas malen können, dann Goldkarpfen.

Aber Castiglione wird es auch versuchen.

Auf seiner Seide.

Goldene, nein, keine goldenen …

Silberne.

Er wird zwei große silberne Fische malen.

Doch das werden keine gewöhnlichen Fische sein.

Das sind Symbole.

Die zwei Karpfen werden Christus und die Taufe symbolisieren.

Sind Symbole auch eine optische Täuschung?

Wessen Täuschung?

Diesen Sonntag wird Castiglione den Reflexionen über die Sünde des Hochmuts widmen.

Und der Buße.

***

Castiglione hofft: Wenn er beginnt, das Bild der »Hundert Pferde« zu malen, vielleicht …

Castiglione hofft – vielleicht …

Wird der Kaiser selbst kommen, um es sich anzusehen.

Um zu erleben, dass der Kaiser kommt, wird Castiglione ohne Hast malen.

Es gibt Stunden, da ist in den Gedanken von Pater Castiglione so viel vom Kaiser und so wenig von Gott.

Hier ist doch China.

***

Bis Mittag hat Oma Amigorena zwei Chinesen gezählt. Und von Mittag bis Abend drei.

Bis jetzt ist kein Grund zu Beunruhigung und Aufregung.

»Kennst du diesen britischen *Snooker*-Spieler, der ein Porno-Imperium gegründet hat?«, fragte Miki.

»Porno-Imperium nennst du diese zwei Sexshops?«, fragte Mama Nora. »Die nicht er, sondern sein Vater gegründet hat, der danach ins Gefängnis kam?«

»Im Gefängnis sitzt sein Vater wegen Rauschgift«, sagte Schascha.

»Wegen welchem Rauschgift?«, fragte Oma Amigorena und blieb im Türrahmen stehen.

»Für Kinder«, antwortete Schascha.

»Ach, für Kinder …«, sagte Oma Amigorena und war beruhigt.

Damit endlich Schluss sei mit dem Gespräch über Kinder, schaltete Mama Nora den Fernseher ein.

Sie wollte nicht mehr über Kinder sprechen.

Sie war schon lange keine fünfundzwanzig mehr.

»Werden jetzt also Leute ehrbaren Alters wegen dieser Kinder ins Gefängnis gesteckt?«, fragte Oma Amigorena.

Kinder kann man in zwei Kategorien einteilen.

In die, die so sein wollen wie ihre Eltern, und in die, die nicht so sein wollen.

Miki gehörte wohl zur ersten, Schascha hingegen zur zweiten Kategorie, deswegen gerieten sie wegen ihrer Zukunftspläne und »Territorien« nicht in Streit.

»Was denkst du, wie viel kostet ein Sexshop?«, fragte Miki und blickte auf die blinkende Leuchtschrift »Paradise« auf der anderen Straßenseite.

»Willst du ihn kaufen?«, fragte Schascha.

»Mit irgendetwas muss man das Leben ja beginnen«, sagte Miki.

Die Aufschrift »Paradise« blinkte nervös und keineswegs freundlich.

»Nicht wenige Menschen und einige Präsidenten beginnen das Leben mit Jogging am Morgen«, sagte Schascha.

***

Nachts war ein Unglück geschehen.

Castiglione erfuhr es erst am Morgen, als er mit anderen Jesuiten zum Tor der Verbotenen Stadt kam.

Die Eunuchen, die das Tor öffneten, erzählten: Jemand hat dem Vorsitzenden der Kommission der Kunstkenner das Säckchen gestohlen.

Mit den Genitalien?

Wann?

Als er schlief.

Den ganzen Tag über konnte Castiglione nicht anfangen.

Mit dem Malen.

Obwohl der Seidenbogen bereits am Vortag auf den Rahmen gespannt worden war.

Auch wenn es sich nicht um seine eigenen Genitalien handelte, saß er da, in Gedanken auf sie fixiert, als wären es seine eigenen.

Buddhisten passiert so etwas nicht.

Das sagt sein Schüler.

Leng Mei.

Giuseppe Castiglione freut sich wenigstens darüber, dass ihn das Leben in China noch nicht zum Buddhisten gemacht hat.

Den ganzen Tag über korrigiert Castiglione die Pferdeskizzen.

Er tut so, als korrigierte er.

Obwohl die Skizzen bereits gestern fertiggestellt und überprüft worden waren.

Wer in der Verbotenen Stadt konnte Sima Zhao das Säckchen gestohlen haben?

Natürlich keiner von den Mandarinen.

Für konfuzianische Mandarine wäre das ein schandhaftes Verhalten.

Sogar, wenn sich die Mitglieder der Kommission an ihrem Vorsitzenden für irgendetwas rächen wollten.

Bei genauem Nachdenken konnten die Mitglieder einer jeden Kommission Gründe finden, warum sie sich an ihrem Vorsitzenden rächen wollten.

Doch das hatten bestimmt nicht die Mitglieder der Kommission der Kunstkenner getan.

Aus einem ganz einfachen Grund: Sie schliefen, wie auch Castiglione, außerhalb der Mauern der Verbotenen Stadt.

Damit sie keine männliche Bedrohung für den kaiserlichen Harem darstellten.

Castiglione wie auch allen anderen war klar, wo der Dieb zu suchen war.

Allen war klar: Das Säckchen hatten neidische Eunuchen niederen Ranges gestohlen.

Sie schlafen hier, in der Verbotenen Stadt, stecken überall ihre Nase hinein, verbünden sich ständig und fügen irgendjemandem Schaden zu.

Wenn man sie aber offen beschuldigte hätte, würden sie spontan an ihre vor zwei Generationen verlorenen Rechte erinnern und so laut zu schreien beginnen, dass sie den Kaiser wecken würden.

Castiglione kannte die Gebräuche der Verbotenen Stadt nicht:

Werden die Diebe des Säckchens jetzt Lösegeld fordern, Sima Zhao erpressen oder ihn töten?

Und wenn sie ihn töten, kann Sima Zhao dann tatsächlich nicht als Mann wiedergeboren werden?

Was für ein unchristlicher Gedanke.

Und als was kann er dann wiedergeboren werden?

In diesem Sinn stehen die Eunuchen den Missionaren nahe.

Nur haben Erstere schon alles hinter sich, während es für Letztere noch immer kompliziert ist.

Gut, dass bei den Malerwerkstätten keinerlei »Versuchungen« wandeln, auch wenn von wahrer »Enthaltung« nur dann gesprochen werden kann, wenn sie wandeln.

Den ganzen Tag treiben sich alle Gedanken Castigliones auf unkatholischen Wegen herum.

Sonntags – Castiglione geht sonntags nicht in die Verbotene Stadt – kämpft er gegen die in seinem Kopf aufkommenden »Versuchungen«.

Er kämpft mit Schweigen und Meditation.

Doch im Schweigen sind sie noch schrecklicher.

Wenn er in der Werkstatt sitzt und bis spät in den Abend arbeitet, kommen solche »Versuchungen« fast nicht auf.

Castiglione hat noch immer die Übung der zwei Linien von Ignatius von Loyola nötig.

Aber nicht täglich.

***

Castiglione begreift: Sima Zhao kann sich nicht beim Kaiser beschweren.

Wegen des verschwundenen Säckchens.

Obwohl er als einziges Mitglied der Kommission mit dem Kaiser persönlich sprechen kann.

Bei den Frauen des Kaisers kann sich Sima Zhao ebenfalls nicht beschweren.

In der Verbotenen Stadt leben einige Tausend Menschen, und es gibt niemanden, bei dem er sich beschweren kann?

In Castigliones Malerwerkstatt hängt eine kleine Holztafel mit den Worten eines chinesischen Weisen aus dem VI. Jahrhundert.

Sie hing bereits an der hinteren Wand, als Castiglione zum ersten Mal die Tür dieser Werkstatt öffnete.

Wenn Castiglione in der Tür steht, beobachtet er gerne, wie in der Ferne die Hieroglyphen vertikal über die Wand kriechen.

Er sieht gut.

Von der Bambustafel lernen sie chinesische Weisheiten:

»Wer den Weg des Schöpfers gewählt hat …, muss rhythmisch, stetig und ohne Eile leben, von reiner Seele und ruhig sein, seine Lebenskräfte schonen, sich der Sorgen enthalten und nicht zulassen, dass ihn Aufregung überkommt.

Er darf den Pinsel nur dann in die Hand nehmen, wenn ihn eine Idee vollständig überwältigt, und muss den Pinsel erst dann weglegen, wenn die Inspiration ihn ganz verlässt.«

Schuld sind die Eunuchen, denkt Castiglione.

Aber wie soll man unter den Tausenden im Palast lebenden Eunuchen den einen oder die zwei tatsächlich Schuldigen finden?

In der restlichen Zeit denkt Castiglione über eine unglaubliche Eigenart der menschlichen Gedanken nach: sich an die allerseltsamsten Dinge oder Orte zu heften und dort den ganzen Tag zu verweilen.

In der zweiten Tageshälfte denkt Castiglione darüber nach, was der wichtigste »Gegenstand« eines Jesuiten sein könnte.

So wichtig, dass der Jesuit, wenn er ihn verliert, alles verliert.

Und am Abend trifft er seine Entscheidung.

Vermutlich ist dieser »Gegenstand« der Glaube.

Falls der Glaube ein »Gegenstand« sein kann.

Ein Körper kann er sein, ein Gegenstand nicht.

Bringt er hier etwas durcheinander?

Er ist doch ein »unechter« Jesuit, er ist nur ein »verlockter« Maler.

Am Abend erfährt man in den Malerwerkstätten vom Finale des morgendlichen Dramas: Der Vorsitzende der Kommission Sima Zhao hat zwei Eunuchen erstochen.

Doch sein Säckchen ist nicht zum Vorschein gekommen.

Der Vorsitzende der Kommission wurde bereits festgenommen.

Man sagt, er habe in seinen letzten Augenblicken ausgesehen, als wäre er von Sinnen.

Oder wie ein Krieger, der in die Schlacht zieht.

Der Schüler Leng Mei sagt: Man darf den Dieb nicht beschuldigen.

Und Sima Zhao auch nicht.

Die Menschen werden weder gut noch böse geboren.

Sie entwickeln sich dazu, abhängig von den Umständen.

Außerdem sagt Leng Mei noch, dass das Leid einen Menschen völlig verändern kann.

Der Denunziant Tsou I-Kuei sagt, dass im Leben des Menschen alles vom Zufall abhängt.

Dass der Zufall einen Menschen umbringen oder retten kann.

Die Eunuchen sagen: Ein richtiger Eunuch – als richtige bezeichnen sie diejenigen, die aus armen Schichten stammen – hätte sich niemals so verhalten.

Er hätte sich getötet.

Oder er wäre verrückt geworden.

Sima Zhao ist ein »unechter« Eunuch.

Sima Zhao ist der Sohn eines Generals.

Die Eunuchen sagen: Der Kaiser sollte keine weiteren derartigen Fehler begehen.

Die Söhne unbotmäßiger Generäle müssen zum Tod verurteilt werden.

Wie auch ihre Väter.

Castiglione hält sich zurück, damit ihm kein unbedachtes Wort entfährt.

Die konfuzianischen Mandarine sagen: Die Eunuchen, die die

Genitalien des Vorsitzenden der Kommission Sima Zhao gestohlen haben, haben folgende Strategeme benutzt:

»Etwas aus dem Nichts erzeugen« und »Den Tiger vom Berg in die Ebene locken«.

Danach hätten sie lediglich »das Feuer am gegenüberliegenden Ufer beobachtet«.

Zudem sagen die Mandarine, die Eunuchen mussten in dieser Situation ein Strategem benutzen, das nicht zur klassischen Liste gehört:

»Schlage zuerst den Kopf ab, und danach mache davon Meldung.«

Und nur ein Mandarin sagt: Hier könnte das Strategem »mit dem Messer eines Anderen töten« angewendet worden sein.

Und den Schuldigen müsse man nicht unter den Eunuchen suchen.

Wie die chinesischen Maler sehen auch die konfuzianischen Mandarine alle gleich aus, doch in Wirklichkeit steht ein jeder für sich.

Unter den konfuzianischen Mandarinen gibt es auch echte. Konfuzianer.

Doch die echten Konfuzianer würden selbst niemals Strategeme anwenden.

Und auch dem Kaiser nicht dazu raten.

***

Jetzt werden alle Eunuchen in der Verbotenen Stadt beinahe gleich sein.

Kein einziger wird in Zukunft irgendein Privileg haben.

Den Sonntag wird Castiglione der Buße für die Sünde des Zornes widmen.

Den ganzen Tag über hat er innerlich mit einem Schwert um sich geschlagen.

***

Der Einschaltknopf des Fernsehers ging genau dreiundzwanzig Stunden vor Beginn eines Dokumentarfilms über die Flucht der Menschen der Zukunft von der Erde kaputt.

Über die Flucht und die Ansiedlung auf anderen Planeten.

Als Letzte hatte Oma Amigorena den Einschaltknopf gedrückt.

Als noch achtzehn Stunden bis zu Beginn des Dokumentarfilms geblieben waren, kam der Handwerker und meinte, dass er versucht hätte, anstelle des Knopfes etwas anzulöten.

Vielleicht hatte er auch etwas angelötet, doch als er den Fernseher einschaltete, schlugen Flammen daraus empor.

Der Handwerker sagte: Jetzt ist alles hin, man hätte den Knopf nicht zweimal drücken sollen, er nahm sein Geld und ging weg.

Die Flucht von der Erde musste auf nächstes Mal verschoben werden.

Es blieb nur das Leiden.

Oma Amigorena verschloss sich unter der Stehlampe in sich selbst.

»Warum beginnt Ihr Brief mit den Worten ›Achtung! Achtung‹[4]?«, fragte Miki, während sie über ihre Schulter Oma Amigorena ansah und nervös mit den Schlüsseln einen Militärmarsch auf die Rückenlehne klopfte.

Mikis Nervosität, die Oma Amigorena durch die Vibrationen übermittelt wurde, hatte zwei entschuldbare Gründe: den durchgebrannten Fernseher und die Tatsache, dass am Vortag Freitag gewesen war – die Nacht der Mafiaversammlung im unteren Stockwerk.

---

4 Im Original deutsch (Anm. d. Ü.)

»Weil ich in einer schwierigen Angelegenheit schreibe«, antwortete Oma Amigorena auf den Marschrhythmus.

»Über den Fernseher?«

»Über ein Attentat.«

»Auf wen?«

»Auf den Präsidenten.«

»Auf welchen?«

»Was macht das für einen Unterschied?«, sagte Oma Amigorena, die den Faden verloren hatte, und erstarrte über dem Papier.

»Wozu brauchen Sie diesen Aschenbecher?«, fragte Miki streitsüchtig mit einem prüfenden Blick auf den riesigen Aschenbecher, den Oma Amigorena gerade wie einen Deckel gebrauchte, um die »Dokumente« zuzudecken.

Solange der Aschenbecher leer war, war er so tief, dass man, wenn man wollte, leicht dreihundert Gramm gemahlenen Kaffee hätte einfüllen können.

»Das ist ein sehr guter Aschenbecher von Fidel Castro«, antwortete Oma Amigorena.

»Warum sind Sie der Überzeugung, dass das ein Aschenbecher von Fidel Castro ist?«, fragte Miki.

»Bist du blind?«, fragte Oma Amigorena und stach mit dem Finger auf den Boden des Aschenbechers. In den Boden des versilberten oder vielleicht auch silbernen Aschenbechers, der schwarz geworden war, weil man die Asche nicht beseitigt hatte, war mit einem spitzen Gegenstand das einfachste aller unanständigen Wörter geritzt.

»Bedeuten Ihrer Meinung nach F und C im Wort ›FUCK‹ Fidel Castro?«, fragte Miki?

»Aha«, antwortete Oma Amigorena mit leuchtenden Augen.

»Und was bedeuten Ihrer Meinung nach dann U und K? United Kingdom?«

»Ich glaube, dass du mich überhaupt nicht magst«, sagte Oma Amigorena und begann zu weinen.

Der durchgebrannte Fernseher war der vorletzte Tropfen, und »United Kingdom« der letzte.

Oma Amigorena heulte.

Bitterlich.

»Uoouuuuuuu«, heulte Oma Amigorena. »Uoooooouu-uuuuuu.«

»Schade«, sagte Miki, während sie Oma Amigorenas Hand streichelte.

»Uoouuuuuuu«, heulte Oma Amigorena. »Uoooooouu-uuuuuu.«

»Schade, dass Sie nicht auf die Jagd gehen.«

»Uoouuuuuuu?«

»Schade, dass Sie keine Jägerin sind.«

»Uoouuuuuuu? Uoo?«

»Sie könnten an einem Röhr-Wettbewerb für Elche teilnehmen«, sagte Miki, während sie Oma Amigorena umarmte.

»Allein. Und mit einer Gruppe«, sagte Schascha, als sie das Zimmer betrat.

»Uoouuuuuuu, uoouuuuuuu«, heulte Oma Amigorena. – »Uoooooouuuuuuuu.«

»Sollen wir vielleicht die Polizei rufen?«, fragte Schascha.

Die Frage war an Miki gerichtet.

»Weswegen?«, fragte Oma Amigorena beunruhigt, aber sie hörte zu weinen auf.

»Wegen dieser freitäglichen Mafia«, antwortete Schascha.

»Und was kann die Polizei machen?!«, rief Miki verzweifelt. »Die Versammlungen auf Samstag verlegen?«

»Uouuu«, sagte Oma Amigorena. »Am Samstag ist Sabbat.«

»Wollen Sie sagen, dass sich unter meinem Bett Masada niedergelassen hat?«, fragte Miki.

»Ich will überhaupt nichts sagen uooou.«

»Warum sagen Sie es dann?«

»Ich habe nur gesagt, dass mir der Sabbat sehr wichtig ist«, sagte Oma Amigorena, »uoou.«

»Sie haben doch den Sabbat nie gehalten«, sagte Miki. »Sie schreiben diese Briefe nicht nur während der ganzen Woche, sondern auch am Sabbat.«

»Ja, ich gebe zu, uouu, ich habe ihn nicht gehalten«, sagte Oma Amigorena. »Aber von jetzt an werde ich ihn halten. Ich möchte, uoou, ihn halten.«

»Willst du ein Goj sein?«, fragte Schascha.

»Womit?«, fragte Oma Amigorena.

»Na ich weiß nicht, vielleicht muss man Goja sagen«, meinte Schascha. »Das bedeutet: Leben wie ein Jude und die jüdischen Bräuche pflegen.«

»Das wäre wohl ziemlich schwierig«, zweifelte Oma Amigorena.

»Oder vielleicht möchten Sie lieber eine Patriotin sein?«, fragte Miki.

»Womit?«, fragte Oma Amigorena.

»Eine Patriotin«, sagte Schascha. »Das ist jetzt sehr in Mode.«

Liebe kann man das nicht nennen.

Liebe ist, wenn jemandem etwas fehlt und er sich danach sehnt.

Doch hier fehlt niemandem irgendetwas.

Alle haben von allem zu viel.

Der Fernseher ist nicht mehr da.

Da ist nur noch das Fenster.

Vom Morgen bis zum Abend hat Oma Amigorena drei Chinesen gezählt, allerdings hat sie nicht die ganze Zeit aus dem Fenster geschaut.

Jetzt schaut sie wieder.

Die Köche des chinesischen Restaurants gehen wieder ins Freie zum Badmintonspielen.

Ohne dem Wind Beachtung zu schenken.

In Europa können alle außer betrunkenen Seglern den Wind nicht ausstehen, die Chinesen hingegen vergöttern ihn beinahe.

Wegen dieses Winds ist es sehr schwer auszumachen, ob das Badminton der chinesischen Köche auch nur die geringsten Fortschritte macht.

Wenn es sich um Chinesen der alten Schule handelt, so geht es ihnen auch nicht um irgendeinen Fortschritt.

Vielleicht sind sie einfach so hinausgegangen, um im Wind zu stehen.

»Fangen sie dort freitags eigentlich manchmal eine Schlägerei an?«, fragte Schascha.

»Wer?«, fragte Miki.

»Diese deine fünf, sechs Männer«, antwortete Schascha. »Deine Mafia.«

»Nein. Sie unterhalten sich kultiviert«, antwortete Miki. »Vielleicht besprechen sie irgendetwas, vielleicht arbeiten sie.«

»Und sie singen keine Lieder?«, fragte Oma Amigorena. Oma Amigorena hatte Lieder sehr gern.

»Als ich es satthatte«, sagte Schascha, »das Leben anderer Menschen zu leben und um drei Uhr in der Nacht von Samstag auf Sonntag wach im Bett zu liegen und zu grübeln, warum irgendeine Frau, die ich nicht kenne, im Stockwerk unter mir weint, habe ich mir einfach Ohrstöpsel gekauft.«

»Das glaube ich nicht«, sagte Oma Amigorena.

»Gut gesagt, aber du verwendest sie nicht dort, wo sie hingehören«, sagte Schascha.

Das Badminton der chinesischen Köche wurde einem Tischtennisspiel immer ähnlicher, nur im Wind und ohne Tisch.

Vielleicht versuchten sie auf diese Weise, sich auszulüften?

»Ich denke schon lange an die Gründung eines Vereins«, sagte Miki, als Mama Nora in der Türe auftauchte.

»Welcher Verein?«, fragte Mama Nora.

»Einen Verein erotischer Literatur.«

Miki ist überzeugt: Arbeiten soll man nur für sich selbst.

Sie hat noch immer die Ausdauer, es von Neuem zu versuchen, doch die Geduld aller anderen ist bereits erschöpft.

»Du denkst zu viel darüber nach«, sagte Mama Nora.

»Denkst du, man kann über einen Verein für erotische Literatur zu viel nachdenken?!!!«, fragte Miki.

Ihrer Stimme ist die Enttäuschung anzuhören. Die Enttäuschung eines Menschen, dessen Leben nur aus Versuchen und *Fehlstarts* besteht.

»Wir würden an die zwölf Studenten oder ausgehungerte Schriftsteller einstellen. Wir könnten sogar unseren eigenen kleinen Verlag aufmachen. Wir würden deine erotischen Romane und auch Übersetzungen sowie alte und zeitgenössische erotische Postkarten herausbringen, und für jedes Buch würden wir jeweils eine eigene erotische Karte drucken«, sagte Miki und verschluckte sich.

»Diese ausgehungerten Schriftsteller brauchen wir nicht«, sagte Oma Amigorena, die ihre Papiere unter der gaufrierten Stehlampe liegen ließ und herkam, um sich das letzte Keks zu nehmen.

»Warum brauchen wir sie nicht?«, fragte Miki.

»Die muss man durchfüttern«, sagte Oma Amigorena.

»Doch nicht von Ihrer Pension.«

»Wovon denn sonst?«

***

Es sieht aus, als hätte es ein Mensch gemalt, der denkt, er habe sein Talent verloren.

Er hat sein Talent verloren, daher hat er sich mit aller Kraft bemüht.

So dachte Castiglione, als er das Bild von Weitem betrachtete.

So viel Meisterschaft und so wenig Zufall.

Und es gibt überhaupt keine Freiheit.

Seine »Hundert Pferde« auf Seide waren vollendet.

Castiglione stand allein vor dem Bild.

Und wartete auf die Kommission.

Die Kommission hatte es nicht eilig. Inzwischen wälzten sich in Castigliones Studio die Pferde, sie bissen einander, liefen herum, wateten durch den Fluss und standen einfach in allen möglichen Posen da.

So perfekt, als hätte Castiglione beabsichtigt, der beste Pferdemaler aller Zeiten in China und der ganzen Welt zu werden.

Castiglione versucht sich selbst davon zu überzeugen, er habe unwillkürlich ein christliches Bild gemalt.

Hätte er das Gefühl, den Fünften Kaiser der Qing-Dynastie und die Kommission der Kunstkenner betrogen zu haben, weil er das von Anfang an so gewollt hätte, so wäre das eine Sünde gewesen.

Doch jetzt … nicht einmal der Orden würde ihn beschuldigen.

So oder so rechtfertigt der Orden jedes Mittel, das den Interessen der Kirche dient.

Dieser letzte Gedanke verschaffte ihm Beruhigung.

Vielleicht könnte der »Herz Jesu«-Kult den Kaiser interessieren?, denkt Castiglione, als sein eigenes Herz anfängt, im Takt der Schritte der Kommission zu schlagen.

***

Für Oma Amigorena ist der Fernseher nicht nur die einzige Form des Fortschritts, mit der sie sich irgendwie abfinden und vertragen kann.

Der Fernseher ist für sie ein elektronisches Suchtobjekt.

Doch es ist besser, Oma Amigorena das nicht zu sagen, denn sie würde sich mit Worten und Klauen, mit Schreien und Schimpfwörtern, Nägeln und Spucke verteidigen.

Mama Nora begriff schnell: Wenn nicht sofort ein neuer Fernseher ins Haus kommt, wird ihr das niemand verzeihen.

Daher kam er bereits am nächsten Morgen ins Haus: einer mit weißem Rahmen und beinahe doppelt so großem Bildschirm.

In den ersten Tagen streichelte ihn Oma Amigorena ständig und schaltete ihn jeweils nach zwei Stunden aus, damit er sich erhole.

Und nach zwanzig Minuten schaltete sie ihn wieder ein, um sich zu vergewissern, dass er nicht kaputt war.

An diesem Tag waren alle sehr beschäftigt, und Oma Amigorena war sich selbst überlassen.

Als Miki und Schascha nach Hause kamen, war der Fernseher gerade ausgeschaltet – und Oma Amigorena sehr beunruhigt.

Sie konnte nicht einmal sprechen und nichts erklären.

Doch nach einem Schluck Cognac sprach sie und erklärte, dass der Kosmos schuld war.

Nein, nicht die Ufos. Nein.

»Wirklich nicht?«, fragten Schascha und Miki.

»Nein, wirklich nicht«, verteidigte sich Oma Amigorena.

Die Geschichte war sehr verwickelt und schwer zu glauben.

Schuld waren die Astronauten.

Einer von ihnen.

Nein, kein Kosmonaut.

Ein Astronaut.

Der vor Kurzem aus Amerika in ihr Land gekommen war.

Er war im Fernsehen zu sehen gewesen, als Oma Amigorena gerade fernsah.

Alleine.

Aus den Erzählungen von Oma Amigorena war schwer zu verstehen, wann er und ob er überhaupt in den Kosmos geflogen war.

Ob er nur um die Fliegenden herumgelungert war.

Sojus-Apollo waren die einzigen Wörter, die sich Oma Amigorena genau gemerkt hatte.

Ohne ihre Bedeutung zu kennen.

Der Astronaut war in ihr Land gekommen, um Verwandte zu suchen, und Oma Amigorena schien …

Er suchte sie.

Jetzt war sie besorgt: Wenn ihn zwei Tage lang niemand aufhielte, so würde er wegfliegen, ohne sie gefunden zu haben.

»Er wird doch wegfliegen«, wiederholte Oma Amigorena ständig, und ihr Wiederholen war wie ein Wimmern.

Wer konnte in einer solchen Situation klären, wen man wirklich aufhalten musste: diesen Astronauten oder die Oma?

Oma Amigorena versicherte: diesen Astronauten.

Und sie gab sogar einen Grund an: Die Großmutter des Astronauten und die Mutter von Oma Amigorena hatten genau denselben Familiennamen.

»Und da ist jeder Irrtum ausgeschlossen«, sagte Oma Amigorena ganz bestimmt.

Doch wenn man diesen Astronauten tatsächlich aufhalten musste, was war dann von diesem Aufhalten zu erwarten? Und was konnte man ihm bieten, nachdem man ihn aufgehalten hatte?

Im weiteren Sinne des Wortes.

»Freundschaft«, versicherte Oma Amigorena und begann vor Enttäuschung zu weinen.

Als Miki sie zu trösten versuchte, beklagte sich Oma Amigorena, dass sie nicht in der Lage sei, einen Computer zu benutzen.

Wäre sie dazu in der Lage, so würde sie ihrem liebsten Verwandten einen Brief schreiben und sagen, wie es ihr im Leben erging.

Schlecht.

Im Leben erging es ihr schlecht.

»Und die Namen?«, fragte Miki. »Und die Namen stimmen überein?«

Da begann Oma Amigorena die Augen niederzuschlagen und Quatsch zu reden.

Sozusagen.

Auf die nachdrückliche Frage, ob das wirklich der Fall sei, stellte sich heraus: vielleicht auch nicht.

Um die Wahrheit zu sagen: Nein.

Nein. Sie stimmten nicht überein.

Und Oma Amigorena konnte sich in ihrer Familie an niemanden mit dem gesuchten Namen erinnern.

»Ich hatte nur eine Freundin dieses Namens«, sagte Oma Amigorena. »In der Schule.«

»Auch wenn man sich das noch so sehr wünschen mag«, sagte Schascha, »dieser Astronaut ist wahrscheinlich kein Verwandter von uns.«

Schaschas Aussage klang für Oma Amigorena wie eine Entscheidung.

Sie hörte ihr zu, stand auf und ging zu ihrer Stehlampe.

Nach einiger Zeit ging Miki zu ihr hin und versuchte sie zu trösten:

»Wir haben diesen Kosmos doch nicht nötig«, sagte Miki.

»Wer sind ›wir‹?«, fragte Oma Amigorena mit bitterer Stimme.

»Diejenigen, die nüchtern denken«, sagte Schascha.

Oma Amigorena senkte den Kopf, erwog, was sie gehört hatte, und sagte: »So habt ihr mich auch betrunken gemacht.«

Und sie hatte recht.

»Wisst ihr, wie die chinesischen Astronauten genannt werden?«, fragte Schascha und betrachtete den Mitarbeiter der chinesischen Botschaft mit seiner Frau, die einen Spaziergang machten und bemüht waren, so schnell als möglich am chinesischen Restaurant vorbeizugehen.

»Nein«, sagte Miki. »Und wie heißen sie?«

»Taikonauten«, sagte Schascha.

»Was denn, lässt man die auch schon in den Kosmos hinaus?«, fragte Oma Amigorena, während sie zum Fenster ging, um aus der Nähe mit interessierten Blicken zu verfolgen, welche Chinesen vor dem Fenster unterwegs waren.

Über diesen Astronauten hatte sie die Chinesen völlig vergessen.

»Mir scheint, Sie haben einen Hang zum Rassismus«, sagte Miki.

»Scheint dir?«, fragte Oma Amigorena.

»Taikonauten klingt wie Ufos, die auf die Erde gekommen sind«, sagte Miki. »In einer friedlichen Mission.«

»Und wie würde es klingen, wenn sie in einer kriegerischen Mission gekommen wären?«, fragte Oma Amigorena.

»Dangeronauten«, sagte Schascha. »Oder Armageddonauten.«

»Ich glaube, die beste Bezeichnung wäre Bombonauten«, sagte Oma Amigorena. »Nur bumm! Und das war's. Ist es nicht so?«

Kosmonauten, Astronauten und Toikonauten – das sind die Menschen, die man am schwersten aus dem Kopf herauskratzen kann, vor allem, wenn man noch ein Kind ist.

»So versitzt man das ganze Leben in einem Loch, während andere Heldentaten vollbringen«, sagte Miki.

»Du willst Heldentaten vollbringen?«, fragte Schascha. »Aber wer will das nicht?«

»Ich«, sagte Oma Amigorena und schlich wieder zu ihrer Stehlampe.

»Ich verstehe nicht, willst du jetzt das Geschäft ankurbeln oder Heldentaten vollbringen?«, fragte Schascha.

Und obwohl die Frage an Miki gerichtet war, machte Oma Amigorena als Erste den Mund auf.

»Und was gibt es da für einen Unterschied?«, fragte sie.

»Einen wesentlichen«, sagte Schascha.

»...«

»Wenn du das Geschäft ankurbelst, tötest du andere, und wenn du Heldentaten vollbringst, dich selbst.«

»Darum will ich das nicht«, sagte Oma Amigorena.

»Was wollen Sie nicht«, fragte Miki.

»Heldentaten vollbringen«, sagte Oma Amigorena, über ihre Papiere gebeugt.

***

Ein Brief aus Rom war eingetroffen.

Und verursachte Unruhe.

In beiden Lagern der Jesuiten.

Ein Tscheche war zum Ordensgeneral gewählt worden.

Franz Retz.

Früher war es einmal vorgekommen, dass der Orden von irgendeinem Belgier geleitet wurde.

Oder von einem Deutschen.

Wäre ein Spanier oder Italiener gewählt worden, wären doch alle ruhiger.

***

Im Fernsehen war noch einmal dieser Astronaut zu sehen.

Jetzt betrachtete ihn die ganze Familie und suchte nach einer physischen Ähnlichkeit mit bekannten, ihnen nahestehenden Menschen.

Als sie ihn genau betrachtet hatte, sagte Oma Amigorena:

Er erinnerte sie an einen Fliesenleger.

Nein, er war kein Verwandter.

Nach alldem fragte Oma Amigorena: Könnte sie aus diesem Anlass eine sechste Zigarette rauchen?

Nein.

Wirklich nicht?

Wirklich nicht.

***

Ein Brief aus Rom war eingetroffen.

Clemens XII. verbietet, sich auf die Genehmigungen Mezzabarbas zu berufen.

Der neue Papst verbietet alle chinesischen Riten.

Wie es zu Beginn auch sein Vorgänger getan hatte.

In der Mission sagt man, das verstoße gegen die Interessen des Ordens.

Man sagt es laut.

Alle warten darauf, welche Entscheidung der Schwarze Papst treffen wird.

Welche Entscheidung wird der General treffen?

6.

Pater Castiglione beobachtet die Frauen mit Interesse.

Allerdings sieht er aus dieser Entfernung ihre Gesichter nicht.

Aus dieser Entfernung könnte er sie auch nicht erkennen, wenn es hell wäre.

Aus dieser Entfernung kann er nicht einmal hören, wie ihre Seidenkleider rascheln.

Er kann nicht einmal ihre Schritte hören.

Die Zikaden zirpen.

Die Zikaden sind nicht einmal tagsüber zu sehen.

Es ist nur ein Lärm.

Mächtig wie ein Wasserfall.

Doch die Zikaden sind nicht vorhanden.

Die Zikaden sind wegen der Kiefern so wild geworden, denkt Castiglione.

Die Kiefern sind noch ganz jung, sie wurden erst vor einem halben Jahr im Wald ausgegraben und sind noch kaum hier eingewurzelt.

Die Zikaden stören Castigliones Gedanken nicht, sie saugen den Saft der Kiefern aus, quiekend vor Genuss.

Doch die Chinesen denken, dass sie sich nur vom Wind ernähren.

Und vom Tau.

Überlegt Castiglione.

Pater Castiglione betrachtet die Frauen von einem Hügel aus.

Er sitzt in einem abgelegenen Pavillon.

Allein wie der Kaiser.

Ohne Wissen des neuen Sechsten Kaisers der Qing-Dynastie.

Er hat mehr als einmal gehört: Chinesische Frauen nehmen jeden Glauben leichter an als chinesische Männer.

Doch diese vielleicht dem Glauben geneigten Frauen sind für ihn unerreichbar.

Sie gehen nicht in den abgelegenen Pavillon auf dem Hügel, um ihn, Pater Castiglione, um eine Predigt zu bitten, und im Dunkeln dem Kaiser zuzulächeln.

Es sind ihrer zehntausend.

Die zehntausend Frauen erreichen das dunkle Ziel nicht als riesiger Strom von einer Seite, nein.

Sie kommen in Kolonnen von gleichem Umfang gleichzeitig aus allen vier Himmelsrichtungen.

Vier Kolonnen von Frauen kommen gleichzeitig bei vier Stegen an, die den rechteckigen Burggraben überbrücken, und auf Kommando entzünden sie beinahe gleichzeitig die Papierlaternen, die sie mitgebracht haben.

Jetzt ist klar zu sehen, wie vier Teile eines Heeres – zu je zweitausendfünfhundert Frauen – an den vier Eingängen des Labyrinths anhalten.

Sie halten an und warten.

Auf ein weiteres Signal. Castiglione spürt, dass er …

einen Hustenanfall bekommen würde …

und er zieht das Schächtelchen mit den Zikadenkokons heraus.

Das hilft.

Kaiserin Ula Nara müsste beim südlichen Eingang sein, denkt Castiglione.

Wo Süden ist, kann man in der Dunkelheit allerdings nur aus der Erinnerung sagen.

Die Nacht ist sternenlos.

Die Kaisersgattin Ling beim Nordtor, denkt Castiglione.

Die Kaisersgattin Chun Hui beim Westtor, und die Geschätzte Kaisersgattin Lady Lu beim Osttor.

So sollte es zumindest dem Plan nach sein.

Jeder der Frauen des neuen Sechsten Kaisers der Qing-Dynastie folgen Tausende der schönsten Damen und Mädchen des Palastes.

Vor Castigliones Blick und Ohren schützt sie die Entfernung.

Noch vor einem Jahr war Ula Nara so wie alle anderen Frauen des neuen Sechsten Kaisers.

Geradezu.

Die Tochter eines Generals.

Allerdings bestand schon damals ein Unterschied.

Sie hatte lange Nägel.

Sehr lange.

Castiglione hat sie selbst gesehen, als er Ula Naras Porträt malte.

Normalerweise trug Ula Nara an den Fingern noch längere – silberne – Nägel, die mit Edelsteinen geschmückt waren.

Doch sie trug sie nur, um die echten vor Stößen und Blicken zu schützen.

Sie stammte von mandschurischen und nicht, wie die übrigen Frauen des Sechsten Kaisers der Qing-Dynastie, von Han-Chinesen ab.

Und lange Nägel sind eine mandschurische Tradition.

Wie die mandschurischen Zöpfe bei den Männern.

Für die Han-Chinesinnen wurde es nicht verpflichtend, sich die Nägel wachsen zu lassen, doch die Han-Chinesen wären von den Kaisern der Qing-Dynastie wegen eines unrasierten Kopfes und nicht geflochtenen Zopfes sofort getötet worden.

Wegen Ungehorsam.

Ula Nara stellte seit den ersten Tagen der Herrschaft des neuen Kaisers eine Ausnahme dar.

Mit seinen Frauen – Han-Chinesinnen – will der Kaiser wahrscheinlich die Herkunft seiner Söhne aufwerten.

Damit die Han-Chinesen die mandschurische Qing-Dynastie nicht mehr für barbarisch halten.

Doch Ula Nara ist genauso eine Mandschurin wie der Kaiser selbst.

Sie fand sich im Harem des Sechsten Kaisers der Qing-Dynastie, noch bevor er Kaiser wurde. Als er noch ein Prinz war.

Doch alle im Palast wissen: Ula Nara ist etwas Besonderes.

Nara bedeutet in der chinesischen Sprache Sonne.

Und im Palast gibt es keine einzige Frau, die mehr ins Auge sticht als sie.

Viele Frauen aus dem Nara-Klan kamen in die Verbotene Stadt.

Alle als Konkubinen des Kaisers.

Doch nur zwei von ihnen wurden Kaiserinnen.

Und die erste wie die zweite trugen denselben Namen.

Ula Nara.

Die erste wurde die erste Frau des Sechsten Kaisers der Qing-Dynastie.

Die Kaiserin.

Sie leuchtete geradezu vor unschuldiger Schönheit, doch sie verstarb in jungen Jahren.

Der Vater der neuen Kaiserin Ula Nara war General.

Und hatte sie erzogen wie einen Mann.

In der Verbotenen Stadt heißt es: Sie weiß viel mehr vom Leben, als eine Frau normalerweise vom Leben weiß.

Sie reitet hervorragend und trifft mit dem Bogen ins Ziel.

Genau wie ein Mann.

Obwohl solche Fertigkeiten für eine Kaiserin vielleicht nicht erforderlich sind.

Es heißt, dass sie physischen Schmerz schweigend erträgt.

Wie die Eunuchen sagen.

Castiglione versucht sich vorzustellen, von welchem physischen Schmerz die Eunuchen sprechen.

Von welchem physischen Schmerz sprechen sie dort?

Außerdem sprechen die Eunuchen von ihrem guten Charakter: Sie ist eine sehr gehorsame Ehefrau.

Dennoch halten viele im Palast ihre Herkunft für ein schlechtes Zeichen.

Ula Nara wurde genau während der Trauerzeit des Sechsten Kaisers der Qing-Dynastie zur Kaiserin erhoben.

Fast unmittelbar nach dem Tod der Ersten Kaiserin.

Um diesen schnellen Aufstieg, so heißt es, hat sich die Mutter des neuen Sechsten Kaisers der Qing-Dynastie bemüht.

In China kann ein Sohn seiner Mutter fast nichts abschlagen, nicht einmal, wenn er Kaiser ist.

Die Eunuchen sagen: Die Mutter des Sechsten Kaisers und Ula Nara haben einen Bund geschlossen.

Denn sie sind beide Mandschurinnen.

Auch wenn sie beide aus verschiedenen Klans stammen und die Beziehungen zwischen diesen Klans nicht immer besonders gut waren.

Doch dort, wo die Männer sich nicht verstehen, verstehen sich die Frauen.

Sagen die Eunuchen.

Ula Nara kam, als die Trauerzeit gerade begonnen hatte, mit Geschenken zur Mutter des Kaisers.

Von dieser Zeit an hat die Kaiserin auch begonnen, sie unter ihre Fittiche zu nehmen.

Die Eunuchen sagen alles Mögliche.

Für ein gutes Zeichen halten alle Ula Naras Schenkel.

Alle, die sie gesehen haben, sagen: so fest und breit.

Die Mandschuren sind überzeugt: Frauen mit solchen Schenkeln gebären meist Söhne.

Sie hat diese Überzeugung schon bestätigt, als sie als erstes Kind einen Sohn geboren hat, den vierzehnten Prinzen.

Danach wurde allerdings eine Tochter geboren.

***

Eine Eule hat gerufen.

Das ist ein Zeichen.

Und zehntausend Frauen mit geschlossenen Papierlaternen in Händen verteilen sich in den engen und eckigen Korridoren des Labyrinths und stoßen dabei ständig an die Ziegelwände.

Wegen der fest abgebundenen Füße gehen die Frauen in China wie Enten: seitwärts watschelnd.

Das war noch Pater Ripa aufgefallen.

Den Chinesen selbst fällt das nicht auf.

Von weitem ist das Watscheln der Frauen nicht zu sehen.

Man sieht nur, dass die Laternen watscheln.

Das, was die Frauen hässlich macht, schmückt die Laternen.

Die Eunuchen sagen – sie sagen die ganze Zeit irgendetwas –, sie sagen also, dass es für die Frauen in der Verbotenen Stadt sehr schwer ist zu gehen und sie große Schmerzen haben, wenn sie auch nur einige Schritte machen.

Die Eunuchen freunden sich mit den Frauen in der Verbotenen Stadt sehr gut an und kennen all ihre Schmerzen.

Solange Pater Ripa noch in der Chinamission gearbeitet hat, hat er immer wieder eine einzige Geschichte erzählt.

Ein Chinese konnte »dieses« Vergnügen nur auf eine einzige Art spüren: indem er die verkrüppelten Füße seiner jungen Frau losband.

Sie losband und ansah.

Castiglione verstand überhaupt nicht, warum Pater Ripa ständig »diese« Geschichte so gerne erzählte.

Tausend Laternen watscheln langsam.

Sie watscheln auf der Suche nach dem verwinkelten Weg herum.

Dem verwinkelten Weg zum achteckigen Pavillon des Kaisers im Zentrum des Labyrinths.

Der Sechste Kaiser der Qing-Dynastie beobacht reglos die watschelnden Laternen.

Von oben.

Es ist ein warmer Abend.

***

Schascha zuckte zusammen.

Ohne anzuklopfen drang Oma Amigorena in ihr Zimmer ein.

»Ist etwas passiert?«, fragte Schascha.

»Nein«, sagte Oma Amigorena. »Ich will einfach nur meine Ruhe haben.«

»Ruhe?«, fragte Schascha.

»Wenn ich dich nicht sehe, habe ich keine Ruhe«, sagte Oma Amigorena.

***

In China kann man nicht sagen, der Sohn habe den Kaiserthron bestiegen.

In China dürfen die Söhne weder auf dem Sessel noch auf dem Thron ihres Vaters sitzen.

Daher wäre es richtig zu sagen: Der Sohn des Fünften Kaisers – der neue Sechste Kaiser – hat den Thron seines Großvaters, des Vierten Kaisers, bestiegen.

Wie soll man die Chinesen zum Glauben bekehren, wenn sie nur vor ihren Vätern auf die Knie fallen, denkt Castiglione.

Der Fünfte Kaiser der Qing-Dynastie war viel vorsichtiger als sein Vater.

Es heißt, er habe im Voraus den Namen seines Nachfolgers niedergeschrieben.

Auf zwei Papierrollen gleichzeitig.

Eine legte er in eine Schachtel, und die Schachtel versteckte er hinter den Grabplatten im Qianqing-Palast.

In der Verbotenen Stadt.

Die zweite Papierrolle hingegen trug er stets bei sich.

Nach seinem Tod verglichen die Minister die Papierrollen und der Sohn des Fünften Kaisers der Qing-Dynastie wurde der Sechste Kaiser.

So bestieg also der Sechste Kaiser der Qing-Dynastie den Thron seines Großvaters.

Nach dem Willen seines Vaters wie des Himmels.

Dennoch wurde der Fünfte Kaiser der Qing-Dynastie ermordet.

So heißt es in der Verbotenen Stadt.

Eine Frau hat ihn ermordet.

Eine Konkubine.

Sie vergiftete ihn mit seinen eigenen Arzneien.

Sie war genauso wie ihr Vater.

Von gemischtem Blut.

Sie kämpfte gegen die Qing-Dynastie.

Sie sehnte sich nach der Ming-Dynastie.

Sie schrieb Gedichte.

Sie hatte einen Hang zu literarischen Verfehlungen.

***

Auf den Fünften Kaiser der Qing-Dynastie hatte Castiglione dreizehn Jahre lang gewartet.

Beim Zeichnen der Pferde und danach.

Doch er kam einfach nicht zu ihm.

Wie die Chinesen sagen: Der Drache ist nur dann echt, wenn er sich in den Wolken verbirgt.

Der neue Sechste Kaiser der Qing-Dynastie kam unerwartet.

Beinahe sofort.

Nur vier Jahre, nachdem er den Thron seines Großvaters bestiegen hatte.

Castiglione erreichte seine Ziele auf chinesische Art.

Nicht sofort.

Und durch Abwarten.

Der Sechste Kaiser der Qing-Dynastie kam und bestellte bei Castiglione ein europäisches Schloss und italienische Pavillons.

Bessere, als er in den Bildbänden mit Stichen gesehen hatte, die aus dem Westen herbeigeschafft worden waren.

Der Sechste Kaiser der Qing-Dynastie verlangte nicht Bilder eines Schlosses.

Er wollte ein richtiges.

Ein richtiges französisches Schloss.

Das von Versailles.

Castiglione versuchte, dem Sechsten Kaiser zu erklären, dass er kein Architekt sei.

Dass ein Mensch, der ein Schloss in einer Landschaft malen kann, dieses nicht bauen kann.

Dass er optische Täuschungen schaffe, aber keine realen Gegenstände.

Doch der Kaiser überhörte das oder verstand es nicht.

Und Castiglione war dazu gezwungen.

Monatelang zeichnete er französische Schlösser, Brunnen, Belvedere und Pavillons auf koreanisches Papier.

Er bemühte sich, sie nicht zu kompliziert zu zeichnen.

Er wusste, dass er sie später selbst bauen musste.

Beim Sommerpalast der Kaiser der Qing-Dynastie.

Im Garten des ewigen Frühlings.

Giuseppe Castiglione hatte nie Architektur studiert.

Daher übernahm er sehr viel vom Architekten Brunelleschi.

Wegen der Mission war er also eines Tages gezwungen, sowohl zum Architekten als auch zum Dieb zu werden.

***

Ein Labyrinth ist nichts Chinesisches.

Castiglione musste dem Sechsten Kaiser der Qing-Dynastie die Funktionen eines Labyrinths erklären.

Und wie es zu sein hat.

Castiglione versuchte, den Kaiser zu überzeugen: Labyrinthe – das sind lebende grüne Wände aus Thujen, Zypressen, myrtenartigen oder anderen dichten Bäumen.

Doch dem Sechsten Kaiser gefiel keine Wand aus Bäumen.

Dem Sechsten Kaiser gefielen Ziegelwände.

Diese bauten die Chinesen nach Castigliones Zeichnungen in einer Höhe von fünf Fuß.

Diese Wände waren innen hohl.

Aber nicht leer.

Bevor sie zugemauert wurden, wurden im Inneren Kiefern gepflanzt.

Jetzt ragen deren Spitzen aus den Hohlräumen der Wände des Labyrinths und verwandeln die harte obere Kontur im Dunkeln in eine flaumig nadelige.

Daher saugen jetzt die Zikaden die Säfte aus diesen Kiefern.

Zirpend.

Im Dunkeln sind sie nicht zu sehen.

Gegenüber dem Labyrinth hat Castiglione einen Blumengarten geplant.

Einen großen.

Im vorderen Bereich des Gartens steht ein Pfauenkäfig.

In den Käfig sind bereits ein Pfauenpaar und zwei Fasanenpaare gesperrt.

Doch es schreien nur die Pfauen.

Vermutlich gefällt es ihnen nicht.

Die Hinterwand des Käfigs ist mit Schiffen und Fasanen bemalt.

Und dem Kaiser gefällt diese Wand sehr.

Besonders gefällt es ihm, wenn ein lebendiger Fasan an dem gemalten vorbeigeht.

Die Chinesen mögen es, wenn der Porträtierte neben dem Porträt zu sehen ist.

Das Echte neben dem Imitierten.

Unechten.

Doch die Handelsschiffe im Pfauenkäfig – das haben sich wohl westliche Menschen ausgedacht.

Sagt die Kommission der Kunstkenner.

Doch genau wie sein Vater gibt sich der Sechste Kaiser der Qing-Dynastie leicht jeder Art von Exotik hin.

Und erlaubt, dass alles bleibt.

Wie es ist.

***

Die Laterne welcher Generalstochter aus der Gruppe der Frauen-Leuchtkäfer ist dem Kaiser am nächsten?

Das ist schwer zu erkennen.

In einem Labyrinth hat es oft den Anschein, man sei dem Ziel bereits nahe, doch es stellt sich heraus, dass man in einer ganz nahen Sackgasse steht.

Castiglione versucht sich vorzustellen, dass man in den engen gemauerten Korridoren zweitausendfünfhundert Frauen aufhalten und zurückschicken müsste.

Mit zusammengebundenen Füßen, aber nicht mit zusammengebundenen Wünschen.

Die in die Sackgasse hinein- und immer noch weitergehen.

Castiglione erinnert sich noch immer an fast alle Windungen des verwinkelten Labyrinths, und wenn er könnte, würde er ihnen den Weg zeigen.

Doch er sitzt hier – im abgelegenen Pavillon.

Als Schöpfer des Labyrinths und Beobachter seines »Funktionierens«.

Aber nicht als Gastgeber.

Wenn er die Augen schließen würde, könnte er vielleicht sogar die genaue Stellung der Mauern sehen.

Er könnte sogar die Siegerin erraten.

Aber er will nicht spekulieren.

Er möchte, dass Ula Nara als Erste ankommt.

Sogar wenn sie nicht zu ihm, nicht zu Castiglione, sondern zum Kaiser kommt.

Plötzlich schreien mechanische Vögel aus vollem Hals, und ein runder Mond ist hinter den Wolken hervorgetreten.

Die mechanischen Vögel sind weit über die Grenzen des Labyrinths hinaus zu hören, obwohl sie im Innern des Labyrinths singen, in einem speziellen Marmorpavillon.

Castiglione hat ihn etwas nördlich vom zentralen, dem kaiserlichen Pavillon errichtet.

Damit die unechten Vögel den Blick des Kaisers nicht stören, sondern nur seine Ohren erfreuen.

Der Kaiser erhebt sich von seinem Thron, um diejenige zu begrüßen, die als Erste seinen Pavillon erreicht hat.

Er lacht laut und bewirtet die Siegerin und ihre Mädchen.

Castiglione sieht es nicht, doch er weiß es.

Womit.

Mit Früchten und Süßigkeiten.

Siebentausendfünfhundert Frauen, die das Ziel nicht erreicht haben, irren noch langsam, während die Laternen erlöschen, durch die finsteren Gänge des Labyrinths.

Die Zikaden verspotten sie.

Der Kaiser lacht laut.

Castiglione sieht die Siegerin nicht, doch als Erste stiegen die Laternen von Ula Nara und ihren Mädchen in den Himmel.

Castiglione hat sie erkannt.

Sie sind etwas rötlicher als die anderen.

Wie soll man die Chinesen zum Glauben bekehren, wenn ihnen die Schönheit einer Idee wichtiger ist als die Moral, denkt Castiglione.

Das Mondfest geht zu Ende.

Der fünfzehnte Tag des achten Monats geht zu Ende.

Und die Gedanken von Pater Castiglione hinterlassen plötzlich ein wunderbares Bild des Abends vor seinen Augen und treffen ihn mit Pfeilen in den Bauch.

Wie einen heiligen Märtyrer.

Pater Castiglione erinnert sich plötzlich an diesen Franzosen.

Attiret.

***

Diese täglichen Gespräche, das Sitzen auf denselben Plätzen in denselben Posen wirkt wie eine mit zwei Kameras gefilmte Familienserie.

Eine Kamera filmt die Gesamtszenerie, die andere hebt die Gesichter der Darsteller hervor.

In der Serie geschieht nichts außer den Dialogen.

Manche Darsteller werden ständig fokussiert, andere kommen einige Tage lang nicht ins Bild.

Wäre kein Fernseher im Haus und wäre darauf keine Familienserie zu sehen, wüsste man nie, was hier los ist und woran es erinnert.

Nur gibt es hier, im Unterschied zu den Fernsehserien,

weder verlassene Kinder noch reiche Eltern, die diese Kinder verlassen haben.

Es sind keine Waffen im Haus; niemand von den Familienmitgliedern war im Gefängnis; und keine einzige Frau ist in Don Antonio verliebt.

Alles andere aber ist genau dasselbe.

Da die Wissenschaftler wenigstens sieben Gründe anzuführen vermögen, derentwegen die Menschheit zugrunde gehen könnte, ist eine solche Erstarrung und Beständigkeit des Lebens das reinste Glück.

Und würde man diese Serie aus dem wirklichen Leben eines Tages einstellen – wie schmerzlich wäre das.

Oma Amigorena hatte den ganzen Tag über vier Chinesen gezählt, doch jetzt war sie, schon ganz erschöpft, mit ihren eigenen Angelegenheiten beschäftigt.

»An wen schreiben Sie?«, fragte Miki.

»An Mussolini«, antwortete Oma Amigorena.

»An Mussolini?«

»Ich möchte, dass mir wenigstens einmal im Leben jemand aus Italien schreibt«, sagte Oma Amigorena.

»…«

»Ich überlege mir, Briefmarken zu sammeln«, sagte Oma Amigorena.

»…«

»Ausländische.«

»Erzeugst du etwas aus nichts?«, fragte Schascha.

»Was?«, fragte Oma Amigorena.

»Nichts.«

»Etwas aus einem Nichts erzeugen, nennt man das siebte Strategem«, sagte Schascha und schrieb etwas auf.

»Ich habe das Gefühl, ich lebe schon nicht mehr mit dir, sondern mit diesen Chinesen«, sagte Oma Amigorena, während sie mit dem Kopf zum Fenster wies. »Man kann sich nicht mehr verständigen.«

7.

Ula Nara zum Beispiel ist eine Ratte, sagt Leng Mei, während er Steine betrachtet.

Für Castiglione ist es Marmor.

Für Leng Mei sind es Steine.

Der Kaiser hingegen ist ein Drache, sagt Leng Mei.

Was könnte der Kaiser auch sonst sein.

Und Pater Castiglione ein Hase, sagt Leng Mei.

Ratte und Hase.

Gegen einen Drachen.

Castiglione möchte ein Tiger sein.

Dazu hätte er ein Jahr früher geboren werden müssen, sagt Leng Mei.

Der Kaiser möchte, dass Castiglione Brunnenfiguren der chinesischen Sternzeichen schaffe.

Das wird kein einfacher Brunnen sein, sondern eine Brunnen-Uhr, sagt Castiglione.

Der Kaiser muss zumindest eine Sache wissen.

Wie spät es gerade ist.

Und nicht nach der chinesischen Zeit, sondern nach der europäischen.

Hase und Ratte. Und ein Drache.

Und neun weitere Tiere.

Castiglione ist im Jahr des Affen nach China gekommen.

Warum gibt es kein Jahr der Fische?, fragt Castiglione.

Es reicht das Jahr des Drachen, sagt Leng Mei. Und das der Schlange.

Die Christen sehen im Hasen das Symbol der brodelnden Begierde und in der Ratte das Symbol des Teufels.

Des Teufels.

Die Skulpturen werden aus Marmor sein, und ihre Köpfe aus Bronze, sagt Castiglione.

Hase und Ratte.

Doch nicht einmal am Brunnen werden sie zusammen sein können.

Zwischen ihnen liegen so viele Jahre.

***

Die Unbeweglichkeit des Lebens nennt man Stabilität.

Und die sollte man eher für etwas Gutes halten als für das Gegenteil.

Doch wenn sich zu Hause wie im Leben nichts bewegt, wird es wichtig, dass wenigstens die Landschaft in Bewegung ist.

Vor dem Fenster.

Fluss oder Meer.

Leider ist vor ihrem Fenster weder ein Fluss noch ein Meer zu sehen, daher muss man sich über jede unbedeutende Kleinigkeit freuen.

»Die glauben, wenn man das ganze Leben lang mit demselben Partner lebt, kann man sich alles erlauben. Sogar auf die Fenster zu scheißen«, sagte Miki, als sie das Fenster öffnete und ein paar tobende Tauben verscheuchte.

Seit dem Morgen hatte Oma Amigorena nur zwei Chinesen gezählt, und jetzt schwieg sie.

Schon seit zwanzig Minuten.

»Was machen Sie?«, fragte Miki

»Ich lerne«, sagte Oma Amigorena.

»Sie lernen?????«, fragte Miki. »Ich wäre gespannt zu erfahren, was.«

»Ich lerne«, sagte Oma Amigorena feierlich. »Ohne euch zu leben.«

»Gedenken Sie, uns auszuquartieren?«

»Nein«, sagte Oma Amigorena, ohne sich umzudrehen.

»Nein? Und was gedenken Sie zu tun?«, fragte Miki.

»Zu vergessen.«

»Zu verdreschen?«, fragte Miki. »Uns zu verdreschen?«

»Zu vergessen«, wiederholte Oma Amigorena.

Als sich nach weiteren fünf Minuten herausstellte, dass Oma Amigorena wirklich alle vergessen hatte und sich von selbst nicht umdrehen würde, fragte Miki:

»Haben Sie irgendeinen anderen Namen?«

Ohne sich umzuwenden, mit dem Rücken, verstand Oma Amigorena, dass die Frage an sie gerichtet war, doch sie antwortete nicht sofort, sondern etwas verzögert:

»Ja, ich habe einen.«

»Das habe ich mir gedacht«, sagte Miki. »Wenn wir Sie bei diesem anderen Namen nennen würden, dann fiele es uns vielleicht leichter, uns mit Ihnen zu verständigen.«

»Vielleicht«, sagte Oma Amigorena mit starkem Zweifel und ohne sich umzudrehen.

»Werden Sie uns also diesen Namen verraten?«

»Vielleicht«, antwortete Oma Amigorena.

Das war eine rhetorische Antwort.

»Wenn Ihr erster Name A-mi-go-re-na ist, wie lautet dann ihr zweiter Name?«, fragte Miki.

»Du brauchst ihn mir nicht zu buchstabieren, ich verstehe dich auch so«, sagte Oma Amigorena.

»Wie lautet er dann?«

»E-van-ge-lista.«

»Vielleicht war es wirklich …«, sagte Miki. »Vielleicht war es besser, ihn nicht zu kennen.«

»Vielleicht«, antwortete Oma Amigorena beiläufig.

»Glaubst du, Bizantija wäre besser gewesen?«, fragte Schascha.

Diese rhetorische Frage war an Miki gerichtet.

»Vielleicht brauchen Sie einen dritten Namen?«, fragte Miki. »Es gibt hier einen guten.«

8.

In Europa kommen verschiedene Posen in Frage, die Kaiser der Qing-Dynastie hingegen wollen nur von vorne dargestellt werden.

Damit das Gesicht zu sehen ist.

Das ganze.

Die chinesischen Kaiser waren immer überzeugt, dass sie so sie am besten aussähen.

Und auf das Gesicht darf kein Schatten fallen.

Nach ihrer Meinung kündigen Schatten auf dem Gesicht ein Unglück an, und ein Schatten auf der Nase ist ein großer, wenn nicht der allergrößte Makel.

Es bringt sie ebenfalls auf, wenn die beiden Gesichtshälften verschiedenfarbig aussehen.

Das ist ein »mongolischer« Wunsch.

Dass der Künstler den Kaiser und seine Frauen von vorne malen soll.

Wie Dschingis Khan.

Falls jemand sein Porträt gesehen hat.

Die richtigen Kaiser, die der Han-Dynastie, hatten sich wegen solcher Nichtigkeiten nicht erregt.

Wenn der Künstler es so wollte, konnten sie im Porträt auch seitlich sitzen und zur Seite blicken.

Dreiviertel gedreht.

Zur Zeit der Herrschaft der Han-Chinesen gab es wichtigere Angelegenheiten als ein Porträt.

Dennoch stimmten alle – die richtigen und die falschen chinesischen Kaiser – in einem Punkt überein.

Sie waren und sind immer davon überzeugt: Ein Porträt

muss aus der Erinnerung gemalt werden.

Und nicht, während man dem Kaiser direkt gegenübersteht.

Als er zum neuen Herrscher Chinas wurde, gründete der Sechste Kaiser der Qing-Dynastie umgehend eine Kaiserliche Akademie der Malerei.

Pater Castiglione stieg nach zwanzig Jahren nicht nur sofort vom Tiermaler zum wichtigsten Porträtisten des Palastes auf, sondern wurde unter seltsamen Umständen auch beinahe gleichzeitig zum »wichtigsten Palastarchitekten«.

Wodurch er umgehend den Posten des wichtigsten Hofmalers wieder verlor.

Die Porträts der Mitglieder der kaiserlichen Familie malte jetzt dieser Franzose.

Attiret.

Wozu braucht man im Kaiserpalast französische Maler, wenn hier schon alles voll ist mit Portugiesen, dachte Pater Castiglione.

Ludwig XIV. denkt wahrscheinlich, wenn er hundert Franzosen nach Kanton schickt, so kann er in China und in der Verbotenen Stadt etwas verändern.

Alle Portugiesen verdrängen?

Doch um der Mission willen wird es Castiglione irgendwie ertragen.

Auch diese neuen Franzosen.

Allerdings ist die Mehrheit der hierhergekommenen Franzosen »Mathematiker«.

Weder die Chinesen selbst noch die Portugiesen haben »Mathematiker«, daher sind die französischen »Mathematiker« hier so willkommen.

Doch dafür sind die Astronomen alle Portugiesen.

Das, was im Himmel ist, ist doch viel wichtiger?

Als nichtige Rechnungen auf Erden.

***

Castiglione hatte es sogar geschafft, zwei Porträts von Ula Nara zu malen.

Bevor er mit dem Bau des westlichen Schlosses im kaiserlichen Sommerpalast begann.

Eines hatte er für den Kaiser gemalt, das zweite zu Hause – für sich selbst.

Die Porträts gleichen sich.

Nur hat er sich bei dem, das er für sich selbst gemalt hat, mehr Mühe gegeben.

Und das Porträt für den Kaiser … ist nur wie eine Skizze.

Früher hatte Castiglione keine Visionen, jetzt aber …

Hat er sie im Überfluss.

Doch er sieht nicht das, ganz und gar nicht das, was der heilige Ignatius gesehen hat.

Er sieht nur sie.

Castiglione hatte nie gedacht, dass ihn Visionen quälen würden.

Zehn Jahre lang.

***

Pater Attiret malt schnell.

Während Castiglione den Bau des westlichen Schlosses und des Labyrinths beaufsichtigte, malte Attiret über hundert Porträts von Bewohnern der Verbotenen Stadt.

Und er hat bereits den Titel eines »Kaiserlichen Malers« bekommen.

Castiglione weiß: Der Kaiser schickt diesem Franzosen Geschenke.

Er schickt ihm tatsächlich welche.

Lebensmittel von seiner Tafel, Seide, Gewänder, die nur die

Mandarine des höchsten Ranges tragen, Kruzifixe aus Edelsteinen.

Castiglione weiß nur eines nicht: Wie viel.

Wie viel schickt er?

Mehr als ihm oder weniger?

Seit es den Vorsitzenden der Kommission Sima Zhao nicht mehr gibt, gelangt die Stimme des Denunzianten Tsou I-Kuei, die den Fünften Kaiser der Qing-Dynastie dreizehn Jahre lang nicht erreicht hatte, geradezu blitzartig an das Ohr des neuen Sechsten Kaisers der Qing-Dynastie.

In genau zwei Jahren.

Der Erfolg davon: Tsou I-Kuei wurde augenblicklich zum Hofmaler ernannt.

Und jetzt fordert der Sechste Kaiser unter den Einflüsterungen von Tsou I-Kuei von den europäischen Mitgliedern der Kaiserlichen Akademie der Malerei – sowohl von Castiglione und als auch von Pater Attiret –, chinesisch zu malen.

Das heißt: mit den Methoden und im Stil der Chinesen.

***

Es mag den Anschein haben, das China des achtzehnten Jahrhunderts sei einer dieser sehr guten Orte gewesen, wohin man fliehen und glücklich leben könnte.

Doch das stimmt nicht.

Sogar im achtzehnten Jahrhundert gab es an jedem Ort der Welt ein paar Abscheulichkeiten, mit denen man wirklich nicht hätte leben können, denkt Schascha.

***

Es gibt auch Gutes.

Nach dem Aufstieg von Tsou I-Kuei hat Pater Castiglione nicht mehr diese unheimlichen Todesvisionen.

Mit der vergifteten Nadel im Ohr und dem bunten Farbpulver auf der Seide der dunkelblauen Kleidung.

Zuvor jedoch war die Angst so groß gewesen, dass Castiglione erfreut eingewilligt hatte, sich mit dem Bauwesen zu beschäftigen.

Und man muss zugeben, dass er es, sogar als er zur Eile getrieben wurde, nicht eilig hatte.

Damit er nur möglichst weit von Tsou I-Kuei entfernt sein konnte.

Jetzt hat es den Anschein: Diese Angst war völlig unbegründet.

Es ist sehr wahrscheinlich, dass sie im Kopf von Pater Castiglione aus dem Nichts entstanden ist.

Jetzt hat Tsou I-Kuei im Palast einen Status.

Er ist jünger und begreift vermutlich: Castigliones Kräfte versiegen.

Und Castiglione wird ihm schon bald nicht mehr im Wege stehen.

Castiglione ist über sechzig, Tsou I-Kuei hingegen erst gut vierzig Jahre alt.

Es sei denn, Tsou I-Kuei möchte ihn zu seinem eigenen Vergnügen beseitigen.

Das aber wäre gefährlich. Auch für ihn selbst.

Folglich gibt es keinen Grund mehr zur Angst.

Doch vielleicht liegt die Wahrheit in der Vergangenheit und nicht im Jetzt?

Aber dieser französische Speichellecker.

Dieser Attiret.

Er hat vergessen, dass er Franzose ist, und die Manier seiner Malerei in einigen Jahren den Ideen von Tsou I-Kuei und den Augen des Kaisers angepasst.

Und wurde zu einem richtigen chinesischen Maler.

Dafür verlieh ihm der Kaiser auch den Titel eines »Kaiserlichen Malers«.

Ein Kaiserlicher Maler, der nicht weiß, was eine Allegorie ist, denkt Castiglione.

Castiglione würde das vielleicht auch laut sagen, doch es gibt niemanden, dem er es sagen könnte.

Castiglione hat schon vom Brief dieses Franzosen, dieses Attiret, gehört.

Nicht nur er.

Alle Portugiesen haben von dem Brief gehört, der an Pater Amiot gerichtet war.

Dieser, wie man sagen kann, geistliche Führer der französischen Mission beschäftigt sich damit, die Worte des Kaisers und anderer Chinesen in westliche Sprachen zu übersetzen.

Wie man sich erzählt, hat dieser Franzose Attiret Pater Amiot in seinem Brief gefragt:

»Wann wird diese Farce ein Ende haben? In so weiter Ferne von den Gotteshäusern fällt es mir schwer, mich davon zu überzeugen, dass alles, was ich mache, zu Gottes Ruhm geschieht.«

Fremde Briefe lesen nur die Eunuchen.

In diesem Fall hat Attiret das, was er im Brief geschrieben hat, einem »Mathematiker« der französischen Jesuiten selbst vorgelesen.

Und der hat es einem Astronomen der portugiesischen Jesuiten erzählt.

Jetzt wissen auch die portugiesische und die französische Mission über diesen Brief Bescheid.

Um die Wahrheit zu sagen, in dem Brief steht nichts Besonderes.

Alle tragen sich mit denselben Gedanken.

Einige Mitglieder der Mission haben sie schon längst laut ausgesprochen, sogar mit denselben Worten.

Auch Castiglione.

Es wäre nur interessant zu wissen.

Spricht Attiret hier von den geopferten Prinzipien der europäischen Schule der Malerei?

Oder davon, dass er diese Frauen des Kaisers nicht mehr sehen kann?

Verursachen sie in seinem Inneren eine Verwirrung? Und kann er diese Verwirrung nicht mehr beherrschen?

Oder kann er vielleicht, nachdem er über hundert Frauen unterschiedlichen Ranges in der Verbotenen Stadt gemalt hat, überhaupt kein chinesisches Gesicht mehr malen?

Wenn dieser Franzose verstünde, was eine Allegorie ist ...

Er würde niemals in irgendeinen geistlichen Brunnen fallen, denkt Castiglione.

***

Die Chinesen hatten sich irgendwo versteckt.

Doch am Nachmittag sind sie hervorgekommen.

Vier.

Am Himmel flog ein Flugzeug im Tiefflug vorbei.

Es glich einem räuberischen Schwertwal.

Nur war es nicht schwarz und weiß, sondern rot und weiß.

Kann man den durch das Fenster beobachteten Flug eines Flugzeugs als bewegte Landschaft bezeichnen?

Und steigt dadurch der Wert der Immobilie?

»Warum hast du nie versucht, nach der Natur zu schreiben?«, fragte Miki.

»Was meinst du damit?«, vergewisserte sich Mama Nora, ohne die Augen vom Computer zu heben.

»Na, mit echten Modellen. Malen kann man zum Beispiel nach echten Modellen oder ohne jegliches Modell. Aus dem Kopf. Doch nur nach echten Modellen kann man ein Meisterwerk malen. So mancher hat eines gemalt«, sagte Miki, ohne sehr an ihre eigenen Worte zu glauben.

»Für dieses Genre braucht es keine Meisterwerke«, antwortete Mama Nora, ohne die Augen vom Computer zu heben.

»Aber ich könnte ein Casting organisieren, aus hundert Bewerberinnen könntest du dir die sechs passendsten aussuchen.«

»Mich interessieren keine Bewerberinnen«, sagte Mama Nora, ohne den Kopf zu heben.

»Ich glaube, du willst gar nicht, dass deine Verwandten Arbeit haben«, sagte Miki.

»Du bist keine Verwandte von ihr«, sagte Oma Amigorena und wandte sich ab.

»Was dann?«

»Eine Last«, antwortete Oma Amigorena und drehte sich wieder zur roten, gaufrierten Stehlampe.

***

In den zehn Jahren, in denen sich Castiglione dem Bau des westlichen Schlosses widmete, verlor er völlig die Fähigkeit, sich zu freuen, und fand weder im Gebet noch im Dienste des Herrn eine Beruhigung. Allerdings überkam ihn dann ganz plötzlich eine unerwartete geistliche Erhebung, die ihn aus jeder Traurigkeit herausführte.

Doch danach kehrten die Gewissensbisse zurück.

Und nagten ständig an ihm.

Und er spürte, dass ihm diese Gewissensbisse keine Abhilfe brachten.

Ihn nur vernichteten.

Pater Ripa pflegte zu sagen: Solche Gedanken kommen vom Teufel.

Doch Pater Castiglione sah nichts, das einer Schlange ähnelte, und nichts, das glitzerte wie tausend funkelnde Augen.

Castiglione verlor das innere Geschenk, ein Beobachter zu sein.

Er konnte die Bewegungen seines geistlichen Lebens nicht mehr beobachten.

Ula Nara. Ula Nara. U!

***

»Wen rufen Sie an?«, fragte Miki, als sie Oma Amigorena mit dem Telefon in der Hand antraf.

Man hätte das natürlich auch übersehen können, doch Oma Amigorena war so durcheinander, dass nur eine heikle Frage ihr das Selbstvertrauen zurückgeben konnte.

»Wenn Sie nicht mit dem Corpus Delicti angetroffen werden wollen, legen Sie sofort das Telefon weg«, sagte Miki. »Zurück!«

»Warum haben Sie es genommen?«, fragte Miki.

»Mein Papier ist aus«, sagte Oma Amigorena. »Darum.«

Früher war es in den Beziehungen von Menschen, die in einer Familie lebten, zu irgendwelchen Dramen gekommen.

Schmerz.

Zorn und Neid.

In der Antike waren fast alle Mitglieder einer Familie Helden.

Doch heutzutage können nur diejenigen in Familien leben, die mit allem einverstanden sind.

***

Die Jesuiten verloren in China alles, was es nur zu verlieren gab.

Sowohl den alten Vierten als auch den Fünften und den neuen Sechsten Kaiser der Qing-Dynastie.

Der erste war zu alt.

Für eine Bekehrung.

Der zweite zu reif und eigenständig.

Und dem dritten geht es nur um das, worum es allen jungen Leuten geht.

Die Kaiser müsste man von Kindheit an zu Katholiken erziehen, sagt man in der Jesuitenmission laut.

***

Castiglione bemüht sich, jeden Abend über die Sünde der Begierde nachzudenken.

Doch das endet nur in einer weiteren Sünde.

Und es bedeutet gar nichts, dass er schon über sechzig ist, und es bedeutet gar nichts, dass sie erst über dreißig ist.

Er hat täglich Visionen.

Er sieht sogar das Licht.

•••

••••

Jeden Tag führt er die Übung der zwei Linien des Ignatius von Loyola durch.

Castiglione möchte sie wiedersehen.

Und malen.

Er kann es auch aus dem Gedächtnis.

Doch davor … möchte er ihr wenigstens einmal in die Augen schauen.

Ob sich nichts verändert hat.

Ein willensstarker Blick, dichte Augenbrauen – bogenförmig.

Mann und Frau zugleich.

So ist sie – die Kaiserin Ula Nara.

Eine Eroberin.

Die Erste Kaiserin – Lady Fuca – war von einer heiteren, leichten, kindlichen Schönheit.

Doch durch diese kindliche Schönheit hindurch leuchteten Weisheit und Würde.

Lady Fuca sah wie eine echte chinesische Heilige aus.

Sogar als sie noch am Leben war.

Bis dahin hatten die Chinesen geglaubt, dass sich hinter äußerer Schönheit immer Betrug versteckt.

Und Intrige.

Und sie wunderten sich. Als sie von ihr nicht einmal die leiseste List zu spüren bekamen.

Castiglione hatte die Erste Kaiserin geradezu vergöttert, die zweite jedoch …

•••••
••••••

Castiglione setzt die Punkte mit dem chinesischen Pinsel so, als würde er einen Stein behauen.

Am Mittag wie am Abend.

Sein ganzes Leben in China ist ein Kampf mit sich selbst.

Und längst ist klar: Einen Sieger wird es nicht geben.

Seine Gedanken sind besetzt.

Nicht nur von Erinnerungen, die sich um einen Punkt drehen, sondern auch von Bildern, die in dunkle, feuchte und niemandem gehörende chinesische Zimmer führen.

Vielleicht sollte man die Kommission der Kunstkenner daran erinnern, dass die Kaiserinnen im Westen ständig gemalt werden?

•••
•••
••
••••

***

Heute hat er Ula Nara gesehen, von Dienerinnen umgeben.

Und, wie es scheint, sie ihn auch.

•••
••••

Haben sich früher alle Gedanken Castigliones um den Kaiser gedreht, so drehen sie sich jetzt um die Kaiserin.
Wenn er die Augen schließt, wiederholt er ständig.
Ihren Blick.

Durch den Schnee wurde die Nachricht überbracht: Teodorico Pedrini ist verstorben.

••
••••
••••
••••

Gefühle fordern ständig etwas.
Entschlossene und vielleicht lebensgefährliche Handlungen.
Aber.

•
••••
•••
••

Dieser Sünden sind so viele, er will nicht mehr darüber nachdenken.
Weder an Sonntagen noch an den übrigen Tagen.

***

»Heute sehen Sie besser aus«, sagte Miki.
Das entsprach nicht der Wahrheit, doch ringsum gab es keine Zeugen, die an diesen Worten zweifeln hätten können.

»Es ist sinnlos, gegen seine Umgebung zu kämpfen«, sagte Oma Amigorena. »Mit ihr muss man auskommen.«

»Sind Sie selbst auf diesen schönen Gedanken gekommen?«, fragte Miki.

»Nein«, sagte Oma Amigorena. »Ich habe einen Artikel über Schimmel gelesen.«

»So halten Sie uns neuerdings für Schimmel?«, fragte Miki.

»Warum neuerdings?«, fragte Oma Amigorena.

»Vielleicht kannst du mir Briefpapier kaufen?«, fragte Oma Amigorena und wandte Miki ihren mit einer dunkelbraunen Strickjacke bekleideten Rücken zu.

»Die Schokoladenfarbe steht Ihnen sehr gut«, sagte Miki.

»Dann sollte ich mich jetzt also, weil dir das gefällt, mit Schokolade beschmieren?«, fragte Oma Amigorena, ohne sich umzuwenden.

Eine Fliege stieß gegen die Fensterscheibe und weckte alle aus einem sanften Schlummer.

»Mir gefällt hier nicht alles«, sagte Oma Amigorena und hob den Kopf von ihren Arbeiten.

»Warum empören Sie sich dann nicht, warum gehen Sie nicht auf die Straße, warum schreien Sie nicht?«, fragte Miki.

»Wie eine Griechin? Ich will überhaupt nicht, dass sich die Welt ändert. Genauer gesagt, ich will, doch ich selbst …«

»Das begreife ich nicht.«

»Ich will, doch ich selbst … ich kann jetzt nichts … dazu beitragen«, sagte Oma Amigorena und zeigte den Ärmel ihrer abgewetzten wollenen Strickjacke.

»Warum?«

»Ich bin anderweitig beschäftigt«, sagte Oma Amigorena.

»Mit dem Fernseher?«, fragte Miki.

Oma Amigorena sprang auf, lief zum Sofa, auf dem Miki saß, und griff schnurstracks nach der Fernbedienung. Als hätte sie sich soeben an etwas erinnert.

»Wie viele Chinesen haben Sie heute gezählt?«, fragte Miki.
Oma Amigorena gab keine Antwort.
Der Bildschirm wurde hell, und es erschien das große, braune Gesicht von Mama Nora.

»Was sagt sie da?«, fragte Oma Amigorena.
»Das ist doch deine Tochter, man kann sagen, ein Geschenk des Schicksals«, sagte Schascha, die gerade das Wohnzimmer betrat. »Daher ist es nicht wichtig, was sie dort sagt. Wichtig ist, dass sie spricht.«
»Solche Geschenke des Schicksals könnten mich eines Tages auch umbringen«, sagte Oma Amigorena, machte es sich vor dem Bildschirm bequem und schrie: »Die Birnen!«
»…«
»Ich habe gesagt: Hol diese Birnen aus der Küche«, sagte Oma Amigorena. »Aber schäle sie vorher!«

Spät am Abend, als Oma Amigorena schon schlief und es nicht mehr hörte, sagte Miki: »Der einzige Weg, Oma Amigorenas Gegenangriff zu stoppen und sie wegen der Chinesen zu beruhigen, ist, sie wieder rauchen zu lassen.«
Frei.
Wann immer und wo immer sie will.
Weder Schascha noch Mama Nora sagten etwas dazu.
Weder Ja noch Nein.

***

Wie die Chinesen sagen: außen rund, innen eckig.
Das Leben.
Castiglione hat das Gefühl: Je besser er als Maler wird und je mehr er geschätzt wird, desto weiter entfernt er sich von seinem eigentlichen Ziel.
Vom Glauben.

Dass es eines Tages möglich sein wird, dem Kaiser den Himmel zu öffnen.

Tsou I-Kuei wird vom Kaiser ebenfalls hochgeschätzt, doch Castigliones anderer Schüler – Leng Mei – hat auf der kaiserlichen Kunstakademie keinerlei Rang bekommen.

Bis jetzt sieht es auch nicht danach aus, als würde er irgendwann einmal die Erlaubnis erhalten, irgendein Porträt einer Palastbewohnerin anzufertigen.

Und das Mädchen, dessentwegen Leng Mei heimlich die Porträtkunst erlernt hat, wird er niemals malen können.

Aber die Chinesen malen die Porträts doch aus der Erinnerung.

Es ist nur nicht klar, ob sich Leng Mei an alle Gesichtszüge des Mädchens erinnern kann, das er irgendwann einmal gesehen hat und noch immer liebt.

Castiglione fragt nicht nach.

Jesuiten interessieren sich nicht für Frauen.

Leng Mei selbst ist nicht traurig.

Wegen der misslungenen Karriere.

Er sagt, man müsse jede Arbeit nur ausführen, um sich selbst dabei zu vervollkommnen.

Und nicht aus irgendeinem anderen Grund.

***

Die französischen Jesuiten erzählen: Jetzt sind in Frankreich …

Jetzt sind in Frankreich chinesische Pavillons sehr in Mode.

Wie dem auch sein mag.

Jetzt sind die Franzosen nicht nur an den Geheimnissen der Porzellanherstellung interessiert, sondern auch an Zeichnungen chinesischer Gebäude.

Diebe.

***

Wenn man einen Chinesen zum Glauben bekehren könnte, so könnte man ganz China zum Glauben bekehren, denkt Castiglione.

Aber nicht irgendeinen.

Sondern diesen wichtigsten.

Diesen einzigen.

Aus Italien sind Pater Ripas junge Chinesen zurückgekehrt.

Es sind nur drei zurückgekehrt.

Anstelle von vieren.

Jetzt sind diese drei – richtige Christen – Jesuitenmissionare.

Lucio Wu, der Schönling Lucio Wu, ist nicht zurückgekehrt.

Auch Pater Ripa nicht.

Die jungen Chinesen erzählen: Pater Ripa hatte die Propaganda Fide ersucht, Lucio Wu nicht zurück nach China zu schicken, denn Lucio Wu verfüge noch nicht über die richtige Reife.

Als Lucio Wu solche Worte hörte, floh er aus dem Collegio, und Pater Ripa musste ihn im ganzen Land suchen.

Er fand ihn im Kloster Montecassino.

Pater Ripa behielt Lucio Wu für einige Zeit bei sich, doch Lucio Wu floh wiederum.

Er reiste mit Papieren, die auf den Namen eines anderen Priesters lauteten.

Er hielt Gottesdienste in verschiedenen Kirchen Italiens.

Da machte ihn Pater Ripa wieder ausfindig und ließ ihn einkerkern.

Danach ging es mit der Gesundheit von Pater Ripa bergab.

Und es ging ständig bergab, und es ging ständig bergab.

Und eines Tages schrieb er das Gesuch …

Lucio Wu lebenslang einzukerkern.

Das war sein letztes Gesuch.

Am letzten Lebenstag.

Pater Ripa war früher gestorben als Pater Teodorico Pedrini.

Doch Castiglione erfuhr von seinem Tod erst sehr viel später.

In China hatte er sich mehr als einmal im Stich gelassen gefühlt.

Aber noch nie war er so im Stich gelassen worden.

***

Ein Brief aus Rom war eingetroffen.

Nach zwanzig Jahren der Leitung durch den Tschechen Franz Retz war Ignazio Visconti zum Ordensgeneral gewählt worden.

Ein Lombarde.

Alle waren erfreut, doch das Fasten unterbrachen sie nicht.

Nur Pater Castiglione war nicht erfreut.

Mit dem Porträt der Kaiserin Ula Nara hatte der Sechste Kaiser der Qing-Dynastie Attiret beauftragt.

***

Um das Licht der Wohnzimmerlampen schlugen sich Nachtfalter und tagaktive Insekten.

»Ich glaube, du wirst mit deiner Literatur da ein schlechtes Ende nehmen«, sagte Oma Amigorena zu Mama Nora.

»Und womit möchtest du, dass sie sich beschäftigt? Dass sie Texte für die Präsidentin schreibt?«, fragte Schascha.

»Einverstanden, solche Sachen sind erniedrigend«, sagte Oma Amigorena. »Aber sie haben auch ihr Gutes.«

In der Tür stand Miki mit einem Kuvert. Mit einem Brief.

»Was ist das?«, fragte Oma Amigorena beunruhigt und zeigte mit dem Finger auf den Brief.

»Ein Brief von der Polizei«, antwortete Miki und trat in das Wohnzimmer.

»Wirklich?«

Wirklich.

»Was schreiben sie?«, fragte Oma Amigorena und stürzte aus dem Zimmer.

»Wohin gehen Sie?«, fragte Miki.

»Wohin werde ich schon gehen?«

»Das frage ich ja, wohin Sie gehen.«

»Einen Schluck trinken«, antwortete Oma Amigorena.

»Gerade am Höhepunkt des Gesprächs?«

»Das ist kein Gespräch.«

»Was dann?«, fragte Miki. »Ein Überfall?«

»Mir scheint, es geht euch allen nur darum, mich zu vertreiben«, sagte Oma Amigorena.

9.

Jetzt malt Pater Castiglione mit Ölfarben und nach der Natur.

Dem Kaiser gefallen weder die Ölfarben noch das Malen nach der Natur.

Aber er hat das neue Porträt seiner nicht rechtmäßigen Frau Daigiya in ihrer Rüstung noch nicht gesehen.

Solche Frauen werden im Palast anders bezeichnet: als Konkubinen.

Doch Pater Castiglione missfällt diese Bezeichnung.

Er malt Daigiya in einer Rüstung, obwohl er Ula Nara malen möchte.

Doch im Palast kommt es ja nicht auf seine Wünsche an.

Bevor er zu malen begann, brachten ihm Daigiyas Dienerinnen eine Seidenrolle.

Und ein Säckchen Silber-Yuan.

Castiglione wollte diese Geschenke nicht annehmen.

Doch er kam nicht umhin.

Das ist ein alter Brauch, eine alte Tradition.

In den Malerwerkstätten heißt es: Diese Tradition ist schon über … tausendachthundert Jahre alt …

Castiglione zählt nach: noch vor Christus …

Bereits damals überreichten die Damen des Palastes – sowohl die Gattinnen als auch die Konkubinen oder einfach neue Mädchen – den Malern des Palastes ständig wertvolle Geschenke.

Damit diese sie so schön wie möglich malten.

Damals gab es noch kein Geld.

Die chinesischen Herrscher hatten keine Zeit, alle ihre Frauen kennenzulernen.

Selbst diejenigen, die sie erst kurze Zeit kannten, hatten schon keinen Platz mehr in ihren Köpfen.

Daher brauchten die Herrscher Porträts von all ihren Frauen.

Damit es ihnen leichterfiele, jeden Abend ihre Wahl zu treffen.

Es heißt, vor tausendachthundert Jahren habe im Palast eine außergewöhnliche Schönheit gelebt.

Sie vertraute so sehr auf ihre Schönheit und ihre Kräfte, dass sie dem Maler keinerlei Geschenk gab.

Na ja, er hat sie trotzdem gemalt.

So, dass der Herrscher sie kein einziges Mal in sein Schlafzimmer gebeten hat.

Das wäre das Ende der Geschichte gewesen, doch eines Tages beschloss der Herrscher, weil er den Herrscher des Nachbarlandes beruhigen wollte, diesem eine seiner Frauen zum Geschenk zu machen.

Die allerhässlichste.

Aber bevor er sie verschenkte, ließ er sie doch rufen, um sein Geschenk in Augenschein zu nehmen.

Um zu sehen, ob alles in Ordnung sei.

Und er sah …

Was mit dem Künstler geschah, darüber schweigt die Chronik.

Doch allen im Palast ist klar: Einen solchen Ausgang hat nur der Zufall herbeigeführt.

Und beim nächsten Mal kann es zu einem ganz anderen Zufall kommen.

***

In Europa werden nur Männer in Rüstungen dargestellt.

Aus der obersten Schicht Portugals oder Spaniens.

Auf keinen Fall Frauen.

Außerdem: Auf diesen Porträts werden die Männer immer ohne Helm dargestellt. Auf dem Kopf.

Doch den chinesischen Kaiser oder die Kommission der Kunstkenner des Palastes zu überzeugen, dass ein Helm auf dem Kopf bei diesem Porträt unumgänglich ist, wird nicht schwierig sein.

Die Chinesen stellen sich einen Kämpfer nicht ohne Helm vor.

Daigiya, die nicht rechtmäßige Frau des Kaisers, ist ein junges Mädchen.

Aufgeblasene rote Lippen.

Sieht fast wie ein achtzehnjähriger Junge aus.

Dadurch passt sie für Castiglione auch am besten.

Er wird sie in der Pose malen, die den Kaiser am meisten aufbringt.

Dreiviertel nach links gedreht.

In den letzten sieben Jahren ist Castiglione nicht dazugekommen, Gewänder oder eine Landschaft zu malen.

Für sich selbst.

Nach Meinung des Kaisers und der Kommission der Kunstkenner machen die Chinesen das besser.

Daher versucht Castiglione jetzt, die verlorenen Fertigkeiten wieder zurückzugewinnen.

Auf die Landschaft kommt es in diesem Fall natürlich überhaupt nicht an.

Und das wird den Kaiser vermutlich ebenfalls aufbringen.

Und wie es die Kommission der Kunstkenner aufbringen wird, denkt Castiglione mit süßer Vorfreude.

Dem alten Vierten Kaiser der Qing-Dynastie gefielen nur korpulente Frauen.

Er war dürr.

Seinem Sohn – dem Fünften Kaiser der Qing-Dynastie – gefielen ganz unterschiedliche.

Er war kräftig gebaut.

Seinem Enkel – dem Sechsten Kaiser der Qing-Dynastie – gefallen nur sehr schlanke.

Er sucht Frauen, die ihm ähnlich sind.

Mit Rüstung und Helm wirkt das Mädchen ganz wie ein Junge.

Jeder portugiesische oder italienische Jesuit würde sogleich verstehen: Das ist kein einfaches Porträt, sondern eine Allegorie.

Eine interessante Frage, ob der Franzose das verstehen wird.

Dieser Franzose.

In der Mission heißt es: Er ist jetzt sehr beschäftigt.

Dieser Franzose.

Er schreibt ein Buch.

Ein Schriftsteller.

Das ist nicht einfach ein Mädchen, das einem Jungen in Rüstung ähnelt.

Ihr dürft raten.

Ja, das ist ein junger Glaubenskrieger.

Ihr dürft raten.

Ja, das ist der heilige Georg – der den Griff des Speers zusammendrückt und sich anschickt, den Drachen zu erschlagen.

Doch der Drache wird nicht auf dem Porträt sein.

Vor dem Hintergrund eines aschfahlen Himmels blickte Castiglione lange auf den flatternden Drachen.

Einen blauen.

Einen mandschurisch-blauen.

Mit fünfkralligen Vogelfüßen.

Hätte er an jedem Fuß nur vier Zehen, so wäre er nicht der Drache des Kaisers.

Die weiße Sonne schien Castiglione ins Gesicht.

Ein zähnefletschender Drache versuchte, die rote Sonne zu zerbeißen.

Die kaiserliche Fahne aus gelber Seide flatterte wütend im Wind, und es hatte den Anschein, als würde es dem Drachen bis zum Abend tatsächlich gelingen.

Wenn nicht mit den Zähnen, so mit den Krallen.

Dass der Drache mit den fünfkralligen Vogelfüßen in China den Kaiser symbolisiert, hatte Pater Castiglione bereits in Portugal erfahren.

Nur war ihm das damals nicht besonders wichtig erschienen.

Ist das, was er macht, das, was er – Pater Castiglione – malt, moralisch?

Die Theologen der Jesuiten sind schon seit über dreißig Jahren der Meinung: In komplizierten Situationen kann jeder selbst entscheiden, welcher Weg der richtige ist.

Und die individuelle Entscheidung eines Menschen ist viel wichtiger als ein abstraktes moralisches Gesetz.

Warum soll man den Chinesen dann nicht erlauben, mit Petarden in den Kirchen zu schießen?

***

Der chinesische Drache unterscheidet sich nicht stark vom *Qilin*.

Vom Einhorn.

Vielleicht einzig dadurch, dass sich das *Qilin* nur aus etwa fünf Tieren zusammensetzt, der kaiserliche Drache hingegen aus neun.

Der Drache ist der Allerstärkste, sagt Leng Mei.

Denn er vereint nicht die Eigenschaften eines Tieres, sondern mehrerer, sagt Leng Mei.

Er hat die Augen eines Kaninchens, den Kopf eines Pferdes oder vielleicht eines Kamels, den Körper einer Schlange, die Hörner eines Hirschen, die Ohren einer Kuh, die Mähne eines Tigers, den Schwanz eines Fisches und dazu auch noch Flossen.

Bei den Künstlern Europas ist der Drache ein aggressives und gefährliches Lebewesen.

Er wird nur als Symbol Satans gebraucht.

Der chinesische Drache hingegen verheißt Gutes.

Und symbolisiert zwei gute Dinge: Kraft und Erfolg.

Castiglione beunruhigen besonders die Drachen mit Fischkörper.

Das Christus-Symbol, verbunden mit einem Drachen, ist in seinen Augen widerwärtig.

Castiglione fragt Leng Mei, warum die Drachen manchmal nicht einer Schlange ähneln, sondern einem Fisch.

Da gibt es eine alte Geschichte, sagt Leng Mei.

Und schweigt.

Welche?, fragt Castiglione.

Über einen Karpfen, sagt Leng Mei.

Und schweigt.

Und wie geht diese Geschichte?, fragt Castiglione.

Das ist eine Geschichte, die man auf zweierlei Art erzählen kann, sagt Leng Mei.

Man kann entweder von einem einzigen Karpfen erzählen, oder von dreihundertsechzig Karpfen, sagt Leng Mei.

Aber wodurch unterscheiden sich diese Geschichten?, fragt Castiglione.

Dadurch, dass es in der einen Geschichte nur einen Karpfen gibt, in der anderen aber dreihundertsechzig, sagt Leng Mei.

Von den dreihundertsechzig, sagt Castiglione.

Leng Mei kann sprechen, aber er kann nicht erzählen.

Er sagt: Als sie erfuhren, dass sich weit, weit weg ein Wasserfall befindet, beschlossen dreihundertsechzig junge Karpfen, dort hinzuschwimmen.

Der Weg sollte sich als schwer und weit erweisen.

Sie mussten lange gegen den Strom schwimmen.

Einige Karpfen gingen unterwegs zugrunde, einige hielten nicht durch, einige wurden erwachsen.

Diese wurden müde und gaben ihre Wünsche auf.

Und den Wasserfall erreichten nur drei von den dreihundertsechzig.

Die hartnäckigsten.

Und da beschlossen diese drei hartnäckigsten Karpfen, das Ziel der Reise sei erst dann erreicht, wenn sie auf den Wasserfall hinaufspringen würden.

Um auf den Wasserfall zu springen, brauchte es nicht nur Ausdauer, sondern auch Mut.

Während der langen Monate des Schwimmens gegen den Strom waren sie stark und viel mutiger geworden, als sie vorher gewesen waren.

Und sie sprangen.

Doch nur einem gelang es, hinaufzuspringen.

Er sprang hinauf und übersprang nicht nur den Wasserfall, sondern auch das darauf stehende Tor des Drachens.

Daher haben manche Drachen den Körper eines Fisches, sagte Leng Mei.

Castiglione fragt, ob es eine Erzählung gibt, wie ein Drache zu einem Fisch wird.

Leng Mei lacht.

***

Oma Amigorena hat nur einen einzigen Chinesen gesehen.

Den ganzen Tag.

Es gibt keinen Grund zur Beunruhigung.

»Ein Brief von Kennedy verkaufte sich auf einer Auktion um ...«, las Miki in der Zeitung.

»Ich will nichts hören von irgendwelchen Briefen. Diese Briefe werden mich noch völlig fertigmachen«, sagte Oma Amigorena und schlich sich unter die Stehlampe.

»Fühlen Sie sich mit uns nicht glücklich?«, fragte Miki.

»Ich würde das ganze Leben mit euch eintauschen gegen eine Woche … bei Audrey Hepburn«, sagte Oma Amigorena.

»Wer ist Audrey Hepburn?«, fragte Miki.

Oma Amigorena prustete verächtlich, gab aber keine Antwort.

Sie ging weg, um ihre Pfeife zu suchen.

Danach reinigte sie die Pfeife lange und später stopfte sie sie lange, während sie durch die Nase noch nie gehörte Lieder summte.

Dann hob sie den Blick und fragte:

»Wer bist du?«

»Erinnern Sie sich schon nicht mehr?«, fragte Miki.

»Wenn die Welt vergessen konnte, wer Audrey Hepburn war, warum soll sie sich dann daran erinnern, wer du bist?«

***

Das Porträt Daigiyas erfreute den Kaiser.

Es hat ihn nicht einmal beleidigt, dass Castiglione das Porträt in Öl gemalt hat, auf europäische Manier, nach der Natur und ohne Wissen des Kaisers.

Den Kaiser brachten weder die Schatten auf dem Gesicht seiner Konkubine auf, noch die Tatsache, dass das Gesicht seiner Konkubine auf dem Porträt nicht ganz flach wirkte.

Er hat sogar gelacht.

Der neue Sechste Kaiser der Qing-Dynastie kann sich der Anziehungskraft europäischer Exotik nicht entziehen.

Auch wenn sich die Kommission der Kunstkenner mit Tsou I-Kuei an der Spitze bemüht, ihn davon zu überzeugen, dass diese Anziehungskraft schädlich für das Reich ist.

Sie sagen: Die westliche Exotik – das ist ein Feuer, es wärmt, doch danach kann es auch verbrennen.

***

Der Sechste Kaiser der Qing-Dynastie trifft im Unterschied zu seinem Vater und Großvater in Fragen von Kunst und Kultur selbst die Entscheidungen.

Die Kommission der Kunstkenner kann ihn nur beraten.

So beschließt er – der Kaiser selbst –, eine Verordnung zu erlassen, alle der Dynastie feindlich gesinnten und aufrührerischen Bücher verbrennen zu lassen.

Doch Castiglione war wegen einer anderen Angelegenheit traurig gestimmt.

Wie ein Mitglied der Kommission der Kunstkenner erzählte, hat Kaiserin Ula Nara, als sie Daigiya in ihrer Rüstung zu Gesicht bekam, nicht gelacht.

Ganz im Gegenteil.

Und zehn Tage später fiel ein toter Spatz vom Himmel vor Daigiyas Füße.

Und weitere zehn Tage später trat sie beinahe auf einen Skorpion.

Wie es heißt, war es kein chinesischer Skorpion, sondern ein mandschurischer.

Weitere zwei Tage später starb unerwartet eine ihrer Dienerinnen.

Die Mandarine sagen, und die Eunuchen verbreiten ihre Reden: Hier wendet Ula Nara das dreizehnte Strategem an: »Auf das Gras schlagen, um die Schlange aufzuscheuchen.«

Ist es das Porträt?, denkt Castiglione.

Ein Porträt, das die Porträtierte aus dem Nichtsein hervorgeholt und sie so sichtbar gemacht hat, dass sie den Neid und den Zorn anderer erregen kann.

Und worum beneidet sie Ula Nara in Wirklichkeit?

Um das exotische Porträt?

Oder um den Blick des Kaisers?

Die Eunuchen sagen: Ula Nara »schlägt das Gras gut«.

Ihrer Meinung nach wird sie vermutlich »das Gras schlagen«,

bis die Schlange selbst vor Angst stirbt.

Die Chinesen verstehen keine Allegorien und versuchen nicht, welche zu schaffen.

Sie verwandeln ihre verborgenen Gedanken in Strategeme, denkt Castiglione.

Und wie soll man die Chinesen zu Gott führen, wenn ihnen jegliche Schönheit, sogar die eines vorsätzlichen Verbrechens, mehr gilt als die Moral?

***

Irgendetwas ist zu Boden gefallen.

Auf der Straße oder sonstwo.

Schascha zuckte zusammen.

Manchmal lebte sich Schascha so sehr in die Beschreibung des Lebens in China ein, dass sie sogar vergaß, welcher Welt sie in Wirklichkeit angehörte.

***

Die Eunuchen sagen: Nach all diesen Ereignissen ist Daigiya nun auch noch erkrankt.

Als wäre sie wahnsinnig geworden oder etwas Ähnliches.

Und sie beginnt, auf Fragen unpassende Antworten zu geben.

Und sie lässt nicht mehr alle Mädchen, die in ihren Diensten stehen, an sich heran, und sie will sich nicht mehr schmücken.

Ein Kunstwerk kann nicht nur Ursache für den Tod eines Künstlers, sondern auch für den anderer Menschen werden, denkt Castiglione.

Er denkt es und erschrickt, dass er das gedacht hat.

Manchmal kann eine unbedeutende Kleinigkeit einen gefährlichen Konflikt auslösen.

Einen lokal begrenzten Krieg, blutige Massaker. Doch die jahrelangen Bemühungen der Jesuitenmission erfahren keinerlei Erwiderung.

Und kein einziger chinesischer Kaiser wird jemals seine Gedanken dem Christentum zuwenden.

Castiglione tut Daigiya leid.

Und er fühlt sich schuldig.

Bis jetzt hat sich Castiglione nie so viele Gedanken über Frauen und über ihre Gefühle gemacht.

Castiglione hat Mitleid mit Daigiya, obwohl er immer auf Ula Naras Seite gewesen war.

Soll er sie in einem solchen Augenblick verlassen?

Allerdings würde Ula Nara nicht einmal erfahren, dass er sie verlassen hat.

Wie sie auch niemals erfahren wird, dass er auf ihrer Seite steht.

Und auch wenn sie es erführe …

Sie hat dieses Wissen überhaupt nicht nötig.

Wie stark sein Wunsch ist, sie zu malen.

Als wen?

Als Judith, die Holofernes den Kopf abschlägt?

***

»*Auf einer Auktion erbrachten Kennedys Briefe an Jacqueline …*«, meldete der Fernseher.

»Stell lauter!!!«, schrie Oma Amigorena und spuckte die Pfeife aus.

»Während Sie hier herumschreien, endet …«, sagte Miki.

»Halunken!!«, schrie Oma Amigorena. »Halunken!!«

Unten, im Dunkeln, trug der chinesische Koch einen schwarzen Müllsack hinaus.

Er trug ihn genauso hinaus wie ein Mann, der kein Chinese und kein Koch ist.

»Wenn du nicht so viel Lärm machen würdest, könnten sich alle Menschen viel glücklicher fühlen!!«, rief Schascha aus dem Korridor.

»Alle Menschen der Welt??!!!«, rief Oma Amigorena zurück.

»Nein!!!!!!!! Nur die, die zusammenwohnen!!!!!!!!«

Schascha ist im Leben nur wegen einer einzigen Angelegenheit beunruhigt.

Dass eines Tages in ihrem Leben überhaupt keine Stille mehr bleibt.

Nur Lärm.

»Ich träume so sehr davon, wenigstens einmal, wenigstens für einige Minuten, zu Hause das Rauschen der Stille zu hören«, sagte Schascha beim Hereinkommen.

»Ich kann für dich kreischen«, sagte Oma Amigorena.

»Ich brauche das Rauschen, nicht das Kreischen«, sagte Schascha.

»Und was ist da für ein Unterschied?«, fragte Oma Amigorena.

»Unterschiedliche Frequenzen.«

»Ich kann es so oft, wie es nötig ist«, sagte Oma Amigorena.

»Was können Sie?«, fragte Miki, die den Anfang des Gesprächs überhört hatte.

»Kreischen«, antwortete Oma Amigorena.

***

Ein Brief aus Rom ist eingetroffen.

Zum neuen Ordensgeneral wurde Aloysius Centurione gewählt.

Niemand erregte sich mehr über diese Veränderungen in Rom.

***

Derjenige, der der Fünfte Kaiser der Qing-Dynastie hätte werden sollen, ist tot.

Er hätte nach dem Entschluss seines Vaters zum Fünften Kaiser der Qing-Dynastie werden sollen.

Doch nicht nach dem des Himmels.

Tot ist Yin Zhen, dessen Name auf Yun Ti geändert worden war.

Er ist im Winter gestorben.

Mit achtundsechzig Jahren.

Ohne das chinesische Neujahrsfest noch zu erleben.

Die Mandarine sagen: Er hatte ein langes Leben.

Denn »er lag auf Zweigen und hat keine Galle getrunken«.

Leng Mei sagt: Das bedeutet: Yun Ti hat sich nicht mit Erinnerungen gequält, er hat die Erniedrigung vergessen und nicht auf Rache gesonnen.

Und er hat seine Kräfte nicht in seinem Zorn gesucht.

Nach Yun Tis Tod machte der Sechste Kaiser der Qing-Dynastie das Unrecht wieder gut, das sein Vater – der Fünfte Kaiser der Qing-Dynastie – Yun Ti zugefügt hatte.

Er gab ihm den Titel des Kronprinzen zurück.

Und den Namen änderte er auf den eines Verstorbenen.

Von Yun Ti auf Xun Qin.

Das ist eine zweitausend Jahre alte Tradition.

***

Ein Brief aus Lissabon ist eingetroffen.

Der Erste Minister Marquês de Pombal, der schon lange über den Einfluss der Jesuiten auf den Palast erbost war, hat jetzt den Entschluss gefasst, den Orden in Portugal vollständig aufzulösen.

Er befiehlt, alle Jesuiten, die sich im Palast herumtreiben, zu verjagen.

Dort in weiter Ferne, im Westen, stürzt die Welt nach und nach in sich zusammen.

***

Ein Brief aus Rom ist eingetroffen.

Zum Ordensgeneral wurde Lorenzo Ricci gewählt.

Ein Florentiner.

Es gibt Hoffnung, dass sich dort, in weiter Ferne, im Westen, alles wieder zum Guten wenden wird.

10.

Im Palast verbreitet sich die Nachricht: Der Kaiser hat eine neue Quelle der Inspiration.

Aber sie ist keine Chinesin.

Castigliones Schüler Leng Mei bezeichnet solche Ereignisse als unablässige Veränderungen.

General Zhao Hui hatte die neue Konkubine aus dem Osten Turkestans gebracht.

Die Mandarine sagen es, und die Eunuchen erzählen es weiter: Turkestan hat sich der Ordnung des Sechsten Kaisers der Qing-Dynastie widersetzt und sich geweigert, dem Chinesischen Großreich Tribut zu zahlen.

Da sandte der Sechste Kaiser der Qing-Dynastie seine Armee, um diejenigen, die das beschlossen hatten, zu bestrafen.

General Zhao Hui zerstörte das turkestanische Heer und erschoss die beiden Herrscher.

Es heißt: Die beiden Herrscher waren Brüder, und die Schönheit, die dem Kaiser gebracht wurde, war die Gemahlin des Jüngeren, des Herrschers von Ost-Turkestan.

Sie ist eine Uigurin.

Sie ist von solcher Schönheit, dass, wie die Chinesen sagen, Habichte ihretwegen vom Himmel stürzen.

Und sie verströmt einen besonderen Duft.

Wie keine einzige andere Frau.

Und diesen Duft verströmt sie ganz von selbst.

Auf der ganzen Reise bis zum Kaiserpalast wuschen die Leute des Generals sie täglich mit Kamelmilch.

Damit sie diesen Duft nur ja für den Kaiser bewahrt.

Castiglione kann wegen dieses Duftes, den er sich vorstellt, nicht schlafen.

Er spürt ihn.

Auf seinem Kopfkissen, auf seiner Kleidung.

Er spürt ihn in der Werkstatt.

Sogar wenn er mit Ölfarben malt, deren leichter, angenehmer Gestank auch das Aroma des Räucherwerks aus Zedern und Kiefern vertreibt.

Wegen dieses vorgestellten Duftes einer Frau, die er nie zu Gesicht bekommen hat, kann er seine Pflichten nicht mehr erfüllen.

So wie es sich gehört.

Und schon seit drei Wochen kann er kein richtiger Jesuit mehr sein.

Castiglione entsetzt vor allem, dass die nie gesehene Uigurin und Ula Nara in seinen Visionen verschwimmen.

Sie werden zu ein und derselben Frau.

Mit Ula Naras Körper und dem Duft sowie der Geschichte der Uigurin.

***

Die konfuzianischen Mandarine debattieren: Handelt es sich um die »List der schönen Frau« oder nicht?

General Zhao Hui hat sie sich doch nicht etwa ausgedacht, um den Verstand des Sechsten Kaisers der Qing-Dynastie zu verwirren?

Seine Kräfte zu mindern?

Eine Frau von noch nie gesehener Schönheit herzuschaffen, um die Gedanken und Handlungen des Kaisers zu lähmen.

In der Geschichte Chinas gab es viele Herrscher, die weder von den Armeen der Feinde noch von den Intrigen der Eunuchen besiegt wurden, sondern der »List der schönen Frau« erlegen sind.

Allerdings.

Die duftende Uigurin – so wird sie in der Verbotenen Stadt von allen genannt – hat die Zärtlichkeiten des Kaisers bereits zurückgewiesen.

Wie lange sie widerstehen kann, weiß niemand.

In ihren Handtaschen trägt sie viele kleine, aber sehr scharfe Messer bei sich.

Erzählen die Eunuchen.

Der Kaiser hat ihr bereits ein wunderbares Gemach zum Geschenk gemacht.

Und einen Garten in der Verbotenen Stadt.

Erzählen die Eunuchen.

Wie soll man dem Sechsten Kaiser der Qing-Dynastie die Tore zum Glauben öffnen, wenn in ihm ständig die Begierde lodert und er nicht einmal eine chinesische Stunde für irgendwelche geistige Zweifel zur Verfügung hat?

***

Die duftende Uigurin gibt nicht nach.

Die chinesischen Mandarine debattieren: Was macht sie?

»Trübt sie das Wasser, um den Fisch zu ergreifen?«

Will sie wirklich nicht?

Und Ula Nara?

Sie ist älter, und für sie wäre es sehr schwer, die Schlacht zu gewinnen.

Sie ist über fünfzehn Jahre älter als die Uigurin.

Die chinesischen Mandarine sagen, und die Eunuchen verbreiten diese Reden: Gegen die duftende Uigurin benutzt Ula Nara eines von drei Strategemen: Entweder »sie erwartet ausgeruht den erschöpften Feind« oder »sie beobachtet das Feuer am gegenüberliegenden Ufer« oder sie versucht, »den Tiger vom Berg in die Ebene zu locken«.

Genau wird man es erst sagen können, wenn irgendwelche

Veränderungen stattgefunden haben.

Einige Mandarine sagen: Ula Nara hat den falschen Weg gewählt.

Sie müsste – irgendwie – »das Brennholz unter dem Kessel wegnehmen« und die Flamme der Liebe des Kaisers zur Uigurin schwächen.

Andere Mandarine pflichten dem nicht bei.

Sie sagen: »Das Holz kann man jetzt nicht unter dem Kessel wegnehmen, denn das Feuer brennt zu stark.«

Und was soll der Kaiser tun?

Manche Mandarine sagen: »Um etwas zu fangen, muss man es zunächst loslassen.«

Die anderen: »Man muss einen Backstein hinwerfen, um Jade zu erlangen.«

Es gibt sogar welche, die sagen: »Man muss den Tiger vom Berg in die Ebene locken.«

Und nur ein einziger sagt: »Man muss ihn auf das Dach locken, um dann die Leiter wegzuziehen.«

Doch alle sind sich einig: »Um die Fische zu ergreifen, muss man das Wasser trüben.«

Die Eunuchen sagen Pater Castiglione nicht, was Strategeme sind, denn das ist ein Geheimnis der Chinesen.

Sie sagen ihm auch nicht, wie viele es gibt.

Denn vermutlich wissen sie es gar nicht.

Kann ein Mensch irgendeinen Nutzen davon haben, wenn er lediglich einen Teil des Geheimnisses kennt?

Schlauheit ist die Waffe der Chinesen.

Kann ein schlauer Chinese ein redlicher Katholik werden?

***

Es läutete an der Tür. Miki öffnete. Vor der Türe standen zwei Polizisten.

»Die Polizei ist gekommen«, sagte Miki, als sie ins Zimmer zurückkehrte.

»Wen sucht sie?«, fragte Oma Amigorena mit unruhiger Stimme.

»Sie«, sagte Miki.

»Warum?????«, fragte Oma Amigorena.

»Einfach so?«, sagte Miki.

»Wozu????«, fragte Oma Amigorena.

»Ich habe Spaß gemacht, sie wollen mit Mama Nora sprechen«, sagte Miki.

»Warum?«, fragte Oma Amigorena und fügte nach einer Pause hinzu: »Ich fühle mich wie im Mittelalter.«

»Warum wie im Mittelalter?«, fragte Miki.

»Jeden Tag neue Gefahren«, sagte Oma Amigorena.

Mama Nora hatte sich mit den Polizisten in der Küche eingeschlossen.

»Was machen sie dort?«, fragte Oma Amigorena mit unruhiger Stimme und stürzte in den Korridor hinaus.

»Das ist doch für Sie jetzt schon völlig belanglos«, sagte Miki.

»Und was ist für mich jetzt von Belang?«, fragte Oma Amigorena.

»Das weiß ich nicht. Vielleicht das Wetter …«, sagte Miki.

»Vielleicht?!!!«, kreischte Oma Amigorena.

»Hören Sie auf, in der Wohnung herumzulaufen«, sagte Miki.

»Ich kann nicht anders«, sagte Oma Amigorena. »Die Unruhe reißt mich endgültig in Stücke.«

»Was ist das? Poesie?«, fragte Miki.

»*Gatos, perros!*«, schrie Oma Amigorena.

»Habt ihr einmal den Film gesehen, in dem ein Millionär, ein Buddhist, seinen Nachbarn ermordete?«, sagte Schascha, als sie das Wohnzimmer betrat.

»Wen???«, fragte Oma Amigorena.

»Einen anderen Millionär, einen Triathleten«, antwortete Schascha.

Und ihrem Gesichtsausdruck war zu entnehmen: Das, was sie sagt, ist wichtig.

»Nein«, antworteten Miki und Oma Amigorena im Duett.

»Und warum hat er ihn ermordet?«, fragte Miki.

»Nicht wegen seines Gelds, sondern wegen des Lärms, den er im Haus gemacht hat«, sagte Schascha. »Das heißt: Ruhe um jeden Preis. Ihr begreift, der Lärmpegel im Haus ist zu hoch. Ihr stört mich beim Arbeiten.«

»Ich habe dich noch nie arbeiten gesehen«, sagte Oma Amigorena.

»Mir geht es besser von der Hand, wenn mich niemand sieht«, sagte Schascha und verließ das Wohnzimmer.

Nach diesen Worten musste der Lärm in Rauch verwandelt werden.

»Rauchen Sie nicht auf dem Sofa«, sagte Miki.

»Wo soll ich denn sonst rauchen?«, fragte Oma Amigorena. »Im Bett?«

Draußen wehte kein Wind.

Die Polizisten gingen weg.

Mama Nora kehrte ins Zimmer zurück, sagte aber nichts.

Wahrscheinlich sind sie wieder wegen der Briefe gekommen, dachte Miki.

Oma Amigorenas Blicke begleiteten Mama Nora bis zum Sofa, und als sich Mama Nora auf dieses Sofa setzte, war sie beleidigt.

Dass sie beleidigt war, konnte man aus einem Laut schließen, der an kochendes Wasser erinnerte.

Und dieser Laut ging von Oma Amigorena aus.

11.

Als Castiglione erstmals die duftende Uigurin sah, begriff er zweierlei.

Das Erste: Den Chinesen sind Dinge wie Parfums unbekannt.

Eine Frau kann nicht nach Holz duften, nicht einmal, wenn dieses Holz ein Sandelholz ist.

Nachdem sich Castiglione das Geheimnis des Parfums der Uigurin klargemacht hatte, quälte ihn nachts keinerlei Duft mehr.

Castiglione begriff noch etwas Weiteres: Er will in Hinkunft weder religiöse noch allegorische Bilder mehr malen.

Die Allegorie – das ist nur der Rahmen des Malers.

Eines westlichen Malers.

Doch die chinesischen Maler?

Auch sie.

Sie haben ihre Rahmen.

Die Landschaften der alten Meister.

Castiglione will diese Frau so malen, wie sie ist.

Und wenn es der Kaiser verlangt – sogar auf chinesische Art.

Eine wunderbare Frau.

In ihren Augen ist keinerlei Angst.

Weder vor der Zukunft, noch vor irgendetwas anderem.

Castiglione erinnerte sich an die Zeiten, als er in der Porzellanwerkstatt gesessen war und Teller dekoriert hatte wie ein Chinese.

Jetzt ist seine Arbeit von ähnlicher Art, nur viel angenehmer.

Jetzt stickt er mit einem Pinsel.

Auf den Ärmelbordüren der roten Kleidung der duftenden Uigurin befindet sich der kaiserliche Drache.

Auf dem Kragen und dem Saum des Kleides sind Päonien.

Auf jeden Arm hat er je zwei Nephrit-Armreifen gemalt.

So wollte es der Kaiser.

Deswegen hat er sie ihr geschenkt.

Das Bild kann man weder als völlig chinesisch noch als völlig europäisch bezeichnen.

Vor der Tiefe des schwarzen Hintergrunds hebt sich das weißblaue Porzellangesicht der duftenden Uigurin ab.

Aus den roten Ärmeln über den Drachenbordüren ragen Porzellanhände.

Dem Kaiser wird es vermutlich nicht gefallen.

Dass sich das Gesicht und die Hände abheben.

Besonders missfällt dem Sechsten Kaiser der Qing-Dynastie, wenn sich die Nase abhebt.

***

Drei Jahre sind vergangen, seit Castiglione Ula Nara und ihren Dienerinnen begegnet ist.

Und jetzt auf einmal wieder.

Der Dienerinnen waren so viele, dass man sie gar nicht zählen konnte.

Und sie würdigte ihn nicht einmal eines Blickes.

Am Sonntag ging Castiglione auf den Markt.

Es trieben sich nur Erzähler, Wahrsager und Abenteurer herum.

Besonders interessierte er sich für die Affenweibchen.

Er schaute ihnen lange ins Gesicht, doch er sah keines, das Ula Nara ähnlich war.

Schade.

***

Es war völlig klar: Mama Nora verheimlichte etwas.

Etwas Neues.

Etwas, das sie vielleicht noch nicht getan hatte, auf dessen Ausführung sie sich jedoch intensiv vorbereitete.

Eine Frau in ihrem Alter würde sich doch nicht mir nichts, dir nichts, plötzlich, an einem Mittwoch, zwei Paar Schuhe kaufen.

Einen hellen Regenmantel, einen sommerlichen Regenschirm mit schwarzen und weißen Karos.

Einen sandfarbenen, kniefreien Rock und zwei Paar verdächtige, halb aus Spitze bestehende schwarze Unterwäsche-Sets.

Ist es nicht so?

Mama Nora packte alle Einkäufe im Wohnzimmer auf dem Sofa aus.

Nur diese Spitze wollte sie verstecken.

Doch Oma Amigorena wollte unbedingt in Erfahrung bringen, was dort war, sie riss ihr die Tasche aus den Händen und überredete sie zugleich liebevoll mit den Augen.

Mama Nora tat es bald leid, dass sie nachgegeben hatte.

Oma Amigorena, die die Spitze mit den Augen, doch nicht mit den Händen begutachtete, sagte:

»Sie gefallen mir nicht.«

Und ging unter ihre Stehlampe und saß dann sprachlos dort.

Auch ohne ein Gespräch war klar, dass man dieses irgendetwas, falls es noch nicht passiert war, vielleicht noch aufhalten konnte.

»Wer ist er?«, fragte Miki und sah Mama Nora argwöhnisch an.

»Wer?«, fragte Mama Nora.

»Na … Er … Er …«

Da läutete das Telefon und Mama Nora stürzte als erste hin.

»Wer ist Er?«, fragte Miki.

»Er hat die Nummer verwechselt«, sagte die glückliche Mama Nora.

»Wir haben gehört, wie er sie verwechselt hat«, sagte Miki. »Und für diese Verwechslung gingen sieben Minuten drauf. Wer ist er?«

»Er … Er …«

»Ich brauche einen Dunstabzug«, sagte Oma Amigorena.

»Was?«, fragte Mama Nora.

»Was?«, fragte Miki.

»Warum haben wir keinen Dunstabzug?«, fragte Oma Amigorena und fixierte wortlos die Dunstabzugreklame auf dem verkehrt herum gehaltenen Titelblatt der Zeitschrift.

Wenn Oma Amigorena für irgendetwas ein gutes Gespür hatte, dann für den richtigen Moment.

»Wirklich, warum?«, fragte Mama Nora. »Warum haben wir keinen Dunstabzug?«

»Deswegen, weil wir selten kochen«, sagte Schascha.

»Wenn wir einen Dunstabzug hätten«, sagte Oma Amigorena, »würden wir öfter kochen.«

»Das glaube ich nicht«, sagte Schascha.

»Ich würde beginnen«, sagte Oma Amigorena.

»Womit?«, fragte Miki.

»Mit dem Kochen«, sagte Oma Amigorena.

»Gut, wir werden diesen Dunstabzug bestellen. Es ist wirklich zu viel Rauch im Haus«, sagte Mama Nora, blickte auf die längst erloschene Pfeife von Oma Amigorena und freute sich über die Verschnaufpause.

Sie war offensichtlich im Begriff, etwas Böses anzustellen, daher war sie bemüht, die Gute zu spielen.

»Wer ist er?«, fragte Miki und blickte Mama Nora direkt in die Augen. »Wer ist er?????«

»Er … Er … ist ein Fotograf«, antwortete Mama Nora und zog danach irgendetwas Grelloranges mit einem Band auf der Vorderseite aus der Kommode und versuchte, es auf den neuen Regenmantel sowie den sandfarbenen Rock abzustimmen.

Mit einem Lächeln.

Wie rasend einen bisweilen das Lächeln eines anderen Menschen machen kann.

»Ein Paparazzo?«, fragte Miki.

»Nein … Ein ernsthafter«, sagte Mama Nora.

»Ein ernsthafter?«, fragte Miki und fügte mit einem prüfenden Blick auf Mama Noras Einkäufe hinzu: »Das bezweifle ich sehr.«

»Er ist ein ernsthafter Fotograf«, sagte Mama Nora.

»Und was fotografiert er? Nackte Frauen?«, fragte Miki gereizt. »Oder nur leicht bekleidete?«

»Lebensmittel«, sagte Schascha.

»Welche Lebensmittel?«, fragte Miki. »Welche Lebensmittel???«

»Gefärbte«, sagte Schascha. »Frisch zerhacktes Fleisch, Presswurst und Bierflaschen.«

»Bierflaschen sind keine Lebensmittel«, kommentierte Oma Amigorena von unter der Stehlampe, riss die Dunstabzugreklame aus der Zeitschrift und legte sie zu ihren Papieren.

Sie schien sich erholt zu haben.

»Und das nennst du einen ernsthaften Fotografen?«, sagte Miki mit einem hoffnungslosen Blick auf Mama Nora.

»Lass ihn nicht ins Haus«, sagte Oma Amigorena entschieden.

Zu Bett gingen sie alle mit Schaschas Worten, Mama Nora sei ein Star.

Daher gab es in ihrem Leben viel mehr Liebesgeschichten als im Leben der übrigen Leute.

Miki versuchte zu widersprechen und sagte, Mama Nora sei kein Star.

Wäre sie ein Star, so wären viel mehr Fotografen hinter ihr her, nicht nur dieser eine.

Schascha antwortete darauf mit einem einfachen Argument: Wäre sie kein richtiger Star, würde sie niemand auf Unterhaltungsveranstaltungen fotografieren und auf die Rückseite einer Zeitschrift platzieren.

Höchstens für Geld.

Wie dem auch sei.

Im Leben der Stars gibt es viel mehr Liebesgeschichten als im Leben der übrigen Leute, fuhr Schascha fort.

Und sie, diese Stars, nehmen sich diese Liebesgeschichten viel weniger zu Herzen.

Als die übrigen Menschen.

Und sie fangen viel leichter etwas Neues an, und erst recht etwas Kinematografisches.

So sagte es Schascha: »etwas Kinematografisches«.

Und außerdem sagte Schascha noch: Nichts schockiert andere Menschen so sehr wie *fremde* Gedanken.

Nach dieser Äußerung Schaschas verdunkelte sich das Leben aller anderen endgültig.

Und es verblieb keinerlei Hoffnung mehr darin.

Freitagabend:

Die Situation hatte sich verändert.

Mama Nora war sogar zu Hause zum Star geworden: Sie stand am meisten *im Fokus*.

Sogar im Korridor folgten ihr die Augen von Miki und Oma Amigorena.

Hol's der Teufel …

»Wer hat angerufen?«, fragte Miki, als Mama Nora das

Telefongespräch im Korridor beendet hatte und die Türe verfehlte.

»Der Fotograf«, antwortete Mama Nora und tat so, als hätte sie gar nicht zur Türe gehen wollen.

»Dieser Fotograf?«, fragte Miki.

»Dieser«, antwortete Mama Nora, »›Der Fotograf‹.«

»Und was wollte dieser ›Der Fotograf‹?«

»Und was kann dieser Fotograf schon wollen?«, fragte Mama Nora.

»Einen Spaziergang am vereisten Flussufer«, sagte Schascha. »Zum Beispiel.«

»Nie hätte ich gedacht, dass jemand Romanautorinnen, die auf die sechzig zugehen, zu einem Spaziergang am Flussufer einladen kann«, sagte Miki mürrisch. »Und ist man verpflichtet, der Einladung zu folgen? Kann man denn nicht in Würde altern?«

Sie hatte Mama Nora mit Absicht fünf Jahre mehr gegeben.

Damit sie zur Besinnung käme.

Mama Nora eine Schriftstellerin, die auf die sechzig zugeht, zu nennen, war natürlich eine verächtliche Provokation. Doch Mama Nora war klug genug, sich nicht provozieren zu lassen.

Und sie zweifelte wegen Mikis Worten nicht an der Richtigkeit ihrer Handlungen.

Und sie war nicht niedergeschlagen.

»Glaubst du, dass schon alles vorbei ist, dass mich schon niemand mehr zu einem Spaziergang am Flussufer einladen kann?«, fragte Mama Nora.

»Pass auf, dass er dich nicht ins Wasser stößt«, sagte Oma Amigorena.

Oma Amigorena kann Wasser nicht ausstehen und hat Angst davor.

Doch das ist nicht die Tollwut, sondern eine Krankheit, die einen anderen, einen wissenschaftlichen Namen hat:

Hydrophobie.

Obwohl Oma Amigorena Angst vor dem Wasser hat, das Wasser aus dem Hahn trinkt sie trotzdem.

Abgekocht oder auch nicht.

»Und wie irgendein Klumpen die ganze Ruhe zerstören kann«, sagte Oma Amigorena laut.

Niemand im Haus fragte nach, was sie als Klumpen bezeichnete.

Oma Amigorena war beleidigt und beschloss, nicht zu essen.

Nicht einmal den Mais in Honig.

Obwohl sie ihn lange ansah.

»Wie alt ist er?«, fragte Miki.

»Wer?«, fragte Mama Nora.

»Dieser Fotograf.«

»Fünfundvierzig. Oder so ungefähr«, antwortete Mama Nora.

»So ungefähr?«, fragte Oma Amigorena.

»Na und?«, fragte Mama Nora kokett.

»Dann verkompliziert sich alles sehr«, sagte Oma Amigorena.

»Was verkompliziert sich?«, fragte Mama Nora.

»Das Leben«, antwortete Oma Amigorena. »Das Leben verkompliziert sich.«

»Welches Leben?«

»Na welches? Na welches Leben denn????!! Mein Leben«, sagte Oma Amigorena.

»Warum sagst du nichts? Interessiert es dich nicht?«, fragte Miki, als Schascha versuchte, die Situation auf sich beruhen zu lassen.

»Siehst du«, antwortete Schascha, »es gibt in der Physik eine wohlbekannte Entdeckung …«

»Widerlich«, sagt Oma Amigorena.

»Was ist widerlich?«, fragte Miki.

»Diese Entdeckungen der Physik«, sagte Oma Amigorena.
»Warum?«, fragte Miki.
Die Antwort interessierte sie brennend.
»Die suchen doch nur danach, wie sie dem Menschen das wegnehmen …«, sagte Oma Amigorena und dachte lange nach.
»Was wegnehmen?«, fragte Miki.
Oma Amigorena gab keine Antwort.
»Was wegnehmen?«, wiederholte Miki die Frage.
»Was, was«, sagte Oma Amigorena wütend. »Das Glück! Die suchen doch nur danach, wie sie dem Menschen das Glück wegnehmen können!«

»Was ist also diese wohlbekannte Entdeckung?«, fragte Miki.
»Wem ist sie bekannt?«, fragte Oma Amigorena.
»Den Gebildeten«, sagte Schascha.
»Solche kenne ich nicht«, sagte Oma Amigorena.
»Gut, was ist das also für eine Entdeckung?«, fragte Miki.
»Mit wie viel Energie wir ihn auch rühren, den Tee …«, sagte Schascha.
»Waaaaaas?«, fragte Oma Amigorena.
»Den Tee mit dem Löffel«, sagte Schascha.
»Den Teeeeeee?«, fragte Oma Amigorena.
»Gut. Noch einmal von vorne«, sagte Schascha. »Mit wie viel Energie wir den Tee mit dem Löffel auch rühren …« Dieses Mal widersprach niemand ihren Worten. »Mit wie viel Energie wir den Tee mit dem Löffel auch rühren …, es gibt zu jedem Zeitpunkt wenigstens ein unbewegtes Teilchen der Flüssigkeit«, sagte Schascha.
»Während ihr hier Unsinn redet, gehe ich vielleicht etwas trinken«, sagte Oma Amigorena und ging in die Küche.

Samstagmorgen:

»Nein, eines Tages werde ich wirklich hingehen, um mit ihnen zu sprechen«, sagte Miki.

Allen war klar, was diese Worte bedeuteten: Miki war völlig »ausgebrannt«.

Von der freitäglichen »Mafia«-Versammlung unter ihrem Bett.

Der Plafond ist aus Holz.

Die Möbel der Wohnung sind wie Trommeln.

Decke und Boden wie gespannte Membranen.

Kaum berührt man sie mit Worten, hört man ein dumpfes Geräusch.

Wegen dieser »Mafia« erwacht Miki jeden Samstagmorgen reizbarer, spricht lauter und ist schneller beleidigt.

In ihrer Intonation ist mehr Sarkasmus, in ihren Worten Wut. Das Misstrauen gegenüber den eigenen Kräften ändert die Pläne jedes Helden.

Hingehen und alles sagen.

»Vielleicht sollte man Schwierigkeiten nicht suchen«, sagte Schascha. »Sie werden noch einen Schweinekopf bringen und vor die Türe werfen.«

»Einen Schweinekopf?«, fragte Oma Amigorena interessiert. »Was für einen Schweinekopf?«

»Einen abgeschnittenen«, sagte Schascha.

»Einen abgeschnittenen Schweinekopf?«, fragte Oma Amigorena.

»Einen Schweine- oder einen Schafskopf«, sagte Schascha. »Oder einen Pferdekopf.«

»Vielleicht könnten sie eine Gans bringen«, fragte Oma Amigorena.

»Wir sprechen hier über die Mafia«, sagte Schascha. »Und nicht über ein kulinarisches Symposium.«

»Bist du schlecht gelaunt?«, fragte Mama Nora, die ins Zimmer kam und zu verstehen suchte, was vor sich ging.

»Ich habe dich schon lange nicht mehr im Fernsehen gesehen«, antwortete Oma Amigorena. »Du hast dich völlig aufgegeben.«

»Reicht es dir nicht, dass du mich jeden Tag live siehst?«

»Live bist du eine einzige Enttäuschung«, sagte Oma Amigorena.

Bis Samstagmittag rief dieser Fotograf Mama Nora zweimal an, und Mama Nora ihn dreimal.

Es war, als würde sie sich um nichts anderes mehr kümmern.

Und vor allem kümmerte sie sich nicht mehr um ihre Familie.

»Sowohl in seinem als auch in deinem Verhalten sehe ich keinerlei Anstand«, sagte Miki. »Und keine Logik.«

»Was hat er ihr getan?«, fragte Oma Amigorena, doch sie wurde überhört, obwohl sie mitten im Wohnzimmer mit einer brennenden, fünfundzwanzig Zentimeter langen Pfeife stand.

Oma Amigorena rauchte wieder, denn sie konnte das nicht mehr ertragen.

Diese aufwallenden Gefühle von Mama Nora.

Es war nichts mit ihr anzufangen.

»In den Beziehungen zwischen Männern und Frauen gibt es keinerlei Logik«, sagte Mama Nora, während sie durch die Nase vor sich hin summte.

Während sie sprach, verdrehte sie die von allen Seiten mit »rauchigen« Schatten bemalten Augen, womit sie alle übrigen Familienmitglieder sehr erboste.

»Warum?«, fragte Miki. »Kannst du mir erklären, warum?«

»Das ist doch kein Geschäftsplan«, sagte Mama Nora.

Das Wort »Geschäftsplan« hätte Mama Nora nicht in den Mund nehmen müssen.

Ein Geschäftsplan war in Mikis Wertesystem das Fundament von allem.

Oma Amigorena fiel plötzlich ein, dass sie schon lange nicht mehr an die Chinesen gedacht hatte, und sie stürzte mit der Pfeife zum Fenster.

Miki erschrak richtiggehend.

Unten auf der Straße ging eine alte Chinesin mit einem kleinen Chinesen.

Im Alter von etwa fünf Jahren.

Der kleine Chinese sah die Passanten an und lächelte.

Als hätte er hier vor gar niemandem Angst.

»Ich möchte ihn sehen«, sagte Miki. »Wahrscheinlich ist er dick.«

Samstagabend:

Am Freitagabend oder am Samstagmorgen hatte noch die Möglichkeit bestanden, irgendetwas zu ändern.

Doch Oma Amigorena und Miki nahmen die Sache zu spät in die Hand.

Oma Amigorena litt von Samstagmorgen bis Samstagabend an drei lebensbedrohlichen Krankheiten und hatte sogar einen Ausschlag.

»Die Blattern«, sagte Schascha.

Durch diese Diagnose ging es Oma Amigorena noch schlechter und sie bemühte sich die ganze Zeit, Mama Noras Hand nicht loszulassen.

Sie rauchte, versteht sich, aus Leibeskräften.

Wer wird sie jetzt davon abhalten?

Zu Hause waren keine Autoritäten mehr geblieben.

Miki versuchte den ganzen Tag, Mama Nora davon zu überzeugen, dass Mama Nora kein einziges Kleidungsstück von Mama Nora passte.

Nichts passt mit nichts zusammen.

Mit einer solchen Kleidung kannst du dich erschießen.

Und eine Frau, die nichts zum Anziehen hat, sollte nirgendwo hingehen.

Solange, bis sie etwas hat.

»Und außerdem noch eine sterbende Mutter zurücklassen«, fügte Oma Amigorena hinzu, die sich aktiv an allen Umkleide-Aktionen beteiligte und jetzt, endlich, Mama Noras Hand losließ, um seelenruhig mitten im Zimmer zu rauchen.

Es wirkte, als bereitete sich Mama Nora auf die Begegnung mit einem gefährlichen mystischen Wesen vor.

Es wirkte, als sei der violette Overall aus Kunstseide eine Rüstung, der koreanische Ginsengtee ein Lebenselixier, die zwei überkreuzten und nach oben gestreckten Finger von Oma Amigorena hingegen Zaubersprüche.

Dass es gelinge? Oder dass es nicht gelinge?

Da war nichts zu machen.

Wirklich nichts.

Mama Nora ging herausgeputzt zum Spaziergang am aufgeweichten Flussufer.

»Halb nackt«, sagte Oma Amigorena.

Sie ging weg und spazierte bis zum zweiten Frühstück des folgenden Tages herum.

Und als sie zurückkam, sagte sie: »Jetzt … nicht jetzt, sondern in ein paar Wochen wird er nach Prag fliegen.«

Damit die Pause nicht zu einer Grube der Stille würde, fragte Miki: »Wirst du mit diesem undurchsichtigen Fotografen nach Prag fliegen?«

»Ja«, antwortete Mama Nora.

»Allein?«, fragte Oma Amigorena.

»Ich bin schon fünfundfünfzig«, sagte Mama Nora. »Ich sollte meine Mama schon nicht mehr überallhin mitnehmen müssen.«

»Du hast ganz und gar unrecht«, sagte Oma Amigorena.

»…?«

»Glaubst du, dass dir, weil du schon fünfundfünfzig bist, im Leben nichts mehr zustoßen kann?«, fragte Oma Amigorena.

Alles ist wie in einer Fernsehserie.

Da haben Sie Don Antonio!

Nur gibt es seinetwegen keinerlei Konkurrenz, und seinetwegen weint auch niemand.

Wer würde so eine Serie ansehen?

So weit haben wir es gebracht, dass die Realität schlimmer scheint als das, was der Fernseher zeigt.

Die Spannung stieg.

Und die Quelle der Spannung war ziemlich umfangreich, so dass man sie nicht einfach nehmen und beseitigen konnte.

»Wie lange hast du ihn gekannt?«, fragte Oma Amigorena, zum Angriff übergehend. »Eine halbe Stunde?«

»Bis wann?«, fragte Mama Nora.

»Bis zum Gedanken an Prag.«

»Soviel ich weiß, ist die Stadt der Liebe Paris«, sagte Miki. »Und nicht ein von Tieren zertrampeltes Prag.«

»Das heißt, auch die Liebe ist dort so «, sagte Oma Amigorena, und um das zu verdeutlichen, prustete sie los.

»Weißt du«, sagte Schascha, »die Liebe in Büchern und Filmen unterscheidet sich stark von der Liebe im wirklichen Leben.«

»Ich möchte nur wissen, wodurch …«, sagte Oma Amigorena ironisch.

»Zuallererst durch die Richtung«, sagte Schascha.

»…«

»Ich habe mir schon gedacht, dass du das nicht begreifst«, sagte Schascha. »Macht nichts … Außerdem gibt es in der Realität der Liebe immer mehr Pausen und Zweifel als in Büchern. In Kunstwerken hingegen würden Zweifel jeder Art nur Langeweile auslösen … Deswegen stürzen sich dort alle blind auf die Liebe. Zu neunzig Prozent …«

»Na, mit dir kann man überhaupt nicht leben«, sagte Oma Amigorena wütend, wandte sich ausdrucksvoll ab und drehte den Fernseher laut auf.

Und danach stellte sie ihn noch lauter.

Samstag nachts:

»Was will dieser Fotograf von dir?«, fragte Oma Amigorena.

Sie stand in der Tür zu Mama Noras Schlafzimmer in einem Nachthemd aus Flanell.

Das Nachthemd war zu lang, und wäre sie irgendwohin gegangen, so hätte es sich vorne zwischen ihren Beinen verheddert und hinten den Fußboden gewischt.

Doch Oma Amigorena ging nirgendwo hin, sondern zog nur mit beiden Händen den Plisseekragen des Nachthemdes nach unten.

»Königlich« pflegte Schascha diesen Kragen zu nennen: wie in alten Zeiten.

Oma Amigorena erwartete eine Antwort und zog in der Tür zu Mama Noras Schlafzimmer am königlichen Plisseekragen.

Mama Nora beendete sofort das im Dunkeln geführte Telefongespräch, schaltete die Lampe ein, nahm die Brille vom Nachtkästchen, trank Wasser aus dem Glas, das hier stand, und sagte:

»Was soll dieser Fotograf denn wollen?«

»Dass du für ihn kochst«, sagte Oma Amigorena.

»Er ist nicht du.«

»Schlimmer?«, fragte Oma Amigorena hoffnungsvoll.

Wenn ein Mensch Hoffnung schöpft, bekommt sein Gesicht einen vergeistigten Ausdruck.

Gut, dass kein Spiegel in der Nähe war: Oma Amigorena mag Geistigkeit nicht.

Was soll man sagen, Geistigkeit erschreckt sie sogar.

Doch dieses Mal erschreckte sie etwas anderes.

Es kommt schon vor, dass das, was tagsüber erträglich scheint, einen nachts richtiggehend entsetzt.

»Ziehen Sie nicht daran!«, sagte Miki und erschreckte die auf ein Zusammentreffen nicht vorbereitete Oma Amigorena.

»…«

»Am Kragen«, sagte Miki.

»Ich will es und ich werde es tun«, sagte Oma Amigorena, als sie ihr Gleichgewicht wiedergefunden hatte. »Ich bin ein freier Mensch, und mein Kragen geht niemanden etwas an.«

»…«

»Möchtest du etwa, dass ich in einer Schuluniform schlafe?«, fragte Oma Amigorena und ging zum Angriff über.

»…«

»Glaubst du etwa, das macht irgendetwas auch nur im mindesten besser? Du glaubst, ich habe gar keine Rechte?!! Nicht einmal im Schlaf? Stört mein Nachthemd irgendjemanden im Haus? Die Juden …«

»Lassen Sie diese Juden aus dem Spiel«, sagte Miki.

»Ich werde sie nicht aus dem Spiel lassen«, sagte Oma Amigorena.

»…«

»Die Juden laufen zu Hause mit Kappen herum. Tag und Nacht«, schloss Oma Amigorena schließlich die Litanei ihrer Entrüstung. »Sie essen sogar damit.«

»Jetzt ist es halb zwei Uhr nachts«, sagte Miki.

»Na und?«, fragte Oma Amigorena.

»Man wird unseretwegen die Polizei rufen. Und da das nicht das erste Mal ist, können sie unsere Wohnung bei der Gelegenheit als Lasterhöhle registrieren.«

»Und wäre das so weit gefehlt?«, fragte Oma Amigorena. Während sie mit dem Kinn durch die offene Tür zu Mama Noras Schlafzimmer wies.

Sonntagnachmittag:

»Du gehst also schon fort?«, fragte Miki, als Mama Nora, die kein erstklassiges Kostüm trug, aus der Wohnzimmertüre ging.

»Man könnte verrückt werden«, sagte Oma Amigorena.

»Wie kommst du denn darauf?«, fragte Mama Nora und steckte ihren Kopf zur Türe herein.

»Ich beobachte einfach«, sagte Miki, »die Umgebung.«

»Heute ist mein sechsundfünfzigster Geburtstag«, erklärte Mama Nora.

»Das ist keinerlei Erfolg«, sagte Oma Amigorena schroff.

»Was sonst?«, fragte Mama Nora.

»Ein Defekt«, antwortete Oma Amigorena. »Ein Defekt.«

Unten trugen die Chinesen einen Tisch nach draußen, bedeckten ihn mit einem weißen Tuch, setzten sich um ihn herum, holten sich Teller und Schalen und fingen an, irgendetwas zu johlen, wobei sie mit unverständlichen Lauten die Luft zerhackten.

»Was machen die dort?????«, fragte Oma Amigorena erschrocken.

Doch alle hatten anderes zu tun. Und niemand gab ihr eine Antwort.

Oma Amigorena fühlte sich völlig frei und drohte den Chinesen mit der linken Faust.

Die Chinesen hörten auf zu johlen.

Sie brachten das Essen.

Oma Amigorena öffnete das Fenster und lehnte sich hinaus, um zu sehen, was sie aufgetischt hatten.

Sie lehnte sich mit aller Kraft hinaus, doch Miki hielt sie noch rechtzeitig am Fuß fest.

»Aus welchem Grund gefällst du ihm?«, fragte Miki, die sich von den Chinesen ab- und Mama Nora zugewandt hatte.

»Ich denke, dass es ihm mit mir einfach gut geht«, antwortete Mama Nora.

»Das verstehe ich nicht!«, schrie Oma Amigorena, die noch immer zur Hälfte an der Außenseite des Hauses hing.

»Was verstehen Sie nicht?«, fragte Miki.

»Alle haben schon genug von ihr, doch ihm geht es gut«, antwortete Oma Amigorena schnuppernd und weigerte sich, mit den Händen rudernd, zurückzukehren.

»Hör zu, ich kann seine Motive nicht verstehen«, sagte Miki.

»Wessen Motive?«, fragte Mama Nora.

»Na, wessen schon? Dieses Fotografen«, sagte Miki.

»Siehst du«, sagte Schascha, »hier gibt es vielleicht gar keine Motive.«

»Warum?«, fragte Miki.

»Hier handelt es sich doch nicht um einen Mord«, sagte Schascha und ging zum Fenster, wo Oma Amigorena noch immer hing.

»Doch ein Risiko gibt es immer«, sagte Schascha.

Danach überkam Schascha eine Erleuchtung, und sie erklärte lange, dass die Liebe etwas wäre, was von außen nicht zu sehen sei.

Kein bisschen.

Solche Worte zwangen Oma Amigorena zur Rückkehr.

»Für Unbeteiligte sind weder der Grund noch das Ziel noch die Echtheit oder Unechtheit einer Liebe zu sehen«, sagte Schascha.

»Unbeteiligte?????!!!!!«, schrie Oma Amigorena auf und marschierte in die Küche.

Nichts auf der Welt konnte sie so beleidigen wie das Wort »Unbeteiligte«.

***

Nun ist dieser unangenehme Augenblick also gekommen.

Vor drei Monaten hat der Kaiser ein Porträt seiner Uigurin sowohl bei Castiglione bestellt als auch bei diesem Franzosen.

Attiret.

Bei beiden gleichzeitig.

Und heute hat die Kommission der Kunstkenner gemeldet: Der Sechste Kaiser der Qing-Dynastie will das Resultat sehen.

Ungeachtet der Peinlichkeit dieses Augenblicks will Castiglione das Bild von Attiret ebenfalls sehen.

Es interessiert ihn sehr, was ein Franzose malen kann, der weder von der Malerei noch von der Perspektive noch von der Allegorie auch nur das Geringste versteht.

Attiret und er haben getrennte Werkstätten, sie besuchen einander nicht.

Auf das Bild von Attiret musste man drei Monate warten.

Doch wenn der Kaiser warten kann, so er – Castiglione – erst recht.

Natürlich besitzt der Kaiser das Original.

Obwohl man sich im Palast zuflüstert, aber vielleicht ist das einfach eine Verleumdung: Er besitzt es noch immer nicht.

Die duftende Uigurin verweigert sich noch immer.

Deshalb ist es vielleicht für den Kaiser wichtiger, das Bild der Frau, an der er interessiert ist, ins Schlafzimmer zu bekommen, als es für Castiglione ist, zu sehen, was irgendein Franzose gemalt hat.

***

Eine Frau als Hirtenmädchen und Gärtnerin darzustellen, das bringt nur ein Franzose zustande.

Geschah das, weil sie vom Kaiser einen Garten geschenkt bekommen hat?

Dieser Franzose glaubt wohl, weil er die Uigurin in französische Kleidung gesteckt hat, werde sich in seinem Gemälde irgendein tieferer Sinn finden?

Außerdem.

Auf dem Porträt sieht sie sich überhaupt nicht ähnlich.

Dieser französische »Porträtist« ist nicht einmal dazu imstande.

Es ist Castiglione noch nie passiert, dass er von einem mittelmäßigen Bild Schmerzen bekommen hätte.

Der Magen tut ihm weh.

Chinesen europäisch zu kleiden und zu malen, ist überhaupt nichts Neues.

Kaum der Porzellanwerkstatt entkommen, hat Castiglione zum Dank sogleich begonnen, den Fünften Kaiser der Qing-Dynastie mit europäischer Kleidung auszustatten und mit einer pyramidenförmigen, französischen Perücke zu schmücken.

Natürlich nur auf den Porträts.

Dieser Franzose, Attiret, macht Castiglione einfach nach, weil ihm selbst nichts einfällt.

Dieser Plagiator glaubt wohl, seine Gärtnerin werde dasselbe Entzücken des Kaisers auslösen wie Castigliones Daigiya in Rüstung?

Ein Plagiat ist zwar kein Verbrechen, eher ein moralisches Vergehen, doch Pater Castiglione möchte, dass es wie ein Verbrechen geahndet wird.

In Europa wie in China.

Bisweilen vielleicht sogar mit dem Strang.

Doch um der Mission willen muss er schweigen.

Bei den Jesuiten kann man sich nicht beschweren.

Denen reichen die äußeren Feinde, und deine Spaltung im Inneren würde die Mission nicht aushalten.

Und sonst gibt es niemanden, bei dem man sich beschweren kann.

Die Chinesen haben ihr Leben lang die Maler der vorigen Dynastie kopiert, und das Kopieren, sogar das Plagiat, gilt ihnen als Vorzug eines Malers, nicht als Mangel.

Beschweren kann man sich also nur DORT.

***

Das Leben unterscheidet sich in nichts von der Jesuitenschule.

Jeder hat seinen eigenen speziellen Konkurrenten.

Pater Ripa hatte Don Pedrini.

Castiglione Attiret.

Die Portugiesen in China die Franzosen in China.

***

Wieder ist Castiglione Ula Nara mit ihren Dienerinnen begegnet.

Und wiederum haben sich ihre Blicke nicht getroffen.

Von Weitem ähnelt sie für ihn sogar einem Mann.

Vielleicht wächst ihr sogar ein Schnurrbart.

Es ist nur unmöglich hinzugehen und nachzusehen.

Er hat in China nichts.

Nichts, was ihm teuer ist.

Man müsste einen Brief an den General schreiben, denn er beschäftigt sich hier mit Nichtigkeiten.

Er malt die Konkubinen des Kaisers.

Eine nach der anderen.

Und er ist schon über siebzig Jahre alt.

Nur schade.

Man kann sich mit niemandem besprechen.

Doch nicht mit den Franzosen?

12.

»Warum?«

Wäre Castiglione wenigstens dreißig Jahre jünger, noch zu den Zeiten des Fünften Kaisers der Qing-Dynastie, sähe diese Frage wahrscheinlich so aus:

»Warum????????!!!!!!!!!!!!!«

Doch jetzt ist er nicht mehr so richtig bei Kräften.

Das ist nicht das erste Verhalten, das die Europäer als amoralisch verurteilen, während die Chinesen nichts Amoralisches darin sehen.

Mag sein, dass die Chinesen nirgends etwas Amoralisches sehen.

Der Kaiser sah in Attirets Porträt der duftenden Uigurin keinerlei Plagiat.

Noch schlimmer: Der Kaiser bestellte bei diesem Franzosen ein weiteres Porträt der duftenden Uigurin.

In einer Rüstung.

Eine genaue Kopie von Castigliones Daigiya.

Das könnte doch Castiglione auch selbst machen.

Viel besser.

Er würde gerne noch eine Frau des Sechsten Kaisers der Qing-Dynastie in Rüstung malen.

Ist China nicht ein Ort, an dem keinerlei Moral gilt?

Oder verstehen sie darunter etwas anderes?

Und wenn ja, dann was?

Den Besuch der Ahnengräber?

Es mag den Anschein haben, als gäbe es hier gar nichts zu schelten.

Castigliones Porträt der duftenden Uigurin hat dem Kaiser auch sehr gefallen.

Nur die grellrote Farbe ihrer Kleidung und die Schatten um ihre Nase haben ihm etwas weniger gefallen.

Castiglione hat dem Kaiser versprochen: Er wird noch ein Porträt von ihr malen.

Schon heute wird er beginnen.

Die duftende Uigurin wird darauf genau gleich aussehen.

Nur wird er sie nicht in einem roten, sondern in einem blauen Seidenkleid – im Blau der mandschurischen Dynastie – darstellen.

Ja – mit demselben Saum, ja – mit Päonien.

Und weder neben ihrer Nase noch sonst irgendwo wird auch nur der geringste Schatten sein.

***

Montag:

Früher hatte Miki wegen dieser Mafia nicht einschlafen können. Doch nun konnte sie wegen der Träume, die sie quälten, nicht mehr einschlafen.

Sie träumte eine weiße Badewanne.

Auf indigofarbenen, »marokkanischen« Fliesen.

Die Badewanne war voller Blut.

Sie träumte einen Mann im Stiegenhaus.

Im Morgenmantel und mit einem kleinen Netz auf dem Kopf.

»Vielleicht war das aber doch ein Strumpf?«, fragte Schascha.

Miki bekräftigte: Nein, ein Netz.

Miki träumte einen Mann im Alter von sechzig Jahren.

In einem winterlichen Morgenmantel aus Seide mit gestepptem Rhombenmuster und einem Netz auf dem Kopf.

Im Stiegenhaus.

Er war es auch, der für sie die Türe zu der Wohnung aufsperrte, in der die weiße Badewanne voller Blut stand.

Oma Amigorena war überzeugt: An solchen Träumen konnte nur dieser Fotograf schuld sein.

»Oder das italienische Brot«, sagte Schascha.

Der chinesische Koch ging auf die Straße hinaus.

Drei dicke Katzen liefen herbei, um zu sehen, was er gebracht hatte.

Oma Amigorena hatte keine Zeit für die Chinesen.

»An wen schreiben Sie?«, fragte Miki, während sie über ihre Schulter zu Oma Amigorena blickte.

»An die Polizei«, antwortete Oma Amigorena.

»Worüber dieses Mal?«

»Über diesen …« Oma Amigorena winkte mit der Hand wie mit einem Schwert über dem Kopf.

»Diesen Fotografen?«

»Diesen Fotografen.«

»Sie kennen nicht einmal seinen Namen.«

»Das macht nichts«, sagte Oma Amigorena, »davon wird der Schaden, den er anrichtet, auch nicht geringer.«

Die Katzen balgten sich schon am Gehsteig.

Sie hatten das Geschenk des chinesischen Kochs gekostet, sie bereiteten den Passanten Freude und wurden als stumme, flauschige Probegäste ins Restaurant gebeten.

»Warum sehen Sie in Menschen, die Sie nicht kennen, keine Möglichkeit, sondern eine Bedrohung?«, fragte Schascha.

»Ich sehe hier gar keine Menschen«, antwortete Oma Amigorena.

Menschen gingen vorbei, doch nicht alle glaubten, was ihnen die Katzen des chinesischen Kochs sagten, die sich auf dem Gehsteig balgten.

Kaum jemand.

»Ihre Asche fällt auf den Teppich«, sagte Miki.

»Nicht meine, sondern die der Zigaretten«, antwortete Oma Amigorena, die mit einer Hand eine Briefmarke, auf der der Kopf eines Schriftstellers abgebildet war, an die Zunge hielt und in der anderen eine Zigarette.

Sie sagte es und rührte sich wegen dieser Asche nicht einmal vom Fleck.

»Was passt ihr denn jetzt wieder nicht?«, fragte Miki, als Oma Amigorena eine lange Pause machte und irgendwohin schlurfte. »Warum ist sie jetzt wütend?«

»Aus Hilflosigkeit«, sagte Schascha.

Doch Oma Amigorena kehrte zurück.

Mit doppelten Kräften.

»Versuchen Sie nicht, aus unserem Zuhause ein Krematorium zu machen«, sagte Miki.

»Wer versucht das?«, fragte Oma Amigorena beiläufig, doch der Intonation ihrer Stimme war zu entnehmen, dass ihr das Wort »Krematorium« missfiel. Sehr sogar.

»Sie.«

»Höchstens unabsichtlich«, sagte Oma Amigorena und legte die brennende Pfeife auf das samtene Sofa, das allerdings nicht mehr neu war.

Nach dieser Geste war sogar Mama Nora klar: Ein Dunstabzug im Haus ist unabdingbar.

Auch wenn sie ihn selbst wird bezahlen müssen.

***

Dieser Franzose hat Castigliones Daigiya einfach kopiert.

In voller Rüstung.

Er hat nicht einmal verstanden, was er da malte.

Er kann weder Seidenwäsche noch Kleidungsfalten noch Hände malen.

Dieser Attiret war nicht einmal imstande, die Pose der Porträtierten zu verändern.

Oder vielleicht schreckte er davor zurück?

Davor, dass das dem Kaiser nicht gefallen könnte?, dachte Castiglione.

Das Einzige, was dieser Franzose zustande gebracht hat, ist, die Anzahl der Sträucher im Hintergrund des Porträts zu verringern.

Was für ein Erfolg der französischen Schule der Malerei!

Dieser Franzose kann nicht einmal einen Menschen aus dem Dunkeln hervorheben.

Richtig, niemand braucht hier einen Menschen, der sich aus dem Dunkeln hervorhebt.

Am allerwenigsten der Kaiser.

Dass Pater Castiglione im Stillen wütend war, hätte nur ein Spezialist für Malerei sagen können.

Wenn er seinen Strich verfolgte.

Doch Spezialisten für Malerei gab es in seiner Umgebung nicht.

Nur Chinesen.

***

Irgendetwas war eingebrochen.

An Mama Noras Platz klaffte ein Loch.

Mama Nora verbrachte den größten Teil des Tages in ihrem Zimmer und nahm an der häuslichen Serie nicht mehr teil.

Es war, als würde alles in sich zusammenstürzen, und ob daraus irgendetwas Gutes entstehen würde, war nicht klar.

Schascha kommentierte die Situation ziemlich wirr: Wenn ein Mensch nichts hat, kann er auch nichts verlieren. Und ist immer glücklich. Scheint hingegen einem Menschen, dass er etwas hat, beginnt er sich damit zu quälen, dass er es verlieren könnte oder dass er soeben etwas verloren hat.

»Ich verstehe gar nichts«, sagte Oma Amigorena.

Was sie im Leben am wenigsten ausstehen konnte, waren wirre Monologe und Milchbrei.

Mama Noras Rückzug ging über in ein Hören gefühlvoller Melodien.

»Liebeslieder und jede Art von Poesie stoßen einen verliebten Menschen in den Wahnsinn und in eine noch größere Abhängigkeit«, sagte Schascha.

»Deswegen höre ich auch keine Liebeslieder«, sagte Oma Amigorena. »Und lese keine Gedichte.«

Mama Nora ging schweigend durchs Wohnzimmer, als könnte sie niemals an einer Stelle des Wohnzimmers bleiben.

»Warum ist sie so schlecht gelaunt?«, fragte Oma Amigorena.

»Wegen dieses Fotografen«, sagte Miki.

»Fotografiert er schlecht?«

»Nein, er ärgert sie einfach.«

»Vielleicht ist das ja gut?«, fragte Oma Amigorena.

Dass alles, was schön und edel war, zusammengebrochen war, bereitete Oma Amigorena eine derartige Freude, dass sie sogar wieder Kraft fand zu leben.

Mama Noras Traurigkeit hatte auch ihr Gutes: Ein riesiger vernickelter Dunstabzug kam ins Haus, und binnen weniger Stunden war er montiert.

Der Dunstabzug hatte zwei Halogenlampen, und jetzt rauchte Oma Amigorena Tag und Nacht wie ein Star.

Im Rampenlicht.

Der Dunstabzug war so stark, dass man sein Geräusch im Nebenzimmer für das einer ungeplant aufsteigenden Rakete halten konnte.

»Warum bist du so traurig? Ruft dieser Fotograf nicht an?«, fragte Oma Amigorena, während sie erfreut unter dem Dunstabzug rauchte.

»Nein«, sagte Mama Nora.

»Was heißt ›nein‹?«, fragte Oma Amigorena.

»›Nein‹ heißt, ›er ruft nicht an‹«, antwortete Mama Nora streng und kurz.

»Nimm dir ein Buch, schau dir irgendwelche Fotos an«, sagte Oma Amigorena mit Bedauern und unverhohlener Freude, während sie mit dem Finger in die Richtung zeigte, in der diese Fotos zu suchen wären.

»Sie suchen in jedem Chaos Ihren eigenen Vorteil«, sagte Miki und schaltete den Dunstabzug leiser.

»Und ich finde ihn«, antwortete Oma Amigorena und schaltete den Dunstabzug auf die höchste Stufe. »Und ich finde ihn.«

Für Jugendliche sind Lautsprecherboxen ein Instrument des Protests gegen die Gesellschaft, für Oma Amigorena hingegen war der Dunstabzug dazu geworden.

»Wie schmutzig meine Ohren sind«, sagte Oma Amigorena. »Waren.«

Nach Schaschas Theorie wollen die Menschen einander nicht nur deshalb nicht verstehen, weil sie dazu nicht in der Lage sind.

Nicht nur, weil ihr Gehirn nicht mit dem Gehirn anderer übereinstimmt.

Sondern meist, weil sie daraus keinerlei Vorteil ziehen.

»Ich glaube, dass Fotografen überflüssig sind«, sagte nach einer halben Stunde Oma Amigorena, die sich noch immer über den Dunstabzug freute und in das Wohnzimmer zurückgekehrt war.

»Für Sie oder überhaupt?«, fragte Miki.

»Überhaupt. Sie verderben nur die Stimmung.«

»Und wer verewigt sie Ihrer Meinung nach?«, fragte Miki. »Die Fakten nämlich.«

»Denkmäler«, sagte Schascha.

»Welche Denkmäler?«, fragte Miki.

»Grabsteine«, sagte Schascha.

»*Gatos, perros!*«, schrie Oma Amigorena auf, verzog sich irgendwohin, kam aber schnell mit der Pfeife wieder zurück.

In ihrem Alter hätte man das wohl als Laufen bezeichnen können.

»Warum sind alle Zimmer verraucht?«, fragte Miki. »Jetzt haben wir doch einen Dunstabzug.«

»Das weiß ich nicht«, antwortete Oma Amigorena.

»Bei uns zu Hause rauchen nur Sie.«

»Das kann gut sein«, sagte Oma Amigorena und ging zur Stehlampe hinüber.

»Warum schreiben Sie diese Briefe? Jetzt können Sie doch rauchen, soviel Sie nur wollen«, sagte Miki. »Und es gibt keinen Grund mehr, auf die ganze Welt böse zu sein und die mit Ihnen zusammenlebenden Menschen zu verklagen.«

»Das ist das letzte Mal«, sagte Oma Amigorena.

»Wirklich der letzte Brief?«, fragte Miki.

»Wirklich«, versicherte Oma Amigorena.

»An wen schreiben Sie?«, fragte Miki.

»An das Gesundheitsministerium«, antwortete Oma Amigorena und räusperte sich.

»Haben Sie gesundheitliche Probleme oder brauchen Sie Aufmerksamkeit?«, fragte Miki.

»Der Minister«, sagte Schascha. »Er ist daran schuld.«

»Was hat er getan?«, fragte Miki.

»Noch nichts, aber er ist jung, jung und sehr interessant«, erklärte Schascha.

Den Minister hatte Oma Amigorena im Fernsehen gesehen, und er hatte bei ihr einen grandiosen Eindruck hinterlassen.

»Interessant?«, fragte Miki.
»Für Omas«, erklärte Schascha.
Oma Amigorena verschluckte sich am Rauch.
Und das war gut so.
Hätte sie sich nicht verschluckt, hätte sie mit dem Bronzehasen auf Schascha eingeschlagen.
Oma Amigorena hatte diesen Hasen sogar aus dem Regal herausgezogen, wo er bis dahin als Buchstütze gestanden war.
Der Minister gefiel Oma Amigorena tatsächlich, und sie schämte sich dafür sehr.
Jetzt hielt sie diesen Hasen mit beiden Händen und hustete.
Der Hase wurde richtig durchgeschüttelt.
Oma Amigorena hustete so lange, bis die Bücher im Regal von diesem Husten umfielen.
Andere Menschen haben so viele Bücher, dass man sie gar nicht aus dem Regal ziehen kann und auch keine wilden Tiere braucht, um sie zu stützen.
Glückliche Menschen.

»Wollen Sie zuschlagen?«, fragte Miki, während sie hinter dem Rücken von Oma Amigorena die Faust hob.
Und Oma Amigorena schlug mit dem Bronzehasen auf sie ein.

Mittwochabend:

»Wollte dieser Fotograf wirklich, dass du für ihn kochst?«, fragte Oma Amigorena schmeichlerisch, doch den Dunstabzug schaltete sie nicht aus.
»Ich habe ihn nicht danach gefragt«, antwortete Mama Nora.
»Ich habe es nicht gehört«, sagte Oma Amigorena.
»Mach den Dunstabzug leiser«, sagte Mama Nora.
»Worüber habt ihr denn dort gesprochen?«

Jetzt hörte Mama Nora nichts. Sie saß da, ohne die Augen vom Laptop zu heben.

»Tut es weh?«, fragte Oma Amigorena.

»Was?«, fragte Mama Nora.

»Das Herz.«

»Weswegen?«

»Wegen dieses Fotografen.«

»Nein.«

»Mir auch nicht«, sagte Oma Amigorena und schlich, eine Zigarette rauchend, hinaus und ging schlafen.

Mittwoch nachts:

Schascha wurde vom Lärm eines Düsenflugzeugs und von einem Streit in der Küche geweckt.

»Ich habe gesagt, schalten Sie den Dunstabzug aus. Es ist schon halb zwei Uhr nachts«, sagte Miki streng.

Sie erinnerte sich noch immer an den Bronzehasen.

Oma Amigorena rauchte bedrohlich in der Küche und versperrte mit dem Rauch und ihrem Nachthemd den Weg zur dröhnenden Haushaltsverbesserung.

»Ich werde ihn leiser stellen«, sagte Oma Amigorena.

»Schalten Sie ihn ab. In der Nacht geht das nicht«, sagte Miki.

»Und warum geht es in der Nacht nicht?«

»Er stört beim Schlafen«, sagte Miki.

»Mich nicht«, sagte Oma Amigorena, doch sie schaltete ihn ab.

Donnerstagmorgen:

Schascha wurde von einem Sausen im Kopf geweckt.

Später stellte sich heraus, dass es nicht nur im Kopf und erst halb sechs Uhr früh war. In der Küche beim Dunstabzug stand Oma Amigorena, die schon mehr als eine halbe Zigarette geraucht hatte.

Miki stand auch am Ort des Geschehens.

Barfuß und nur in einen schottischen Plaid gewickelt.

»Schalten Sie den Dunstabzug aus«, sagte Miki. »Auf der Stelle.«

»Aber die Nacht ist schon zu Ende«, sagte Oma Amigorena.

»Aber der Morgen hat noch nicht begonnen«, sagte Miki.

»Und wann wird er beginnen?«, fragte Oma Amigorena.

»Nach acht«, sagte Miki. »Das steht fest.«

Oma Amigorena rauchte ihre Zigarette fertig, schaltete den Dunstabzug aus, fand einen Küchenwecker mit Fliegenpilzen auf dem Zifferblatt, zog ihn auf, damit er sie fünfzehn Minuten vor acht weckte, trank Wasser, war noch immer missmutig, trank Apfelsaft, war noch immer missmutig, ziemlich, schickte allen Versammelten einen Luftkuss, nahm das Radio aus der Küche mit und ging schlafen.

Vormittagsjause am Donnerstag:

»Warum schreibst du, dass ich Menschen beraube und Tiere quäle?«, fragte Mama Nora mit Tränen in den Augen.

»Die Krähe ist ein so kluger Vogel, und so muss man es machen«, sagte Oma Amigorena und zeigte mit dem Finger durch das Fenster auf eine Krähe am Zaun.

»Warum schreibst du die ganze Zeit über mich an die Polizei? Jetzt kannst du doch rauchen, wo du willst und so viel du willst!«, sagte Mama Nora drohend.

Oma Amigorena verdeckte ihr Gesicht mit den Händen, saß lange da, doch dann zog sie die Hände weg und antwortete mit Tränen in den Augen:

»Ich will …«

»Was?«

»Dass sie über dich …«, setzte Oma Amigorena schluchzend fort.

»Was?«

»Wenigstens einmal etwas …«

»Ich verstehe dich nicht«, sagte Mama Nora.

Ein sehr unpassendes Wort, wenn neben einem jemand weint.

»Etwas sagen in den Nachrichten …«, endete Oma Amigorena und heulte los.

Mama Nora wusste Oma Amigorenas Tränen nicht zu schätzen und schloss sich in ihrem Schlafzimmer ein.

Na, das ist schon Egoismus.

»Heute Nacht wird Pedro Almodovars Film ›Frauen am Rande des Nervenzusammenbruchs‹ gezeigt«, sagte Schascha. »Aber wahrscheinlich werden wir nicht so lange wach bleiben.«

Die Chinesen hatten begonnen, einen Abluftkamin zu errichten.

»Nichts stört so sehr die Freude am Frühling wie in der Umgebung arbeitende Menschen«, sagte Schascha.

»Was machen sie dort?«, fragte Oma Amigorena.

»Sie bauen einen großen Dunstabzug«, sagte Miki.

»Nachmacher«, sagte Oma Amigorena.

Es kam ein Spezialkran.

Alle Bewohner der umliegenden Häuser blickten aus dem Fenster und alle waren unzufrieden, doch niemand ging hinunter, um ein Gespräch zu suchen und zu streiten.

»Worüber kann man mit diesen Chinesen denn streiten?«

»Siehst du, wie sich die Welt verändert hat«, sagte Oma Amigorena, während sie die neuen Töpfe begutachtete.

»Gefallen Ihnen die Töpfe?«, sagte Miki halb freundlich.

»Na, sag mir, was kann einem da schon gefallen«, sagte Oma Amigorena. »Was?«

Unten erklärten die chinesischen Köche dem Kranführer, was er zu tun hatte.

»Vielleicht kannst du mir irgendwelche Küchengeheimnisse offenbaren«, fragte Oma Amigorena, die ganz grundlos wieder zu ihrer Lebensfreude fand.

»Beginnen Sie sich für das Kochen zu interessieren?«, fragte Miki.

»Haben diese Geheimnisse etwas mit dem Kochen zu tun?«, fragte Oma Amigorena. »Ach. Dann nicht.«

»Schalten Sie diesen Dunstabzug aus!«, sagte Miki.

»Jetzt ist doch Tag«, sagte Oma Amigorena, die entschlossen um das Recht auf »ihren« Dunstabzug kämpfte.

»Siehst du, manchmal nervt er auch am Tag«, sagte Schascha.

»Allein schon deswegen kann man gegen den Fortschritt sein«, sagte Miki.

Das Wort »Fortschritt« war natürlich nur ein Kompliment für den Dunstabzug.

Es wurde langsam dunkel.

Die Chinesen waren mit dem Bau des Abluftkamins fertig.

Oma Amigorena fiel plötzlich ein, dass sie das Zählen der Chinesen vergessen hatte.

»Du müsstest dir eine Tabelle anlegen«, sagte Schascha. »Sonst wird nichts daraus.«

»Sonst wird nichts daraus?«, fragte Oma Amigorena. »Was für eine Tabelle?«

»Oben in der Horizontalen muss man die Tage des Monats eintragen, und danach vertikal die Chinesen. Du kannst ihnen irgendwelche Namen geben oder sie einfach beschreiben, und dann kannst du in dieser Tabelle jeden Tag notieren, was du siehst, was du nicht siehst und ob neue aufgetaucht sind«, sagte Schascha.

»Das wird mir zu kompliziert«, sagte Oma Amigorena.

»Was ist dir zu kompliziert?«, fragte Mama Nora, während sie in die Küche ging.

»Ruft dieser Fotograf also noch immer nicht an?«, fragte Oma Amigorena und schaltete den Dunstabzug ein.

»Warum interessiert er dich?«, fragte Mama Nora und schaltete den Dunstabzug aus.

»Er interessiert mich nicht. Ich freue mich einfach nur«, sagte Oma Amigorena und ging, ihre Pfeife rauchend, ins Wohnzimmer.

Freitagabend:

»Ich glaube, er hätte sich doch nicht in unser Leben eingefügt«, sagte Miki.

»Wer?«, fragte Oma Amigorena.

»Na wer schon, dieser Fotograf«, sagte Miki. »Mir kommt der Verdacht, er ist ein simpler, fotografierender Primitivling.«

»Halt den Mund«, sagte Mama Nora.

Samstagnachmittag:

Schascha ging, um nach der Post zu sehen und brachte ein Fensterkuvert ohne Briefmarke mit. Darauf befand sich nur ein Stempel: Bar freigemacht.

Vermutlich handelte es sich um eine Antwort auf Oma Amigorenas unermüdliche Aktivität.

»Hast du wieder einen Brief an die Polizei geschrieben?«, fragte Schascha und begutachtete das Kuvert, obwohl es darauf nichts Sehenswertes gab.

»Das war nicht ich«, antwortete Oma Amigorena.

»Wer dann? Ein Autopilot?«

Unten war zu hören, wie ein Chinese auf chinesische Art die Flöte blies.

Die Melodie klang so wunderbar, dass man dafür sogar Geld bezahlt hätte.

»Nicht alles, was von denen kommt, ist ganz schlecht«, sagte Miki und öffnete das Fenster.

Oma Amigorena wurde unruhig.

»Was suchen Sie?«, fragte Miki, die Oma Amigorena dabei ertappt hatte, wie sie in der Lade herumwühlte.

»Haben wir eine Waffe zu Hause?«, fragte Oma Amigorena.

»Was für eine?«

»Eine Schusswaffe.«

»Wollen Sie jemanden erschießen?«

»Nicht zu Hause«, erklärte Oma Amigorena.

Angelockt von der Flöte, kam Mama Nora aus ihrem Zimmer.

Schascha wollte einen Kommentar abgeben.

Doch alle gemeinsam brachten sie zum Schweigen und niemand ließ sie das Märchen erzählen, wie im Mittelalter ein Junge mit einem hölzernen Dudelsack die Ratten aus der Stadt hinausgelockt hatte.

Der Chinese beendete eine Melodie und begann eine neue.

Und als er geendet hatte, ging er in die Küche.

Alle blieben glücklich und gleichzeitig enttäuscht zurück.

Samstagabend:

»Was suchen Sie dort im Dunkeln?«, fragte Miki.

»Das Licht«, antwortete Oma Amigorena und zündete sich schließlich eine Zigarette an.

Die Nachtzeit begann bereits, und im Fernsehen war ein Mensch zu sehen, der Kokain schnupfte.

»Was macht er dort?«, fragte Oma Amigorena interessiert.
»Er schnupft«, antwortete Miki.
»Was schnupft er?«, fragte Oma Amigorena.
»Kokain.«
»Was ist Kokain?«, fragte Oma Amigorena.
»Willst du jetzt schon zu Kokain übergehen?«, fragte Schascha.
»Nein, ich will zum Wesentlichen übergehen«, sagte Oma Amigorena, riss Schascha die Fernbedienung aus der Hand und stellte selbst lauter, was sie hören wollte.
Der Schnupfende hörte auf zu atmen.

Sonntagmittag:

Zu Mittag nur Knödel?
Mit Zwetschken?
Schwarzen?

Sonntagnachmittag:

Nach den Knödeln war Miki eingeschlafen und stand enerviert auf.
Sie hatte geträumt, dass sie sich mit Mama Nora, Schascha und Oma Amigorena stritt.
Mitten im Streit hatte sie zum Fenster hinausgeschaut und gesehen, dass der kugelrunde Mars samt allen Chinesen auf die Erde gestürzt war und ihr jede Sicht nahm.

»Und wie hat dieser Mars ausgesehen?«, fragte Oma Amigorena, die unterwürfig das Bündchen von Mikis Pullover zurechtzupfte und an ihren Lippen hing, als könnte man aus ihnen etwas herausziehen.
»Ganz groß, braun, rund, mit Löchern«, antwortete Miki.
Doch da läutete es.

Mama Nora. Am Telefon.

»Wer ruft an?«, fragte Oma Amigorena interessiert und riss Mama Nora das Telefon aus der Hand.

»Wie es aussieht, der Fotograf«, antwortete Miki im Flüsterton und beruhigte Oma Amigorena.

Oma Amigorena konnte nur der Weihnachtsgeschenke-Katalog vom Vorjahr beruhigen.

Mama Nora schlug ihr sogar eine Seite auf, auf der ein mittelalterliches Plaid mit weißen Einhörnern lag. Und zeigte mit dem Finger darauf.

»Dieser Fotograf?«, fragte Oma Amigorena mit geschlossenen Augen, damit die Einhörner ihr nicht die Augen ausstachen.

»Dieser eine reicht uns ja«, sagte Miki.

»Was will er von uns?«, fragte Oma Amigorena enttäuscht.

Sonntagabend:

Das, was völlig kaputt gewesen war, kam plötzlich von selbst wieder ins Lot.

Ein Fingerzeig des Himmels. Oder was auch immer.

Mama Nora trällerte vor sich hin und schlug mit den Knöcheln den Takt auf der Oberfläche der lackierten Möbel.

Sie sang und hatte vergessen, dass sie Pflichten hatte, und diese Pflichten saßen fast den ganzen Tag hungrig und vernachlässigt herum.

Wie man so sagt: Verschlossene Türen öffneten sich wieder, und dieses Mal war dahinter eine noch schönere himmlische Perspektive zu sehen. Und keinerlei von Gesetzen begrenzten Familienbeziehungen konnten sie mehr verengen.

»Das Wichtigste ist, dass keine Bänder und Jabots die Brüste verdecken«, sagte Miki, während sie Mama Noras offenen Kleiderkasten inspizierte. »Die Männer mögen das gar nicht.«

»Aber mir gefällt das sehr«, sagte Oma Amigorena. »Jab-o.«

»Dann tragen Sie halt eins auf Ihrem Nachthemd«, sagte Miki. »Ein Jabot und sogar eine Haube, wenn Sie mögen.«

»Eine Haube??«, fragte Oma Amigorena voller Interesse für den angebotenen Gegenstand.

Die unvorsichtigerweise angebotene Haube bereute die ganze Familie natürlich auf der Stelle.

Sie sahen einander gar nicht mehr in die Augen.

»Ich glaube, dieses schwarze Kleid mit den weißen Erbsen würde ihm am besten gefallen«, sagte Miki. »Du wärest schwarz-weiß.«

»Er wird mich doch nicht fotografieren«, sagte Mama Nora.

»Was wird er dann machen?«, fragte Oma Amigorena.

Sie stand daneben und rieb einen türkisfarbenen Samtschal mit keltischen Mustern in ihren Händen.

Der Schal gehörte Mama Nora.

Und hätte Oma Amigorena niemand Einhalt geboten, hätte sie ihr diesen Schal auch überlassen müssen.

Zerrieben.

»Hör zu, warum gefällst du ihm eigentlich?«, fragte Miki.

»Wahrscheinlich«, antwortete Mama Nora, »weil ich keinerlei Ähnlichkeit mit seiner Mutter habe.«

»Eine schlechte Antwort«, sagte Oma Amigorena. »Eine sehr schlechte.«

Die Antwort missfiel ihr offenbar wirklich sehr, deshalb stand sie jetzt schweigend da, beteiligte sich nicht an den Ankleideprozessen und klopfte nur rhythmisch mit den Spitzen ihrer Pantoffel gegen den Türstock.

»Erzähl diesem Fotografen nur ja nichts von dir selbst«, sagte Miki.

»Was nichts?«, fragte Mama Nora.

»Na … von deiner Jugend«, sagte Miki. »Und erzähl nichts von Großmutter. Oder hast du es schon erzählt?«

»Worüber soll ich dann, deiner Meinung nach, mit ihm sprechen?«

»Über Nanotechnologie«, sagte Schascha.

»Und warum soll sie nicht von mir erzählen??«, fragte Oma Amigorena aufgewühlt. »Ich glaube, von mir muss man unbedingt erzählen.«

»Weil du keine Nanotechnologie bist und weil das Erzählen von dir die gesamte Zukunft zerstören kann«, sagte Schascha.

»Warum kann das Erzählen von mir die gesamte Zukunft zerstören?«, fragte Oma Amigorena. »Ich habe doch mit dieser Zukunft gar nichts zu tun.«

»Du bist einfach eine über dem Kopf schwebende Bedrohung«, sagte Schascha.

»Wo schwebe ich?«, fragte Oma Amigorena mit Tränen in den Augen.

Oma Amigorenas Schmerz war leise.

Obwohl er unheimlich wirkte.

»Es gibt Gespräche, in die man sich besser nicht einmischt«, sagte Miki.

»Ich kann mich nicht in ein Gespräch nicht einmischen, ich wohne hier«, sagte Oma Amigorena, und um das durch Taten zu beweisen, fing sie wieder an, in der Lade zu wühlen.

»Gib dich nur nicht zu schnell hin«, sagte Miki, als Mama Nora bereits zur Türe hinausging.

13.

Montagmorgen:

Oma Amigorena stand beim Waschbecken und ging, die Füße nachschleifend, zum Fenster.

»Wer ist in der Nacht bei uns herumspaziert?«, fragte Miki.

»Wann?«, fragte Oma Amigorena.

»Diese Nacht.«

»Gnome«, sagte Oma Amigorena.

»Sagen Sie diesen Gnomen, wenn sie noch einmal nachts in meinem Zimmer ihre Hinterpfoten so nachschleifen, können sie was erleben«, sagte Miki.

»Wir verstehen uns nicht gut«, sagte Oma Amigorena.

»Mit wem?«

»Mit den Gnomen«, antwortete Oma Amigorena und begann völlig gleichgültig den Kühlschrank zu durchstöbern.

Im Kühlschrank gab es viele gute Sachen.

Dort war sogar Lachs-Kaviar zu finden.

Allerdings war er letzte Weihnachten abgelaufen.

Montagabend:

Mama Nora lief wieder in den Straßen herum – und schrieb offensichtlich nichts.

»Ihr ganzes Leben lang wollte sie vor mir fliehen: entweder nach Malta oder mit diesem Fotografen«, beklagte sich Oma Amigorena.

»Die Menschen haben einfach das Bedürfnis, die Welt zu verändern. Immer wollen sie ihre Mitmenschen verändern … Und wenn das nicht gelingt, wollen sie sie gegen andere austauschen … und wenn es ihnen auch nicht gelingt, sie gegen andere auszutauschen, dann bemühen sie sich, so weit als nur möglich aus ihrer Welt zu fliehen … und vor ihren Mitmenschen«, sagte Schascha.

»Mit diesem Fotografen flieht sie doch nirgendwohin«, sagte Miki.

»Aber irgendetwas machen sie doch zusammen?«, sagte Oma Amigorena.

»Na und«, sagte Miki. »Sollen sie dort doch machen, was sie wollen.«

»Und währenddessen denkt sie überhaupt nicht an mich«, sagte Oma Amigorena traurig.

»Und erinnern Sie sich an Ihre erste Liebe?«, fragte Miki.

»Er hatte so eine Hose von der Farbe eines Hundefells«, sagte Oma Amigorena, nachdem sie ein wenig nachgedacht hatte.

»Ist das alles, was Ihnen von Ihrer ersten Liebe in Erinnerung geblieben ist – diese Hose von der Farbe eines Hundefells?«

»Wahrscheinlich«, sagte Oma Amigorena.

»Und seine Augen?«

»Augen hatte er auch«, nickte Oma Amigorena zustimmend.

Es war schon zehn Uhr abends, der türkische Mond schmiegte sich an die drei obersten Lichter des Fernsehturms, doch Mama Nora trieb sich noch immer auf den Straßen herum.

»Warum können Sie nachts nicht schlafen?«, fragte Miki.

»Ich bin nicht in Stimmung«, sagte Oma Amigorena. »Dazu.«

Dienstagabend:

»Lass dich nur nicht fotografieren«, sagte Oma Amigorena. »Nackt.«

»Warum?«, fragte Mama Nora kokett.

»Daraus wird nichts Gutes. Es zerstört nur den guten Ruf«, sagte Oma Amigorena.

»Der ist auch so schon zweifelhaft«, sagte Mama Nora.

»Nicht deinen«, sagte Oma Amigorena.

»...«

»Meinen«, sagte Oma Amigorena. »Meinen guten Ruf.«

»Wozu brauchst du diesen Ruf? Du gehst doch nirgendwo hin«, sagte Schascha.

»Und wohin könnte ich jetzt gehen mit diesem Ruf? In die besten Häuser?«, fragte Oma Amigorena.

Mama Nora ging hinaus.

Wie konnte sie nur wegen dieses Fotografen so in Verruf geraten? Doch Oma Amigorena wollte sich an diesem Abend nicht mehr unter die Stehlampe verkriechen.

Sie stand mitten im Wohnzimmer auf dem roten, turkmenischen Teppich und rauchte langsam vor sich hin.

»Fotografie ist keine Kunst«, sagte sie.

»Was dann?«, fragte Miki.

»Eine widerwärtige Lüge«, sagte Oma Amigorena.

»Warum eine widerwärtige Lüge?«, fragte Miki.

»Deswegen, weil darauf nichts zu sehen ist.«

»Was ist nicht zu sehen?«, fragte Miki.

»Wie ich mich dort fühle«, sagte Oma Amigorena. »Tatsächlich.«

»Und wie fühlen Sie sich dort?«

»Schlecht«, sagte Oma Amigorena. »Und ich fühle mich dort schlecht!!!!!!«

Die Fahrkarten nach Prag hatte dieser Fotograf schon gekauft, und vermutlich, um sie nicht zu verlieren, ließ er sie Mama Nora bei sich zu Hause aufbewahren.

Die Fahrkarten lagen schon seit einigen Tagen im Wohnzimmer auf der Kommode unter dem Pferdchen aus japanischem *Pappmaché*, das für Japaner japanische Geschenke vorbeibrachte.

Oma Amigorena ging zum Pferdchen, zog die Fahrkarten unter ihm heraus und begutachtete sie heute schon zum dritten Mal.

»*Totale trabeza*«, sagte Oma Amigorena.

»Zerreißen Sie sie nur ja nicht«, sagte Miki.

»Würde sie mich erschlagen?«, fragte Oma Amigorena interessiert.

»Und Sie möchten nach Prag?«, fragte Miki.

»Was soll ich mir dort ansehen??«, fragte Oma Amigorena.

»Nichts«, sagte Schascha. »Nichts sollst du dir dort ansehen.«

»Also hat er sie davongejagt?«, fragte Oma Amigorena und zwinkerte zweimal mit dem rechten Auge. »Hat er sie davongejagt?«

Unredlich, aber wirkungsvoll.

Schascha ging hinaus.

»*Ist sie nervös geworden?*«, fragte Oma Amigorena erfreut.

***

Wer könnte das Phänomen erklären: Irgendein bis dahin völlig unwichtiger Gegenstand, ein Mensch oder sogar ein Ort wird plötzlich so wichtig, dass er alle deine Gedanken ausfüllt.

»Ich zweifle, ob Prag existiert«, sagte Oma Amigorena, klopfte die Pfeife am Fenster aus, freute sich danach über das Ergebnis und machte den vorübergehenden Chinesen verschiedene Zeichen, die diesen unverständlich waren.

»Ich möchte diesen Fotografen sehen«, sagte Miki.

»An dem ist nichts Besonderes«, sagte Oma Amigorena.

»Sie haben ihn doch gar nie gesehen«, sagte Miki.

»Ich spüre das.«

***

Das Gerücht, der Kaiser habe Ula Nara alle Dienerinnen entzogen, bekam Castiglione vermutlich als Letzter zu hören.

Die Eunuchen erzählten, es seien ihr nur zwei geblieben.

Wie einer Konkubine niedrigsten Ranges.

Die Gründe für dieses Verhalten des Kaisers …

***

Die Veränderungen zu Hause machten es schwer, sich zu konzentrieren.

Selten gab es eine Minute, in der keiner einem anderen etwas sagen wollte.

Die Uhr zeigte bereits halbzwölf, als Schaschas Gedanken von Oma Amigorenas Stimme unterbrochen wurden.

»Es gibt niemanden mehr, dem man vertrauen kann«, sagte Oma Amigorena sehr laut im Korridor.

»Vertraue auf dich selbst«, sagte Miki.

»Ich sage dir doch ganz klar: Es gibt niemanden, dem man vertrauen kann!!!«, sagte Oma Amigorena laut.

»Ist etwas passiert?«

»Es gibt niemanden, dem man vertrauen kann!!!!!!«

Alles wurde von einem Laut unterbrochen, der sich wie ein Schuss anhörte.

»Warum schlagen Sie solchen Krach?«, fragte Schascha und öffnete die Tür. »Können wir denn nicht in Ruhe leben?«

»Vielleicht kann ich mich nur so beruhigen«, sagte Oma Amigorena leise.

Mittwochabend:

»Gefällt er dir sehr?«, fragte Miki, während sie Mama Noras neuen Regenmantel begutachtete.

»Sehr schwer zu sagen«, sagte Mama Nora.

»Ich glaube, das wird man erst sagen können, wenn alles zu Ende ist«, sagte Schascha.

»Vermutlich …«, sagte Oma Amigorena.

Mindestens für die Hälfte der Familie war dieser Fotograf wie Kies zwischen den Zähnen.

»Werdet ihr in diesem Prag in ein Restaurant gehen?«, fragte Miki.

»Wahrscheinlich«, sagte Mama Nora.

»Pass auf, iss dort mit Vorsicht«, sagte Miki.

»…«

»Die Männer sehen sich mit alten Frauen an blöden Filmen satt, und dann stecken sie in den Restaurants Ringe in die Torten«, sagte Miki, »und neue Frauen verschlucken sich daran.«

»Höre nicht auf sie«, sagte Oma Amigorena. »Nicht das ist in Prag am wichtigsten.«

»Und was ist am wichtigsten in Prag?«, fragte Miki.

»In Prag ist es am wichtigsten, gut auf seine Sachen aufzupassen.«

»Nimm irgendwelche Kerzen mit«, sagte Miki.

»Was soll ich mit diesen Kerzen?«, fragte Mama Nora. »Auf der Reise.«

»Nicht auf der Reise«, sagte Miki.

Oma Amigorena verließ sofort das Zimmer, und alle wussten, was sie angestellt hatten.

In diesem Haus war man bemüht, die Wörter »Reise«, »fortgehen« und sogar das Wort »Abgang« möglichst nicht zu benutzen.

Von Kerzen durfte zu Hause ebenfalls nicht die Rede sein.

Donnerstagabend:

Mama Nora begann ihre Koffer zu packen, von denen sie zwei besaß: einen großen und einen kleinen.

Zuerst gab sie die Sachen in den kleineren, doch dann zog sie sie wieder heraus und räumte sie in den größeren. Dann nahm sie nach und nach die weniger wichtigen Sachen wieder heraus und räumte die verbliebenen in den kleineren zurück, doch als sie nicht hineinpassten, räumte sie sie wieder nach und nach in den größeren zurück.

»Hast du Angst, mit einem Flugzeug zu fliegen?«, fragte Miki.

»Nein«, sagte Mama Nora.

»Ist das mit diesem Fotografen nicht schrecklich?«, fragte Miki.

»Es ist wirklich nicht schrecklich.«

»Für sie ist nichts schrecklich. Sie will uns einfach loswerden«, sagte Oma Amigorena, während sie ihre Strickjacke zuknöpfte und versuchte, wenigstens irgendeine Ordnung und Stabilität in dieses Haus zu bringen.

»Nimm irgendein Buch mit zum Lesen am Abend«, sagte Miki.

»Dort wird keine Zeit sein zum Lesen«, sagte Mama Nora.

»Es wird keine Zeit sein zum Lesen?????«, fragte Oma Amigorena.

»Werfen Sie diese Zigarette weg, Sie verrauchen das ganze Zimmer«, sagte Miki. »Unser Zuhause ist eine Räucherkammer geworden.«

»Wen interessiert das jetzt«, sagte Oma Amigorena, während sie ihre Strickjacke vollständig zuknöpfte.

Die reine Wahrheit.

Mama Nora packte ihren Koffer, ohne sich auch nur umzudrehen.

Von hinten konnte man sehen, wie satt sie das alles hatte.

»Du kannst nicht nach Prag fahren, während ich sterbe«, sagte Oma Amigorena verbittert hinter Mama Noras Rücken.

Sie spielte den letzten, schon oft erfolglos angewendeten Trumpf aus.

»Du stirbst jetzt nicht, sondern isst Crackers«, sagte Mama Nora. »Du isst Crackers, rauchst und siehst fern.«

»Den Fernseher kann ich ausschalten«, sagte Oma Amigorena.

Sie sagte es, schaltete ihn aber nicht aus.

Da riss Mama Nora die Geduld und sie sagte unverblümt: Wie sie aller Pflichten überdrüssig sei, besonders derer, die mit Oma Amigorena zu tun hätten.

Freitagmorgen:

»Auch ein violetter Neger gibt seinen Besitz weiter«, sagte Oma Amigorena und reichte Mama Nora ein mit schottischen Karos überzogenes Köfferchen mit kleinen Gegenständen.

Aus Oma Amigorenas Stimme waren Ergebenheit und Kränkung zu hören, und sie wirkte, als hätte sich die letzten drei Jahre niemand um sie gekümmert.

»Außerdem sind Sie eine Rassistin«, sagte Miki.

»In meiner Jugend konnte man das sein«, sagte Oma Amigorena.

»Sie lügen.«

»Ich lüge nicht. Wir haben sogar auf der Straße so gesungen.«

»Jetzt findet auf der Straße nicht Ihre Jugend statt.«

»Vielleicht hast du recht«, sagte Oma Amigorena und blickte zum Fenster hinaus.

Auf der Straße gingen, wie immer, der Mitarbeiter der Chinesischen Botschaft und seine Frau, etwas seitwärts watschelnd.

Oma Amigorena nahm ein Papier, fand einen Bleistift und machte Notizen.

Die Chinesen sind wie die Katzen.

Es sieht aus, als könnten sie kaum gehen, doch im entscheidenden Moment können sie plötzlich, aus dem Sitzen, einen so weichen und mächtigen Sprung hinlegen, dass sie augenblicklich eine Fliege fangen oder eine Lampe umstoßen.

Freitagabend:

»Ich kann dieses Prag nicht ausstehen«, sagte Oma Amigorena.

»Sie sind dort nie gewesen«, sagte Miki.

»Ein wenig vielleicht auch deswegen«, pflichtete ihr Oma Amigorena bei.

Bei der Abfahrt hatte Mama Nora Miki verpflichtet, Oma Amigorena behilflich zu sein, ihre Sehnsucht zu ertragen.

Bis jetzt lief es nicht schlecht.

»Verstehen Sie, in ganz Europa ist die Institution Familie schon längst in Auflösung begriffen«, sagte Miki. »Und das ist ziemlich natürlich.«

»Welche Institution?«, fragte Oma Amigorena.

»Das nennt man nur so – Institution –, es handelt sich eher um das Phänomen Familie«, sagte Miki.

»Das Phänomen?«, fragte Oma Amigorena.

»Na, ich wollte sagen, dass in diesen Zeiten niemand mehr mit jemandem zusammenleben will«, sagte Miki. »Und wenn er es will, dann nur sehr kurz. Als Episode.«

»Mir ist das egal«, sagte Oma Amigorena.

»Wenn es egal ist, warum regen Sie sich dann immer so auf, wenn jemand irgendwohin verreist oder sich auf eine Reise vorbereitet«, fragte Miki.

»Deswegen, weil das sehr unanständig ist«, antwortete Oma Amigorena aus vollem Herzen. »Von außen gesehen.«

Oma Amigorena hatte eine alte europäische Erziehung genossen, und Anstand war für sie an erster oder zweiter Stelle.

Unten setzte sich der chinesische Koch mit einem Buch auf das Bänkchen.

So etwas soll man nicht als Anachronismus betrachten, sondern als Vorbild.

Heute hatte Oma Amigorena für die Chinesen überhaupt keine Zeit.

Und sie sah das Vorbild nicht.

Kein bisschen.

»Wie satt ich ihn habe«, sagte Oma Amigorena.

»Wen?«, fragte Miki.

»Diesen Fotografen.«

»Sie können ihn nicht satthaben, Sie haben ihn doch noch nie gesehen«, sagte Miki.

»Aber ich denke die ganze Zeit an ihn«, sagte Oma Amigorena und drehte den Kopf zehnmal im Uhrzeigersinn und zehnmal in die Gegenrichtung.

Um damit zu zeigen, dass ihr vom Denken an diesen Fotografen das Rückenmark verkalkte.

Als sie damit fertig war, sagte sie:

»Ich hätte nie gedacht, dass eure Mutter gegen ihr Lebensende hin verrückt würde.«

»In unserer Familie ist das doch nicht das erste Mal«, sagte Miki.

»Kann ich den Dunstabzug einschalten?«, fragte Oma Amigorena, doch sie erhob sich nicht vom Sofa.

Miki dachte kurz nach und sagte:

»Schalten Sie ihn ein.«

»Davon wird es doch auch nicht schlimmer?«, fragte Oma Amigorena.

»Als ich jung war, glaubte ich«, sagte Oma Amigorena, während sie den Rauch unter den Dunstabzug blies, »dass im Alter für alles mehr Zeit wäre«.

»Haben Sie jetzt zu wenig Zeit?«, fragte Miki.

»Nicht zu wenig Zeit. Zu wenig Kraft«, sagte Oma Amigorena.

Auf der Straße gingen zwei Chinesen vorbei, die ihre Koffer laut hinter sich herzogen und schwiegen.

Es handelte sich vermutlich um chinesische Koffer.

Dem Geräusch nach zu schließen fehlte beiden schon ein Rad.

Oma Amigorena warf einen kurzen Blick durchs Fenster und drehte sich sofort wieder um.

Den Anblick von Koffern konnte sie nicht ertragen.

Und schon gar nicht von chinesischen.

»Von diesem Warten kann man durchdrehen«, sagte Oma Amigorena.

»Wenn Sie merken, dass sie verrückt geworden sind, gehen

Sie gleich in Ihr Zimmer«, sagte Miki. »Aber sperren Sie bitte nicht von innen ab.«

»Ich gehorche«, sagte Oma Amigorena ehrerbietig.

Samstagmorgen:

Miki konnte nicht mehr schweigen. Sie ärgerte sich bis zur Weißglut, solange Oma Amigorena die Kraft hatte, zuzusehen und zuzuhören.

»Diese Mafia lässt mich überhaupt nicht schlafen«, sagte Miki.

»Und mich Prag«, beklagte sich Oma Amigorena.

Würde man sich und das Leben beobachten, könnte man bemerken, dass sich im Kopf immer irgendetwas festsetzt: Sei es China, sei es Prag, sei es die Mafia, sei es der Fotograf, sei es der Minister, sei es der Chirurg.

Welcher Chirurg?

»Ich habe wegen dieser nächtlichen Mafia begonnen, Geräusche im Kopf zu hören«, sagte Miki.

»Welche?«, fragte Oma Amigorena interessiert.

»Das Sprechen von Menschen«, sagte Miki. »Sie sprechen gar nicht mehr, doch in meinem Kopf ist es, als würden sie noch sprechen.«

»Das habe ich auch«, sagte Oma Amigorena.

»Sie sprechen?«, fragte Miki.

»Nein, sie sprechen nicht«, sagte Oma Amigorena. »Sie bellen.«

Samstagabend:

Oma Amigorena saß zunächst ruhig da, doch dann begann sie, laut mit den Nägeln am Schirm ihrer Stehlampe zu kratzen.

»Warum beunruhigen Sie sich? Bald wird sie aus diesem Prag zurückkommen«, sagte Miki.

»Sie wird zurückkommen«, pflichtete Oma Amigorena ihr bei. »Aber nicht mehr dieselbe sein.«

»Was müsste geschehen, dass Sie sich wenigstens ein bisschen glücklicher fühlen?«, fragte Miki und beobachtete den soeben ins Zimmer geflogenen Nachtfalter mit seinem smaragdgrünen, samtigen Mantel, in den die Natur goldene Staubfäden eingewoben hatte.

»Was müsste geschehen?«, fragte Oma Amigorena zurück.

»Was müsste geschehen?«, fragte Miki noch einmal.

»Damit ich mich wenigstens ein bisschen glücklicher fühle, müsste … dass ich ganz jung wäre und sehr reich«, sagte Oma Amigorena.

Und mit einem Fingerzeig auf den Nachtfalter fügte sie hinzu:

»Erschlage ihn.«

Oma Amigorena Gesellschaft zu leisten, war Mikis Hauptaufgabe.

Egal, ob jemand nach Prag gereist war oder nicht.

Manchmal war diese Arbeit schwierig, manchmal weniger.

»Lass mich die Nachrichten anschauen«, sagte Oma Amigorena und riss ihr die Fernbedienung aus der Hand.

»Ich werde mir jetzt ein Konzert ansehen«, sagte Miki.

»Ich muss sie unbedingt sehen.«

»Hören Sie doch Radio.«

»Dann kannst ja du Radio hören«, sagte Oma Amigorena. »Ich muss unbedingt sehen, ob das Flugzeug bei Prag abgestürzt ist.«

Natürlich wäre es Aufgabe der Älteren, Platz zu machen und den Jüngeren den Vortritt zu lassen, aber manchmal sollte es auch Ausnahmen geben.

»Könnten Sie wenigstens eine halbe Stunde lang nicht rauchen?«, fragte Miki, als Oma Amigorena die letzte Zigarette aus der Packung zog.

»Und kannst du wenigstens eine halbe Stunde lang nicht atmen?«, sagte Oma Amigorena und zündete die Zigarette an.

Man möchte Ruhe und Sauerstoff, muss aber Arsen, Polonium, faule Äpfel und Kohlenmonoxyd atmen.

Der Falter mit dem samtenen Mantel flog unter die Stehlampe von Oma Amigorena, wirbelte Staub auf und gab keine Ruhe.

»Ich spüre irgendetwas Schlimmes«, sagte Oma Amigorena, die mitten im Wohnzimmer stand.

Jetzt hielt sie eine alkoholfreie »Bloody Mary« in der Hand: Tomatensaft, in den sie ein chinesisches Cocktailschirmchen getaucht hatte, und kniff das rechte Auge schräg zusammen, damit dieser chinesische Schirm ihr nicht das Auge aussteche.

»Es wäre mir bisher nicht aufgefallen, dass wirklich etwas passiert, wenn Sie eine schlechte Vorahnung haben«, sagte Miki.

»Dir fällt an mir nichts Gutes auf«, sagte Oma Amigorena und nahm einen kleinen Schluck.

Die Uhr zeigte bereits halb elf, und der grüne Nachtfalter war endlich zur Ruhe gekommen.

»Warum ruft sie uns nicht an?«, fragte Oma Amigorena.

»Wahrscheinlich ist sie beschäftigt«, sagte Miki.

»Was macht sie?«, fragte Oma Amigorena und ging, ohne eine Antwort abzuwarten, unter den Dunstabzug, um sich eine freundlichere Umgebung zu suchen.

Miki schaltete das Licht aus und wedelte im Dunkeln mit der gestärkten Leinendecke über der roten *Ottomane*.

In ihrem Rücken war eine Bewegung zu hören.

»Was suchen Sie?«, fragte Miki, die die Bewegung im Dunkeln gehört hatte.

»Ein Streichholz«, antwortete Oma Amigorena.

»Könnten Sie nicht in Ihrem Kopf rauchen?«

»Nein. Im Kopf kann ich das nicht.«

In diesem Haus haben alle ihr eigenes Zimmer, doch aus irgendeinem Grund verbringt Miki die ganze Zeit im Wohnzimmer.

Daher ist es unmöglich, es richtig zu lüften.

Oma Amigorena hatte sich unter der Stehlampe eine Pfeife angezündet und saß, einen Zipfel der Bettdecke zurückgeschlagen, auf Mikis roter *Ottomane*.

»Wann wird sie denn aus diesem Prag zurückkehren?«, fragte Oma Amigorena.

»Sie ist erst gestern abgereist«, sagte Miki.

»Mich interessiert nicht, wann sie abgereist ist«, sagte Oma Amigorena. »Mich interessiert, wann sie zurückkehren wird.«

»Morgen«, sagte Miki.

»Was glaubst du, wenn wir ihr ein Telegramm schicken würden?«, fragte Oma Amigorena hoffnungsvoll.

»Was für ein Telegramm?«

»Dass ich sterbe.«

»Das wird sie nicht glauben.«

»Und dass ich schon gestorben bin?«

Noch etwas kam zum Fenster hereingeflogen.

Es machte den Lärm eines kleinen Hubschraubers.

Bei einem solchen Lärm könnte nicht einmal ein junger

Mensch mit völlig gesunden Nerven einschlafen.
Jemand wie Miki.

»Jetzt ist es zwölf Uhr nachts«, sagte Miki. »Anders gesagt: null-null Uhr null-null.«
»Zum Sterben ist das doch nicht zu spät«, sagte Oma Amigorena.

In der Schule lernen die Kinder eine Unmenge völlig überflüssiger Sachen, und man macht sie überhaupt nicht damit bekannt, was nachts durch ihr Schlafzimmerfenster geflogen kommen kann.
Miki stieg auf die *Ottomane*: Das Flugobjekt war zu weit oben.

»Aber wenn ich wirklich sterbe, fotografiert mich nur ja nicht«, sagte Oma Amigorena.

Das Zimmer sog Oma Amigorenas Tabakgeruch auf, doch das Flugobjekt atmete wahrscheinlich nicht, wenn es aber doch atmen konnte, so hat ihm der Geruch des mit Kirschen aromatisierten Tabaks vermutlich gefallen.

»Und in Prag kann sie nicht ertrinken?«, fragte Oma Amigorena.
»Wenn sie in den Fluss fällt, dann schon«, sagte Miki.
»Ruf sie doch an und sag ihr, sie soll besser sitzen bleiben«, sagte Oma Amigorena. »Im Hotel.«
»Jetzt ist es schon nach zwölf …«
»Na und, ertrinken die Menschen nach zwölf nicht?«

Das Flugobjekt ging in den Sinkflug.
In Richtung von Mikis Decke in der Farbe einer blauen Lagune mit Schmetterlingen.
Miki streckte die Hand aus …

»Was denkst du, was sie dort essen?«, fragte Oma Amigorena.
»Wahrscheinlich allen möglichen Schmarren«, sagte Miki.

Das Flugobjekt schlug an die Zimmerdecke.

»Welche Jahreszeit ist jetzt in Prag?«, fragte Oma Amigorena.
»Frühling. Wie bei uns. Nur wärmer«, sagte Miki.
»Wärmer?«
»Wahrscheinlich.«
»Viel wärmer?«
»Wahrscheinlich. Was beunruhigt Sie so?«, fragte Miki.
»Sie läuft dort wahrscheinlich nackt herum«, sagte Oma Amigorena.
»Nackt läuft sie nicht herum. Prag ist doch voller Menschen.«
»Aber ich bin doch nicht dort«, sagte Oma Amigorena.

Oma Amigorena saß da und schwieg. Ein Geseufze kann man doch nicht als Sprechen bezeichnen.
»Morgen wird sie zurückkommen«, sagte Miki.
»Ich weiß«, sagte Oma Amigorena.
»Warum sind Sie dann so niedergeschlagen?«
»Und was denkst du, wird dieser Fotograf …«
»Was wird dieser Fotograf?«
»Wird er bei uns einziehen?«
»Fürchten Sie, dass er Ihr Zimmer beanspruchen wird?«
»Dieser Gedanke ist mir auch gekommen«, bekannte Oma Amigorena.

Das Flugobjekt hatte sich von der Zimmerdecke losgerissen und flog, von einem nächtlichen Windstoß erfasst, zum Fenster hinaus.

»Mir scheint, wir haben sie für alle Zeiten verloren«, sagte Oma Amigorena.
»Wen?«, fragte Miki.

»Deine Mama. Mir scheint langsam, als wäre sie überhaupt nie da gewesen«, sagte Oma Amigorena.

»Dann wäre es aber so, dass wir gar nicht verwandt wären.«

»Das wäre so.«

Miki umarmte Oma Amigorena.

»Also wird sie irgendwann zurückkehren?«, fragte Oma Amigorena, ohne die Pfeife aus dem Mund zu nehmen. »Überhaupt.«

»Was überhaupt?«, fragte Miki.

»Wird sie überhaupt zurückkommen?«, sagte Oma Amigorena.

»Ich glaube nicht«, sagte Miki.

»Soviel ich weiß, müsste sie morgen mit einer ›Boeing‹ um 16.30 Uhr zurückfliegen«, sagte Oma Amigorena. »Was ist eine ›Boeing‹?«

»Das ist ein Flugzeug«, antwortete Miki. »Ein Flugzeug, das nach einem Menschen benannt ist.«

»Das war wohl ein sehr guter Mensch«, sagte Oma Amigorena und ging Zähne putzen.

Ihr Schlaf dauerte etwas über sechs Minuten.

»Haben Sie nie versucht, Schlaftabletten zu nehmen?«, fragte Miki, als Oma Amigorena, laut die Füße nachschleifend, im Dunkeln an den Wohnzimmerschrank mit dem darin zur Schau gestellten chinesischen, deutschen und französischen Porzellan stieß, vor sich hin hüstelte und, noch lauter dahinschlurfend, zur *Ottomane* schlich, auf der Miki lag, und im Dunkeln nach dem Schalter ihrer Stehlampe zu suchen begann.

»Sei beruhigt«, sagte Oma Amigorena. »Ich habe es nie versucht und werde es nie versuchen.«

»Wollen Sie sich in Zukunft ganz zu Tode martern?«

»Ich habe keine Zukunft«, sagte Oma Amigorena.

»Mich halten Sie nicht für Ihre Zukunft?«

»Ich glaube, dass wir unseren Umgang beenden müssen«,

sagte Oma Amigorena.

»Mit wem?«, fragte Miki.

»Mit dir.«

»Warum?«

»Ich mag schlaue Menschen nicht«, sagte Oma Amigorena.

Oma Amigorena hatte recht.

Mit Schlauheit beschenkt das Leben diejenigen, die es auf allen anderen Gebieten nur benachteiligt.

***

Ein Brief aus Paris ist angekommen.

Das Pariser Parlament hat eine Verordnung über die Aufhebung des Ordens in Frankreich erlassen.

Was wird aus Attiret werden?

14.

Das Gerücht, der Kaiser habe Ula Nara alle Dienerinnen entzogen, bekam Castiglione vermutlich als Letzter zu hören.

Die Eunuchen erzählten, es seien ihr nur zwei geblieben.

Wie einer Konkubine niedrigsten Ranges.

Die Gründe für dieses Verhalten des Kaisers waren im Nebel einer chinesischen Landschaft versunken …

Den Erzählungen eines chinesischen Landschaftsmalers zufolge begleitete Ula Nara den Sechsten Kaiser der Qing-Dynastie in den Süden.

Und das war nicht das erste Mal, dass sie den Kaiser dorthin begleitete.

Seit sie im Palast lebte, wohl zum vierten Mal.

Während der Reise aß der Kaiser am achtundzwanzigsten Februar – ihrem Geburtstag – ohne Ula Nara zu Abend.

Nur mit drei Personen niedrigeren Ranges.

Es heißt zwar, er habe Ula Nara auserlesene Speisen schicken lassen.

Aber nur in etwas mehr als zehn Farben.

Und an demselben Tag schickte er Ula Nara am späten Abend zurück nach Peking.

Gut.

Dass sie nicht ins Wasser gefallen ist.

Die Chinesen glauben an Flussgötter.

Und alle, die in einen Fluss gefallen sind, müssen auch dort verbleiben.

Der Sechste Kaiser der Qing-Dynastie schickte Ula Nara nach Peking zurück, und danach unterbrach auch er seine Reise in den Süden.

Der chinesische Landschaftsmaler sagte: Alles geschah nur, weil sich Ula Nara das Haar geschnitten hatte.

Nur deswegen?, fragte Castiglione.

Der chinesische Landschaftsmaler erklärte: In China schneiden sich die Frauen das Haar nur wegen einem Schmerz.

Beim Tod eines älteren Familienmitglieds.

Der Sechste Kaiser der Qing-Dynastie sowie die Mutter der Kaiserin Ula Nara sind noch am Leben und sogar bei bestem Befinden, und das bedeutet: Sie hatte sich das Haar ohne Notwendigkeit geschnitten.

Und vielleicht auch ohne Grund.

Diejenigen, die an der Reise teilgenommen hatten, schwiegen.

Die Mandarine wie die Eunuchen.

Diejenigen, die nicht an der Reise teilgenommen hatten, sagten: Der Kaiser ließ Ula Nara auf dem Kopf eine Tonsur schneiden.

Und erst danach schnitt sie selbst ab, was geblieben war.

Diejenigen, die nicht an der Reise teilgenommen hatten, haben vielleicht ein wenig dazu gedichtet.

Sie sagten: Der Kaiser überraschte Ula Nara dabei, wie sie vor Papierfigürchen Verwünschungen aussprach.

Der chinesische Landschaftsmaler erklärte Castiglione: So versuchte die Kaiserin, den Kaiser zu verhexen.

Das machen chinesische Frauen sehr oft.

Eine Hexe.

Ula Nara – eine Hexe.

Da kannte sich Castiglione doch aus.

Über Hexen hatte er doch viel gehört.

Eine hatte er in Portugal sogar gesehen.

Wahrscheinlich hatte er sie nur deshalb nicht erkannt, weil sie eine chinesische Hexe war.

Den ganzen Tag wiederholte er: eine Hexe, eine Hexe.

Plötzlich fiel ihm ein, dass nicht alle Jesuiten dazu aufforderten, Hexen zu verbrennen.

Es gab auch solche, die sie verteidigten.

***

Schließlich begannen jene Mandarine zu reden, die an der Reise teilgenommen hatten.

Sie bestätigten: Der Konflikt war entstanden, weil Ula Nara gegen den Kaiser protestiert hatte.

Wegen der Weiterreise.

Sie wollte nicht mehr weiter in den Süden reisen.

Nach Ula Naras Meinung begab sich der Sechste Kaiser der Qing-Dynastie ganz und gar nicht immer wieder dorthin, um die Gräber seiner Ahnen zu besuchen.

Er verfolgte dort andere Ziele.

Der Sechste Kaiser der Qing-Dynastie reiste dorthin wegen der Frauen.

Wegen der Frauen, um deren Schönheit willen Adler vom Himmel fielen, Goldfische aus dem Wasser sprangen, der runde Mond sich versteckte und sogar Blumen erröteten.

Castiglione gefiel der Klang dieser chinesischen Litanei sehr.

Ihm tat es natürlich leid um die schwarzen Haare Ula Naras, doch wenn man ihr wirklich eine Tonsur ausrasiert hatte – so standen sie einander dadurch nur näher.

Der Rückzug des Kaisers von der Kaiserin bereitete Castiglione aus irgendeinem Grund eine süße Freude.

Obwohl in dieser Freude auch Leid enthalten war.

Erst hier, in China, begriff Castiglione:

In der christlichen Liebe sind viele Leiden enthalten, die Buddhisten hingegen lieben, ohne sich zu quälen.

So auch sein Schüler Leng Mei.

Die sonntägliche Askese und die schweigende Meditation dienen auch dazu, dass weder im Kopf noch an einem anderen Ort irgendwelche Schmerzen der Liebe verbleiben.

Bei anderen Menschen, sogar bei Kaisern, vollbrachte die Liebe Wunder, bei Castiglione vollbrachte sie etwas ganz anderes.

***

Den ganzen Sonntagabend lang saß Oma Amigorena, herausgeputzt mit einem in den Farben einer Stubenfliege grün, gelb und blau glitzernden Kleid da und erlaubte niemandem, den Fernseher einzuschalten, daher hörte sie die Schritte im Stiegenhaus als Erste und stürzte auch als Erste zur Türe.

»Wie war Prag?«, fragte Miki, als es ihr endlich gelungen war, die Umarmung von Oma Amigorena zu öffnen und die ermüdete Mama Nora daraus hervorzuziehen.

»Ich habe es so gut wie gar nicht gesehen«, sagte Mama Nora.

Ihren Augen nach zu schließen hatte sie die letzten drei Tage in Jupiters Begleitung zugebracht.

»Und was hast du dann gesehen?«, fragte Miki.

»Ich habe doch gesagt, dass es dort nichts Interessantes gibt. Obwohl es früher dort gute Schuhe gegeben hat. Hast du mir Schuhe gekauft?«, fragte Oma Amigorena, während sie ihre Lackschuhe in Augenschein nahm.

Sie hatte sie aus Anlass von Mama Noras Rückkehr angezogen und dabei geduldig ihre geschwollenen Beine ignoriert.

»Was?«, fragte Miki.

»Schuhe«, sagte Oma Amigorena.

»Wozu brauchen Sie noch ein paar Schuhe?«, fragte Miki. »Sie gehen doch nirgendwo hin.«

»Wenn ich nirgendwo hingehe, dann, glaubst du, brauche ich auch keine Schuhe?«, fragte Oma Amigorena und versetzte Miki mit einem Lackschuh einen Tritt ans Bein.

Symbolisch, wenn man das so bezeichnen darf.

Im Zimmer war alles vorbereitet für den Empfang von Mama Nora.

Das Speiseservice für eine zwölfköpfige Familie war hervorgeholt und eine Ente mit Kümmel, Honig und Äpfeln zubereitet worden. Die Äpfel waren absichtlich später hinzugegeben worden, zehn Minuten vor Ende der Garzeit, damit sie nicht zerkocht würden.

Oma Amigorena hatte sogar selbst darauf achtgegeben, wenn sie auch verärgert war, dass diese zehn Minuten nun in ihrem Leben fehlten.

»Warum hast du uns aus Prag nicht angerufen?«, fragte Miki.

»Ich war beschäftigt«, sagte Mama Nora.

»Hast du ein ›Krušovice‹ getrunken?«, fragte Schascha.

»Nur ein dunkles«, sagte Mama Nora verträumt.

»Während du in Prag ein ›Krušovice‹ getrunken hast, hat sich Oma Amigorena zu Hause beinahe betrunken«, sagte Miki.

Oma Amigorena nickte zustimmend mit dem Kopf, obwohl es nicht die Wahrheit war.

»Das ist keine Ente, sondern ein Schwein«, sagte Oma Amigorena, als beim Schneiden der Ente Fett auf die Wand spritzte.

»Wie ist dieser Fotograf?«, fragte Miki.

»Da gibt es nichts zu sagen«, sagte Mama Nora und verdrehte die Augen zum Himmel.

»Da gibt es nichts zu sagen???????????????«, entrüstete sich Oma Amigorena und zeigte mit einer kategorischen oder kriegerischen Geste, dass sie nicht essen würde.

Nach dem Abendessen gab Schascha einen Kommentar ab:

Zu Oma Amigorenas Benehmen und ihrer Sicht auf das Leben würde ein Schwert in der Hand gut passen.

Oma Amigorena fühlte sich von diesem Gedanken angefeuert und konnte bis Mitternacht nicht verlöschen.

***

Noch niemand ist wegen eines Mangels an Dienerinnen gestorben.

Doch der Grund, weswegen Ula Nara gestorben war, lag für alle auf der Hand, daher sprach niemand darüber.

Alle waren nur verwundert, dass die Laternen in der Verbotenen Stadt mit dunklen Trauerbezügen umhüllt waren.

Pater Castiglione verpasste die Trauerprozession der Menschen niederen Ranges und er bedauerte das sehr.

Doch später stellte sich heraus: Er hatte sie gar nicht verpasst.

Es hatte einfach keine Prozession stattgefunden.

Ihrem Rang nach hätte Kaiserin Ula Nara in ein eigenes Mausoleum gebettet werden müssen.

Doch es gab keines.

Sogar die einfachen Konkubinen des Kaisers erhalten ein eigenes Mausoleum, die Kaiserin hingegen wurde begraben wie eine Dienerin. Neben der vor Kurzem verstorbenen Frau zweiten Ranges des Sechsten Kaisers der Qing-Dynastie.

Der Kaiser befand sich zu dieser Zeit auf der Jagd, und sogar, als er vom Unglück, das geschehen war, verständigt wurde, unterbrach er die Jagd nicht, um zum Begräbnis zu kommen.

In der Nacht träumte Castiglione: Bald wird ein Schiff ankommen.

Um ihn nach Hause zu bringen.

Im Traum hat er dieses Schiff so heiß erwartet.

Am Morgen beschloss Castiglione, den Brief an den General zu schreiben.

Doch bis Mittag fand er nicht die Kraft dazu.
Und am Abend fühlte er sich ganz alt.

***

Fünfzig Jahre waren bereits vergangen, seit Castiglione in China angekommen war.

Um Kirchen auszumalen.

Danach hatte er viele Jahre gewartet, dass der Kaiser zu ihm käme.

Dann auf den nächsten.

Wird er irgendwann einmal das Grab seiner Eltern sehen?

Castiglione kann schon nicht mehr unterscheiden: Handelt es sich um einen europäischen Gedanken oder um einen chinesischen?

Wird er von einem Jesuiten zu einem Konfuzianer, dem das Wichtigste im Leben das Grab seiner Eltern ist?

Jetzt möchte Castiglione den »Verlorenen Sohn« malen.

Aber nicht hier.

Nicht in China.

Castiglione will keine großen Arbeiten mehr übernehmen.

Wenn man ständig an die Gräber seiner Vorfahren denkt und von einem Schiff träumt, kann man keine großen Arbeiten mehr übernehmen.

Und vor lauter Gedanken, die seinen ganzen Kopf in Anspruch nehmen, kann er nicht einmal mehr einen einfachen, knochigen Hund zeichnen.

Denkt Castiglione, während er einen Windhund zeichnet.

Castiglione ist wieder zur Tierwelt zurückgekehrt.

Er beschäftigt sich fast mit Nichtigkeiten.

Malt Hunde, Affen und Vögel.

Auf Seide und ohne jede Allegorie.

Doch es gibt auch etwas Gutes.

Wenn man an Gräber und an ein Schiff denkt, hört man auf, an Menschen zu denken.

An Tsou I-Kuei.

Und sogar an Ula Nara.

Doch an den Kaiser denkt man trotzdem.

Castiglione scheint: Er hat ihn verraten.

Sein Körper.

Und schon seit Langem.

Er lebt ein ganz eigenes Leben, und unabhängig von Castigliones täglichem Blick in den Spiegel wird er jeden Tag älter.

Am Sonntag wird er wirklich über die Sünde der Trägheit nachdenken.

Mit letzten Kräften.

Jetzt möchte er leben wie ein Chinese.

Ohne Sünden im Kopf.

***

Jeden Morgen fasst er den Entschluss: Am nächsten Tag wird er den Kaiser wirklich ersuchen, ihn in die Heimat zu entlassen.

Natürlich wird der Kaiser ihn nicht so leicht entlassen.

Man muss dem Kaiser Geschenke schicken, denkt Castiglione.

Viele. Vermutlich.

Wenn die Feiertage kommen, schenken die Jesuiten dem Kaiser meist europäischen Wein, brasilianischen Tabak, Leinen, Taschentücher, mathematische Instrumente, Safran und Öl.

Sie versuchten, Arzneien zu schenken, doch die Mandarine hielten sie davon ab und verboten es.

Aber was soll man dem Kaiser schenken, damit er einen entlässt?

Pater Ripa hatte ihm doch irgendetwas geschenkt.

Pater Ripa besaß viele Dinge, die für den Kaiser interessant waren, denkt Castiglione.

Ein Astrolabium.

Nachts träumt Castiglione: Der Kaiser öffnet einen großen Käfig mit singenden mechanischen Vögeln und ENTLÄSST sie.

Er träumt, dass er mit einem Boot Kanton erreicht, doch das Schiff nach Europa ist schon abgefahren.

***

»Wozu brauchst du diesen Koffer?«, fragte Oma Amigorena, als Miki mit ihrem neuen »Samsonite« nach Hause angefahren kam.

Einen weißen mit verschiedenen Strichen, die an die Fahne eines nicht existenten Landes denken ließen.

»Na, irgendwie muss ich meine Sachen doch zusammenpacken«, antwortete Miki, während sie mit dem »Samsonite« von der Haustüre bis zum Wohnzimmer rollte. »Mit einem Müllsack werde ich doch nicht fahren.«

»Wohin wirst du nicht fahren?«, fragte Oma Amigorena erschrocken und hängte sich bei Schascha ein.

»Nach Berlin«, sagte Miki.

»Was für ein Berlin?«

»Das eine und einzige Berlin«, sagte Schascha.

»Und wozu?«, fragte Oma Amigorena.

»Um Schätze zu suchen«, sagte Schascha.

Miki gehörte schon einige Wochen einer Organisation von Schatzsuchern an.

Die Organisation beschäftigte sich mit Schatzsuche-Tourismus in den großen Weltstädten.

Miki hatte sich von Mama Noras Geld ein Navigationssystem gekauft und beschlossen, nach Berlin zu fahren.

Miki hatte weder Geld noch eine Übernachtungsmöglichkeit in Berlin, daher fand sie ein Mitglied derselben

Organisation – einen jungen Deutschen, und wie es schien, begann sie nach einer Woche etwas mehr zu verbinden als die Schatzsuche.

Doch am Anfang erzählte dieser junge Deutsche nur davon, wie sie nachts in Moskau einen Schatz gesucht hatten.

Am Roten Platz.

In irgendeiner Mauer.

Und wie er diesen Schatz in dieser Mauer beinahe gefunden hatte.

Genauer gesagt: Er hatte einen Mechanismus gefunden, in den man zwei Batterien einlegen musste.

Aber.

Die Batterien seines Navigationssystems waren schwach, und als er in der folgenden Nacht an denselben Ort zurückkam, nahm ihn die russische Polizei fest und verhörte ihn, bis der deutsche Konsul seinen Rücktransport nach Berlin organisierte.

Danach beschuldigten die Russen diesen Konsul der Spionage und verwiesen ihn des Landes.

Das alles hatte der junge Deutsche schon im ersten Brief geschrieben, und Miki hatte allen sofort davon erzählt, mit Ausnahme von Oma Amigorena.

Der junge, deutsche Schatzsucher wirkte auf dem Foto wie ein lieber, weißhaariger Fünfundzwanzigjähriger, und seine Beziehungen zu Miki verbesserten sich offensichtlich von selbst.

»Schätze?«, fragte Oma Amigorena und fasste unwillkürlich nach dem Griff des Koffers.

»Dort gibt es keinerlei Schätze. Das ist nur so ein Spiel. Sie werden irgendein Souvenir finden und irgendein Souvenir hinterlassen. Sie werden Punkte bekommen, die Welt kennenlernen und Freunde finden«, sagte Schascha.

»Welche Freunde?«, fragte Oma Amigorena. »Deutsche?«

»Und sind Deutsche für dich keine Freunde?«, fragte Schascha.

»Ich zumindest habe keine«, sagte Oma Amigorena, und in ihrem Gesicht spiegelte sich ein unermesslicher Ekel vor der Welt.

Die Welt hat sich so verändert und ihre Grenzen so weit ausgedehnt, dass ältere Menschen völlig um den Verstand gebracht werden.

»Ich habe noch nie gehört, dass Kinder oder Frauen auf Schatzsuche in der Welt herumlaufen«, sagte Oma Amigorena.

»Das liegt daran, dass Frauen ihren Neigungen früher an anderen Orten nachgegangen sind«, sagte Schascha.

»An welchen Orten?«, fragte Oma Amigorena.

»Na … früher mussten die Frauen die Erfüllung ihrer Neigungen in ihren Pflichten suchen«, sagte Schascha.

»Und jetzt?«, fragte Oma Amigorena.

»Und jetzt können sie Neigungen und Pflichten trennen«, sagte Schascha. »Wie die Männer auch.«

»Ich möchte auch meine Pflichten und die Erfüllung meiner Neigungen trennen«, sagte Oma Amigorena. »Von heute an.«

»Die sind auch jetzt schon getrennt«, sagte Schascha.

»Das habe ich nicht bemerkt«, sagte Oma Amigorena.

»Sie haben keine Pflichten mehr.«

»Und Neigungen habe ich, deiner Meinung nach?«, fragte Oma Amigorena.

Und nach einer Pause fügte sie hinzu:

»Hochwertige.«

Unten sprach der chinesische Koch mit den Katern.

Die Kater waren bereit, sich alles anzuhören, was immer der Koch auch sagte, und sogar auf Chinesisch, wenn er ihnen nur zu essen gäbe.

»Wie kann man in Berlin einen Freund finden?«, fragte Oma Amigorena, zog sich vom Fenster zurück und bemerkte, dass

Miki Berlin am Computer in Augenschein nahm.

»Per Internet«, sagte Miki.

»Ich verstehe: per Internet. Ich verstehe nicht, warum in Berlin. Uns gehen die Deutschen im Haus nicht ab«, erklärte Oma Amigorena den Grund ihres Ärgers.

»Er fährt doch nicht zu ihr. Sie fährt doch zu ihm«, sagte Schascha, während sie das Fenster schloss und sowohl die Kater als auch den Chinesen ihrem Schicksal überließ.

»Du kennst die Deutschen nicht«, sagte Oma Amigorena. »Sie wirken nur ruhig, angenehm, inte… intelligent. Sie können viele Sprachen, singen Lieder, essen Würstchen, doch in Wahrheit denken sie die ganze Zeit daran, wie sie sich Polen unter den Nagel reißen können.«

Unten ging ein Chinese vorbei, der dem Räuber aus den chinesischen Komödien glich.

Er ging sehr stolz.

Oma Amigorena öffnete das Fenster, stieß einen Pfiff aus und machte eine zweideutige Geste.

Der chinesische Räuber grinste freundlich.

Zwei Freunde.

»Lass diese Chinesen in Ruhe«, sagte Schascha. »Lass sie doch leben.«

»Ich soll sie leben lassen??????!!«, fragte Oma Amigorena.

Oma Amigorena schaute über Mikis Schulter, begutachtete die Fotos der Moskauer Mauer, die Mikis neuer Freund gemacht hatte, und sagte:

»Ich will nicht, dass sie nach Berlin fährt.«

»Und wohin willst du, dass sie fährt?«, fragte Schascha. »Nach Łódź?«

Oma Amigorena begutachtete die Fotos des neuen Freundes mit Hund und Fahrrad und fragte:

»Steht der Reichstag in Berlin noch?«

»Möchtest du ihn in Brand stecken?«, fragte Schascha.

Oma Amigorena war beleidigt, was sie dadurch demonstrierte, dass sie einen künstlichen Buckel machte, und ging zur Stehlampe.

Doch sie schaltete das Licht nicht sofort an.

***

Oma Amigorenas Stimme durchschnitt die nächtliche Stille:

»In welcher Haltung schläfst du da?«

Miki streckte die Hand aus, schaltete den Wandleuchter ein, der die Form zweier Tulpenblüten hatte, und sagte, ohne die Augen zu öffnen:

»In der Form einer Swastika.«

»Hast du das Buch ›Die Abenteuer des Robinson Crusoe?‹«, fragte Oma Amigorena mit einem Blick auf die *Ottomane*, auf der die nackte, wenn auch halb zugedeckte Miki mit dem Gesicht nach unten lag, als wäre sie erschossen worden.

»Nein«, sagte Miki und drehte den Kopf, ohne die Augen zu öffnen.

»Aber hast du es gelesen?«

»In meiner Kindheit.«

»Erinnerst du dich nicht, worum es da geht?«, fragte Oma Amigorena. »Denn ich habe es völlig vergessen.«

»Jetzt ist es drei Uhr nachts«, sagte Miki, die vor der konkreten Frage auf die Uhr geschaut hatte.

»Was macht das schon aus?«, sagte Oma Amigorena. »Wovon also ist dort die Rede? Ha? Erinnerst du dich nicht?«

»Ich erinnere mich«, sagte Miki und fiel mit dem Gesicht wieder auf das Kopfpolster.

Robinson Crusoe – das ist genau das Buch, an das man sich sogar dann erinnern kann, wenn man um drei Uhr nachts geweckt wird und elf Jahre seit der Lektüre verstrichen sind.

»Und wovon?«, fragte Oma Amigorena.

»Wollen Sie, dass ich es erzähle?«, fragte Miki, öffnete die Augen und setzte sich auf.

»Na ...«

»Na, ein Engländer fuhr mit einem Schiff ...«, begann Miki und gähnte, als wüsste sie nicht, dass das Gähnen des Erzählers den Wert einer Erzählung stark mindert.

»Fuhr er allein mit dem Schiff?«, fragte Oma Amigorena interessiert.

»Nein, nicht allein, mit anderen Engländern, doch sie sind alle ertrunken ...«, sagte Miki und gähnte wiederum. »Diese anderen.«

»Hat er sie aus dem Schiff geworfen?«

»Nein. Sie sind einfach ertrunken«, sagte Miki.

»Einfach ertrunken?«

»Einfach. Denn das Schiff war auf ein Riff aufgefahren und ein Sturm kam auf, oder irgend so etwas.«

»Und dieser eine Engländer? Wie heißt er?«

»Na, was weiß ich«, sagte Miki. »Woher soll ich die Namen aller Engländer kennen?«

»Also, was ist ihm zugestoßen?«

»Er wurde ans Ufer geworfen.«

»Wer hat ihn geworfen?«

»Na wer schon? Wer kann ihn werfen? Der Ozean hat ihn ans Ufer hinausgeworfen«, sagte Miki gleichgültig.

»Der Ozean kann ihn hinauswerfen?«, fragte Oma Amigorena.

»Der Ozean kann ... Also, der Ozean hatte ihn hinausgeworfen, und dieser eine Engländer erwachte am nächsten Morgen auf einer unbewohnten Insel.«

»Wie heißt diese Insel?«, fragte Oma Amigorena.

»Ich glaube, sie hat keinen Namen«, sagte Miki.

»Keinen Namen?«

»Nein«, sagte Miki. »Sie war unbewohnt, daher hatte ihr nie jemand einen Namen gegeben.«

»Und was hat er dort gegessen?«, fragte Oma Amigorena.

»Was er vorgefunden hat.«

»Und was hat er vorgefunden?«

»Irgendwelche Ziegen.«

»Ziegen schmecken nicht gut«, sagte Oma Amigorena.

»Haben Sie je welche gegessen?«, fragte Miki.

»Nein. Ich habe keine Ziegen gegessen«, sagte Oma Amigorena und fragte, ohne einen Kommentar abzuwarten, sofort: »Und was hat er dort gemacht?«

»Er hat die Tage gezählt«, sagte Miki.

»Welche Tage?«

»Die er auf dieser Insel verbracht hat.«

»Und das ist alles?«

»Nein, das ist nicht alles. Er hat noch ein Tagebuch geschrieben oder ein Logbuch des untergegangenen Schiffes.«

»Worüber?«

»Woher soll ich das wissen«, sagte Miki.

»Und danach ist er gestorben?«

»Nein, danach kamen wilde Kannibalen auf die Insel.«

»Und haben diesen Engländer aufgegessen?«

»Nein, sie wollten einen anderen wilden Kannibalen aufessen«, sagte Miki und deckte sich vollständig zu. Auch den Kopf.

»Das war vielleicht gut?«, fragte Oma Amigorena.

»Nein, das war nicht gut.«

»Aber sie haben ihn aufgegessen.«

»Nein. Er ist geflohen oder dieser Engländer hat ihn verteidigt.

»Hat er ihn verprügelt?«

»Nein, er hat ihn nicht verprügelt.«

»Nur einen Tritt versetzt?«

»Er hat geschossen«, sagte Miki, während sie sich den Kopf zudeckte.

»Hat er alle erschossen?«

»Nein. Er hat keinen einzigen erschossen.«

»Was bedeutet dann ›geschossen‹???!!!«, schrie Oma Amigorena im Dunkeln auf.

»Er schoss ohne die Absicht, jemanden zu erschießen«, sagte Miki.

»Und was war dann das Ziel?«

»Dass sich alle verziehen«, sagte Miki und fiel wieder auf das Kopfpolster.

»Und wie?«, fragte Oma Amigorena und näherte sich gefährlich der *Ottomane.* »Haben sich alle verzogen?«

»Ja!!!! Alle Kannibalen flohen. Nur dieser eine, den sie aufessen wollten, ist geblieben, und sie begannen, gemeinsam zu leben!!!«, sagte Miki und bedeckte wieder ihren Kopf.

Die Erzählung kam zu einem glücklichen Ende. Und beinahe hätte man wieder einschlafen können. Die Uhr zeigte zwölf Minuten nach drei.

»Wer mit wem?«, fragte Oma Amigorena, während sie die Decke von Miki wegriss.

»Dieser Engländer mit diesem Kannibalen!!!«, sagte Miki und setzte sich wieder auf.

»Und hatte dieser Engländer keine Angst?«, fragte Oma Amigorena.

»Nein!!! Er hatte doch ein Gewehr. Und überhaupt sind sie gut miteinander ausgekommen!!!!«, rief Miki. »Dieser Engländer hat dem Kannibalen sogar einen Namen gegeben.«

»Welchen hat er ihm gegeben«, fragte Oma Amigorena.

»Freitag.«

»Der Fisch-Tag?«, fragte Oma Amigorena.

»Der Fisch-Tag ist der Donnerstag«, sagte Miki.

»Wirklich?«, fragte Oma Amigorena. Und fügte enttäuscht hinzu: »Wie müde mich dein Erzählen macht.«

»Finden Sie, ich kann nicht gut erzählen?«, fragte Miki.

»Nein, das Buch handelt einfach nicht von dem, wovon es handeln sollte«, sagte Oma Amigorena.

»Ich kenne ein gutes Buch, das für Sie zu dieser Zeit sehr gut passen würde.«

»Zu dieser Zeit?«

»Zu dieser und zu jeder Zeit.«

»Welches?«

»›Alle Menschen sind Feinde‹«, sagte Miki. »Ich weiß nicht mehr, wer es geschrieben hat.«

Die Oma überlegte, ob sie beleidigt worden war, und ging, die Zipfel des Morgenmantels festhaltend, feierlich aus dem Wohnzimmer.

***

Castiglione ist sich bewusst: Niemand wird ihn einen Märtyrer nennen.

Die Leiden seines Wartens reichen dafür nicht aus, außerdem sind sie unsichtbar.

Zunächst wartete er auf einen passenden Zeitpunkt für das Gespräch mit dem Kaiser.

Danach wartete er auf dessen Antwort.

Er wartete und rief sich ständig zur Ordnung, beruhigte sich selbst, um nicht enttäuscht zu sein, wenn die Antwort eintraf.

Die Antwort ließ der Kaiser durch Tsou I-Kuei überbringen.

Das bedeutete an sich schon einen Misserfolg.

Es kommt selten vor, doch dieses Mal war es kein Grund zur Freude: Die Vorahnung stimmte mit der Wirklichkeit überein.

***

Der Kaiser wünscht keinerlei Geschenke.

Er will Castiglione nicht entlassen.

Er will ein neues Porträt von sich.

Wie ein westlicher Monarch und wie ein Mandschure – auf einem Pferd.

Es kann auch ein iberisches sein.

Castiglione begreift: Er wird hierbleiben müssen, solange der Kaiser sich westliche Kuriositäten wünscht.

Obwohl diese Kuriositäten schon immer wieder dieselben sind.

Vielleicht sollte Castiglione sein europäisches Talent plötzlich »verlieren«? Und beginnen so zu malen wie jeder durchschnittliche chinesische Maler?

Vielleicht würde der Kaiser dann die Freude daran verlieren, ihn und seine Bilder zu sehen.

Castiglione besitzt nichts Wertvolles.

Nichts, was sich als Geschenk für den Sechsten Kaiser der Qing-Dynastie eignet.

Doch der Kaiser hat etwas.

Aber die Geschenke des Kaisers – Seide, Kleidung, Edelsteine – beruhigen Castiglione nicht mehr.

Nachts träumt Castiglione: Er flieht zu Fuß aus China.

Über Russland.

Hinter ihm, mit Laternen, fliehen zehntausend Frauen und Hofdamen des Kaisers mit eingebundenen Füßen.

Alle erfrieren, stürzen zu Boden, doch nur Castiglione wacht auf.

Allein.

***

Am Morgen regnete es, und eine feuchte Kühle kroch zum Fenster herein, kam bei dem warmen Heizkörper zum Stillstand und erreichte den Esstisch nicht.

»Vielleicht kommen wir heute nicht auf dieses Berlin zu sprechen«, sagte Schascha.

»Na was – existiert es schon nicht mehr?«, fragte Oma Amigorena.

Gegenüber richteten die Chinesen ein weiteres Restaurant ein.

Anstelle des PARADISE.

Glückliche Kater!

Das Restaurant leuchtet so hell, dass man nachts lesen kann, ohne eine Lampe einzuschalten.

Vor der Türe stehen zwei Marmorlöwen mit roten Papierblumen zwischen den Zähnen.

Irgendein Feiertag, den nur Chinesen kennen.

»Ihr wollt alle vor mir fliehen«, sagte Oma Amigorena.

»Wir wollen nicht vor Ihnen fliehen, wir leben einfach. So ist nun einmal unser Leben«, sagte Miki.

»Ein armseliges Leben«, sagte Oma Amigorena.

Zum Fenster kam ein Geschöpf mit blutfarbenen Augen, einem karierten Rücken und fetten, schwarzen Beinchen hereingeflogen und fing sofort an, seinen Kopf gegen das Glas zu schlagen.

Warum versuchen Fliegen nur von der Innenseite des Fensters aus mit doppeltem Enthusiasmus Selbstmord zu begehen?

»Wirst du in Berlin bleiben?«, fragte Oma Amigorena.

»Berlin hat schon genug mit den Deutschen zu tun«, sagte Miki.

»Aber Polen gibt es dort doch wenige?«, fragte Oma Amigorena.

»Warum haben Sie ständig solche Angst vor Veränderungen?«, fragte Miki.

»Weil ich keine Kraft mehr habe, gegen sie zu kämpfen«, sagte Oma Amigorena. »Erinnere mich …«

Sagte es und schwieg.

»Woran?«, fragte Miki. »Woran erinnern?«

»Das habe ich dir doch schon gesagt.«

15.

Das Alter – das ist die Zeit, wenn sich die offenkundigen Feinde verringern.

Doch ist es keine vollständige und endgültige Befreiung.

Denn es vermehren sich die unsichtbaren.

Pater Castiglione ist schon seit geraumer Zeit klar: Seine Mission geht ihrem Ende zu.

Dieses nahende Ende verraten seine ständig frierenden Füße, obwohl es eigentlich gar nicht kalt ist.

In China ist die Heizung viel klüger eingerichtet als in Europa – nicht in den Wänden, sondern in den Fußböden.

Ihm kommen ständig alle möglichen Gedanken, doch nicht wenige werden ihm auch vom bösen Geist eingegeben.

Das Alter – das ist der Zustand, in dem man sich im Abseits des Geschehens und der Ereignisse fühlt.

Er fühlte weder Ergriffenheit, noch wurde er von nichtigen und irdischen Dingen angezogen, noch empfand er Unruhe wegen verschiedenster Begierden.

Noch Hoffnung.

Noch Gedanken über die Liebe.

Nur Düsternis.

Müdigkeit und Gleichgültigkeit.

Und dieser Zustand erschien Castiglione überhaupt nicht wie eine Prüfung.

Und aus diesem und auch aus einem weiteren Grund gedachte er nicht, dagegen anzukämpfen.

Er dachte öfter nach, als er betete.

Oder er tat weder das eine noch das andere.

Und dieser Zustand erschien ihm wie eine Strafe.

Nicht wie eine Lektion.

Für ihn gab es schon nichts mehr zu lernen.

***

Die alte Zeit kehrte zurück.

Es herrschte bereits Frost und es schneite wieder.

China veränderte sich nicht so, wie es sollte.

Die Jesuiten versuchten.

Sie versuchten, ohne es zu wissen, ein chinesisches Strategem zu benutzen – »die Balken stehlen«.

»Die Balken stehlen und sie gegen morsche Stützen austauschen«.

Doch die Balken erwiesen sich als zu schwer, und die Stützen als völlig unbeweglich.

Nicht mit menschlichen Kräften.

Vielleicht sind lediglich die Porträts der Palastbewohner besser geworden, als sie zuvor waren, dachte Castiglione.

Fr hingegen?

Er hingegen hat sich verändert.

In fünfzig Jahren hat er sich so sehr verändert wie ein Baum, den man in einen Topf gepflanzt hat.

Der Besitzer beschneidet, biegt und bindet ihn, er lässt ihn eigens darben und schält seine Rinde, damit der Baum älter und eigenartiger aussieht.

Und was hat der Besitzer nach fünfzig Jahren?

Einen alten Miniaturbaum in einem Keramiktopf.

Doch wer ist jetzt sein Besitzer?

***

Durch das Fenster waren Kirchenglocken zu hören.

Für einen ungläubigen Menschen war es schwer zu unterscheiden, ob die Glocken die Menschen dazu einluden, hinzugehen und auf das zu hören, was man ihnen sagen wollte, oder ob dieses Geläute sie bereits hinauswerfen wollte.

»Wem schreiben Sie?«, fragte Miki.

»Bis jetzt denke ich noch nach«, antwortete Oma Amigorena.

»Worüber?«

»Ich möchte einen Brief nach Paris schreiben.«

»Dort kennen Sie doch niemanden.«

»Doch«, sagte Oma Amigorena.

»Sie kennen jemanden in Paris???????«, fragte Miki.

»Na, nur vom Sehen.«

»Und wer sind diese Leute?«

»Ich spreche von einem … Menschen.«

»Eine Frau?«

»Natürlich nicht«, sagte Oma Amigorena.

»Ein Mann?«

»Na klar.«

»Sie haben einen Mann in Paris, den Sie vom Sehen kennen?«

»Ja.«

»Wie alt ist er?«

»Über sechzig.«

»Hat er Ihnen einmal ein Angebot gemacht?«

»Ich erinnere mich nicht.«

»Ist er reich?«

»Ich glaube«, sagte Oma Amigorena. »Sehr sogar.«

»Und wer ist er?«

»Ein gewisser Depardieu.«

»Depardieu?«

»Depardieu. Nur seinen Vornamen habe ich vergessen«, sagte Oma Amigorena.

Die Glocken hörten auf zu läuten, doch dann begannen sie wieder von Neuem.

»Paris …«, sagte Oma Amigorena.

»Und Berlin interessiert Sie nicht mehr?«, fragte Miki.

»Ach … Berlin?«, fragte Oma Amigorena. »Nein. Das interessiert mich nicht mehr.«

Und sie drehte sich zur Wand.

»Hatten Sie jemals einen One-Night-Stand?«, fragte Miki.

Das war die einzige Methode, Oma Amigorena dazu zu bringen, sich umzudrehen.

»Was? Ich habe nicht verstanden«, fragte Oma Amigorena.

»Nichts.«

»Ich habe nicht verstanden, wiederhole es«, sagte Oma Amigorena.

»Hatten Sie jemals einen One-Night-Stand?«, fragte Miki.

One-Night-Stands sind ein besonders aktuelles Thema, wenn man knapp über zwanzig ist.

»Natürlich. Nicht nur einmal«, sagte Oma Amigorena stolz.

»Wirklich?«

»Einmal im Jahr 1932 fuhren wir mit einem Dampfer auf dem Fluss und liefen auf eine Sandbank auf. Ich bin beinahe ertrunken, doch ich wurde gerettet«, erzählte Oma Amigorena, jedes Wort genau abwägend, und fügte am Schluss hinzu: »Aber ein Hecht hat mich doch gebissen.«

»Ein Specht?«, fragte Miki.

»Na, was für ein Specht denn«, sagte Oma Amigorena. »Im Wasser leben doch keine Spechte. Ein Hecht.«

»Und wohin hat Sie dieser Hecht gebissen?«, fragte Miki interessiert.

»In die Achselhöhle, aber jetzt ist alles wieder gut«, erklärte Oma Amigorena.

»Und?«

»Weiter nichts.«

»Und das nennen Sie einen One-Night-Stand?«

»Es ist in der Nacht passiert.«

»Und warum nennen Sie das einen One-Night-Stand?«
»Wie soll ich es sonst nennen?«, fragte Oma Amigorena beleidigt. »Eine *Upanishade*?«

Alle wunderten sich, woher sie solche Wörter hatte.
Aber Fernsehen kann man schließlich nicht verbieten.

Durch das Fenster ließ sich feststellen, dass zu dem Treffen mit dem chinesischen Koch nur eine Katze gekommen war.
Was hatte er mit den anderen gemacht?????
Oma Amigorena nahm ein Papier und machte sich eine Notiz.

»Denken Sie oft daran, wie Sie in Ihrer Jugend gewesen sind?«, fragte Miki.
»Hat dir irgendjemand etwas über mich vorgeschwatzt?«, fragte Oma Amigorena.
»Nein. Ich glaube nicht.«
»Sag ihr, dass …«
»Wem?«
»Derjenigen, die es dahergeschwatzt hat …«
»…«
»… dass ich mich, was immer auch gewesen ist, an überhaupt nichts mehr erinnere«, sagte Oma Amigorena. »Und wenn ich sie treffe, werde ich sie erschlagen.«

Wenn Oma Amigorena versuchte, sich an irgendetwas weit Entferntes zu erinnern, tauchte sie in ihre Fantasien ein und sah viel schöner aus als an den anderen Abenden.

»Was ist Ihre allerschönste Erinnerung?«, fragte Miki.
»Außer diesem nächtlichen Unfall in der Flussmitte«, sagte Schascha.
»Die Spätnachmittage«, sagte Oma Amigorena, »am Flussufer.«
»Was haben Sie dort gemacht?«, fragte Miki.

»Wir haben gegessen«, antwortete Oma Amigorena.

Wie immer rückte die Nacht näher.

»Was denkst du, mögen Frauen es, wenn Männer ihnen Schlaflieder singen?«, fragte Miki, als die endlich zurückgekehrte Mama Nora sich anschickte, vor dem Schlafengehen einen beruhigenden Kräutertee zu trinken.

»Ich glaube, sehr«, antwortete Mama Nora lässig.

»Vielleicht kannst du an die zehn Schlaflieder von Männern für Frauen schreiben?«, fragte Miki. »Ich suche Sänger dafür. Wir werden eine CD herausbringen, wir werden sie an den Zeitungskiosken verkaufen, und ich bekomme sechzig Prozent.«

»Die Frauen mögen es, wenn sie im Liegen live singen«, sagte Schascha.

»Wer?«, fragte Miki.

»Die Männer«, sagte Schascha.

»*Por dios*[5]. Wenn sie wo liegen?«, fragte Oma Amigorena.

Und da sagte Miki, sie könne nicht mit Menschen leben, die ständig ihre Initiativen abwürgten.

Man solle sie ernster nehmen.

Und dass nur Schascha hier alles erlaubt sei.

Sie sagte es und ging ins Badezimmer.

Denn sie hätte nirgendwo anders hingehen können.

***

Die französischen Jesuiten sagen: Chinesische Pavillons werden jetzt schon vielerorts errichtet.

In Europa.

Doch die Chinesen selbst sind überhaupt nicht darauf versessen, die Welt mit ihren Pavillons zu erobern.

---

5 Um Gottes Liebe willen (span.)

So ist es und nicht anders.

Castiglione hat fünfzig Jahre gebraucht, um zu verstehen: Nach China kann man aus dem Westen nur Gegenstände oder Erfindungen bringen.

Vor allem Erfindungen.

Den Chinesen imponieren Erfindungen sehr, nur die Erfindung, »in der Luft zu leben«, imponiert ihnen überhaupt nicht.

Daher hat der Sechste Kaiser der Qing-Dynastie auch nicht gestattet, in dem von Castiglione projektierten, genauer gesagt, kopierten Schloss irgendwelche Innentreppen zu errichten.

Chinesen können im ersten Stock weder wohnen noch schlafen.

Doch auf dem Balkon im ersten Stock zu stehen, den seidenen Bauch auf die Balustrade gestützt, gefiel dem Sechsten Kaiser der Qing-Dynastie jedes Mal sehr.

Chinesen können nur auf der Erde wohnen.

Die Europäer unterscheiden sich ihrer Meinung nach von den Chinesen darin, dass sie damit einverstanden sind, »in der Luft zu leben«.

Doch im Himmel lebt nach Meinung der Mehrheit der Chinesen niemand.

Nach China kann man nur Gegenstände oder Erfindungen bringen, doch den Glauben zu bringen ist unmöglich.

Vielleicht ist das so, weil die Jesuiten auch den Glauben auf Handelswegen nach China gebracht haben.

Vielleicht hätte man nach besonderen Wegen – Wegen des Glaubens – suchen müssen?

Den Zen-Buddhismus hat doch, wie erzählt wird, ein einziger Mensch nach China gebracht.

Zu Fuß.

Die Chinesen genießen die Erfolge des Westens wie eine reife Pflaume, doch den Glauben spucken sie raffinierterweise aus wie einen überflüssigen Kern.

Sie spucken ihn aus und verscharren ihn mit dem Fuß an einem unfruchtbaren Ort, wo er sich nach und nach mit Staub vermischt und schließlich selbst zu Staub wird.

Der Kaiserpalast und die oberen Schichten brauchen keine Religion.

Ihnen genügt die Kultur.

Ihre eigene. Alte.

Und lediglich die Vergnügungen des Kaisers können aus der Fremde kommen.

Die Chinesen leben mit ihrer Vergangenheit.

Und Veränderungen sehen sie als unvermeidlich an.

Doch als völlig unnötig.

Pater Castiglione hat fünfzig Jahre gebraucht, um den Glauben zu verlieren.

Den Glauben daran zu verlieren, dass eine sino-christliche Zivilisation möglich wäre.

Vermutlich ... Vermutlich wird es niemandem gelingen, die Chinesen davon zu überzeugen, dass auch sie daran schuld sind, dass Jesus ans Kreuz genagelt wurde.

Castiglione brauchte fünfzig Jahre, um zu begreifen: Einen Einfluss in China werden weder die Portugiesen noch die Franzosen haben.

Die chinesische Kultur ist wie ein poröser Schwamm: Sie saugt alles Neue auf und verändert sich dadurch überhaupt nicht.

Und sie saugt nicht nur alles Neue auf, sondern auch die Menschen, die hierherkommen.

Und noch eine weitere Sache ist Castiglione völlig klar geworden: Er war als Jesuit hierhergekommen und würde wahrscheinlich als Maler sterben.

Als Maler des Kaisers.

Das, was nur ein Mittel gewesen war, nur ein Mittel, um das Ziel zu erreichen, ist durch das Versiegen der Kräfte zum einzig erreichbaren Ziel geworden.

Die chinesischen Kaiser betrachten doch die hierhergekommenen Geistlichen …

nicht als solche, die eine Lehre brachten, nicht als Lehrer, sondern als talentierte Barbaren.

Fast wie Kinder.

Man wird Europa nicht nach China versetzen und die wahren Kräfte der Kirche nicht zeigen können.

Der Kaiser wird immer nur Gesandte sehen, die in chinesische Gewänder gesteckt wurden.

Die Kaiser hatten keine Angst, sie ins Land zu lassen, denn sie wussten: Sie würden es nicht zustande bringen, eine weitere – unsichtbare – Grenze Chinas zu überschreiten …

***

»Was machst du hier?«, fragte Oma Amigorena, die wieder ohne anzuklopfen in Schaschas Zimmer eingedrungen war.

»Ich schreibe«, sagte Schascha.

»Was?«

»Dies und das.«

»Vielleicht solltest du besser überhaupt nichts mehr schreiben«, sagte Oma Amigorena.

Jeder Mensch, der versucht hat, irgendetwas zu schaffen, kann bestätigen: Für das Schaffen gab es, gibt es und wird es aller Wahrscheinlichkeit nach niemals adäquate Voraussetzungen geben, dachte Schascha.

Und sie sagte es laut. Zu sich selbst:

»Das ist ein Bombardement, das ist eine Überschwemmung, das ist eine Revolution, das ist Liebe, und so weiter.«

***

Fünfzig Jahre in China überziehen sein Gehirn mit einem durchsichtigen Lack.

Mit dünnen, chinesischen Strichen hat sich dieser Lack jeden Tag auf ihn gelegt.

Schicht für Schicht.

Anfangs hat Castiglione das nicht einmal wahrgenommen.

Doch er hat sich festgesetzt.

Schicht für Schicht, bis er unablösbar und unzerstörbar geworden war.

Castiglione, und nicht nur ihm allein in der Mission, scheint es, dass die Weisheit der Chinesen von DORT kommt.

Wenn man in der Mission DORT sagt, schaut man zur Zimmerdecke.

Viele akzeptieren: Konfuzius könnte als Heiliger verehrt werden.

Viele akzeptieren auch, dass die Chinesen ein Volk sind, das eine bestimmte Offenbarung erhalten hat.

Ein Volk, das eine Offenbarung erhalten und eine Religion der Weisheit geschaffen hat, die in ihrer Kraft dem Christentum gleichkommt.

Viele akzeptieren: Die chinesische Lebensweise ist die beste aller möglichen.

Castiglione begreift: Es sind fünfzig Jahre vergangen.

Und dennoch ist er nicht von einem Fisch zu einem Drachen geworden.

Weder er noch irgendein anderer.

Ein anderer Jesuit.

Es haben sich vielleicht nur einige kaum sichtbare Merkmale herausgebildet.

Dass er völlig zu einem Drachen wird, dafür wird die Zeit nicht mehr reichen.

Doch vielleicht … könnte er das überhaupt nie.

Obwohl.

Der chinesische Lack legt sich noch immer auf seine Seele.

Jeden Tag.

Mit dünnen, chinesischen Strichen.

Der kleine Lackierer ist vermutlich Leng Mei.

Doch der große?

Vielleicht ist er mit ihm nicht einmal in Berührung gekommen.

***

Vom Schiff träumt er schon nicht mehr.

Das bedeutet vermutlich, dass er es schon nicht mehr erwartet.

Doch die nächtliche Atemnot quält ihn ständig.

Der Nachttee aus den Kräutern eines chinesischen Arztes verschafft ihm Linderung.

Zumindest ein wenig.

Aber kann man den chinesischen Ärzten vertrauen?

Sie stellen doch Arzneien aus Schlangenöl und den Genitalien von Tigern, aus der Galle schwarzer Bären und aus menschlichen Nägeln, aus Ohrenschmalz und den Verunreinigungen der Zähne her.

Castiglione hatte so viel an seine Leiden gedacht, dass er nicht bemerkte, wie die Pfirsichbäume verblühten.

Jetzt wartet er nur auf das eine.

Die Chinesen bezeichnen dieses Warten als Vorbereitung.

Als Vorbereitung der Verwandlung in ein eigenartiges Wesen.

Noch nicht bald. Oder schon bald?

In seinem langen Leben hatte Castiglione noch etwas begriffen: Die inneren Entfernungen zwischen den Menschen ändern sich ständig.

Einmal stehen sie einander nahe, einmal fern, einmal fern, einmal …

Jetzt wünscht er sich, dass er mit Attiret begraben wird.

Der wird doch auch nicht zurückkehren?

Jetzt wünscht sich Castiglione, dass sie nebeneinander begraben werden, wie ein Mann mit irgendeiner Ehefrau.

Damit es nicht so einsam wäre, in China zu liegen.

***

Eines Morgens erwacht er und ist völlig verändert.

Ruhig und unfähig, die Worte des Ignatius von Loyola zu wiederholen.

Sogar die, die er gut gekonnt hat.

Der Kampf gegen sich selbst ist zu Ende.

***

Oma Amigorena saß vor dem Fernseher und weinte.

Sic weinte still. Nur mit den Augen.

»Was ist passiert?«, fragte Miki zärtlich.

»Yves Saint-Laurent ist gestorben«, sagte Oma Amigorena.

16.

Ein unbekannter Abgesandter des Kaisers war gekommen.

Er ist keinem anderen Gesandten ähnlich, den Castiglione bislang gesehen hatte.

Auf seiner Kappe blinkt es ununterbrochen.

Eine goldene Zikade.

Und die Nägel seiner kleinen Finger sind endlos lang.

Und mit Silber bedeckt.

Das bedeutet, dass er nicht arbeitet. Keinerlei physische Arbeit verrichtete.

Der Gesandte kommt mit der Nachricht: Der Kaiser lässt ihn gehen.

Er lässt Lang Shining ausreisen.

Castiglione ist über fünfzig Jahre von einem Namen zum anderen hin und her gependelt und hat es jetzt noch einmal gemacht.

Ein letztes Mal?

Der Sechste Kaiser der Qing-Dynastie hat es sich anders überlegt.

Warum?

Castiglione fragt nicht nach.

Der Kaiser entlässt ihn.

Wohin, wohin soll er jetzt fahren?

Und wozu?

Um China nach Europa zu verschiffen?

Der Kuckuck hat noch nicht gerufen.

Kein bisschen.
Man sollte abwarten.
Bis zum Herbst.
Und dann mit dem Schiff nach Kanton reisen.
Hat ihn doch der Kaiser, auch wenn er ihn entlässt, um ein Porträt gebeten.

***

Mit Mama Nora geschahen schlimme Dinge: Sie kaufte sich Lackschuhe und sang in ihrem Zimmer.

»So kann es nicht mehr weitergehen«, sagte Miki. »Es ist Zeit für ein ernstes Gespräch.«

Aber.

Mama Nora war morgens sehr freundlich und aufmerksam zu allen und machte ihren Mund nicht auf.

Aber.

Aus dem sanfteren Benehmen von Mama Nora konnte man schließen, dass sie etwas verheimlichte.

»Mein Freund möchte uns alle in ein Restaurant einladen«, ließ Mama Nora endlich die Katze aus dem Sack.

»Dieser Fotograf?«, vergewisserte sich Oma Amigorena.

»Dieser«, sagte Mama Nora. »Und kein anderer.«

»Es wäre interessant zu wissen, wozu?«, fragte Oma Amigorena.

»Na wozu wohl?«, sagte Schascha, »zum Essen.«

»Er lädt uns alle am Samstag nicht nur ins Restaurant ein, sondern auch noch in die Oper«, sagte Mama Nora.

»Er lädt ein.«

»In die Oper?«, ärgerte sich Oma Amigorena und schmetterte ihren Teller auf die steinerne Spüle in der Küche. »In welche Oper????«

»›Aida‹, glaube ich«, sagte Mama Nora.

»Oper nennst du diese dicken, schreienden Weiber?«,

fragte Oma Amigorena. »Dort ist es unmöglich, auch nur ein Wort zu verstehen.«

»Unmöglich zu verstehen ist es, weil sie meistens italienisch oder deutsch singen«, sagte Schascha.

»Deutsch??? Dann aber wirklich nicht«, sagte Oma Amigorena und legte sich auf Mikis *Ottomane*.

Mama Nora ging zu Oma Amigorena und wollte sie umarmen.

»Ich lasse mich nicht bestechen«, sagte Oma Amigorena.

»Warum wollen Sie nicht mitkommen?«, fragte Miki, während Mama Nora kurz auf den Korridor hinausging und Oma Amigorena ein Auge öffnete, um nachzusehen, warum sie das tat.

Um im Geheimen zu telefonieren. Warum sonst.

»Womit soll ich denn gehen? Mit dem Trainingsanzug???«, fragte Oma Amigorena verärgert.

»Von welchem *Trainingsanzug* sprechen Sie? Sie haben doch nie einen *Trainingsanzug* gehabt«, sagte Miki.

»Na siehst du, ich habe nicht einmal einen *Trainingsanzug*«, sagte Oma Amigorena, ohne sich umzudrehen. »Und wohin soll ich dann gehen?«

Mama Nora war wie eine Blinde.

Sie nahm nicht einmal Oma Amigorenas Schmerz wahr.

»Kann sein, dass es dort auch ein Ballett gibt«, sagte Mama Nora glücklich.

»Auch ein Ballett?«, fragte Oma Amigorena, ohne sich umzudrehen, aber mit der richtigen Intonation.

»›Auch‹ bedeutet in diesem Fall ›oder‹«, sagte Mama Nora. »Oder ein Ballett.«

»Ich habe diese Ballette gesehen«, sagte Oma Amigorena, ohne sich umzudrehen.

»Wo haben Sie sie gesehen?«, fragte Miki.

»Überall.«

Eine Stimmung kann ansteckend sein.

Wenn man nicht dagegen ankämpft.

»Und in welches Restaurant lädt er uns alle ein?«, fragte Miki.

Sie war in einem Alter, in dem man an Restaurants großes Interesse hat.

»In so ein *Fusion*-Restaurant«, sagte Mama Nora.

»Was bedeutet *Fusion*?«, fragte Oma Amigorena, die sich erholt hatte und umdrehte.

»Das bedeutet, dass dort die Küchen der ganzen Welt vermischt werden«, sagte Schascha.

»Das brauche ich wirklich nicht«, sagte Oma Amigorena nach einigem Nachdenken.

***

Mama Nora warf immer wieder Blicke in den Spiegel oder auf die Uhr, daher musste man noch etwas sagen.

»Wahrscheinlich will er sich bei uns präsentieren«, sagte Miki.

»Nicht sich präsentieren, sondern euch kennenlernen«, sagte Mama Nora.

»Aber warum in einem Restaurant?«, fragte Miki.

»Das ist doch sein Beruf«, sagte Schascha. »Lebensmittel zu fotografieren.«

»Das sage ich ja: Er will sich präsentieren«, sagte Miki.

»Also wird er uns nichts zu essen geben?«, fragte Oma Amigorena.

»Wirklich, warum lädt er uns alle ein?«, fragte Miki.

»Wahrscheinlich hat er beschlossen, etwas öffentlich zu erklären«, sagte Schascha.

Frauen erwarten von einem Mann stets ein vielsagendes Verhalten.

»Dass er sie verlässt?«, fragte Oma Amigorena hoffnungsvoll.

»Und wie heißt dieser Fotograf?«, fragte Miki und probte vor dem Spiegel ein Lächeln und eine Verbeugung.

»Alfredas«, sagte Mama Nora. »Es wäre gut, wenn du es nicht übertreibst.«

»Du hast Angst, dass ich ihm zu gut gefallen könnte?«, fragte Miki, die sich bald nach links, bald nach rechts drehte und versuchte, sich im Spiegel auch von hinten zu betrachten.

»Mama hat Angst, dass ihn jemand erschreckt«, sagte Schascha.

»Oma bleibt doch zu Hause«, sagte Miki. »Bleiben Sie wirklich zu Hause?«

»Ja gewiss«, antwortete Oma Amigorena und senkte den Blick zu Boden.

»Seien Sie nur nicht traurig ohne uns«, sagte Miki.

»Gewiss nicht«, antwortete Oma Amigorena mit zusammengebissenen Zähnen.

»Schwöre, dass du das Haus nicht in Brand steckst, solange wir nicht hier sind«, sagte Mama Nora.

»Worauf schwörst du …?«, fragte Oma Amigorena.

Alle im Haus haben nur vor zwei Dingen Angst.

Dass Oma Amigorena das Haus in Brand steckt.

Und dass sie gekränkt ist.

»Hör zu, wie lautet sein Nachname?«, fragte Miki bei der Türe.

»Alfredas Turtelbaumas«, antwortete Mama Nora.

»Wie?«

»Tur-tel-baum-as«, wiederholte Schascha.

»Ist er nicht Professor?«, fragte Miki. »Der Nachname klingt wie der von …«

»Von wem?«, fragte Mama Nora.

»Von einem Anthropologie-Professor«, sagte Miki.

»Ich habe dir doch klar gesagt: Er ist Fotograf«, sagte Schascha.

»Turtelbaum, Turtelbaum«, sang Miki, während sie die Türe absperrte. »Ein blöder Name, Turtelbaum.«

»Nachname«, sagte Mama Nora.

»Turtelbaum, Turtelbaum«, sang Miki, während sie über die Stiege hinunterhüpfte. »So ist der Nachname – Turtelbaum.«

»Der Nachname Turtelbaumas verwundert dich, doch ein Phänomen wie Amigorena Evangelista Bizantija nicht?«, fragte Schascha.

»Nein«, antwortete Miki, »du musst wissen« – dieses ›du musst wissen‹ galt Mama Nora –, »du musst wissen, dass Männer gegen Frauen gelegentlich Mimikry einsetzen.«

»Woran denkst du, wenn du von ›Mimikry‹ sprichst?«, fragte Mama Nora.

»Na, wie einige Schlangen.«

»Wie welche Schlangen?«, fragte Mama Nora.

»Nicht unbedingt Schlangen, Schmetterlinge benutzen sie auch«, sagte Miki.

»Welche Mimikry?«, fragte Mama Nora.

»Na, manchmal verstellen sie sich.«

»Wie?«

»Sie machen sich besser oder schlechter«, sagte Miki.

Mama Nora war im Stillen nervös, denn in Gegenwart des eigenen Kindes laut nervös zu sein, käme einem völligen Verlust an Autorität gleich.

»Und ist er reich?«, fragte Miki und sah Mama Nora streitsüchtig an.

»Wer?«, fragte Mama Nora.

»Dieser Turtelbaumas.«

»Lass sie in Ruhe. Bis jetzt weiß es noch niemand«, sagte Schascha.

»Und hast du seine Mutter gesehen?«, fragte Miki und blieb beim Hausbriefkasten stehen.

»Nein, sagte Mama Nora. »Und ich habe es auch nicht vor. Ich habe bereits einmal im Leben die Mutter eines Mannes kennengelernt.«

»Und?«

»Und das hat mir völlig gereicht.«

»Was?«, fragte Miki.

»Dieses Vergnügen«, antwortete Mama Nora.

»Und was war das für ein Vergnügen?«, fragte Miki.

»Seine Mama stand die ganze Zeit in der Tür und wischte mit einem Tuch die Türklinke ab«, sagte Mama Nora.

Der Hausbriefkasten erwies sich als leer.

***

Im Auto von Alfredas Turtelbaumas waren keine Gegenstände, mit denen man ihn identifizieren hätte können.

Das Auto wirkte anonym und hatte keinerlei Geruch, als wäre es gerade erst gemietet worden.

Der im Halbdunkel sitzende Alfredas Turtelbaumas sah sogar sympathisch aus und hatte etwas im guten Sinne Südländisches.

»So viel ich gesehen habe, hat er einen guten Zug – die braunen Augen Shaitans« – so charakterisierte Schascha später dieses Südländische, als sie die Stiege zur Wohnung hinaufging.

Als er aus dem Auto stieg, wirkte Alfredas Turtelbaumas ganz angenehm, und er blieb sogar dann angenehm, als er sagte: »Wie versprochen, wird es keine Oper geben, sondern stattdessen, wie versprochen, ein Ballett.«

»Mir haben tanzende Männer schon immer besser gefallen als singende Frauen«, sagte Schascha und beruhigte Mama Nora mit diesem einen Satz.

Mama Nora war nervös.

Sie lachte, als alle still waren.

Und sie beobachtete alle zu intensiv, als wollte sie herausfinden, wer was dachte.

Schascha und Miki hatten sie noch nie in der Rolle der Verliebten gesehen.

Ihre Mama, eine Autorin erotischer Krimis, hatte überhaupt nichts zu sagen.

Keine Fragen.

Die ganze Zeit lachte sie nur, verdrehte die Augen, und es war deutlich, dass sie mit diesem Lachen und dem Augenverdrehen nur den Fotografen bezirzen wollte.

Mama Nora wusste nur in ihren Büchern, was Männer tun und wie Frauen sich benehmen sollen.

Doch im wirklichen Leben benahm sich Mama Nora wie eine Kinderbuchschriftstellerin.

In solchen Fällen muss man sich immer vor Augen halten: Das kritische Denken ist in allen Fällen angemessen, außer in denen, wo man über seine Mutter spricht.

In dieser »Pique Dame« gingen scharenweise Männer herum, und kein einziger wollte tanzen.

Die Mehrzahl der Tänzer trug graue Anzugshosen.

Und wäre da nicht der Hauptheld gewesen, doppelt so groß und stämmiger als alle anderen, der auf der Bühne in einem eng anliegenden, weißen Ganzkörpertrikot auf und ab ging, so hätte man überhaupt nicht sagen können, was das für ein Ballett sein sollte.

Es hinterließ gar keinen Eindruck.

Das *Fusion*-Restaurant lag ganz nahe beim Theater, daher schien sogar der Regen, der sich unvermittelt über die Köpfe ergoss, geradezu wunderbar.

Nach dieser nassen Promenade erschien das Restaurant noch vielversprechender als in Mikis Vorstellungen.

Besonders entzückten die türkisfarbenen Tapeten.

Darauf waren Pfauen mit ultramarinfarbenen Hälsen und Fasane mit orangenen Schwänzen.

Vor diesen Pfauen und Fasanen fotografierte Turtelbaumas sie dann auch.

Die Kellner, die an eine Mischung aus Ninjas und Aikido-Kämpfern denken ließen, hätten sich den Ereignissen widersetzen können, doch sie taten es nicht.

Miki begann sofort davon zu sprechen, dass sie ihr ganzes Leben lang davon geträumt hatte, sich mit Kampfkunst und Kulinarik zu beschäftigen.

Schascha sagte so laut, dass alle es hörten: In Mikis Kopf gäbe es zu viele »Spiegelneuronen«.

Miki begann zu widersprechen: Dem sei nicht so, überhaupt nicht.

In ihrem Kopf gäbe es keinerlei »Spiegelneuronen«.

Schascha ließ nicht ab von den »Spiegelneuronen« und erklärte allen das Wesentliche: Aktive »Spiegelneuronen« treiben einen Menschen dazu, das zu tun, was er andere tun sieht.

Mama Nora und Herr Turtelbaumas stimmten schweigend zu.

Miki hingegen nicht.

Demonstrativ folgte sie mit ihren Augen den Kellnern und den in Reispapier gebratenen Garnelen, die diese trugen.

Das Ganze hatte nur einen Haken – alle Tische im Restaurant waren vollständig besetzt mit vollständig zufriedenen, kauenden und noch nicht kauenden Menschen.

»Vielleicht in ein oder zwei Stunden«, antwortete der allerkleinste Aikido-Ninja auf die Frage, wann ein Tisch frei wäre.

Das gellende innere Schweigen übertönte die aus der Zimmerdecke dringende Melodie einer armenischen Duduk.

»Vielleicht zu den Chinesen?«, fragte Schascha.

»Genug von diesen Chinesen«, sagte Miki. »Ich kenne ein gutes usbekisches Restaurant.«

Die Umwege der Restaurantsuche erschöpften den Fotografen Alfredas Turtelbaumas und machten ihn dermaßen fertig, dass er den ganzen Abend damit verbrachte, auf seinen Pilaf zu starren.

Und auch wenn er die Absicht gehabt hatte, etwas Wichtiges zu sagen, sagte er es nicht mehr.

Doch einen Anlass gab es.

Aus Mikis Schüssel mit usbekischen Nudeln roch es intensiv nach Basilikum.

Mama Nora lachte von da an nicht mehr.

Weder über alles, noch über nichts.

Und mit nichts störte sie die anderen beim Essen.

Die entspannte Miki sagte zum Fotografen Turtelbaumas sogar: Ob sie ihn vielleicht zeichnen könnte …

Es wäre gut, ihn zu zeichnen – als Figur eines Animationsfilms –, mit ihm könnte man einen Batzen Geld verdienen.

Doch nachdem der Fotograf Alfredas Turtelbaumas die Rechnung bezahlt hatte, fragte Miki noch, ob sein violettes Poloshirt aus einer Kollektion stamme, die für Mittelasien bestimmt war.

Der Fotograf Alfredas Turtelbaumas brachte sie mit seinem gemieteten anonymen Auto direkt zur Haustüre.

Es war schon spät, und vor dem Haus erwarteten sie Fledermäuse, die die Luft zerschnitten.

»Gut, dass es keine Ratten sind«, sagte Schascha.

»So hört doch auf«, sagte Mama Nora.

Schascha und Miki waren erwachsen genug, um zu begreifen: Jetzt ist genau der Moment, in dem man die anderen Erwachsenen alleine lassen muss.

Satt gegessen, wie sie waren, erschien ihnen der Weg über die steile Stiege in den ersten Stock des Hauses länger als gestern oder vorgestern.

Zwischen dem Erdgeschoß und dem ersten Stock sprachen Schascha und Miki noch über den Fotografen Turtelbaumas und seine Zukunft.

Hier holte sie Mama Nora ein, und Miki fing gleich damit an: Das Auto dieses Turtelbaumas war nicht nur billig, sondern dazu auch noch gemietet.

»Es hat überhaupt nichts zu bedeuten, dass das Auto gemietet war. Das ist kein Problem. Ein Problem wäre es gewesen, wenn das Auto gestohlen wäre«, sagte Schascha.

Irgendwie musste man Mama Nora doch beruhigen.

Ihr ging es in dieser Situation am schlechtesten von allen.

Sie war traurig, dass sich ihr Fotograf von anderen Männern nur durch sein Poloshirt unterschied.

Aus der Kollektion für die Einwohner von Buchara.

»Außerdem könnte er bestimmte Ziele verfolgen«, sagte Miki.

»Welche Ziele?«, fragte Mama Nora.

»Na, welche wohl? Unlautere«, sagte Miki. »Ich glaube, dass er auf Geld aus ist.«

»Also bist du auf Geld aus«, sagte Schascha.

»Ich glaube, nicht nur ich«, sagte Miki. »Er auch.«

»Wir haben überhaupt kein Geld«, sagte Schascha.

»Aber das weiß er doch nicht«, sagte Miki.

»Wenn sich jemand an jemand anderen wegen irgendeinem Geld heranmacht, so weiß er darüber genau Bescheid«, sagte Schascha. »Genau.«

Da konnte Mama Nora die Spannung, unter der sie den ganzen Abend gestanden hatte, nicht mehr ertragen und heulte los.

Da sagte Schascha, dass er schöne Augen habe. Wie die von Shaitan.

Und seine Lippen seien geformt wie Amors Bogen.

Und das sei auch schön.

Mama Nora und Miki sagten, sie hätten Amors Bogen nicht bemerkt.

Miki sagte, er sei übergewichtig.

»Minimal«, sagte Mama Nora, doch sie hörte zu weinen auf.

»Was ist er eigentlich?«, fragte Miki.

»Er ist Karaime«, antwortete Mama Nora. »Von der Mutter her.«

»Was??????«, fragte Miki.

»Karaime.«

»Ich glaube, er ist Jude, vermischt mit Karaimen«, sagte Miki nach einigem Nachdenken. »Von der Mutter her.«

»Warum glaubst du das?«, fragte Mama Nora.

»Wäre er nur Karaime, so wäre er Koch und hätte sein eigenes Restaurant«, sagte Miki.

»Aber er ist doch Lebensmittel-Fotograf«, sagte Schascha.

»Ich habe ja gesagt: ein jüdischer Fotograf, gemischt mit einem karaimischen Koch«, sagte Miki. »Hat er überhaupt etwas Jüdisches?«, fragte Miki.

Mama Nora errötete.

Das war sogar in der armseligen Beleuchtung des Stiegenhauses zu sehen.

Als sie eintraten, war Oma Amigorena nicht zu sehen.

Das hatte zu bedeuten, dass sie bereits schlief oder sich im Stillen ärgerte.

Die Uhr des elektrischen Backrohrs zeigte bereits fünf vor zwölf.

»Zaubert irgendeinen Kuchen her«, sagte Mama Nora.

***

Unter ihrem Fenster trafen sich der Mitarbeiter der Chinesischen Botschaft und seine Frau mit drei Demonstranten für die Freiheit Tibets.

Mit der tibetischen Fahne, einem Plakat und Kerzen.

Sie standen da, blickten einander an und schwiegen.

Und entfernten sich, um ihren Angelegenheiten nachzugehen.

Oma Amigorena notierte es.

Und wieder war Ruhe eingekehrt.

»Was ist mit deinem Berlin?«, fragte Schascha.

»Daraus ist nichts geworden«, antwortete Miki mürrisch.

»Das habe ich mir gleich gedacht«, sagte Oma Amigorena zufrieden.

»Alfredas möchte uns alle zu einer Ausstellung einladen«, sagte Mama Nora etwas zaghaft, als sie mit dem Telefon in der Hand das Wohnzimmer betrat.

»Was?«, fragte Oma Amigorena, die ihren Kopf von unter der roten, gaufrierten Stehlampe hervorstreckte. »Und wer ist Alfredas?«

»Dieser Fotograf«, sagte Miki. »Alfredas ist sein Vorname, und sein Familienname ist, wie wir geklärt haben, Turtelbaumas.«

»Ist er reich?«, fragte Oma Amigorena hoffnungsvoll. »Ein Jude?«

»Ein Karaime«, sagte Miki mürrisch.

»Dann ist alles klar«, sagte Oma Amigorena, verkroch sich unter ihre Stehlampe und ging ihren Arbeiten nach.

»Ich glaube, er verfolgt seine Ziele«, sagte Miki.

»Ich auch«, sagte Oma Amigorena. »Ich glaube, er verfolgt ganz miese und total schlechte Ziele.«

»Alfredas möchte uns alle in eine Ausstellung einladen«, wiederholte Mama Nora leise.

»In welche Ausstellung?«, fragte Miki mürrisch.

»In seine eigene«, antwortete Mama Nora. »Eine Fotoausstellung.«

»Nichts für ungut«, sagte Miki. »Fotos mit gefärbtem Schinken interessieren mich nicht. Und mit Melonen auch nicht.«

»Dort wird es vermutlich keine Melonen geben«, sagte Mama Nora.

»Wassermelonen?«, fragte Oma Amigorena, während sie ihren Kopf unter der Stehlampe hervorstreckte.

»Und möchtest du hingehen?«, fragte Mama Nora Schascha.

»Ich muss eine Arbeit zu Ende bringen«, sagte Schascha.

»Ich habe nicht bemerkt, dass du irgendwann irgendetwas arbeitest«, sagte Oma Amigorena und fluchte: »*Gatos.*«

Mama Nora ging zum Fenster und beugte sich vor, um nachzusehen, was unten vor sich ging.

Sowohl die Chinesen als auch die Kämpfer für die Freiheit Tibets waren schon weg.

Es war wohl nicht der richtige Ort für so etwas.

»Es wäre wunderbar, wenn du nicht fortfliegen würdest«, sagte Oma Amigorena, die ihren Kopf unter der roten gaufrierten Stehlampe hervorstreckte.

»Es wäre sonderbar?«, fragte Miki.

»Nein«, sagte Oma Amigorena. »Ich bin einfach noch nicht bereit dafür.«

Mama Nora zog sich schweigend an und ging in die Ausstellung.

Und niemand hielt sie zurück.

Sie ging traurig weg. Ihr Recht auf Liebe und Unabhängigkeit wird die Familie nie anerkennen.

An den Gesichtern der Zurückgebliebenen war das abzulesen.

Niemals!

Mama Nora ging weg, und Schascha sagte, dass ihr – Mama Nora – niemand mehr Einhalt gebieten werde.

»Wenn sie zurückkommt, werde ich ein ernstes Wort mit ihr reden«, sagte Miki.

»Mach das«, sagte Oma Amigorena hoffnungsvoll und drückte Miki die Hand.

***

»Mama Nora wird wieder angegriffen«, sagte Schascha, die auf Mama Noras Computer ins Internet eingestiegen war.

»Wer greift sie an?«, fragte Oma Amigorena.

»Na, wer schon«, sagte Schascha. »Internet-Würmer.«

»Warum?«

»Was warum?«

»Warum greifen sie sie an?«, fragte Oma Amigorena.

»Wegen ihres Alters, ihres Aussehens, wegen ihres öffentlichen Auftretens mit Alfredas Turtelbaumas, wegen der Zähne und wegen eines Plagiatvorwurfs«, antwortete Schascha.

»Ich begreife nicht«, sagte Miki, »wie kann man jemanden des Plagiats erotischer Literatur bezichtigen? Dort gibt es doch weniger Varianten als in der Musik.«

»Was schreiben sie denn dort?«, fragte Oma Amigorena. »Dass sie schlecht ist?«

»Etwas in der Art«, sagte Schascha.

»Ich begreife nicht, was sie von ihr wollen. Was hat sie denn getan, hat sie das nationale Öllager geplündert? Hat sie Handel mit Mumijo betrieben?«, schrie Miki.

»Was ist Mumijo?«, fragte Oma Amigorena.

»Fledermaus-Dreck«, antwortete Schascha.

»Fledermaus-Dreck?«, fragte Oma Amigorena.

»Na gut. Nicht von Fledermäusen«, sagte Schascha. »Von Schwalben. Von Schwalben.«

»Hier steht etwas über diese Ausstellung«, sagte Schascha.

»Welche Ausstellung?«, fragte Miki.

»Na, welche schon. Die von Alfredas Turtelbaumas«, sagte Schascha.

»Verreißen sie sie?«, fragte Oma Amigorena, die hoffnungsvoll unter der Stehlampe hervorkam.

»Nicht völlig«, sagte Schascha, während sie auf den Bildschirm blickte.

»Aber kannst du mir nicht beibringen, auf dem Computer zu schreiben?«, fragte Oma Amigorena, und sogar ihre Augen leuchteten.

»Nein«, sagte Schascha.

»...«

»Wirklich nicht.«

»Warum nicht?«, fragte Oma Amigorena.

»Du würdest ein Armageddon heraufbeschwören«, sagte Schascha.

»Was ist ein Armageddon?«, fragte Oma Amigorena, die über den Vorschlag nachdachte.

»Das ist so eine für die Zukunft vorhergesagte Schlacht«, antwortete Schascha.

»Wer gegen wen?«, fragte Miki.

»Der auf die Erde kommende Messias gegen den auf Erden lebenden Satan«, antwortete Schascha.

»Und wer werde ich in dieser Schlacht sein?«, fragte Oma Amigorena. »Was?«

»Hier steht etwas über diese Ausstellung«, sagte Schascha.

»Das interessiert mich nicht«, sagte Miki.

»Du täuschst dich«, sagte Schascha.

»Das interessiert mich nicht.«

»Hier steht, er habe zehn Jahre als Kriegskorrespondent

im Irak gearbeitet … in Libyen und Afghanistan … er wurde mehrmals für seinen Mut und fünfmal als Fotograf ausgezeichnet«, las Schascha vor. »Seine Fotos drucken die wichtigsten Tageszeitungen der Welt ab … sogar in Großbritannien. Doch hier ist nur eines.

Miki und Oma Amigorena stürzten sich sofort auf den Computer und auf Schascha.

Es waren zwei Fotos.

Auf einem war der Fotograf Alfredas Turtelbaumas abgebildet – in einem muslimisch grünen Unterhemd, hinter ihm ein riesiger Haufen verrosteter Raketenteile.

Auf dem anderen Foto hatte er einen erschossenen alten Araber im Sturz festgehalten.

Sich in der Luft drehend, mit der Hand einen Regenbogen zeichnend und im Versuch, sich vor dem Tod an die in der Ferne weiß leuchtende Spitze eines Minaretts zu klammern oder sie abzubrechen.

Das Foto erinnerte ein wenig an zweitklassige Hochzeitsfotos.

Doch keiner der um den Computer Versammelten hatte noch Lust, sehr kritisch zu sein.

»Also hat er eine Medaille?«, fragte Oma Amigorena nach einer Pause.

»Nicht nur eine«, sagte Miki.

»Er wurde sogar vom Präsidenten ausgezeichnet«, sagte Schascha.

»Schaut her, schaut her«, schrie Miki auf, »Turtelbaumas ist zu sehen. Steckt eure Köpfe nicht in den Computer, setzt euch auf das Sofa und schaut.«

»Sie sehen sehr gut aus zusammen«, sagte Miki nach einer langen Pause.

»Wer mit wem?«, fragte Schascha unwillig.

Es war auch so schon klar: Die, die »gut aussahen«, waren

Mama Nora, die ein dunkelviolettes T-Shirt trug, neben dem berühmten Kriegsfotografen Alfredas Turtelbaumas, der ein enges schwarzes Poloshirt anhatte.

»Er hat eine Medaille«, sagte Schascha.

»Was?«, fragte Miki.

»Er sieht gut aus«, sagte Schascha.

»Was nennst du hier Medaille?«, fragte Oma Amigorena.

So wurde Alfredas Turtelbaumas augenblicklich von *dem Fotografen* zu einem Helden.

Zu einem Helden, der keinerlei böse Ziele verfolgte.

Oma Amigorena hielt die Spannung nicht mehr aus und rauchte.

Direkt vor dem Fernseher.

Ohne darauf zu achten, dass die wichtigsten Persönlichkeiten des Staates sie zur gleichen Zeit aus dem Fernseher heraus anblickten.

»Ich denke … dass ich ihn dennoch kennenlernen sollte«, sagte Oma Amigorena, die die Veränderungen erwog. »Wir hätten einander viel zu erzählen.«

»Warum wiederholst du ständig, dass er Kuchen fotografiert?«, fragte Miki.

»Einfach so«, antwortete Schascha.

»Warum einfach so?«

»Das bedeutet: ohne einen wichtigen Grund«, antwortete Schascha und wandte sich zu Oma Amigorena: »Siehst du, wärest du in diese Ausstellung gegangen, so wärest du auch in den Nachrichten zu sehen gewesen.«

»Das Leben ist so eine Angelegenheit«, sagte Oma Amigorena mit brüchiger Stimme, »in dem man nicht alles sehen kann … manchmal geschieht … auch etwas ganz Unerwartetes … und man muss lernen, damit zurechtzukommen.«

Doch ihrem Gesicht sah man an, dass es ihr leidtat.

Wirklich.

Jetzt saß eine dreifache Enttäuschung auf dem Bett.

Oder eine totale *trabeza*, wie Oma Amigorena sagen würde, die in diesem Fall gar nichts sagte.

Sie unterhielten sich, doch sie unterhielten sich nur, um sich wenigstens irgendwie zu beschäftigen.

»Wärest du in die Ausstellung gegangen, hättest du irgendetwas Blumiges anziehen können«, sagte Schascha.

»Warum etwas Blumiges?«, fragte Oma Amigorena.

»Ich dachte, du ziehst gerne etwas Gelbes, Blumiges an«, sagte Schascha.

»Ich mag diese Blumen nicht«, sagte Oma Amigorena.

»Warum?«, fragte Schascha.

»Blumen erinnern an ein B.«, begann Miki leise.

Schascha begriff nicht.

»Begräbnis«, sagte Miki leise.

Oma Amigorena warf alles von sich, schrie *gatos!*, und verließ das Zimmer.

»Du hättest nicht fragen sollen«, sagte Miki.

»Du hättest nicht antworten sollen«, sagte Schascha.

***

Mama Nora hatte so viel Energie, dass sie sofort nach dem Heimkommen aufzuräumen begann, obwohl es fast Mitternacht war.

Einige Zeit dachte sie sogar laut darüber nach, ob sie die Zimmer saugen sollte.

Und diesmal fragte nicht einmal Oma Amigorena, wo sich Mama Nora die ganze Nacht herumgetrieben hatte.

Oma Amigorena saß in der Küche, herausgeputzt mit einer olivfarbenen Strickjacke, auf den bärenförmigen Kühlschrank gestützt, neben sich den tellergroßen Porzellanaschenbecher mit der Karlsbrücke und eine neue Packung Tabak.

Mama Nora hatte ihn eigens für sie aus Prag mitgebracht.

»Raucht dieser Fotograf?«, fragte Oma Amigorena, während sie ihre Pfeife stopfte und analytisch Mama Noras nächtlichen Enthusiasmus beobachtete.

»Ja«, antwortete Mama Nora.

»Was raucht er?«

»Pfeife. Wie du.«

»Was denkst du, würde er mit mir zusammen eine Pfeife rauchen wollen?«

»Eine Friedenspfeife?«, fragte Mama Nora.

»Nein. Wir würden einfach zusammen rauchen.«

»Wo?«

»Wo auch immer.«

»Ihr würdet aussehen wie zwei rumänische Zigeuner«, sagte Schascha.

An dieser Stelle war ein Irrtum passiert.

Oma Amigorena gehörte zu der Gruppe von Menschen, die gerne wie rumänische Zigeuner aussehen würden.

»Gut. Dann würden wir uns in der Küche einschließen und den ganzen Tag niemanden hereinlassen«, sagte Oma Amigorena.

***

»Was macht er dort?!!!!!!!!«, schrie Oma Amigorena.

Der Morgen war schon angebrochen.

Er liest, sagte Schascha und schaute zum Fenster hinaus.

Unten las der chinesische Koch eine Zeitung.

»Nie hätte ich gedacht«, sagte Oma Amigorena.

»…«

»Was liest er dort?«

»*Schenmin Schibao*«, sagte Schascha.

»Waaaaaaas???????«

»So eine chinesische Zeitung.«[6]

»Du siehst so gut?«, fragte Oma Amigorena.

»Ich rieche es.«

»Vielleicht sollte man ihnen doch diese Menschenrechte gewähren«, sagte Oma Amigorena nach einigem Nachdenken.

»Wem?«, fragte Miki, obwohl sie das Gespräch nicht interessierte.

Sie zog Bücher aus dem Regal und warf sie zu Boden.

So schied sie die brauchbaren von den überflüssigen.

Die brauchbaren lagen am Boden.

Diejenigen, in denen irgendwelche Fotos zu finden waren.

»Diesen Chinesen«, sagte Oma Amigorena. »Wir würden ihnen die Menschenrechte geben und schauen, was daraus wird.«

»Das hängt nicht von uns ab«, sagte Schascha.

»Von uns?«, fragte Oma Amigorena.

»Von uns im weiteren Sinn des Wortes«, sagte Schascha. »Von uns Europäern.«

»Ist auch gut, dass es nicht von uns abhängt«, sagte Mama Nora, die den Anfang des Gesprächs auf der Türschwelle mitgehört hatte.

»Ist auch gut, dass es nicht von uns abhängt.«

»Es hängt nicht von uns ab, aber wir können wählen«, sagte Schascha. »Für die Menschenrechte der Chinesen zu kämpfen oder nicht.«

Für Oma Amigorena schien das nicht klar.

»Werden wir also kämpfen oder nicht?«, fragte sie.

»…«

---

6 *Schenmin Schibao* – die Zeitung, die die Ideen des Zentralkomitees der Kommunistischen Partei Chinas vertritt.

»Wir im weiteren Sinn dieses Wortes«, erklärte Oma Amigorena, »als Europäer.«

»Nun, in Kenntnis aller Umstände ...«, sagte Schascha.

»In Kenntnis aller Umstände«, wiederholte Oma Amigorena, um es sich besser einzuprägen und zu verstehen.

»Und unter Berücksichtigung der Tatsache, dass die Chinesen über eine Milliarde sind«, sagte Schascha.

»Unter Berücksichtigung der Tatsache, dass die Chinesen über eine Milliarde sind«, wiederholte Oma Amigorena.

»Die Europäer hingegen nur siebenhundert Millionen«, sagte Schascha. »Aufgerundet.«

»Die Europäer hingegen nur sieben ...«, wiederholte Oma Amigorena.

»Wenn wir berücksichtigen, dass ein Drache leicht einen Fisch verschlingen kann, ein Fisch hingegen wohl kaum einen Drachen«, sagte Schascha.

»Wenn wir berücksichtigen ... wohl kaum«, wiederholte Oma Amigorena.

»Wahrscheinlich ...«, sagte Schascha.

»Wahrscheinlich ...«, wiederholte Oma Amigorena.

»Wahrscheinlich«, sagte Schascha, »werden wir kämpfen.«

»Wir werden kämpfen?«, fragte Oma Amigorena verwundert.

»Nur jetzt nicht mehr aus vollen Kräften«, sagte Schascha.

»Nicht mehr aus vollen Kräften?«, vergewisserte sich Oma Amigorena.

»Nicht mehr aus vollen Kräften«, wiederholte Schascha.

»Nicht mehr aus vollen Kräften«, sagte Oma Amigorena entschieden.

»Aber vielleicht würden sie nirgendwo hinfahren«, sagte Mama Nora. »Denn warum sollten sie fahren?«

»Man sollte sich nicht solche Illusionen machen. Erinnere dich, was passiert ist, als die erotische Literatur fünfzig Jahre verboten war und danach legalisiert wurde«, sagte Schascha.

»Und was ist passiert?«, stutzte Oma Amigorena.

»Es kam zu einer Sintflut erotischer Literatur«, sagte Schascha.

»Hört zu, können wir nicht für einen Teil ihrer Rechte kämpfen?«, fragte Miki, doch niemand gab ihr eine Antwort.

»Mit dieser Idee einer gemeinsamen Welt müsste man noch zuwarten«, sagte Mama Nora. »Man muss nichts überstürzen.«

»Was bedeutet das, ›die Idee einer gemeinsamen Welt?‹«, fragte Oma Amigorena.

»Das bedeutet, dass alle Bürger der Welt ihren Wohnsitz nehmen können, wo immer sie wollen«, erklärte Schascha. »Und Mama sagt, dass man mit solchen Ideen zuwarten muss.«

»So denke ich auch«, stimmte Oma Amigorena zu.

»Hör zu, könnte er, Turtelbaumas … mir nicht das Fotografieren beibringen?«, fragte Miki, zu Mama Nora gewandt.

»Es ist mir bisher nicht aufgefallen, dass dich die Fotografie interessiert. Willst du wirklich fotografieren lernen?«, fragte Mama Nora.

»Jetzt wollen das alle«, versicherte Oma Amigorena und schaute hoffnungsvoll auf Mama Nora. »Wirklich.«

So war Alfredas Turtelbaumas von einem verdächtigen Typen zu einem Vorbild geworden.

»Einmal fand ein Japaner am Morgen seine Axt nicht. Er dachte darüber nach, wo diese Axt hatte verschwinden können, und kam zur Überzeugung, der Sohn des Nachbarn habe sie gestohlen«, sagte Schascha.

»Welchen Unsinn redest du da?«, fragte Oma Amigorena.

»Es gibt so eine östliche Erzählung. Eine japanische. Weil ich sie aber vor langer Zeit gelesen habe, kann ich mich auch irren«, sagte Schascha.

Obwohl die japanische Erzählung zur Situation nicht passte, war die ganze Familie dennoch entschlossen, diese japanische Erzählung bis zum Ende anzuhören. Im Stehen oder auf dem Fußboden sitzend.

»Einmal fand ein Japaner am Morgen seine Axt nicht. Er dachte darüber nach, wo diese Axt hatte verschwinden können, und kam zur Überzeugung, der Sohn des Nachbarn habe sie gestohlen«, begann Schascha.

»So sind sie«, sagte Oma Amigorena.

»Wer?«, fragte Schascha.

»Diese Nachbarn«, antwortete Oma Amigorena.

»Wenn ihr mich unterbrecht, werdet ihr den Anfang der Erzählung vergessen«, sagte Schascha.

»Also, der Japaner kam zur Überzeugung, dass der Sohn des Nachbarn seine Axt gestohlen habe. Der Sohn des Nachbarn ging gerade vorbei, und dem Nachbarn schien, dass er auch wie ein Dieb ging, wie ein Dieb sprach und wie ein Dieb aussah. Nachdem ein halber Tag vergangen war, tauchte die Axt auf. Mag sein, dass der Japaner selbst sie irgendwo verlegt und danach gefunden hatte. Mag sein, dass sein eigener Sohn sie genommen und danach zurückgegeben hatte. Am Abend ging derselbe Sohn des Nachbarn durchs Haus und sah überhaupt nicht wie ein Dieb aus. Und er ging und sprach und wirkte nicht wie ein Dieb.«

»Geht es hier um mich?«, fragte Oma Amigorena. »Was willst du damit sagen? Was habe ich euch gestohlen?«

Kaum hatte sie es gesagt, brach sie in Tränen aus.

So kläglich endete dieser wunderbare Abend.

***

Zwei Tage lang freute sich Mama Nora im Stillen, bis es schließlich zu einer Explosion kam.

Sie öffnete ihren Mund.

Sie öffnete ihren Mund und erzählte allen, dass sie und Alfredas vielleicht auch planten, nach Australien zu fliegen, um dort zu leben.

Vielleicht.

Alfredas hat dort ein Erbe erhalten und möchte es dort auch ausgeben.

Außerdem stünden ihnen beiden dort viel weitere Perspektiven offen.

»Was ist dort – herrscht Krieg und fehlt es an Autoren erotischer Romane?«, vergewisserte sich Schascha.

»Du wolltest doch dein ganzes Leben lang auf eine Insel fliehen«, sagte Miki begeistert.

»Nur diesmal wird die Insel sehr groß sein«, sagte Schascha.

»Und du denkst, es wäre besser, auf eine kleine Insel zu fliehen? Und ein ganzes Leben in einem sandigen Loch zu sitzen? Wenn sich diese Insel nach einiger Zeit als ein solches entpuppt?«, fragte Miki.

»Und du glaubst, dass ein großes Loch um irgendetwas besser ist als ein kleines?«, fragte Schascha. »Obwohl, wenn der Bedarf nach einem kleineren Loch entsteht, kann man nach Tasmanien übersiedeln.«

»Zu den Teufeln?«, fragte Oma Amigorena.

»Ich sehe an diesem Australien nichts Gutes«, sagte Oma Amigorena.

»Dort befindet sich der Mount Kosciuszko«, sagte Schascha.

Oma Amigorena überlegte, ob ihr das irgendetwas sagte.

»Ich verstehe nicht, wozu sie in dieses Australien fliehen will, kann sie nicht irgendwohin in die Nähe von zu Hause fliehen?«, fragte Oma Amigorena nach einiger Zeit.

Die Frage verlangte nicht unbedingt nach einer Antwort, doch Schascha versuchte, darauf zu antworten:

»Die Menschen wollen dorthin fliehen, wo sie glauben, dass sie sich am glücklichsten fühlen werden, und nicht dorthin, wo man es ihnen anbietet.«

»Und wohin habe ich es ihnen angeboten?«, fragte Oma Amigorena.

»Nach Łódž«, sagte Schascha.

***

Mama Nora berichtete: Alfredas Turtelbaumas lädt sie wieder in die Oper und in das *Fusion*-Restaurant ein, nur dieses Mal richtig.

Ein Fenstertisch für Samstagabend ist im Restaurant bereits reserviert.

Miki stieß sogar einen Schrei aus, und dieser Schrei bedeutete »Ja«.

»Werden Sie mitkommen?«, fragte Miki Oma Amigorena.

»Ich habe anderes zu tun«, antwortete Oma Amigorena.

»Seit wann haben Sie anderes zu tun?«, fragte Miki.

»Seit ich zum ersten Mal nachgedacht habe.«

»Worüber?«

»Über den Sinn des Lebens«, antwortete Oma Amigorena.

»Und wann war das?«, fragte Miki.

»Gestern«, antwortete Oma Amigorena.

»Gestern?«

»Die ganze Nacht«, sagte Oma Amigorena.

Oma Amigorena war wirklich nicht in Stimmung.

Das kam vielleicht daher, dass sie nicht ausgeschlafen war, und so beschloss die ganze Familie, sie in Ruhe allein zu lassen.

Das Auto von Alfredas Turtelbaumas wartete bereits unten.

Niemand interessierte sich dafür: Ist es gemietet oder einfach sauber – wie das Auto eines Fotografen.

»Er ist fünfundzwanzig Minuten zu früh gekommen«, sagte Schascha.

»Siehst du, wie er um dich bemüht ist«, sagte Miki zu Mama Nora.

Die Oper erwies sich als wunderbar.

Es sangen die ganze erste Besetzung und sogar zwei Gaststars. Miki las im Halbdunkel murmelnd das auf schwarzem Hintergrund in Weiß geschriebene Libretto der Oper.

Eine besondere Freude bereiteten ihr drei Stellen des Librettos:

Die erste: Der schöne Prinz wird von einer Schlange verfolgt, doch es retten ihn zwei Damen.

Die zweite: Der Zauberer tritt in einem Wagen auf, der von sechs Löwen gezogen wird.

Die dritte: Am Schluss beschließt eine Figur – ein Vogelmensch –, sich zu erschießen, weil er denkt, das Leben sei ungerecht.

Die Löwen waren natürlich nicht echt, das Sujet war ziemlich verworren, und der Vogelmensch überlebte, was sie enttäuschte.

Doch nicht so sehr, dass sie nicht mehr essen hätte, wollen.

Dieses Mal schien ihnen, dass sogar die Pfauen freundlicher von den Wänden des *Fusion*-Restaurants blickten.

Obwohl die Aikido-Ninjas genauso lustlos waren wie letztes Mal.

Aber.

Auf Mama Nora, Schascha und Miki wartete bereits der von Alfredas Turtelbaumas reservierte Fenstertisch mit einem prächtigen Abendblick auf die Straße, und niemand war geneigt, sich lange Gedanken darüber zu machen, warum diese Aikido-Ninjas unzufrieden sein könnten.

»Mit ihrem Gehalt«, sagte Schascha.

Mama Nora bestellte japanisch-kambodschanische Garnelen;

Schascha eine japanisch-koreanische Ente;

Miki, die ihre Kräfte überschätzt hatte: Schildkrötensuppe mit koreanischem Kraut und einen mandschurischen Karpfen.

Alfredas Turtelbaumas bestellte als echter Gentleman aus Solidarität dasselbe wie Mama Nora.

»Wenn wir uns vergiften, dann alle zusammen«, kommentierte Miki leise, damit es Alfredas Turtelbaumas nicht hörte.

Das Abendessen war sättigend und leicht. Der Vorzug eines guten Restaurants.

Alfredas Turtelbaumas wirkte in einem schwarzen, enganliegenden Samtsakko, einem brandneuen schwarzen Hemd, einem schmalen schwarzen Ledergürtel, einer engen Hose und eleganten Slippers aus Krokodilleder auf den nackten Füßen wie ein Kunstgalerist aus Paris.

Mama Nora schwieg verlegen, Miki hingegen zeigte, wenn er gerade nicht hinsah, die ganze Zeit mit aufgerissenen Augen und eingezogenen Wangen, wie baff sie war.

Anfangs versuchte Alfredas Turtelbaumas über geografische Themen zu sprechen: über Australien.

Miki jedoch war entschlossen, gleich hier, direkt bei Tisch, mit dem Erlernen der Reportage-Fotografie zu beginnen, und beanspruchte seine Aufmerksamkeit mit ihren Fragen über seine Vergangenheit.

Alfredas Turtelbaumas versuchte mit leichten Manövern, das Gespräch vom Irak nach Australien zurückzuführen, doch Miki krallte sich mit Zähnen und Fingernägeln an ihm fest und ließ ihn nicht nach Australien zurückkehren.

Miki erinnerte sich plötzlich.

Sie erinnerte sich an ihre von der Familie unterdrückte, aber noch immer glimmende Leidenschaft für Heldentaten und bekannte Alfredas Turtelbaumas gleich hier, bei Tisch, dass sie völlig darauf vorbereitet sei.

Sie zu vollbringen. Und schon lange.

Nur hätte es früher an einem Impuls gefehlt.

Dem Gesicht von Alfredas Turtelbaumas war schwer zu entnehmen, ob es ihm angenehm war, der Impuls zu sein.
Oder nicht.

»Es gibt nichts Blöderes, als für Ideen zu sterben«, sagte Schascha.
»Ich stimme Ihnen völlig zu«, sagte Alfredas Turtelbaumas.
Miki war so leicht nicht zu stoppen.
Sie war viel mehr an der Frage interessiert:
»Ist es sehr schwer, ein Held in Friedenszeiten zu sein?«

Als sie dieses Mal über die Stufen zu ihrer Wohnung stiegen, fanden sie abgesehen von den braunen Augen Shaitans und den Lippen mit Amors Bogen noch sieben wunderbare Züge an Alfredas Turtelbaumas.

»Schade, dass Oma nicht mitgekommen ist. Nur weil sie sich immer etwas einbildet«, sagte Miki. »Morgen werde ich ein ernstes Wort mit ihr reden müssen.«

***

Der Morgen begann mit einer Agonie.
Schascha dachte, dass das Jammern zu ihrem Traum über das Stadion gehörte.
Dort erwartete sie laut schluchzend und jammernd ein Bekannter, der bei Frauen aller Altersgruppen großen Erfolg hatte.
Sie hatte sich in diesem Traum verspätet oder war gar nicht gekommen, und jetzt jammerte und weinte er allein in diesem leeren Stadion.
Doch dieses Jammern gehörte nicht nur zum Traum.
Als Schascha die Augen öffnete, standen Mama Nora und Miki bereits in ihrem Zimmer.

»Oma ist geflohen«, sagte Mama Nora leise, obwohl es zu Hause niemanden gab, vor dem man eine solche Nachricht hätte verbergen können.

»Wohin?«

»Das hat sie nicht mitgeteilt«, sagte Miki.

»Vielleicht ist sie nicht geflohen, vielleicht ist sie irgendwo hingegangen?«, fragte Schascha. »Und findet nicht zurück.«

Schascha lag da, die Decke bis zum Kinn hochgezogen, und war auf eine derartig aussichtslose Situation überhaupt nicht vorbereitet.

»Sie ist geflohen«, sagte Miki. »Wir haben eine Liste von Sachen gefunden«, sagte Miki und las vom Blatt ab: »Fünf Paar Wollstrümpfe, Reisepass, Blutdruckmittel, zwei Stangen Zigaretten …«

»Ich habe nicht verstanden. Was ist das?«, fragte Schascha und setzte sich im Bett auf.

»Ich habe es gesagt – eine Liste von Sachen. Sie hat sich darauf vorbereitet. Sie hat eine Liste zusammengestellt, ihre Sachen nach dieser Liste in meinen Koffer gepackt und ist geflohen.«

»Sie ist mit deinem ›Samsonite‹ geflohen?«

»Ja.«

»Die hat einen guten Geschmack«, sagte Schascha, während sie aus dem Bett stieg und sofort ihr Gleichgewicht fand.

Schascha stand auf und ging nachschauen.

Miki sagte und wiederholte es: Es gibt nichts zu sehen.

In Oma Amigorenas Bett lag irgendetwas.

Es lag da und bewegte sich nicht.

Schascha bewegte das liegende Etwas.

Das liegende Etwas bewegte sich nur so viel, wie es bewegt wurde.

Schascha zog die Decke zurück und fand Oma Amigorenas Pelzmantel, eingewickelt in ein Handtuch.

»Das einundzwanzigste Strategem«, sagte Schascha. »Die Zikade wirft ihre goldglänzende Haut ab.«

»Was ist ein Strategem?«, fragte Miki

»Eine chinesische Kriegslist, auf eine Formel gebracht«, sagte Schascha.

»Warum siehst du Menschen immer nur als …«, sagte Miki genervt.

»Als was?«

»Als Forschungsobjekte«, sagte Miki genervt.

***

»Was glaubst du, womit sie geflohen ist?«, fragte Miki, als sich die Beratung in die Küche verlegte.

»Man sollte nicht sagen ›womit‹«, sagte Mama Nora, »sondern ›warum‹.«

»Ich frage, mit welchem Geld sie geflohen ist«, sagte Miki.

»Mit dem Begräbnisgeld«, sagte Schascha.

»Hat irgendjemand für sie eine Lebensversicherung abgeschlossen?«, fragte Miki.

»Wer?«, fragten Mama Nora und Schascha im Duett.

Schascha öffnete das Fenster und beugte sich über das Fensterbrett, als könnte man im Hof noch die mit dem Samsonite-Koffer fliehende Oma Amigorena sehen.

Der Mitarbeiter der Chinesischen Botschaft ging ohne seine Frau hinaus, um sich an der Welt zu ergötzen.

Als wäre nichts geschehen.

»Gut, wenn sie geflohen ist, dann wohin?«, fragte Miki.

»Man sollte beten, dass sie sich nicht nach Argentinien aufgemacht hat«, sagte Schascha.

»Oder vielleicht ist sie mit den Zigeunern geflohen?«, dachte Miki laut nach.

»Wann hast du zum letzten Mal Zigeuner gesehen«, fragte Schascha, »mit denen es wert wäre, irgendwohin zu fliehen?«

»Ich glaube, sie war nie eine Materialistin und hat nicht erwogen: Ist es das wert oder nicht wert?«, sagte Miki.

»Ja, sie hat sich blindlings in alles gestürzt«, sagte Schascha.

Eine alte Wahrheit: Der Wert der Dinge erhöht sich immer, wenn man sie verliert oder sich ihre Anzahl verringert.

Dinge im weiteren Sinne des Wortes.

»Und wo hat sie früher gelebt?«, fragte Miki.

»Wann früher?«, fragte Mama Nora.

»In ihrer Jugend.«

»In der Rosengasse.«

»Ich begreife es nicht: Wie konnte sie sich damit abfinden, aus der Rosengasse in die Šmuilovič-Gasse zu ziehen?«, fragte Miki.

»Ich glaube, indem sie Gift und Galle spuckte«, sagte Schascha. »So ist nun einmal das Leben. Und es besteht nicht aus Blumen, sondern aus Kompromissen und einem Leben in der Šmuilovič-Gasse.«

»Hatte sie irgendwelche Männer?«, fragte Miki.

»Überleg mal, was du sagst«, sagte Schascha.

»Ich meine nicht jetzt, sondern in der Vergangenheit«, sagte Miki.

»Ich glaube, es ist offensichtlich«, sagte Schascha, »zumindest einen, doch vielleicht auch mehrere.«

»Und wer sind sie?«, fragte Miki.

»Ich weiß es nicht. Ich habe sie nur erzählen hören … Es hörte sich ungefähr so an: ›Auch wenn du als Mensch noch so redlich lebst, am Ende deines Lebens kommt doch eine lange Reihe von Männern zusammen‹«, sagte Schascha.

»Wo kommt sie zusammen?«, fragte Miki.

»Im Kopf.«

»In welchem Kopf???????????«

»In ihrem.«

»Und wo sind jetzt all diese Männer?«, fragte Miki.
»Was willst du, dass ich dir sage?«, fragte Schascha.
»Die Adresse«, sagte Miki.
»Dort gibt es schon keine Adressen mehr«, sagte Schascha.

Während Mama Nora dem langen Dialog über Oma Amigorenas mögliche Männer lauschte, fiel ihr ein, dass da jemand war, den sie anrufen konnte.

Lange erzählte sie Alfredas Turtelbaumas, was Oma Amigorena auf ihre Flucht aus dem Haus mitgenommen hatte, aber sie war überhaupt nicht in der Lage zu schildern, wie sie aussah.

Mama Nora konnte nicht einmal sagen, wie sie gekleidet war.

Auf die Frage von Alfredas Turtelbaumas: »Wie alt ist sie?«, antwortete Mama Nora: »Für ihr Alter sieht sie ganz erträglich aus.«

Der einzige Gegenstand, den Mama Nora detailliert beschreiben konnte, war Mikis »Samsonite«-Koffer.

Alfredas Turtelbaumas riet, die Polizei anzurufen.

Schascha rief an.

Miki saß vor dem Computer und machte alles, was man damit nur machen kann.

Nach einer Stunde sagte sie schließlich:

»Ich habe eine Suchanzeige geschrieben und ein Foto hineingestellt, jetzt müssen wir sie nur kopieren und aufhängen.«

»Wo werden wir sie aufhängen?«, fragte Schascha.

»Auf Pfosten und Bäumen.«

»Die Oma ist kein Hund, und man darf sie nicht suchen wie einen Hund«, sagte Schascha.

»Und wie willst du sie suchen?«, fragte Miki.

»Offiziell«, sagte Schascha.

»Wie offiziell?«

»Durch die Zeitung«, sagte Schascha.

»Oma ist verschwunden (geflohen). Der Finder erhält zehntausend. Mit einem Foto?«, fragte Miki.

»Sagen wir so.«

»Ich glaube, es ist völlig unwichtig, auf welche Weise wir sie suchen, es kommt darauf an, dass wir sie finden«, schaltete sich Mama Nora ein.

»Aber zehntausend müsste man dennoch anbieten«, sagte Miki. »So oder so.«

»Und woher nimmst du zehntausend?«, fragte Schascha.

»Ich bin doch nicht bereit zu zahlen. Meinst du denn, wenn sie jemand findet, wird er sie nur deswegen nicht zurückgeben, weil ich diese zehntausend nicht habe?«, fragte Miki. »Das ist doch eine Straftat mit klar definierter strafrechtlicher Verantwortung.«

»Aber auf irgendeine Weise wird man es ihm doch vergelten müssen«, sagte Schascha.

»Wir werden etwas backen«, sagte Miki.

Das Tagesende war von Zweifeln überzogen.

Die Polizei, die Zeitung, der Radiosender und sogar ein Fernsehkanal nahmen die Angaben über die verschwundene Oma Amigorena entgegen und konnten weiter mit nichts behilflich sein.

»Was glaubst du, warum?«, fragte Miki.

»Was warum?«, fragte Schascha.

»Warum sie uns verlassen hat?«, fragte Miki

»Wahrscheinlich schien ihr, dass alle vor ihr fliehen und sie völlig allein lassen wollen«, sagte Schascha.

»Aber das stimmt doch nicht?«

»Was genau?«

»Wir wollten nicht vor ihr fliehen und sie verlassen«, sagte Miki. »Das stimmt nicht.«

»Für sie war es so«, sagte Schascha.

»Aber von zu Hause laufen meist Kinder weg«, sagte Miki.

»Vielleicht wollte sie sich auch wieder jung fühlen«, sagte Schascha.

Mama Nora setzte sich unter Oma Amigorenas Stehlampe.

Gegen die Stehlampe flatterten zwei geflügelte Motten.

Miki wollte den Fernseher einschalten.

»Hör zu, störe Mama nicht beim Trauern«, sagte Schascha.

Plötzlich kam ein Anruf.

Mama Nora war überzeugt, es wäre Alfredas, doch Schascha lief auf den Korridor hinaus und hob den Telefonhörer ab.

In den Hörer brüllte eine unbekannte, angetrunkene Frau, sie habe die Oma gefunden, und das Geld – alle zehntausend – müsse man in einen schwarzen Plastiksack stecken.

In einen schwarzen Müllsack aus Plastik stecken, ihn mit dem Autobus Nummer einundvierzig zum Botanischen Garten bringen, an der Haltestelle in den Mülleimer stecken und weggehen, ohne sich umzusehen.

Weggehen, ohne sich umzusehen, dann würde die Oma in ein paar Stunden lebend zu Hause sein.

»Ist sie gesund?«, fragte Schascha.

»Wer?«, fragte die Frau.

»Die Oma«, sagte Schascha.

»Na, was weiß ich«, sagte die Frau und verbesserte sich auf der Stelle: »Gesund, gesund«, und wiederholte von Neuem, wohin man mit dem Autobus Nummer einundvierzig fahren, an welcher Haltestelle man aussteigen und in welchen Mülleimer man den Sack mit dem Geld stecken müsse.

»Wie sieht sie aus?«, fragte Schascha.

»Wer?«, fragte die Frau.

»Die Oma«, sagte Schascha.

Das Erzählen war nicht die Stärke dieser Frau, aber sie zählte zumindest die Kleidungsstücke auf, so gut sie konnte.

Es waren ihrer so viele, dass man damit etliche Omas anziehen hätte können.

Etwas klar Wiedererkennbares war nicht unter diesen Kleidungsstücken.

Außer vielleicht die braune Strickjacke.

»Sie haben da ein ziemliches Durcheinander angerichtet«, sagte Schascha.

»Ich habe ein Durcheinander angerichtet?«, fragte die Schwindlerin und war sehr niedergeschlagen.

Sie seufzte sogar und wartete in der Hoffnung, alles werde sich noch einrenken …

17.

Der Morgen begann mit einem Klopfen gegen die blecherne Fensterbank.

Der Regen klopfte dagegen.

Der Kopf war völlig klar – keinerlei Gedanke.

Wie eine Trommel.

Schascha schien plötzlich, sie habe etwas ganz Wichtiges vergessen.

Und sie erinnerte sich.

Die Oma.

Der Regen war nicht stark und hörte bald auf.

Doch da klopfte jemand an die Türe.

Hinter der Türe stand der Kriegsheld Alfredas Turtelbaumas.

An einer Hand hielt er die etwas nasse und erschöpfte Oma Amigorena, und in der anderen – Mikis »Samsonite«-Koffer.

Es stellte sich heraus: An diesem Koffer hatte er Oma Amigorena erkannt.

Als er sich am Morgen auf den Weg gemacht hatte, um Mama Nora Beistand zu leisten, sah er Oma Amigorena unweit des Hauses rauchend und im Gespräch mit einem Chinesen auf einer Bank sitzen.

»Sie interessiert sich für Chinesen«, sagte Schascha.

»Mit welchem Chinesen?«, fragte Mama Nora beunruhigt.

»Mit so einem komischen«, antwortete Alfredas Turtelbaumas. »Wie aus chinesischen Filmen.«

»Wem sah er ähnlich?«, fragte Miki.

»Einem Räuber«, antwortete Alfredas Turtelbaumas.

»So einen gibt es«, bestätigte Miki.

Alle atmeten auf, dass Oma Amigorena nicht mit einem völlig unbekannten Chinesen auf der Bank gesessen war.

Oma Amigorena war also mit einem chinesischen Räuber auf der Bank gesessen und hatte sich mit ihm unterhalten.

Und hatte geraucht.

Und es hatte auf ihren Kopf geregnet.

»Was hat sie geraucht?«, fragte Miki.

»Das weiß ich nicht«, antwortete Alfredas Turtelbaumas.

»Was haben Sie geraucht?«, fragte Miki Oma Amigorena. Oma Amigorena hörte sie nicht, denn sie war weit weg.

»Worüber hat sie sich unterhalten?«, fragte Mama Nora.

»Das weiß ich nicht«, sagte Alfredas Turtelbaumas.

»Und was hat sie dir gesagt?«, fragte Mama Nora.

»Nichts«, sagte Alfredas Turtelbaumas. »Ich habe sie angesprochen, aber sie verweigert eine gemeinsame Sprache.«

Oma Amigorena bestätigte diese These weder, noch stritt sie sie ab, sie trippelte nur mit ihren aufgeweichten Schuhen im Wasser herum.

»Hier ist Alfredas Turtelbaumas. Der Kriegsheld«, sagte Miki zu Oma Amigorena.

Oma Amigorena reagierte nicht.

Überhaupt nicht.

Alfredas Turtelbaumas erzählte noch einmal, wie er Oma Amigorena am Koffer erkannt hatte und wie schwer es gewesen war, sie zu überreden, mit ihm zu kommen.

»Nein, der Räuber leistete keinen Widerstand«, sagte Alfredas Turtelbaumas. »Nur sie.«

Miki bemerkte als Erste, dass Oma Amigorena gleich ohnmächtig werden würde, und brachte sie zu ihrer *Ottomane*.

Mama Nora sagte, es gäbe auch unter Chinesen gute Menschen.

Und es komme nicht darauf an, wie sie aussähen.

Auf Mikis *Ottomane* schlief Oma Amigorena den ganzen Tag, während sich Mama Nora beim Kriegshelden Alfredas Turtelbaumas mit Worten und Blinis bedankte.

»Was glaubst du, warum sie sich mit diesem Chinesen unterhalten hat?«, fragte Miki vor dem Schlafengehen.

»Wahrscheinlich hatte sie das Gefühl, er sei der einzige Mensch auf der Welt, der sie verstehen könne«, antwortete Schascha.

Am nächsten Morgen schlief Oma Amigorena noch immer auf der *Ottomane*, wobei sie manchmal schnarchte und manchmal schmatzte.

»Gestern hat sie nicht geschmatzt«, sagte Miki und ging von laut zu leise über.

Niemandem war klar, ob man leise sprechen sollte, um sie nicht zu wecken, oder im Gegenteil möglichst laut, um sie aufzuwecken.

»Weckt sie nicht auf«, sagte Mama Nora, während sie die wollene Überdecke richtete, und erst im Tageslicht sahen alle, dass die Decke fast durchgescheuert war.

»Gestern hat sie nicht geschmatzt, weil sie nicht sehr hungrig war, doch jetzt ist Zeit zum Frühstücken«, sagte Schascha und ging von leise zu halblaut über.

»Motten«, sagte Mama Nora.

Dieses Wort galt nicht ihren Kindern, sondern der karierten Decke, die sofort reagierte.

Oma Amigorena zuckte zusammen und wachte nicht auf.

Sie war dieselbe Oma Amigorena, kein bisschen älter, nicht dicker und nicht dünner.

Genau dieselbe, die sie gewesen war, als alle sie zum letzten Mal gesehen hatten.

Nur schlafend.

»Was glaubst du, warum sie nicht irgendwohin weiter weg geflohen ist?«, fragte Miki.

»Vielleicht mangelte es ihr an Kraft«, sagte Schascha. »Und sie hat das verstanden.«

»Überhaupt hat eine Flucht fast immer mit einem Mangel zu tun«, sagte Schascha.

»Mit welchem denn?«, fragte Miki.

»Auf der Flucht … oder bei der Rückkehr wird klar, dass die Flucht kein Ausweg ist.«

»Sondern was?«, fragte Miki.

»Sondern nur eine noch kompliziertere Situation.«

Oma Amigorena schlief, und niemand wagte sie aufzuwecken.

Alle übersiedelten in die Küche.

»Ich möchte aus der roten Tasse trinken«, sagte Miki und nahm Schascha die rote Tasse mit den weißen Punkten aus der Hand.

Oma Amigorena weckte weder das Handgemenge um die Tasse noch der Geruch des gefüllten Omeletts noch die mit dem Griff voran auf den Küchenboden fallenden Silbergabeln.

Schon seit Langem war man sich in der Familie einig, dass diese schweren, runden Gabelgriffe dazu da waren, einen Einbrecher mit einem leichten Schlag zu betäuben – oder einen Menschen, der bei Tisch zu sehr in das Erzählen seiner eigenen Geschichte versinkt.

Die Gabeln fielen und fielen, doch Oma Amigorena zeigte sich nicht in der Küche.

Sie wachte weder für den Morgen- noch für den Abendfilm über Gladiatoren auf, sondern schlief die ganze Zeit stolz auf der *Ottomane*.

Den Film über die Gladiatoren musste man vom Fußboden aus sehen.

Am nächsten Morgen schlief Oma Amigorena noch immer und pfiff unverschämt allen mitten im Wohnzimmer vor die Nase.

Sie hatten alle auch keine Hemmungen mehr und führten ihre Gespräche in normaler Lautstärke.

Das Frühstück sah nicht köstlich aus.

»Man muss die Rettung rufen«, sagte Mama Nora.

18.

Nach zehn Tagen brachte dieselbe Rettung die gründlich durchuntersuchte Oma Amigorena für ein heimliches kleines Trinkgeld wieder nach Hause.

Oma Amigorena schlief noch immer, einen, wie auf den Papieren, die man neben sie gelegt hatte, geschrieben stand, »lethargischen Schlaf«.

Die Desaster und alle komplizierten Situationen verschwanden aus ihrem Leben, denn die »komplizierte Situation« an sich war zum Schlafen in ihr Zimmer gelegt worden und reagierte weder auf Gerüche noch auf Geräusche.

Die Oma wachte auch dann nicht auf, als der Kriegsheld Alfredas Turtelbaumas kam, um ihr Blumen zu bringen.

Violette Waldglockenblumen und gelbe Himmelschlüssel.

Der Strauß war sehr altertümlich.

Und daher wirkte er so außergewöhnlich und so neu.

Und es tat allen wirklich leid, dass er das Aufwachen von Oma Amigorena nicht erlebte.

»Was sie wohl träumen mag?«, fragte Miki einmal, als sie gerade einen französischen Liebesfilm sah.

»Das ist völlig unwichtig«, sagte Schascha.

»Warum ist das unwichtig?«, fragte Miki.

»Was ein Mensch träumt, ist nur dann wichtig, wenn er seinen Traum mit der Realität verbindet«, sagte Schascha.

»Wie verbindet er ihn?«

»Er wacht auf und führt irgendwelche Handlungen aus«, sagte Schascha.

»Welche?«, fragte Miki.

»Er beschließt, eine Stadt zu gründen oder die Welt zu erobern, oder er macht sich daran, Tabellen zu zeichnen«, sagte Schascha.

»Psst!«, sagte Mama Nora.

»Welche Tabellen?«, fragte Miki, als im Film gerade eine Musikpause war.

»Na welche schon?«, sagte Schascha.

»Buchhaltungstabellen?«

»Warum siehst du überall nur Geld?«, fragte Schascha.

»Ich sehe kein Geld«, sagte Miki, »ich sehe Möglichkeiten. Welche Tabellen?«

»Die, die er geträumt hat«, sagte Schascha.

»Pssst!«, sagte Mama Nora, denn auf dem Bildschirm begannen sie wieder, sich zu küssen und die Hemden so aufzureißen, dass die Knöpfe absprangen.

»Aber bist du sicher, dass sie nach dem Aufwachen nichts Derartiges machen wird?«, fragte Miki.

Es war schon dunkel.

Und plötzlich …

Nur einige unbedachte Worte, und das Einschlafen wurde schwierig.

Alle gingen mit Mikis Frage ins Bett: »Was wird Oma Amigorena machen, wenn sie aufwacht?«

Einige Worte machen einen sehr nahen Menschen zu einem ganz schrecklichen.

Den Schlaf verhinderte auch der Zweifel: wirklich?

Wäre es wirklich so gut, wenn Oma Amigorena eines Tages wieder erwachte?

***

Oma Amigorenas Schlaf störte das Leben nicht.

Es ergab sich sogar etwas Spannendes.

In Mama Nora entstand der große Wunsch zu kochen, denn jeden Abend kam der Fotograf Alfredas Turtelbaumas vorbei.

Und jeden Abend begannen sie mit dem Essen.

Schascha zog sich jedes Mal zurück und sperrte sich in ihrem Zimmer ein.

Miki blieb im Wohnzimmer und sah fern.

All diese Sorgen hinderten sie, sich wegen dieses chinesischen Banditen an die Polizei zu wenden.

Doch als ein Monat vergangen war, sagte Schascha: »Wahrscheinlich ist die Verjährungsfrist bereits abgelaufen.«

Er selbst war durch das Fenster nie mehr zu sehen.

***

Es waren kaum ein paar Monate vergangen, als eines Sonntagmorgens zu Hause eine Regung aufkam.

Schascha wachte auf und begriff nicht, ob das eine Regung aus dem Traum war oder ob sich auf der Straße, in der Küche oder in ihrem Kopf etwas regte.

Doch plötzlich bekam die Regung Koordinaten.

Schascha hatte keine Zweifel mehr, ließ die Füße zu Boden gleiten und ging schnurstracks in das Zimmer von Oma Amigorena.

Und traf sie gerade in dem Moment an, als Oma Amigorena ein Regal mit Büchern durch die Türe schob.

»Was machst du da?«, fragte Schascha.

Das hätte sie wahrscheinlich nicht sagen sollen.

Oma Amigorena sah sie mit weißen Augen an und verlor das Gleichgewicht.

19.

»Hat sie an ein Leben nach dem Tod geglaubt?«, fragte Miki.

»Ich denke, sie hat an gar nichts geglaubt«, antwortete Schascha.

»Dann sollen wir den Aschenbecher nicht in den Sarg geben?«, fragte Miki.

An solchen Trauertagen beruhigen organisatorische Tätigkeiten sehr.

»Und welche Blumen hat sie gemocht?«, fragte Mama Nora.

»Gar keine. Sie sagte immer: Kauft mir keine Blumen, die erinnern mich an ein Begräbnis«, sagte Miki und weinte.

Schascha stand mit drei Paar Schuhen von Oma Amigorena in der Tür.

Die einen waren kirschfarbene Lackschuhe, die anderen kaffeefarbene Lackschuhe mit eierschalenfarbigen Bändern und die dritten hatten die Farbe von Rohmilchbutter.

Wer hat sich eigentlich ausgedacht, Farben nach Nahrungsmitteln zu benennen?

»Auf solchen Absätzen ist sie schon seit dreißig Jahren nicht mehr herumgelaufen«, sagte Miki weinend.

»Jetzt muss sie nirgendwo mehr hingehen«, sagte Schascha.

»Ich habe gelesen, dass man heutzutage ein ökologisches Begräbnis machen kann«, sagte Miki.

»In einer Kartonschachtel?«, fragte Schascha.

»Nur nicht in einer Kartonschachtel!«, sagte Mama Nora.

»Nicht unbedingt in einer Kartonschachtel. Man kann den

Körper auch auflösen«, sagte Miki.

»Worin?«, fragte Schascha.

»In einer Spezialflüssigkeit«, sagte Miki.

»In welcher Flüssigkeit?«, fragte Schascha.

»In einer Lauge«, antwortete Miki. »Oder einfrieren und trocknen.«

»Wen? Die Oma??«, schrie Schascha auf und warf Miki stechende Blicke zu.

»Weißt du, dass deine Sichtweise veraltet ist?«, fragte Miki. »Du denkst wie ein Fossil des neunzehnten Jahrhunderts.«

»Wenn man es dir erlaubte, würdest du deine geliebte Oma im Internet begraben oder auf einer Auktion versteigern«, sagte Schascha wütend.

»Ich glaube, Oma möchte wirklich nicht ökologisch begraben werden«, sagte Mama Nora, um den Streit zu schlichten. »Ihr lag die Ökologie nie am Herzen.«

Kaum hatte sie das gesagt, zündete sie wortlos eine Kerze an.

»Ich glaube, wenn sie noch am Leben wäre, wäre sie eher gegen eine Feuerbestattung«, sagte Miki.

»Dagegen oder nicht dagegen?«, fragte Schascha.

»Dagegen. Sie war sogar in der Küche darauf bedacht, möglichst weit weg vom Gas zu sitzen«, sagte Miki.

Ihrer Stimme war der Wille anzuhören, nicht zu verlieren.

»Jetzt sitzt sie nicht mehr in der Küche«, sagte Schascha, und bemüht, den Konflikt nicht zu vertiefen, riss sie eine Tafel Schokolade auf.

Sie riss sie auf und ließ Miki als Erste ein Stück abbrechen.

»Die Asche kann man zu Diamanten zusammenpressen, aber es wird nur einer. Aus der ganzen Asche nur ein einziger«, sagte Miki und brach in Tränen aus, während sie das Schokoladestück in der Hand hielt. »Ich begreife nicht, wie von einem so großen Menschen nur so wenig Asche übrig bleiben kann. Wahrscheinlich stehlen sie dort etwas.«

Kaum hatte sie das gesagt, begann sie zu schluchzen.

Miki suchte in der Kommode von Oma Amigorena nach einer Strickjacke für Oma Amigorena.

Nach der allerschönsten, der violetten Wolljacke mit dem gelben Saum und den Perlmuttknöpfen, die Oma Amigorena zum letzten Mal an ihrem siebzigsten Geburtstag getragen hatte.

Sie zog sie heraus, doch sie war ganz von Motten zerfressen.

»Und welches Foto sollen wir beim Saal aufhängen?«, fragte Mama Nora.

»Ein grimmiges«, sagte Schascha.

»Warum ein grimmiges?«, fragte Mama Nora.

»Ich glaube, genau so hätte sie selbst geantwortet«, sagte Schascha.

»Und warum glaubst du, sie hätte gerade ›ein grimmiges‹ geantwortet?«, fragte Mama Nora.

»Weil es hier keinen Grund zur Freude gibt«, antwortete Schascha.

Mama Nora setzte sich unter Oma Amigorenas Stehlampe, und plötzlich schien ihr, der Platz sei warm.

Da bat Miki, sie möge sie auch hinsetzen lassen.

Auch ihr schien es, als sei der Platz von Oma Amigorena noch immer warm. Und noch im Sitzen fragte sie Schascha, ob sie sich nicht auch hinsetzen möchte und sehen, was sie für einen Eindruck hätte.

Schascha sagte, der Platz sei nicht warm.

»Du bist herzlos«, sagte Miki und heulte los.

»Hört her, welche Musik mochte sie?«, fragte Mama Nora.

»Sie mochte keine Musik«, antwortete Miki.

»Und was mochte sie?«, fragte Mama Nora.

»Die Stille.«

»Ich glaube nicht, dass sie die Stille gemocht hätte«, sagte Mama Nora.

»Na gut«, sagte Schascha. »Mehr als alles mochte sie den Lärm, den sie selbst machte.«

»Aber den Lärm, den sie selbst machte, haben wir nicht mehr«, sagte Miki. »Und wir werden ihn nicht mehr haben.«

Kaum hatte sie das gesagt, heulte sie wieder los.

Schascha schaltete den Dunstabzug ein.

Der Tag neigte sich dem Ende zu, und die Sonnenkugel zwischen den Wolken verlor ihre Form.

»Ich möchte, dass bei meinem Begräbnis mit Kanonen geschossen wird«, sagte Miki.

Darauf antwortete niemand.

»Na, wenn nicht mit Kanonen geschossen wird, dann möchte ich, dass man wenigstens die Hälfte der Asche in die Luft streut oder in den Kosmos schleudert.«

Bei Sonnenuntergang trug der chinesische Koch den Müll weg.

In einem neuen schwarzen Plastiksack von maximaler Größe.

Hatte er so viel Müll produziert?

»Es gibt solche Urnen, kleine. Wie eine Patronenhülse. Da kann man die Asche auf die ganze Familie aufteilen«, sagte Miki, nachdem sie im Internet gesucht hatte. »Sogar auf eine größere Familie als die unsere.«

»Sei nicht böse, aber ich werde nicht zulassen, dass Oma in Stücke zerteilt wird«, sagte Schascha.

»Nicht in Stücke, sondern in kleine Prisen«, sagte Miki.

»Es gibt sehr schöne Holzurnen«, sagte Mama Nora. »Und sie sehen aus wie eine Schachtel. Aus Ahorn oder aus Kirschholz.«

»Also werden wir sie zu Hause aufbewahren?«, fragte Miki erschrocken.

In ihrem Alter ist es sehr schwer, den Tod zu akzeptieren und mit ihm in demselben Haus zu leben.

»Es gibt auch sehr schöne, die sind rund wie chinesische Vasen, mit blauen Chrysanthemen und Päonien aus irgendeinem Stein drauf: Sie sehen aus wie Porzellan«, sagte Mama Nora.

»Siehst du sie auf einem Foto?«, fragte Schascha.

»Ja«, antwortete Mama Nora.

»Dann kann das dort alles Mögliche sein. Sogar Plastik«, sagte Schascha. »Nicht unbedingt Alabaster.«

»Alabaster hätte ihr sicher gefallen«, sagte Miki mürrisch.

Es kam ein Anruf aus der Aufbahrungshalle.

Dass alles fertig sei.

»Und wer wird die Rede halten?«; fragte Miki.

»An unseren Reden hat sie sich schon zu Lebzeiten sattgehört«, sagte Schascha.

***

Auf dem alten Friedhof einen Platz zu bekommen, war sehr schwierig.

Und alle begriffen: Auch wenn das noch so schrecklich klingt, wir könnten gezwungen sein, Oma Amigorena auf den Feldern außerhalb der Stadt zu bestatten.

Diese Nachricht erschreckte die ganze Familie derart, dass Mama Nora alle ihre Beziehungen spielen und sogar etwas Geld springen ließ, um trotzdem einen Platz auf dem alten Friedhof zu bekommen.

In diesem Grab war bereits irgendein Zigeuner bestattet, den niemand besuchte.

»Vielleicht wird es nichts ausmachen«, sagte Mama Nora.

»Dem Zigeuner?«, fragte Schascha.

»Der Oma.«

»Sie wollte das immer so«, sagte Schascha. »Mit Zigeunern ist sie gut ausgekommen.«

»Mit welchen Zigeunern?«, fragte Mama Nora.
»Mit den Zigeunern in ihrem Kopf.«

Auch wenn ein Begräbnis eine Zeremonie ist, um das Leben des Verstorbenen zu ehren, zu feiern und zu erinnern, gibt es in den Herzen der Feiernden, Ehrenden und Erinnernden nur einen Wunsch: alles so schnell wie möglich zu Ende zu bringen.

Zur Beerdigung kamen viele Bekannte von Mama Nora.

Einige gingen weinend mit ihr irgendwohin, um zu sprechen.

Weg vom Verabschiedungsraum.

Soviel Miki erlauschte, weinten diese Trauernden meist nicht um Oma Amigorena, denn sie sahen sie zum ersten Mal.

»Warum die drei geweint haben, weiß ich nicht, aber die mit der schwarzen Feder weinte, weil ihr Buch nicht gedruckt wird«, kommentierte Miki.

Sogar am Tag des Unglücks eines anderen beklagen sich die Menschen über ihr eigenes Unglück oder suchen ihr Glück.

Am offenen Grab herrschte anfangs Stille.

Niemand von den Familienmitgliedern hatte eine feierliche Rede vorbereitet, und die paar abseits stehenden, unbekannten alten Frauen hätten wahrscheinlich nichts zu sagen gehabt.

Vermutlich hatten sie die Verstorbene nicht einmal gekannt.

In der Nähe wurde zur selben Zeit vermutlich irgendein Professor bestattet, und an seinem Grab begannen die offiziellen Ansprachen, daher kann man nicht sagen, Oma Amigorena wäre in Grabesstille beigesetzt worden.

Im Leben stellen bedeutsamere Menschen oft die weniger Bedeutenden in den Schatten.

In dieser Frage unterscheiden sich die Verstorbenen in nichts von den Lebenden.

Die kaum gehfähigen Konkurrenten des verstorbenen Professors konnten mit Mühe vom Blatt ablesen, welches Leben der Verstorbene geführt hatte, wie er alles erfüllt hatte, wie er gleichzeitig studiert und bei der Armee gedient hatte.

Die Konkurrenten stellten am offenen Grab die Dissertation des Verstorbenen vor.

Der letzte »Freund«, der über die Dissertation des Verstorbenen sprach, bemerkte, »dass sie – die Dissertation – nicht besonders gut war« und ihm der Doktortitel vielleicht etwas voreilig verliehen worden war.

Danach trat aus der Gruppe von Männern einer vor und sagte, er könnte über den Verstorbenen viele interessante Dinge erzählen, aber hier sei vielleicht nicht der Ort dafür.

»Lach nicht!«, sagte Schascha.

»Ich kann nicht anders«, antwortete Miki.

»Lach nicht, habe ich gesagt. Du bekommst sonst nichts vom Leichenschmaus ab.«

»...hiii...«

»Zieh die Handschuhe aus ... Drück einen Fichtenzweig zusammen.«

»... mmmmmmmmmmm ...«

»Hör auf zu weinen ...«

Die Konkurrenten mit ihren Gattinnen am Nebengrab hörten zu reden auf und begannen, Erdklumpen auf den Sarg zu werfen. Niemandem gelang es zu weinen.

Weder hier noch dort.

20.

Wozu braucht man im Kaiserpalast einen italienischen Maler, wenn es hier schon einen französischen Maler gibt?

Überlegte Pater de Poirot, als er von dem kürzlich in die Mission gekommenen Pater Panzi hörte.

Es ist auch so schon schwer.

Auch so schon schwer, nur eine Minute der Aufmerksamkeit des Kaisers zu gewinnen.

Und auf die Anerkennung wird man auch warten müssen.

Umso mehr, als der Kaiser ihn – Pater de Poirot – ständig vergleicht.

Mit Pater Castiglione.

Natürlich nicht zum Vorteil von Pater de Poirot.

Obwohl Castiglione in Europa nur ein mittelmäßiger Maler gewesen wäre.

Ist es nicht so?

Kein Mäzen Europas hätte ihn so anerkannt und so geliebt.

Aber hier ist eben China …

Kein einziger Jesuit wurde etwas Großes.

Weder ein großer Maler noch ein großer Denker noch ein großer Wissenschaftler.

Noch ein großer Asket.

Doch dafür wurde der Orden auch nicht gegründet.

Doch nicht dafür.

Er wurde gegründet als Orden der Apostel und Geistlichen, der Prediger und Eroberer … und der Helden.

Pater de Poirot hatte schon Castigliones Grab besucht und seinen Grabstein besichtigt.

Ein weißer Stein mit zwei kaiserlichen Drachen und einer Inschrift, die kundtat: Der Grabstein für Lang Shining wurde auf Veranlassung des Sechsten Kaisers der Qing-Dynastie errichtet.

Wäre Pater de Poirot fünf Jahre früher nach China entsandt worden, so hätte er Pater Castiglione noch lebend angetroffen und sich mit ihm, wie die Chinesen sagen, vielleicht noch über Kalt und Heiß unterhalten können.

Über den Tod von Pater Castiglione wird gemunkelt: Er ist erstickt.

Vielleicht sogar auf Wunsch des Sechsten Kaisers der Qing-Dynastie.

Sagen die Eunuchen.

Aber ihnen kann man doch nicht glauben.

Pater de Poirot hatte versucht, auch das Grab von Pater Attiret zu finden.

Aber er hat es nicht gefunden.

Doch den Erzählungen der anderen Jesuiten zufolge starb Pater Attiret unmittelbar nach Pater Castiglione.

Nur zwei Jahre waren vergangen.

Es scheint, als liebte der Kaiser Castiglione mehr als die eine oder andere seiner Frauen.

Im Palast heißt es, irgendeine Kaiserin Ula Nara sei wie eine Dienerin neben einer schon lange verstorbenen Ehefrau niederen Ranges beigesetzt worden.

Es heißt: Die Nachricht über ihren Tod ist nicht einmal in die speziellen Bücher der Totenregister eingetragen worden.

In China besteht sogar unter den Verstorbenen eine klare Hierarchie.

Besonders unter denen, die der Verbotenen Stadt angehören.

Auf der Reise in die Mission hatte Pater de Poirot die Erinnerungen an China von Pater Ripa gelesen, und ihn verwunderte eine Tatsache.

Genauer gesagt, zwei.

Im Buch von Pater Ripa wird mehrmals ein weder in China noch in Europa bekannter Chinese erwähnt.

Pater Ripas Schüler Lucio.

Ihm sind sogar einige Seiten gewidmet.

Über Pater Castiglione hingegen hat Pater Ripa in seinem Buch keine einzige Zeile geschrieben.

Er beschrieb lediglich irgendeinen Lakaien Don Pedrini, doch über Pater Castiglione – keine einzige Zeile.

***

Ein Brief aus Rom ist eingetroffen.

Papst Clemens XIV. verkündete in seiner Bulle »Dominus ac Redemptor noster«: Der Orden ist aufgelöst.

In ganz Europa.

Der Jesuitenorden ist aufgelöst.

Der Weiße Papst hat sich von den Jesuiten losgesagt, denn – in seinen eigenen Worten – der Orden hat von Anfang an nur Unruhe und Unfrieden verursacht.

In einem Augenblick wird das Glück, auserwählt und entsandt zu sein, zu einem tragischen Opfer.

Ohne jeden Heroismus.

Jetzt braucht die Jesuiten in Europa niemand mehr.

Und es gibt keinen Grund mehr für eine Rückkehr.

Jeder Jesuit kann dem Schwarzen Papst persönlich schreiben.

Aber jetzt gibt es nichts mehr, worüber man schreiben kann.

***

Ein Brief aus Rom ist eingetroffen.

Papst Clemens XIV. ist gestorben.

Doch es scheint, als werde sich nichts mehr ändern.

In Rom wird gemunkelt, Clemens XIV. sei vergiftet worden.

Beschuldigt werden die Jesuiten.

***

Ein Brief aus Rom ist eingetroffen.

In der Engelsburg ist Ordensgeneral Ricci gestorben.

Dort wurde er gefangen gehalten.

Es gibt niemanden mehr, dem man schreiben kann.

***

Ein Brief ist eingetroffen – aus … Polen-Litauen?

?

Der Jesuitenorden darf jetzt nur in den Territorien von Preußen, Polen und Russland weiterbestehen.

Und zum General wurde hier gewählt …

Ein Litauer.

Wer???

Ein Lit-au-er. Einer aus dem Litauisch-Polnischen Großfürstentum.

Stanislaus Czerniewicz. Aus Kowno.

***

Mit dem Grabstein hätte man sich natürlich auch mehr Mühe geben können.

Der Granit war so bunt, dass die nicht sehr tief eingravierte

Aufschrift immer, wenn es regnete, völlig verschwand.

»Vielleicht ist es ja besser so«, sagte Mama Nora.

Nicht alle stimmten dem zu.

Die Aufschrift – die beiden Vornamen und der Familienname von Oma Amigorena – hatte der Steinmetz in Serifenschrift von der Mitte aus eingehämmert.

Damit es schöner aussehe.

Die Namen und der Familienname waren lang, daher war am Ende so wenig Platz, dass der Steinmetz entweder die letzten Buchstaben des Familiennamens völlig weglassen oder sie fast um die Hälfte verkleinern musste.

Das hatte er sich überlegt und so hat er es dann auch ausgeführt.

»Ich bin schon froh, dass er die Buchstaben nicht weggelassen hat«, sagte Miki.

Als sie den Grabstein betrachteten, waren sich alle einig: Steinmetze haben eine durchschnittliche Bildung nötig.

»Glaubst du, dieser Grabstein hätte ihr gefallen?«, fragte Miki.

»Ihr hätte überhaupt kein Grabstein gefallen«, antwortete Schascha.

»Auch so einer wie für Balzac nicht?«

»Auch so einer wie für Balzac nicht.«

»Und der Klee?«, fragte Miki.

Warum hatte man beschlossen, auf das Grab einen Rasen mit violettem Klee zu säen?

Ein halbes Jahr später konnte man das nur schwer abbestellen.

Wie schnell alles in Vergessenheit gerät.

21.

Wie kann man diesem Franzosen so viel Geld zahlen?

Wozu ist er denn imstande? Ein Buch zu schreiben?

Über die Bewohner anderer Planeten, die sich auf die Erde begeben?

Wenn das Buch auch, wie man zugeben muss, interessant ist.

Sogar die Hofdamen lesen es.

Aber 20.000 Franken im Jahr …

Das ist wirklich eine zu hohe Summe für einen Menschen, der nichts anderes kann, als mit einer Feder zu rascheln.

Als wäre Literatur die grundlegende und höchststehende Kunstform.

Kann auch nur ein einziges Buch einer von einem Architekten entworfenen Kirche gleichkommen?

Oder einem Schloss? Und sei es Sanssouci[7].

Es wäre interessant zu wissen, wie viel dieser von Knobelsdorff jährlich für Sanssouci bekam, stachelte sich Johann Gottfried selbst auf.

Er saß in seiner Werkstatt mit Blick auf die Pferdeställe – so sind hier nun einmal die Arbeitsbedingungen – und zeichnete auf Geheiß von Friedrich dem Großen die Skizzen des »chinesischen« Pavillons um.

Die Skizzen waren annähernd genau.

Friedrich der Große hatte sie in Paris gezeichnet.

In Lunéville.

Er hat sie sich natürlich nicht selbst ausgedacht, sondern den »chinesischen« Pavillon von Emmanuel Here de Corny kopiert.

---

7 Sanssouci – das Sommerschloss von Friedrich dem Großen, König von Preußen, in Potsdam (erbaut 1745–1747)

Dieser de Corny hatte den chinesischen Pavillon auf die Bitte irgendeines gestürzten, aber nicht getöteten, sondern nur nach Frankreich geflüchteten polnischen Königs errichtet.

Es gab einmal einen solchen Staat.

Wer hätte sich ausdenken können, dass er – Johann Gottfried – eines Tages zum Kopisten der Skizzen nicht nur von de Corny, sondern auch von Friedrich dem Großen würde.

Richtig, der edle Friedrich ließ den Pavillon von de Corny vervollkommnen.

Richtig, am Anfang lediglich mit vergoldeten Skulpturen.

Und erst später erlaubte Friedrich der Große Johann Gottfried, auch die Architektur selbst zu vervollkommnen.

Doch wer kann in Preußen oder sogar in Deutschland ein richtiges chinesisches Haus bauen? Oder einen Pavillon?

Niemand.

Und in Frankreich kann man das?

Auch nicht.

Höchstens in Holland.

Das ganze übrige zivilisierte Europa besitzt keinerlei Zeichnungen oder Skizzen chinesischer Gebäude.

Was für eine Schande.

In ganz Europa gibt es nur ein anständiges Werk, aus dem man das eine oder andere über chinesische Architektur erfahren kann.

Das hat irgendein Jesuit verfasst, der fast sein ganzes Leben in China verbracht hat.

Kann sein, dass er dort auch gestorben ist.

Und dieser Jesuit war nicht einmal ein Deutscher.

Und kein Preuße.

Eine Schande, oder nicht?

Klar, wenn der Vater von Friedrich dem Großen die Jesuiten aufgenommen und geliebt hätte wie die Protestanten, dann hätte das erste Buch über chinesische Architektur ein Preuße verfasst.

Doch wie konnte der Vater von Friedrich dem Großen jemanden lieben?

Er hat sogar Friedrich, den Thronfolger, in seiner Kindheit so sehr geschlagen, dass er ihn aus Zorn mit irgendeinem Gürtel, Riemen oder Strick – niemand erinnert sich noch genau, womit – einmal beinahe erdrosselt hätte.

Er drückte Friedrichs Kopf mit dem Bein zu Boden und versuchte mit allen Kräften, diesen Gürtel, Riemen oder Strick festzuziehen.

Und nur Friedrichs Mutter hat Friedrich und Preußen gerettet.

***

Warum sind die Ereignisse der Vergangenheit viel atemberaubender als die der Gegenwart?

Und warum hat es ständig den Anschein, das Leben sei nur der Hintergrund für interessantere Geschichten?

Überlegte Schascha.

Warum, warum …

***

Solche Geschichte geraten über Jahrzehnte nicht in Vergessenheit, sondern werden von Schloss zu Schloss getragen.

Der Vater von Friedrich dem Großen war vielleicht etwas zu streng.

Verdientermaßen nennen ihn hinter seinem Rücken alle einen Soldaten.

Einmal schlug der Soldat gar Friedrichs bestem Freund den Kopf ab.

Vor Friedrichs Augen.

Und wofür?

Dafür, dass dieser Freund gemeinsam mit Friedrich, seinem Sohn, versucht hatte, nach Frankreich zu fliehen?

Wer könnte zählen, wie viele Deutsche und Preußen mit Rössern, Kutschen oder wenigstens in Gedanken versuchten,

nach Frankreich zu fliehen?
Verräter.

Doch mit Friedrich hat sich der Soldat versöhnt.
Mit den Jesuiten hingegen niemals.
Daher liest jetzt das ganze zivilisierte Europa ein Werk über chinesische Architektur, das irgendein französischer Jesuit verfasst hat.
Ein Maler aus dem chinesischen Kaiserpalast.
Attiret.
Ja. So heißt er.
Jean Denis Attiret.

***

Mama Nora hatte ihre erfolglose PR-Agentur aufgegeben und war am Dienstag mit Alfredas Turtelbaumas in das erträumte Australien geflogen.
Für immer.
Davor hatte sie noch einmal wiederholt: Schascha und Miki müssten lernen, ohne sie zu leben.
Und die Wohnung könnten sie verkaufen, wenn sie sie nicht erhalten könnten.
Ihre Wurzeln sind ja doch nicht hier.
Wenn Mama Nora auch gesagt hatte: Jetzt müsst ihr lernen, ohne mich zu leben, so hinterließ sie bei ihrer Abreise doch etwas Geld.

***

»Was liest du?«, fragte Miki.
Sie fragte.
Nach dreieinhalb Tagen des Schweigens.
Schuld daran war Schascha.

Miki wollte ein Büro in einem Gründerzentrum mieten. Und Schascha gab ihr kein Geld dafür.

Vom gemeinsamen Geld.

Ihrer Meinung nach musste zuerst eine Idee da sein, und das Büro erst danach.

»Wozu brauchst du ein Büro, wenn du keinerlei Idee hast?«, fragte Schascha und gab ihr kein Geld.

Vor drei Tagen.

Vor mehr als drei.

»Was liest du?«, fragte Miki.

Schascha durch Schweigen zu quälen, fiel ihr viel schwerer als sie durch Reden zu quälen.

»Über Teodorico Pedrini«, sagte Schascha. »Lach nicht, lach nicht, habe ich gesagt …«

»Wenn Oma Amigorena noch am Leben wäre …«, begann Miki.«

»Dann würde sie sagen …«

»Dann würde sie sagen: Na, was? Gibt es nichts mehr …«

»Dann würde sie sagen: Na, was? Gibt es nichts mehr, worüber man lesen kann?«, schloss Schascha.

»Genau«, sagte Miki

»…«

»Wer ist er?«, fragte Miki, denn es gab sonst nichts mehr, worüber man hätte sprechen können.

»Er war ein Missionar in China.«

»Wann?«

»Im achtzehnten Jahrhundert.«

»Im achtzehnten?«

»In der ersten Hälfte.«

»Und was hat er dort gemacht?«, fragte Miki.

»Du fragst wie Oma Amigorena«, sagte Schascha.

»Über die lange Zeit habe ich mich offenbar angepasst«, sagte Miki. »Also, was hat er dort gemacht?«

»Vieles«, sagte Schascha. »Er hat als Erster in China die Musik der westlichen Welt beschrieben. Er hat einen Traktat über die Musik des Westens geschrieben. Genauer gesagt, er war dessen Mitverfasser.«

»Aber in China singen dennoch alle, wie sie immer gesungen haben«, sagte Miki.

»Trotzdem.«

»...«

»Nein, nicht trotzdem. Jetzt singen sie auch wie die Amerikaner«, sagte Schascha. »Aber das ist nicht das Verdienst Teodorico Pedrinis.«

»Sondern von wem?«

»Vom Fernsehen«, sagte Schascha.

Miki schaltete den Fernseher ein.

Im Fernsehen rettete ein kahlköpfiger Held die Welt.

Von Neuem. Zum dritten Mal.

Er rettete nicht die ganze Welt.

Nur Amerika.

Da sagte Miki, sie wolle eine Heldentat vollbringen.

»Welche?«, fragte Schascha.

»Eine, die die Welt verändert«, sagte Miki.

22.

Friedrich täuscht sich.

Wenn Friedrich denkt, dass in China alle Häuser einem dreiblättrigen Klee ähneln, dann täuscht er sich sehr.

Soll er doch Attiret lesen.

In China gibt es keine kleeförmigen Häuser.

Dort sind alle Grundrisse von Häusern rechteckig, und nur sehr selten rund.

Doch wo soll Friedrich der Große das lesen?

Eher wird er Flöte spielen oder über die chinesische Landwirtschaft diskutieren.

Oder über das politische System Chinas mit diesem Franzosen, einem Schriftsteller.

Einfach lächerlich.

Ein Schriftsteller.

Und sein berühmtestes Buch – das sind nur literarische Nichtigkeiten über die Bewohner anderer Planeten, die sich auf die Erde begeben.

Nicht einmal Frauen interessieren sich für eine solche Literatur, ärgert sich Johann Gottfried, während er mit dem Bleistift auf einem großen, dicken Blatt Papier den Plan des »chinesischen« Pavillons vervollkommnet.

Jetzt versucht er, den Innenraum aufzuteilen.

Vier Räume sind es geworden – drei sind beinahe herzförmig und einer ist rund.

Der runde ist in der Mitte und soll in Zukunft zum Foyer werden.

Die anderen drei – die herzförmigen Räume – sind doch nicht ganz herzförmig geworden.

Sie haben eher die Form eines Herzens auf zwei dreieckigen Beinen, die nach unten hin spitz zusammenlaufen.

Sollen es doch drei Kabinette sein, beschloss Johann Gottfried, mit französischen Fenstern bis zur Erde.

Das Foyer bekäme noch mehr Licht.

Von oben.

Wieso hat de Corny nicht daran gedacht?

Für das Licht gäbe es zwei Möglichkeiten: entweder durch ein Rundfenster von oben oder indem man eine Trommel auf das Dach hebt.

Mit vielen Rundfenstern.

Das muss man Friedrich unbedingt vorschlagen.

Es wäre interessant zu wissen, wie viel dieser von Knobelsdorff für Sanssouci bekommen hat.

Im Jahr.

Natürlich sind ein Schloss und ein Pavillon nicht Werke von gleicher Bedeutung.

Trotzdem wäre es interessant.

Ein Pavillon in Form eines Kleeblatts – das ist eine französische Fantasie.

Das ist die französische Fantasie eines chinesischen Hauses.

Nicht einmal eine französische Kopie, sondern eben eine französische Fantasie und Vorstellung.

Die Franzosen haben die Neigung zu fantasieren.

Derzeit ist es ihre Lieblingsbeschäftigung, China herbeizufantasieren.

Aber das wird Friedrich doch keiner sagen.

Dafür zahlt Friedrich kein Geld.

Ein Frankophiler.

Der frankophile Friedrich hat sich mit der Sinophilie angesteckt.

Französische Veränderungen.

Von diesem Franzosen, dem Schriftsteller.

Und jetzt verbringt er in Gedanken die ganze Zeit in einem fantasierten China.

Und es gibt nichts, was ihn von dort zurückholen könnte.
Friedrich sollte unbedingt Attiret lesen.

***

Im Fernsehen wurde berichtet: Nach dem Tod des Modeschöpfers Yves Saint Laurent beschloss sein langjähriger Lebens- und Herzensfreund Pierre Bergé schließlich, ihren gemeinsamen Besitz zu verkaufen.

Ihre ganze Kunstsammlung.

Er wollte nicht länger in Erinnerungen leben.

***

Im Fernsehen wurde berichtet: Die Entscheidung von Pierre Bergé, dem langjährigen Herzensfreund von YSL, ihre gemeinsame Kunstsammlung zu verkaufen, hat einen internationalen Skandal verursacht.

Die Chinesen gaben öffentlich bekannt, dass zwei Exponate der Sammlung Raubkunst seien.

Sie seien im Opiumkrieg gestohlen und aus der Sommerresidenz der Kaiser der Qing-Dynastie entwendet worden.

Aus dem ewigen Frühlingsgarten.

Und diese beiden Tierköpfe seien chinesisches Eigentum.

Und Pierre Bergé müsse sie restituieren.

Sowohl den Hasen wie auch die Ratte.

Beide.

***

In ihren ersten Briefen vergnügte sich Mama Nora am Strand und schickte Fotos mit Schnabeltieren – von dunklem Flaum bedeckte Tiere mit einem Entenschnabel –, roch an Blumensträußen und war Alfredas Turtelbaumas dankbar.

Ihren ersten Briefen war nicht zu entnehmen, was sie in Australien zu tun gedachten.

Allem Anschein nach: einen Käsehandel betreiben.

***

Ratte und Hase.

Castiglione wurde im Jahr 1688 geboren, Ula Nara im Jahr 1718.

Ratte und Hase.

Schascha fand Gefallen an der Vorstellung, dass sie jetzt vereint waren.

In Paris, der Stadt der Liebe.

An China kann man sie nicht restituieren. Auf gar keinen Fall.

Obwohl Castiglione vielleicht nicht gewollt hätte …, dass irgendein Franzose seinen Hasenkopf in seinem Haus aufbewahrt.

Egal welcher Franzose, dachte Schascha.

***

Im Fernsehen erklärte Pierre Bergé, der langjährige Herzensfreund von YSL: Wenn China Tibets Unabhängigkeit anerkenne und die Rückkehr des Dalai-Lama gestattete, würde Pierre Bergé beide Köpfe restituieren.

Sowohl den des Hasen als auch den der Ratte.

Zusätzlich würde China dafür vielleicht der Nobelpreis verliehen.

Der Friedensnobelpreis.

»Natürlich, sollen sie sie restituieren«, sagte Miki.

»Wie die Chinesen sagen: innen rund, doch außen eckig«, sagte Schascha. »Die ganze Angelegenheit.«

»Warum eckig?«, fragte Miki.

»Hat er überhaupt eine Vorstellung davon, wie groß Tibet ist?«, sagte Schascha. »Hat er sich eine Enzyklopädie oder Landkarte angesehen?«

»Na, wieso denn?«, fragte Miki.

»Es ist viermal so groß wie Deutschland.«

»Wirklich?«

»Ja. Und das nennt man ›Zentraltibet‹, doch wenn der Dalai-Lama spricht und die Unabhängigkeit fordert, so meint er ›Groß-Tibet‹. Das, was vom siebten bis zum neunten Jahrhundert zum tibetischen Reich gehörte.«

»Und wie groß war ›Groß-Tibet‹?«

»Achtmal so groß wie Deutschland.«

Schascha ging zufrieden schlafen: Hase und Ratte würden wahrscheinlich nicht nach China zurückgebracht werden.

***

Das Fernsehen berichtete, dass Ratte und Hase um 156.745 Euro verkauft worden waren.

Pro Stück.

Der oder die Käufer wollten anonym bleiben.

»Bleibt nur zu hoffen, dass sie zusammenbleiben«, sagte Schascha.

»Wer?«, fragte Miki.

»Hase und Ratte.«

***

»Warum interessiert dich dieses China so?«, fragte Miki.

»Weil die chinesische Kultur komplexer ist als unsere«, sagte Schascha.

»Tatsächlich?«

»Ja.«

»Und warum bist du aus dem Doktoratsstudium geflogen?«, fragte Miki.

»Wegen so einer Geschichte«, sagte Schascha.

»Wegen einer Liebesgeschichte?«

»Das könnte man so nennen«, sagte Schascha. »Aber nicht nur deswegen. Eher wegen ihrer Nebenwirkungen.«

»...«

»Ich habe dort allerlei nichtiges Zeug geschrieben.«

»Wirst du versuchen, wieder einzusteigen?«

»Nein.«

»Bist du nicht traurig?«

»Nein.«

In dieser Familie war es nicht Tradition, einem Menschen in Kopf oder Herz hineinzukriechen.

Im Fernsehen wurde berichtet, dass die jungen Chinesen begonnen hätten, intensiv Englisch zu lernen.

Das wurde gesagt und gezeigt.

»Siehst du«, sagte Miki.

***

Klar – Sinophilie, das ist nicht Syphilis.

Aber das Gehirn eines Menschen kann sie ganz genau so schädigen.

Dieser eigennützige Franzose hat es darauf abgesehen, bei irgendeinem König Aufnahme zu finden, indem er im Luxus des Palastes erfundene Geschichten über Chinesen oder Außerirdische verbreitet.

In Wirklichkeit unterscheidet diese Chinesen gar nichts von den Außerirdischen.

Weder das eine noch das andere gibt es hier – in Preußen.

Gibt es nicht und wird es nie geben.

Irgendjemand sollte Friedrich darauf aufmerksam machen, dass dieser minderwertige französische Schriftsteller nicht nur Friedrich schaden könnte …

Er wird Friedrich noch dazu überreden, Preußen nach dem Vorbild Chinas zu reorganisieren.

Um die Wahrheit zu sagen, hat er …

Er hat es bereits versucht.

Johann Gottfried Büring hat sie bereits darüber reden gehört.

Als ihn beide letztes Mal in seiner Werkstatt besuchten, um zu sehen, wie er mit dem Kopieren des »chinesischen« Pavillons vorankäme.

Was erlaubt sich dieser Franzose?

Wer ist er denn?

Ein Niemand. Ein völliger Niemand.

Ein Hohlkopf.

Doch ein Niemand. Ist es nicht so?

Irgend so ein gepuderter Dieb.

Und ein Gauner.

Ein geschniegelter!

20.000 Franken im Jahr …

Ein Hochstapler!

Ein Mensch, dessen Familiennamen man sich kaum merken kann.

Ständig entfällt er einem.

Voo …

Voltaire.

23.

Es war, als ob sich ein Knoten gelöst hätte, der fest geknüpft hätte bleiben sollen.

Nach Oma Amigorena …

Zuerst Mama Nora.

Sie ist geflohen – kann man sagen.

Und danach …

Dass sich Miki anschicken würde, nach Ägypten zu fliehen, hat Schascha nicht weniger als drei Mal gehört.

Schascha hatte keine Zeit, sich dafür zu interessieren, warum Miki in dieses Ägypten flog: Um sich mit den Pyramiden fotografieren zu lassen oder sich irgendwelche … Affen zu kaufen.

Miki flog an einem Donnerstag los und kehrte nach einem Monat zurück.

In einer Urne.

Sie hatte versucht, zu einer Heldentat beizutragen.

Zu Ehren ihres, und nur ihres Todes schoss die Truppe einen Salut in die Luft, die Urne hingegen wurde auf die Fahne gestellt.

So wurde sie in allen Nachrichten gezeigt.

Miki war nicht nach Ägypten gereist, um ägyptische Massagen zu genießen, sondern um eine Laufbahn als Fotoreporterin aus Kriegsgebieten zu beginnen.

Ob aus Unerfahrenheit oder durch Zufall, sie wurde während der Unruhen in Kairo getötet.

Der Tod scheint nur ironisch als eine letzte Reise, doch in Wirklichkeit ist er die letzte Flucht – dachte Schascha.

Als sie ins Kriegsministerium ging, um die Urne abzuholen, hatte Schascha Angst.

Sowohl davor, dass sie vor aller Augen ungehemmt losheulen beginnen würde, wie auch davor, dass sie überhaupt nicht weinen würde.

»Warum sind Sie so zornig?«, fragte der uniformierte Beamte, der Schascha die gusseiserne Kapsel überreichte und ihr ein Papier zum Unterschreiben gab.

»Deswegen, weil es nichts Blöderes gibt, als für eine Idee zu sterben«, sagte Schascha. »Auch für seine eigene, erst recht aber für die von jemand anderem.«

Der uniformierte Beamte sah sie an wie eine Verrückte.

Schascha wagte es nicht, die Asche in der Luft zu zerstreuen, wie Miki es gewollt hätte.

Und das war nicht das Einzige, was sie nicht wagte.

Mama Nora schrieb sie gar nichts.

Wenn Schascha jetzt überhaupt zu etwas imstande war, dann nur dazu, den Dunstabzug einzuschalten und zu weinen.

***

Wie erwartet, war man auf eine Krimischriftstellerin in Australien neugieriger als auf einen verdienten Kriegsfotografen.

In Australien gibt es viel mehr Männer als Frauen.

Mama Nora wurde dort schnell sehr populär.

Ein Polizist sowie ein Experte und Fänger von Wüstenschlangen interessierten sich für sie.

Mama Nora schrieb noch, dass sich auch ein Meteorologe für sie interessierte, aber der zählte nicht.

Warum gerade dieser Meteorologe nicht zählte, schrieb Mama Nora nicht.

Schascha schrieb, dass alles in Ordnung sei.

***

Wie viel kann es regnen?

Irgendein Franzose wird noch glauben, Preußen sei ein Regenland.

Wäre in der Mitte des Dachs des »chinesischen« Pavillons keine Trommel mit Seitenfenstern, sondern nur ein einziges rundes Fenster, dann müsste man einen Menschen so hinstellen, dass er einen Regenschirm darüberhält, dachte Johann Gottfried.

Natürlich wird man keinen Deutschen hinstellen.

Wie dämlich würde ein Deutscher mit einem Regenschirm auf dem Dach aussehen.

So aber muss man einen Chinesen auf das Dach stellen.

Der Pavillon wird jadegrün sein, und der Chinese golden.

Vergoldet.

Ein großer vergoldeter Chinese.

Ihn muss man in doppelter Größe gießen, damit er von unten aussieht wie in natürlicher Größe.

Und damit ihm dort oben nicht so einsam zumute ist, kann man unten noch einige Chinesen dazustellen.

Die können ihren Tee trinken.

Auf Schalmeien spielen und essen.

Sie werden unter vergoldeten Säulen sitzen wie unter Palmen, wie unter Fiederpalmen, und das Kupferdach des Pavillons wird gebogen sein wie eine Meeresmuschel, wie eine fragile, dünne, gewellte Meeresmuschel von der Farbe eines blauen Nephrits, die mit ihrer perlmutternen Innenseite einen riesigen, dreiblättrigen Klee bedeckt.

Und sie wird geschmückt sein … sie wird geschmückt sein wie ein Damenkleid, ja – wie ein Damenkleid von der Farbe eines blauen Nephrits – mit Schärpen, nein – besser mit dünnen, roten Bändern.

Das muss man unbedingt Friedrich erzählen, sorgt sich Johann Gottfried Büring.

Und die Fenster werden von goldenen Drachen geschützt.

Und außerdem müsste man noch diese und jene Militaria dazugeben.

Speere, Fahnen.

Friedrich würde das gefallen.

Klar – seinem Voltaire …

Wirklich nicht.

Dieser Voltaire verachtet den Krieg geradezu.

Was verstehen denn diese Franzosen vom Krieg?

***

Mama Nora schrieb, sie hätte sich nun entschlossen, die Scheuklappen abzulegen, und interessiere sich jetzt für Zahnheilkunde. Genauer gesagt, für Zahntechnik, und in der Freizeit töpfere sie.

Blumentöpfe, Vasen und Teller.

Das beruhigt sehr.

Mama Nora schrieb noch, dass dieser Polizist aus dem Rennen sei, doch es habe sich der Inhaber eines thailändischen Restaurants gefunden. Sie schrieb noch, dass Alfredas Turtelbaumas als Fotograf Erfolg habe.

In Australien gibt es viel weniger Frauen als Männer, schrieb Mama Nora: Miki und du, ihr solltet wirklich eines Tages hierherkommen.

Schascha schrieb, das sei gut, und alles sei gut.

***

Vor Gott sind nicht alle Menschen gleich.

Davon sind die Calvinisten überzeugt.
Friedrich ist doch Calvinist.
Sollen diese Calvinisten doch glauben, dass Gott selbst aus dem Kreis der Menschen diejenigen erwählt, die ihm am teuersten sind.
Und daran kann man weder durch Gebete noch durch ein besonders anständiges Leben etwas ändern.
Wen er nicht erwählt hat, den hat er nicht erwählt.

Friedrich selbst, das stimmt, verhält sich ähnlich.
Wie Gott.
Er erwählt auch.
Und wen er nicht erwählt hat, den hat er nicht erwählt.

Also: Jetzt kann er sich erfreuen.
An diesem seinem Erwählten, diesem langnasigen Voltaire.
Diesem französischen Spitzbuben, den nichts interessiert.
Nur die Ehre und das Geld von Friedrich.
Von diesem zudringlichen Kerl war auch nichts anderes zu erwarten gewesen.
In alles steckt er seine Nase hinein.
Sogar in die Werkstätten der Architekten und Künstler.
Ein Spion!

Das ist nur die offizielle Version.
Es heißt, dass dieser verachtenswerte Franzose Sanssouci verlassen und so schnell als möglich abreisen musste, denn er hatte während seines Aufenthaltes hier ein neues Buch geschrieben.
»Doktor Akakia«. So heißt es.
Ja, in diesem Buch hat er wirklich den Präsidenten der Berliner Akademie der Wissenschaften parodiert und verspottet.
Alle haben es gelesen.
Doch das ist nur der unwichtige Teil der Wahrheit.
Johann Gottfried kennt die ganze Wahrheit.

Und nicht nur er allein.
Dieser widerliche, nach Kölnischwasser stinkende Franzose hat hier noch ein weiteres Buch geschrieben.
Ein Buch, über das zu sprechen alle am Hofe vermeiden.
Zumindest nicht laut.
Ein Buch, das Friedrich den Großen selbst in den Schmutz zieht.
Allerdings hat er es nicht unter seinem Namen veröffentlicht.
Sondern anonym, doch er wurde enttarnt.
Irgendjemand im Schloss hat es sogar gesehen.
Er hat gesagt, es heiße »Das Privatleben des Königs von Preußen«.

Was versteht denn dieser Franzose schon von Preußen und seinem König?
Was versteht er vom Heiligen Römischen Reich? Von den antiken Idealen?
Vor den Augen von ganz Europa den König von Preußen Friedrich den Großen der Liebe zu Männern zu beschuldigen!
Warum?
Wegen des Tempels der Freundschaft?

Ja.
Der wurde auf Friedrichs Wunsch und unter seiner Aufsicht errichtet.
Und ist mit den Bildern vieler nackter Männer geschmückt.
Und es gibt dort gar keine nackten Frauen.
Doch nur Toren und Franzosen haben solche Fantasien.

Was versteht denn dieser Franzose von der Antike? Von Skulpturen?
Franzosen – das sind Menschen, die es geradezu verdient haben, dass man ihnen den Kopf abschlägt.
Und mit diesem müsste man anfangen.
Mit Voltaire.

***

Wie kann man einen Menschen ins Schloss lassen, der Bücher schreibt?

Er hat doch hier sein Unwesen getrieben wie ein Iltis im Vogelkäfig.

Ein Iltis – dachte Johann Gottfried.

Der französische Iltis ist zurück in sein Frankreich geflohen, doch sein Geruch ist in Preußen geblieben.

Und wie sollen wir alle jetzt durchlüften?

***

Mama Nora schrieb, sie hätten in Australien bereits Bekannte getroffen.

Sie hat sich bemüht, diese nicht zu erkennen, doch sie war dazu gezwungen.

Jetzt haben Alfredas und sie einen Minivan gekauft und sie hoffen, das, was sie in Australien gesucht und nicht gefunden haben, in Tasmanien zu finden.

Früher sind die Menschen mit einer Mission oder einem Ziel gereist.

Jetzt reisen die Menschen einfach so. Nur um sich etwas anzusehen.

Und diese Einfach-so-Reisen haben die Welt derart verändert, dass es keinen Ort mehr gibt, wohin es wert und möglich wäre, so zu fliehen, dass einen dort niemand findet.

Früher – vor zwei, drei Jahrhunderten – reisten meist nur diejenigen, die keine Familie hatten, jetzt hingegen reisen alle.

Und deswegen sterben in Europa die Familien aus.

Mama Nora schrieb noch: Der Restaurantinhaber ist auch aus dem Rennen, doch mit dem Schlangenfänger und -experten wird sie in Briefkontakt bleiben.

Mama Nora schrieb noch: Die Wassermelonen sind dort dreimal so groß wie in Europa.

Wo genau – in Australien oder Tasmanien – schrieb sie nicht.

Mama Nora schrieb noch: Alfredas Turtelbaumas wird sie trotzdem heiraten.

Schascha schrieb, dass sie begonnen hat, als Ausstellungskuratorin zu arbeiten.

Das war eine Halbwahrheit.

Mama Nora schrieb, dass diese Arbeit genau die richtige für sie sei.

Das war eine Kompromiss-Wahrheit.

Schascha schrieb, das alles in Ordnung sei.

Das war die Unwahrheit. Wie immer.

***

Das Schloss – das ist ein Ort, in dem man sowohl erhöht als auch eingesperrt werden kann – dachte Johann Gottfried, und diese Phrase, die ihm da in den Sinn gekommen war, gefiel ihm sehr.

Und er wiederholte und wiederholte sie in Gedanken.

Von Neuem, von Neuem, und wieder von Neuem.

Endlich wurde dieser Franzose, dieser Wicht, dem es nur ums Geld ging, gefasst.

Hatte er gehofft, Friedrich dem Großen zu entkommen?

Der Franzose wurde gefasst, und sein Pamphlet über Friedrich verbrannt.

Obwohl man es umgekehrt hätte machen sollen.

Aber das ist jetzt auch nicht mehr wichtig.

Und wieder schweigt Sanssouci.

Sanssouci – ein wunderbarer Ort für eine Flucht.

So sagt Friedrich.

Er flieht jedes Jahr vor dem Lärm der Stadt und den Angelegenheiten des Staates für den ganzen Sommer hierher.

Um Flöte zu spielen.

Und über China nachzudenken.

***

Nachdem sich Voltaires Sache geklärt hatte, fand Friedrich sogar Zeit, um zu einem Gespräch vorbeizukommen.

Über den Pavillon.

Alles schien ihm wunderbar: Auch das dünne Muscheldach ...

Und wie Johann Gottfried über das Dach zu erzählen weiß!

Und über das Fenster im Dach ...

Und wie gern Johann Gottfried über die Fenster im Dach erzählt!

Und wie Friedrich zuzuhören versteht ...

Friedrich gefiel auch der Chinese mit dem Regenschirm auf dem Dach;

und die Drachen mit Speeren über den Fenstern;

und die vergoldeten Sandsteinsäulen-Fiederpalmen;

und die chinesischen Figuren, die auf den Treppen sitzen.

Friedrich erbat nur eine Sache.

Eine einzige.

Dass diese vergoldeten Chinesen beim Pavillon ... die auf Musikinstrumenten spielen, essen und Tee aus vergoldeten Schalen trinken ...

Dass es nicht nur Männer wären.

Und das werden es auch nicht sein – dachte Johann Gottfried, während er seine Skizzen zusammenrollte.

Und das werden es nicht sein.

***

Jedes Mal, wenn Schascha einen Brief erhielt, hatte sie den Eindruck, dass irgendeine verrückte Australierin sich Mama Noras bemächtigt hatte und nach und nach ihre Erinnerung und ihren Genpool ausradierte.

Lag es an der höheren Lufttemperatur?

Oder daran, dass Mama Nora nun in Worten und Taten nicht mehr von ihren Verwandten oder anderen Menschen, die sie ein Leben lang kannten, kontrolliert wurde?

Aber vielleicht schien das nur deswegen so, weil sie nicht sprach, sondern schrieb.

Sie schrieb mit dem Computer, aber sie schrieb.

Nach daheim sehnte sich Mama Nora gar nicht.

Sie begann sogar zu joggen.

Jeden Morgen joggte sie allein am Rand des Ozeans und zertrampelte dabei die ans Ufer gespülten Quallen.

Meistens gelingt die Flucht tatsächlich nicht, dachte Schascha.

Doch wenn sie gelingt, wird man durch die Flucht selbst zu jemand anderem.

Man ist nicht mehr derselbe.

Aber kann man das immer als Erfolg bezeichnen?

Einmal hatte Schascha den Eindruck: Mit Mama Nora kann man sich überhaupt nicht mehr verständigen.

Die ganze Zeit spricht sie über das australische Steuersystem.

Schascha schrieb, dass alles in Ordnung sei.

***

War der Mensch ein Freund oder ein Feind?

Nicht immer kann man das so genau sagen.

Manchmal scheint es, als sei er sowohl das eine wie auch das andere.

Was kann man über Georg Ritter von Zimmermann sagen, wenn man seine Erinnerungen an Friedrich den Großen gelesen hat?

Allerdings war Ritter von Zimmermann kein Freund Friedrichs.

Nur ein einfacher Arzt.

Er behandelte Friedrich im Alter.

Kann man einen Arzt für seinen Freund und Retter halten?

Und wer kann sagen, ob man, wenn man die literarische Tätigkeit eines Menschen beurteilt, seine Aufmerksamkeit auf die Persönlichkeit des Schreibenden richten sollte?

Zum Beispiel auf die Erinnerungen der Zeitgenossen.

Die Erinnerungen daran, dass Ritter von Zimmermann voll von Eitelkeit war und sich unentwegt rühmte, von Zarin Katharina II. persönlich eingeladen worden zu sein, um sie zu behandeln.

Und sich rühmte, dass er, er selbst, es abgelehnt hatte, zu ihr zu reisen.

Es ist jetzt schwer zu sagen, was dieser Arzt brauchte.

Dieser Ritter von Zimmermann.

Aufmerksamkeit oder Sensationen?

Wollte er Friedrich den Großen, den König von Preußen, wirklich vor Verleumdung schützen?

Und verursacht eine solche Verteidigung nicht, wie es oft geschieht, eine noch größere Welle von Klatsch?

Kehren wir also zurück zu Ritter von Zimmermann.

Zu seinen Worten.

Er als Arzt behauptete: Friedrich der Große hatte keinerlei Neigung zu Männern.

Und Friedrichs Liebe zu Männern sei nur die Fantasie und ein schmutziges Gerücht, das andere Menschen in die Welt gesetzt hätten.

Doch Frauen zu erfreuen und sich an ihnen zu erfreuen, dazu war Friedrich aus einem anderen Grund nicht in der Lage.

Und von Zimmermann hat diesen Grund für alle enthüllt.

Friedrichs Reserviertheit kommt von … einer chirurgischen Operation.

Die notwendig war, um das Leben seiner Hoheit Friedrichs des Großen, des Königs von Preußen, zu retten.

Übrigens behauptet von Zimmermann: Friedrich selbst hat diese unanständigen Gerüchte in die Welt gesetzt, um die Wahrheit zu verbergen.

Und wer braucht jetzt irgendeine dieser Wahrheiten?

***

Mama Nora hat geschrieben: Sie reisen bereits nach Tasmanien ab, und jetzt wird sie seltener schreiben.

Mit dem Schlangenfänger und -experten steht sie noch immer in Mailkontakt.

Mama Nora schrieb noch: Tasmanien – das ist eine Insel von genau derselben Größe wie die, auf der sie ihr ganzes Leben geträumt hatte zu leben.

Mama Nora schrieb noch, dass es gut wäre, eines Tages über »Messenger« zu sprechen.

Mit Schascha und mit Miki.

Live.

Nicht einmal ein Abstand wäre die Rettung – dachte Schascha.

Zwischen den Zeitzonen.

Mama Nora deutete das an und vergaß es, und Schascha erinnerte sie nicht mehr daran.

Über Alfredas Turtelbaumas schrieb Mama Nora aus irgendeinem Grund nicht.

Gar nichts.

Vermutlich ist es in Friedenszeiten sehr schwer, ein Kriegsheld zu sein.

Schascha schrieb, dass alles in Ordnung sei.

Mikis Urne stand auf der roten Kommode mit den goldenen Schmetterlingen, unter dem auf ein Holzbrett gedruckten Porträt eines unbekannten chinesischen Mandarins.

Die Staatsfahne war hier völlig unpassend.

Ein unbekannter Deutscher rief an.

Aus Berlin.

Er suchte Miki. Anfangs auf Deutsch.

Mikis deutscher Freund.

Er war der Erste, dem es Schascha erzählte.

Er versuchte auf verwirrende Weise ihr zu erzählen, warum die Beziehung zwischen ihm und Miki so unerwartet abgerissen war.

Oft reißen die Beziehungen der Menschen fast ohne jeglichen Grund ab.

Schascha schickte ihm ein Foto der Urne.

Sie fotografierte sie auf der roten Kommode mit den goldenen Schmetterlingen unter dem Porträt des Mandarins.

Der Deutsche war sehr niedergeschlagen und schickte Schascha ein halbes Kilogramm Schokolade.

Es war eine deutsche Schokolade, und es war nichts davon zu erwarten.

Hatte Miki denn nur einen Freund? – überlegte Schascha.

Schascha fragte: Vielleicht möchte dieser deutsche Freund auf Besuch kommen und in Mikis Zimmer wohnen?

Eine Woche oder zwei, doch der Deutsche wollte das nicht.

Zum Abschied fragte er nur, ob ihre und Mikis Mutter wirklich eine Autorin pornografischer Romane sei.

Erotischer Romane, sagte Schascha.

***

Unten schleppte der chinesische Koch einen Müllsack aus Plastik.

Allein.

Gar nicht wie ein Chinese und auch nicht wie ein Koch.

Hatte er sich angepasst?

Mama Nora schrieb: Tasmanien ist überhaupt nicht die Insel von der Form und Größe, die sie erhofft hatte und die sie brauche.

Doch Neuseeland wäre wahrscheinlich genau das Richtige.

Mama Nora schrieb noch: Was ihr hier am besten gefällt, ist, sich mit Reptilien fotografieren zu lassen, und dass Alfredas Turtelbaumas und sie planen, den Minivan zu verkaufen und für immer nach Neuseeland auszuwandern.

Obwohl die Variante Papua-Neuguinea sie auch interessieren würde.

Schascha hatte nie gedacht, dass die Liebe und Australien-Tasmanien einen Menschen so verändern könnten.

24.

Wie viel kann man diesen Franzosen erlauben, auf deutschem Boden zu bauen?

Die deutschen Architekten sind dazu schon längst selbst imstande – ärgerte sich ein Spezialist für Garten- und Parkarchitektur und vielleicht sogar eine Autorität, die unbekannt bleiben wollte.

Man kann sich denken, dass es sich dabei nicht um Christian Cay Lorenz Hirschfeld handelte.

Zu einer Person dieses Ranges passen solche Gedanken überhaupt nicht.

Doch den Hauptgärtner des Schlosses Daniel August Schwarzkopf solcher Gedanken zu verdächtigen, ohne über irgendwelche Fakten zu verfügen, wäre auch falsch.

Sieht man sich die französischen Bauwerke in den Parks an, so hat es den Anschein: Die Franzosen kennen von allen Formen der Gartenarchitektur nur die Rotunde – ereifert sich dieser Deutsche weiter.

Sogar den chinesischen Pavillon hat dieser Franzose … dieser Simon Louis du Ry, ja, du Ry … was für ein dämlicher Familienname … rund gebaut.

Schon längst baut niemand in Europa chinesische Pavillons mehr nach seiner eigenen Fantasie und auch nicht nach den veralteten Beschreibungen dieses Franzosen … dieses Jesuiten … dieses Pater … Attiret.

Schon längst lachen alle über den Pavillon von Friedrich dem Großen in Sanssouci.

Ein »chinesischer« dreiblättriger Klee.

Natürlich hat sich Friedr… »Der Alte Fritz« alle Ehre gemacht.

Allein schon durch seine Fähigkeit zur Kriegsführung.

Nicht schlechter als sein Vater.

Doch der »chinesische« Pavillon in Sanssouci ist seltsam.

Aber wozu noch weiter darüber sprechen.

Schon seit dreißig Jahren werden chinesische Pavillons in Europa nach den Zeichnungen von Sir William Chambers gebaut oder zumindest sollten sie danach gebaut werden.

Nach den präzisen Zeichnungen des Engländers, nach aufgezeichneten Fakten, und nicht nach französischen Fantasien.

Und überhaupt, wie kann man einen Franzosen rufen, um in Kassel einen englischen Park zu schaffen?

Die Franzosen und ihre Park-Tradition sind schon Vergangenheit.

Antiquiert.

Sklaven der Symmetrie.

Und es wäre sehr interessant zu wissen, von welchem Geld Wilhelm I. diesen Park angelegt hat.

Es wird gemunkelt, und das, was gemunkelt wird, ist in diesem Fall auch die reinste Wahrheit, dass Wilhelm seine Soldaten an die Engländer verkauft hat.

Und schon damals für dieses Geld …

Und diese Engländer verschifften Wilhelms Soldaten nach Amerika, in irgendein Boston, damit sie dort alle diese Amerikaner erschießen, die für wer weiß was kämpfen.

Es wird gemunkelt, man weiß nur nicht, ob es wahr ist, dass sie für die Unabhängigkeit kämpfen.

Von wem?

Doch kehren wir nach Kassel zurück.

Und was hat Wilhelm für dieses Geld, an dem das Blut der deutschen Soldaten klebte, hier gebaut?

Mulang … das chinesische Dorf Mulang?

Eine Pagode, einen Pavillon und einen Schafstall.

Und damit es echter aussähe, siedelte er dort Schwarze an.

Hatten die Chinesen jemals Schafe?

Außerdem … errichtete er eine Sibyllen-Grotte und ein Merkur-Heiligtum, zählte der Deutsche auf. In Form einer Rotunde.

Doch welche andere Form hätte dieser bemitleidenswerte Franzose … du Ry … – was für ein dämlicher Familienname – dafür wählen können?

Die Franzosen darf man nicht über die Grenze lassen.

Was können die Franzosen in Deutschland überhaupt tun?

Rotunden bauen und spionieren?

Doch für die Philosophen-Eremitage war Wilhelm das Geld zu schade …

Darum ist sie auch aus Holz.

Kann man aus diesem Holz schließen, dass Wilhelm weder die Philosophie noch die Philosophen schätzt?

Erfreulich ist nur eine Tatsache: Dieses Mal ließ er einen Deutschen bauen.

Eigentlich jedoch nicht.

Alles war ganz anders.

Zuerst gab Wilhelm diese Eremitage im Park auch in Auftrag.

Es wurde eine hölzerne gebaut, und es baute ein Deutscher.

Denn damals hatte Wilhelm noch kein Geld.

Weder um Steine zu kaufen, noch um einen französischen Architekten zu bezahlen.

Doch schon bald danach, nach dieser Eremitage des Sokrates, verkaufte er seine Soldaten an die Engländer.

Und für dieses Judasgeld holte er diesen französischen Spion, und der errichtete hier das Grab Vergils und ägyptische Pyramiden.

Sogar für Sandsteinblöcke reichte das Geld.

In einem Park Gegenstände aufzustellen, die keinerlei Funktion haben, ist schön.

Aber dumm.

In der Eremitage des Sokrates kann man wenigstens Soldaten verkaufen, doch wozu braucht man eine ägyptische Pyramide?

Ließ Wilhelm hier, in Kassel, alle Orte der Welt nachbauen, an die oder in deren Nähe er fliehen wollte?

Dann müsste ihm wenigstens ein gebildeter Mensch sagen: Seine ägyptische Pyramide ist sehr lächerlich.

Sehr.

Nein, nicht weil es eine Miniatur-Pyramide ist.

Ja, sie ist wirklich zu klein, doch der große Fehler liegt woanders.

In den Proportionen. In den Pro-por-tio-nen.

Was verstehen denn diese Franzosen schon von Proportionen.

Konnte dieser dämliche Franzose sich nicht einmal Stiche von ägyptischen Pyramiden ansehen? Bevor er einen Stein auf den anderen setzte?

Ja, viele dieser Stiche und Zeichnungen sind ungenau.

Doch man hätte nach genauen suchen müssen.

Ein richtiger Architekt muss sich auf autorisierte Quellen stützen, auf die Zeichnungen der Engländer, und nicht nach dem Gekritzel irgendeines unbekannten Franzosen bauen.

Das, was er hier errichtet hat, ist überhaupt keine ägyptische Pyramide.

Sondern eine »römische«.

Doch nicht einmal der französische »Architekt«, der sie errichtet hat, weiß das.

Natürlich haben die Römer nie irgendwelche richtige Pyramiden errichtet.

Das hier ist das allereinfachste römische Pyramidengrab, geplant nach einer Zeichnung, die eine ägyptische Pyramide von Deir el-Medina darstellt.

Nicht nach der Pyramide der Pharaonen, sondern nach dem Pyramidengrab der Arbeiter.

Schrecklich.

Meint Wilhelm nicht, dass es in seinem Park zu viele Gräber gibt?

Und wenn er schon ein Pyramidengrab errichtet hat, dann hätte man wenigstens auf das Grab Vergils verzichten können.

Gut, einverstanden: Die Gräber sind nicht echt.

Einfache Kenotaphe.

Aber auch so viele Kenotaphe in einem Park können Unglück über ihren Besitzer bringen.

»… Ich muss zustimmen: Ihr Park erfüllt alle Kriterien eines heutigen Parks«, sagte Christian Cay Lorenz Hirschfeld zu Wilhelm I.

Der Obergärtner des Parks, Daniel August Schwarzkopf, stand einfach bescheiden daneben.

Aus Gerüchten hatte er sich eine Meinung gebildet: Christian Cay Lorenz Hirschfeld hat das Ziel, möglichst lange in Kassel zu bleiben.

Er ist ein Mensch, der zwei wichtige Lebensziele hat: die Wahrheit und einen guten Posten.

***

Das geschah zum ersten Mal.

Als Schascha die Stiege hinunterging, öffnete sich die Türe der »Mafia«-Wohnung, und ein junger Mann kam heraus.

Seinem Äußeren nach hätte man ihn weder in die Mafia noch in den Mossad aufgenommen.

Obwohl – was kann man wissen.

Die Angehörigen beider Organisationen verkleiden sich jetzt sehr stark.

Die Verkleidung geht sogar so weit, dass sie sich als arme Pensionisten geben.

Als er zur Türe hinausging, sah der Mann aus wie ein junger Jurist.

»Entschuldigung«, sagte Schascha.

Der Jurist drehte sich um.

»Entschuldigung«, sagte Schascha, »was machen Sie denn freitags?«

»Am Freitag?«, fragte der junge Jurist und blieb stehen, ohne Schascha anzusehen.

»Nicht am Freitag, sondern freitags«, sagte Schascha. »Was machen Sie Freitag nachts? Was machen Sie üblicherweise?«

»Und warum fragen Sie?«

»Weil man hört, dass Sie irgendetwas machen, doch was genau, hört man nicht.«

»Sie wollen erfahren, was ich freitags mache?«

»Nicht unbedingt Sie. Mich interessiert, was Freitag nachts in Ihrer Wohnung vor sich geht.«

»Interessieren Sie sich immer dafür, was Ihre Nachbarn machen?«

»Nein. Bei den anderen ist mir alles klar. Neben uns, zum Beispiel, wohnen Leute, die jede Nacht irgendeine Wäsche waschen. Aber jetzt interessiert mich, was konkret in Ihrer Wohnung vor sich geht«, sagte Schascha. »Freitag nachts.«

»Ich spiele mit Kollegen Poker«, antwortete der junge Jurist.

»Und sonst nichts?«, fragte Schascha.

»Wir trinken und rauchen auch«, antwortete der junge Jurist.

»Aha«, sagte Schascha.

Später versuchte sie, Mikis Urne von dieser Begegnung zu erzählen.

Es gelang nicht ganz.

* * *

Im Wohnzimmer auf der roten Kommode mit den goldenen Schmetterlingen stehen Mikis Urne und Oma Amigorenas »sehr guter« Aschenbecher von Fidel Castro.

Die Urne ist noch immer voller Asche, der Aschenbecher hingegen völlig ohne Asche.

Dafür mit dem unanständigen Wort FUCK am Boden.

Ehrlich gesagt, wäre es sehr interessant zu wissen, woher sie ihn bekommen hatte.

Hatte sie ihn bei den Nachbarskindern gegen Tafelsilber eingetauscht?

Blickt man auf diese Asche und diesen Aschenbecher, so ist es sehr schwer, anzufangen zu weinen.

Denn das ist wie eine Tragödie, aus der jemand einige der allertraurigsten Seiten herausgerissen hat.

Ist das pathologisch: Wenn innerlich alles so traurig, außen hingegen alles so komisch ist?

Nun wohnte Schascha alleine in den vier Zimmern.

Immer wieder las sie Oma Amigorena in deren Schlafzimmer laut die Briefe von Sarah Bernhardt vor. Die Briefe waren an irgendeinen Mann gerichtet.

Vor dem Schlafengehen pflegte sie in Mama Noras Zimmer zu gehen, um sich die mit drei roten Punkten in der Ferne leuchtende Antenne des Fernsehturms anzusehen.

Manchmal schlich sich ein muslimischer Mond an die Antenne heran.

Von rechts.

Oder es kam tagsüber eine Krähe und hackte mit dem Schnabel auf den Fernsehturm ein.

Wenn man ein Auge schloss und sich zur Seite neigte, konnte man erkennen, wie die Krähe mit dem Schnabel auf die Spitze des Fernsehturms einhackte.

Fernsehnachrichten über Naturkatastrophen und kriegerische Auseinandersetzungen sah sich Schascha an und besprach sie mit Mikis Urne.

Manchmal wollte sie Miki das neueste Ereignis erzählen.

Schascha hatte ein Talent, nur die absurdesten Ereignisse des Lebens wahrzunehmen, die einfachen hingegen bemerkte sie nicht, und sie selbst pflegte zu sagen, das könne pathologisch sein.

Manchmal wollte Schascha Miki von den Augen erzählen, die sie, Schascha, konzentriert ansahen.

Und ihr zeigen, wie sie sie ansahen.

Sie sahen sie an, als versuchten sie, den allerwichtigsten Punkt zu erreichen, den Punkt, von dem alles abhängt.

Und dann würde alles beginnen.

Ein völlig anderes Leben.

Und eine andere Gelegenheit wird es wahrscheinlich nicht mehr geben.

Das alles wollte Schascha Miki erzählen, und nicht der Urne.

Aber kann man einem Menschen, der zur Ewigkeit geworden ist, etwas von der Liebe erzählen?

Manchmal, an grauen Novemberabenden, setzte sich Schascha unter die nicht eingeschaltete Stehlampe von Oma Amigorena.

Doch der Sessel blieb immer kalt.

Manchmal betrachtete Schascha die wenigen Reportagefotos, die Miki in Ägypten gemacht hatte.

Viele wütende ägyptische Männer mit den Augen Shaitans.

Einige der Fotos waren auch in den beiden wichtigsten Zeitungen des Landes abgedruckt worden.

Schascha dachte einige Zeit darüber nach, ob sie irgendein Foto mit wütenden Ägyptern rahmen lassen und an der Wand aufhängen sollte.

Oder nicht rahmen und nicht aufhängen.

Jedenfalls rahmte sie keines.

Niemand schrieb mehr.

Weder der unbekannte Deutsche noch Mama Nora aus Australien, d.h. Neuseeland, oder vielleicht Papua-Neuguinea.

Und es gab niemanden mehr, dem sie hätte sagen können, dass alles in Ordnung war.

Nicht einmal die Betrüger aus Sierra Leone schrieben.

Früher hatten sie geschrieben, sie hatten sie *Dear Comrade* genannt.

Hätten sie nie geschrieben, würde Schascha noch immer denken, Sierra Leone liege an Afrikas Westküste neben der Elfenbeinküste und nicht zwischen Liberia und Guinea.

In diesem Teil Afrikas gilt es als eine besondere Ehre, einen anderen Menschen hereinzulegen.

In Nigeria zum Beispiel gilt es als besondere Ehre, den eigenen Vater finanziell hereinzulegen.

Also die Betrüger, die von Diamantenminen, vom Tod der Eltern – der Manager der Diamantenminen – und von der politischen Verfolgung der Familie erzählten, boten nicht mehr an, auf Schaschas Konto 12 Millionen US-Dollar zu überweisen.

Dieses Geld fehlte.

Von den bekannten Gesichtern blieb nur der Affenkönig Sūn Wùkōng auf der Wand der Loggia.

Manchmal, wenn die Sonne schien, wirkte es, als hätte Sūn Wùkōng einen Bart von zwei Metern Länge und zehn Zentimetern Breite.

Manchmal, wenn es regnete, wirkte es, als würde der Affenkönig sich hinabbeugen und schnurgerade nach unten kotzen.

Unschön.

Obwohl sie in jedem der vier Zimmer hätte wohnen können, wollte Schascha jetzt nur mehr auf der Loggia wohnen.

Als sie auf dieser Loggia das Buch »Die Reise in den Westen« las, das von dem buddhistischen Mönch Xuanzang handelte, der im siebten Jahrhundert gemeinsam mit dem Affenkönig Sūn Wùkōng, dem Schwein Baijie und dem Hünen Shaseng zu Fuß von China nach Indien reiste, um den heiligen Text zu studieren, begriff Schascha: In Märchen ist das Hindernis viel komplizierter, doch leichter zu überwinden.

Sehr oft blitzartig.

Und alle, die den Hauptheldden umgeben, wollen helfen.

Oder man kann sie dazu überreden, dass sie wollen.

Im realen Leben sind die Hindernisse unsichtbar, unklar, weich und nachgiebig, und sie quälen die Menschen über viele Monate.

Und wenn sie nicht von selbst verschwinden, ist es meist nicht möglich, sie zu überwinden.

Am Abend schaltete Schascha alle Lampen aus.

Immer begann sie mit der roten, gaufrierten Stehlampe von Oma Amigorena, danach löschte sie Mama Noras »Tiffany« mit den Libellen, und danach Mikis »Tiffany« mit dem Äffchen und erst am Schluss ihre eigene Ananas.

Wandte man sich von diesen Lampen ab und ließ sie hinter einem leuchten, so konnte man denken, alles sei noch so wie früher.

25.

Schau, was für ein Ende es mit den Deutschen genommen hat, die die Franzosen so lieben.

Schau, was für ein Ende es mit den Deutschen genommen hat, die mit leichter Hand ihre deutschen Brüder, gut – Untertanen – weggestoßen haben.

Schau, was für ein Ende es mit den Deutschen genommen hat, die ihre Brüder, gut – ihre Soldaten – an die Engländer verkauft haben.

Schau, was für ein Ende es mit jenen genommen hat, die ihre Soldaten verkauften und von diesem Geld in ihrem Park römische Tempel errichtet haben.

Die um ihr Schloss herum Imitationen von Gräbern errichteten.

Die mit ihren Gedanken zu den Pyramiden eilten – das dachte ein Spezialist für Garten- und Parkarchitektur und vielleicht sogar eine Autorität, die unbekannt bleiben wollte.

Man kann denken, dass es sich nicht um Christian Cay Lorenz Hirschfeld handelte.

Schau, was für ein Ende es mit ihnen genommen hat!

Sie mussten mit ihren Gobelins nach Dänemark fliehen.

Und alles andere zurücklassen.

Und das, was einst Wilhelm gehörte, wird jetzt Eigentum Napoleons genannt.

Und durch die Orte, in die Wilhelm fliehen wollte, geht jetzt Napoleons Bruder Jérôme.

Er geht herum und genießt sie so, als wären es seine eigenen.

Und das Land Hessen heißt jetzt Westfalen.

Ein Königreich.

Schau, was für ein Ende es mit denen genommen hat, die die Ideale Preußens von sich gewiesen haben.

Denjenigen, die Napoleon und die Franzosen bewundern, ihre Soldaten verkauft und vergessen haben, wie man einen Krieg führt.

So mochte auch Ch. C. L. Hirschfeld denken, und der Obergärtner des Parks Wilhelmshöhe, richtig, jetzt schon Napoleonshöhe, August Schwarzkopf.

Und nicht einmal ihre Leibärzte könnten sagen, wessen Gedanken das waren.

Vermutlich die Gedanken desjenigen, der im Herzen preußischer ist.

***

Wenn man ein solches Buch gelesen hat, mag man den Eindruck gewinnen, dass die Welt im achtzehnten Jahrhundert die Franzosen am allerwenigsten ausstehen konnte – dachte Schascha.

Das Buch war zu Ende, und in ihrer Umgebung gab es keinen mehr, genauer gesagt, keine mehr, die beleidigt sein könnte, dass sie nicht in die Geschichte aufgenommen worden war.

Und keine, die sich möglicherweise nicht freuen könnte.

Und niemand, der sie Schascha nennen könnte.

Wenn du niemanden mehr hast, dem du deine Erfolge zeigen kannst, wird dir plötzlich klar, dass du schon lange kein Kind mehr bist.

***

Auf der Straße befand sich der chinesische Koch, aber keine einzige Katze.

Für Chinesen sind Veränderungen typisch.

Sie spielten auch nicht mehr Badminton.

Vermutlich hatten sie verstanden, dass das nicht ihre starke Seite war.

Schascha hatte sie nicht gezählt, doch auf den ersten Blick schien ihr: Es waren nicht mehr geworden.

Der Regen hatte eingesetzt, und es war nicht mehr angenehm, auf der Loggia zu sitzen.

Schon längst hatte nicht nur Regen eingesetzt, sondern ununterbrochene Regengüsse.

Sie gurgelten ständig durch die Dachrinnen des halb verfallenen Schachtes hinunter und ergossen sich wie aus einer Wasserkanone oder aus dem Rachen einer steinernen Chimäre auf einer gotischen Kathedrale.

Und dieses Geräusch des strömenden Wassers übertönte alles in der Umgebung, sodass man sich bei offenem Fenster nicht mehr verständigen hätte können.

Mit wem?

Man muss diese kleine Bank hereintragen, dachte Schascha.

Sie wird verfaulen.

Die kleine Bank war aus Holz.

Und so schön, als wäre sie aus einem Londoner Privatpark gestohlen.

Den Zypressen, die in Blumentöpfen wuchsen, konnten derartige Regengüsse ebenfalls schaden.

Doch auch nur einen einzigen der dreißig Liter fassenden Keramiktöpfe voll aufgeweichter Erde mit einem eineinhalb Meter aufragenden Baum hereinzutragen, während es alle zehn Sekunden blitzte …

Nein. Wirklich nicht.

Auch die Bank konnte man nicht tragen, sondern nur ziehen.

Durch ein symbolisches – zwei Windungen umfassendes – Labyrinth eingetopfter Zypressen.

Ein größeres Labyrinth hätte auf einer Loggia dieser Größe nicht einmal ein Labyrinth-Spezialist errichten können.

Die Bank krachte gegen die Blumentöpfe, und jede oben oder seitlich abspringende ultramarinblau glasierte Scherbe stach Schascha mitten ins Herz.

Eine Materialistin.

Eine reine Materialistin, dachte Schascha mit jedem Poltern.

Die hinteren Füße der Bank blieben am Blumentopf hängen, die vorderen am Stamm der Zypressen, als wollte sie von dieser überschwemmten Loggia nicht irgendwo hinein- oder hinausgetragen werden.

Es blieb die letzte Windung, vier, fünf Rucke, die Windung in die Nische, die die Loggia mit der Küche verband … und Schascha spürte, dass der Boden unter ihr verschwand.

***

Gleich danach war der Boden wieder da – aber nicht mehr derselbe.

Und es schmerzte überall.

Wo und wie viele dieser schmerzenden Stellen es waren, konnte Schascha nicht sofort feststellen.

Es war dunkel.

Schascha lag am Boden des Schachtes des ehemaligen Banklifts für Geldtransporte, und auf ihren Kopf stürzte eine Kaskade unsichtbaren Regens.

Es war stockfinster.

Auf der feuchten Erde liegend, dachte Schascha: Wenn sie sich schon nicht zu Tode gestürzt hatte, dann müsste sie jetzt aufstehen.

Um herauszufinden, was sie sich gebrochen hatte, brauchte es Licht und Zeit.

Schascha erhob sich.

Nachdem sie sich betastet hatte und herumgesprungen war, wurde ihr klar: Weder Beine noch Hände noch der Kopf noch die Wirbelsäule waren gebrochen.

Wäre sie jedoch mit der Bank hineingestürzt, so wäre jetzt vermutlich alles gebrochen.

Allein vom Gedanken daran wurde Schascha schlecht, obwohl rund um sie herum auch jetzt nichts Gutes war.

Nur das Dunkel.

Ihre Beine stießen gegen kein Hindernis, und das bedeutete, dass nicht die Eisenbetondecke eingebrochen war, sondern der kleine Übergang von der Wohnung in die Loggia.

Dass Schascha, die aus dem ersten Stock hinuntergestürzt war, am Leben geblieben war, hatte sie nur ihrem Anorak zu verdanken.

Der hatte sich unterwegs für einen Augenblick verhakt.

Schascha dachte: Sie hätte um diese Zeit doch einen Schal um den Hals gewickelt haben können.

Und der Schrecken durchfuhr sie.

Ihre Kleidung war feucht.

Schascha versuchte, ihr Gefängnis mit Armen und Beinen auszumessen.

Ungefähr vier Quadratmeter …

Schascha stieß einen Schrei aus.

Der Schrei war formlos und sinnlos.

In diesem Teil hatte das Haus einen rechten Winkel, die Mauern waren einen Meter dick, und nicht alle Wohnungen waren bewohnt.

Schascha stieß einen zweiten Schrei aus.

In der zivilisierten Welt sind die Menschen nicht mehr in der Lage, laut zu schreien, und verringern damit ihre Chancen, gerettet zu werden.

Den Schrei ersetzt in der zivilisierten Welt das Handy.

Das Handy – überlegte Schascha. Das Handy liegt in der Küche, Schascha und stieß einen weiteren Schrei aus.

Einen hoffnungsloseren.

Im Schweigen der Nacht erschienen Schaschas Bemühungen, gerettet zu werden, wie das Geschrei eines Gespenstes.

Oben begann tatsächlich irgendetwas, um sich zu schlagen.

Eine Fledermaus – dachte Schascha.

Sie war nicht zu sehen, jedoch zu hören, und Schascha begann, ohne Unterlass zu schreien, um sie nicht mehr zu hören.

Danach schwieg sie. Und die Fledermaus auch.

Ein zivilisierter Mensch braucht vier Minuten, um sich heiser zu schreien.

Rundum war es still.

Es dürfte ungefähr neun Grad haben – dachte Schascha und klopfte mit den Händen ihre feuchten Seiten ab. Wie ein Soldat auf Patrouille.

Es regnete schon nicht mehr.

Und es regte sich nichts mehr.

Niemand von den Hausbewohnern hörte den Schrei, oder niemand hielt ihn für einen Hilfeschrei.

Schascha stieß noch einen Schrei aus.

In diesem Schrei war nicht mehr so viel Schmerz, nicht mehr so viel Hoffnungslosigkeit und nicht mehr so viel Hoffnung wie in den vorangegangenen.

In ausgetrocknete Brunnen wirft man in Asien Menschen, und sie sterben dort vor Hunger und Angst, sie trocknen aus und werden zu in sich zusammengekauerten Mumien.

Ja …

Es ist sehr dumm, für eine Idee zu sterben – dachte Schascha.

Doch einfach so zu sterben, ist auch um nichts besser.

Im Liftschacht auszutrocknen, würde ihr nicht gelingen, eher schon würde es ihr gelingen zu verfaulen – dachte Schascha und schrie aus Leibeskräften.

In ihrer Stimme waren sogar die Tränen zu hören.

Um sie selbst.

Die einen Meter dicken Wände antworteten mit Schweigen.

Auch wenn jemand Schaschas Schrei gehört hatte, so stellte er vermutlich den Fernseher lauter, um ihn nicht mehr zu hören.

»Kanaillen!«, schrie Schascha.

Es klingt besser, wenn man wortlos schreit, dachte Schascha.

Ratten – dachte Schascha.

Wie gut, dass es hier keine Ratten gibt, dachte Schascha.

Es gab hier keine Ratten, denn es gab nichts zu fressen.

Für niemanden.

Schascha stand im leeren, dunklen und nach Schimmel stinkenden ehemaligen Bankschacht und schrie eine Zeit lang nicht mehr.

Sonst würde man noch glauben, sie sei verrückt geworden.

Wer?

Es war völlig klar: Noch einmal anzufangen zu schreien, hätte erst bei Tagesanfang Sinn, oder vielleicht sogar erst um die Mittagszeit.

Morgen ist Sonntag, und alle werden bis Mittag schlafen.

Obwohl sich auch am Morgen oder am Vormittag herausstellen kann, dass das Schreien sinnlos ist.

Der Innenhof des Hauses war geschlossen, genauer gesagt, von Garagen umschlossen, an deren Fassaden man noch Spuren der Architektur des frühen zwanzigsten Jahrhunderts erkennen konnte.

Eine davon wies nicht nur ein gewundenes dreieckiges

Tympanon auf, sondern auch Überreste eines Balkons im ersten Stock. Vermutlich hatten sich Anfang des zwanzigsten Jahrhunderts hier Werkstätten befunden.

Der Innenhof war so gut wie unbenutzt.

Die Hausbewohner suchen ihn an einem sonnigen Sonntag nicht auf, um hier Fleisch zu grillen oder sich in unanständigen Posen auf dem erhitzten Asphalt zu wälzen.

Wenn es regnet, haben sie hier noch weniger zu tun.

In diesen Hof fahren die Leute nur durch das automatische Tor herein oder hinaus.

Und selbst wenn am Morgen des kommenden Tages wenigstens ein Autofahrer auftauchen sollte, so wird ihn zuerst das Heulen seines Automotors interessieren.

Weder die Mauer noch der Motor lassen sich überschreien – dachte Schascha und schrie aus Leibeskräften.

Nichts änderte sich.

Die Hoffnung, dass morgen wenigstens ein Autofahrer im Innenhof auftauchen würde, war sehr gering, genauer gesagt, diese Hoffnung bestand gar nicht.

Im Haus waren nur acht Wohnungen, und die Hausbewohner hatten insgesamt nur drei Autos.

Schascha stieß noch einen Schrei aus.

Doch die Empfänger der Nachbarn nahmen das Signal wiederum nicht auf.

Was machten sie? Hielten sie den Schrei eines Menschen für ein Landschaftsdetail?

Wenn nicht heute, so würde sie morgen der freiwillige Rettungsdienst wie eine Katze aus der Öffnung der Ventilation herausziehen und auf jeden Fall im Fernsehen zeigen.

Irgendwo zwischen Heroindealern und Menschen, die Hunde von Brücken werfen.

Und sie würde ebenso zerrauft und schmutzig sein wie diese und sich auch etwas Wichtiges gebrochen haben.

Und genau wie diese wird auch sie sich bemühen, die *Kapuze* über den Kopf zu ziehen und ihr Gesicht mit dem Ärmel zu verdecken.

Und im Fernsehen wird man allen erzählen, wie sie dort geschrien hat.

Man kann sagen, sie quiekte vor Schreck.

So werden sie es sagen.

In einem amerikanischen Buch war ein Amerikaner völlig überzeugt davon, dass Naturkatastrophen und überhaupt Unglücksfälle nur ungebildeten und armen Menschen zustoßen würden.

Schascha schloss die Augen und begann, Garnelen zu sehen.

Wahrscheinlich habe ich mir den Kopf angeschlagen, dachte Schascha.

Sie dachte es und versuchte, sich aufzusetzen.

Der Zement war nicht nass.

Nur feucht.

Gut, dass das Wasser irgendwohin abgeflossen war. Wenigstens waren ihre Füße nicht nass.

»Mama!!!!!!!«, schrie Schascha.

Plötzlich wollte sie Kekse. Oder Blinis.

Sie betastete die Mauer.

Es war eine unverputzte Mauer aus Silikatziegeln. Völlig eben. Ohne einen einzigen Vorsprung.

Schascha fiel irgendeine Allegorie über Frösche ein, die in einen Milchtopf gestürzt waren. Einer war aus Verzweiflung ertrunken, doch der andere strampelte so lange, bis er die Milch zu Butter geschlagen hatte.

Klar, man könnte strampeln, wenn es nur etwas gäbe.

Natürlich wäre es am besten, zusammen mit einem Pfadfinder in einen Liftschacht zu stürzen.

Das ist gar nicht lächerlich, dachte Schascha.

Schascha versuchte, einfach aufzustehen und stehen zu bleiben.

Einfach ohne an etwas zu denken und so wenigstens bis zum Morgen zu warten.

An nichts zu denken, daran hinderten sie der Schimmelgeruch und die Erinnerungen an die von Schimmel ausgehenden Gefahren.

Alle hatten davon gehört.

Wie hatte doch Oma immer über das Leben und den Schimmel gesprochen?

»Es ist sinnlos, mit seiner Umgebung zu kämpfen, man muss mit ihr auskommen«, pflegte Oma Amigorena zu sagen.

So sprach sie über das Leben mit Mama Nora, Miki und Schascha und mit dem Schimmel.

Schascha versuchte, in Gedanken nach China zu fliehen, doch aus dem verfallenen Liftschacht in Gedanken nach China zu fliehen, glückte ihr nicht.

Nach China kann man nur aus seinem eigenen Zimmer, aus dem Bad oder der Küche fliehen.

Und nur unter bestimmten Umständen.

Wenn einen niemand stört.

Wie spät war es jetzt? Zwei, drei oder vier Uhr.

Es war dunkel, aber wenigstens regnete es nicht mehr.

Auch wenn ich gerettet werde, so werde ich in der nächsten Zeit wegen des eingeatmeten Schimmelgeruchs sterben, beschloss Schascha.

Sie öffnete den Mund und schloss ihn ohne einen Schrei.

Sie spürte, dass sie weinte.

Zuerst mit einem Auge, dann auch mit dem anderen.

Sie weinte lautlos, an die Mauer gelehnt.

Oben wartete eine Wolldecke auf sie, unten jedoch nur die Feuchtigkeit und das Dunkel eines Grabes.

Ein Gedanke wie eine Inschrift auf einem Granit-Gedenkstein in der Provinz.

Wer ist darauf gekommen, dass es innen ganz anders ist als außen?

Schascha weinte innerlich wie äußerlich.

Die Kälte und die Feuchtigkeit des Schachtes, in den Schascha gestürzt war, waren von genau derselben Art wie die Feuchtigkeit in Schaschas Innerem.

Weinen wäre im Liegen am besten gegangen.

Oder wenigstens im Sitzen und an die Mauer gelehnt.

Doch der Beton war kalt, feucht und schmutzig.

Warum hatten sie nie eine Putzfrau gehabt?

Sie käme am Montag, würde mit ihrem Schlüssel aufsperren …

Nein, Putzfrauen haben keinen eigenen Schlüssel.

Schascha beschloss: Sollte sie sich jemals im Leben eine Aufräumfrau für die Wohnung leisten können, dann eine ganz vertrauenswürdige, der sie auf jeden Fall die Wohnungsschlüssel geben würde.

Wenn man länger auf so einem Beton steht, kann man Rheuma bekommen.

Schascha schrie aus Leibeskräften.

Dieses Mal erinnerte der Schrei am ehesten an ein Gespenst, das an seinem Zustand verzweifelt.

»Was suchen Sie im Dunkeln?«, fragte Miki.

»Das Licht!«, antwortete Oma Amigorena.

Im Dunkeln muss man nach dem Licht suchen – dachte Schascha.

Oder warten.

Wenn …

Wenn ich eines Tages hier rauskomme – dachte Schascha – so werde ich diese Wohnung verkaufen.

Und Land kaufen …

Für einen Garten.

Ich werde einen Rosengarten anlegen …

Vorne werden weiße Rosen sein … dahinter milchig-gelbe

und gelblich orangefarbene, danach orange- und rosafarbene, danach bordeauxfarbene und fast schwarze.

Doch vielleicht ist es besser, wenn sich alle Farben vermischen. Dann ist es wirklich ein Fest.

Schmetterlinge und Bienen.

Schwalbenschwänzchen.

Hinter dem Rosengarten …

Ein Labyrinth von Zypressen und Thujen …

Für Oma Amigorena. Sie hätte eine große Freude.

Ein beinahe echtes, damit sie sich verirrt …

Und im Zentrum läge ein Dinosaurier-Ei.

Ein großes.

Ein echtes … kein echtes.

Kein echtes, dafür aber viel größer.

Aus Beton.

Mit Moos überwachsen.

Kluge Menschen würden im Zentrum des Labyrinths eine Bank aufstellen.

Zum Lesen. Am Nachmittag.

Doch eine Bank kennt Oma Amigorena schon, ein Dinosaurier-Ei hingegen nicht.

Hinter dem Labyrinth bräuchte es …

… einen Kunstgarten.

Miki.

Klar, Miki, wegen des ihr gewidmeten kindlichen Gartens …

Sie wäre beleidigt.

Während sie im Schacht stand und ins Dunkel blickte, konnte sie schwer entscheiden, ob sie für den Kunstgarten eher Thujen verwenden sollte oder Wacholder …

Oder etwas Myrtenartiges?

Myrten sehen nach Friedhof aus – dachte Schascha.

Und Thujen etwa nicht?

Auf dem Boden des rechteckigen oder quadratischen Schachtes stehend, war es schwer zu entscheiden, welchen

Baum man leichter in eine Kugel verwandeln könnte.

In eine Pyramide, einen abgeschnittenen Kegel oder in einen Tropfen.

Einen unvollkommenen.

Nur keine Bärchen.

Keine Vögelchen oder Elche – schwor sich Schascha.

Ein laufender Tyrannosaurus würde allerdings umwerfend aussehen.

Oder ein liegender Ichthyosaurus.

Und in dem Garten muss unbedingt ein chinesischer Pavillon stehen … zwei.

Im Osten ein viereckiger, offener, sommerlicher … mit vier weißen Säulen.

Mit einem Dach aus roten Bambusziegeln.

Mit Haken.

Mit Haken für Vogelkäfige oben und einer Terrasse zum Teetrinken und Lesen unten.

Und er trüge den Namen von …

… Giuseppe Castiglione.

Ein Teepavillon.

Natürlich wird ihn niemand so nennen.

Nur sie, nur Schascha.

Wie auch den Rosengarten, den Kunstgarten und das Labyrinth.

Keinerlei Touristen, das hier ist ein privater Garten der Erinnerungen.

Und im Westen wird ein »unechter chinesischer« Miniaturpavillon stehen.

Ein dreiblättriger …

Von der Form eines dreiblättrigen Klees, winterlich, geschlossen.

Mit französischen Fenstern bis zum Boden.

Dann wird aber die ganze Wärme entweichen, dachte Schascha, und wieder schüttelte es sie.

Und einem bemalten Blechdach.

Das wäre »für den Alten Fritz«.

In einer Ausbuchtung des Kleeblatts ... die Bibliothek, der Schreibtisch und das chinesische Bett zum Teetrinken.

In der zweiten das Schlafzimmer ... in der dritten ...

Nein, ohne Küche ginge es nicht ... dachte Schascha.

Und die Zimmerdecke wäre vier Meter hoch. Wie zu Hause.

Und es gäbe keine Stiege. Damit niemand hinunterstürzen könnte.

In den allerschönsten chinesischen Gärten gibt es wie viele? Bis zu sechzehn. Sechzehn verschiedene Wunderdinge.

Schascha versuchte aufzuzählen, wie viele Wunderdinge es in ihrem Garten geben würde.

Sechs.

Auf den Tyrannosaurus im Kunstgarten kann man nicht verzichten.

Keinesfalls.

Die Chinesen sagen ... ein Garten muss mit Blick darauf angelegt werden, wie er vom Fenster des Nachbarn aus aussehen wird.

Doch es wird keine Nachbarn geben.

Keine Fenster.

Aber einen Zaun wird es auf jeden Fall geben.

Eine weiß verputzte Ziegelmauer.

Damit der Tyrannosaurus etwas hat, worauf er seinen Schatten werfen kann.

Und der Affenkönig Sūn Wùkōng könnte den Kopf neigen und darauf kotzen.

Die Chinesen schreiben Gedichte auf eine Gartenmauer.

In Europa zeichnen die Menschen alle möglichen Scheußlichkeiten darauf.

Das hätte Oma Amigorena sagen können.

Ist es im Schacht heller geworden, oder war das nur Wunschdenken?

Mit den Augen konnte man bereits die einzelnen Ziegel voneinander unterscheiden.

Unter den Füßen waren bereits Brocken von Baumaterial zu erkennen.

Und es gab keine …

Keine Ratten und keine Fledermäuse.

Oben lag der Himmel wie gemalt.

Wie die ärgste optische Täuschung.

Überzogen mit einer grauen Wolke.

Doch die Wolke wirkte nicht wie ein Deckel.

Sie hatte eine Form und einen kaum wahrnehmbaren, kleinen, durchsichtigen Riss.

Schascha zog sich von der Mauer zurück, drehte sich um und …

… sah über ihrem Kopf eine Leiter.

Aus Metallstangen.

Eingeschlagen in die Ziegelmauer.

Hoch – dachte Schascha, streckte ihre Hand aus und griff nach der untersten Sprosse.

Sie begriff nicht sogleich.

Es gehört zu den glücklichsten Augenblicken im Leben, wenn man zuerst nicht begreift, doch danach plötzlich begreift.

Sie begriff: Die Leiter war nicht dazu gedacht, um direkt vom Boden aus hinaufzusteigen, sondern von der Plattform des Geldtransportlifts.

Oder um von oben hinunterzusteigen, sollte die Plattform unterwegs stecken bleiben.

Die bewegliche Plattform gab es schon längst nicht mehr.

Schascha stellte sich auf die Zehenspitzen und versuchte, mit der linken Hand die zweite Sprosse von unten zu erreichen.

Es gab sechs Sprossen.

Außer dieser ersten und zweiten noch vier weitere. Oben, zwischen den grauen Wolken, war jetzt schon kein Riss mehr zu sehen, sondern ein Loch.

Doch die Leiter schien weder den Himmel noch das Loch im Himmel zu erreichen.